TABEA BACH
Himmel über dem Salzgarten

Weitere Titel der Autorin:

Die Kamelien-Insel
Die Frauen der Kamelien-Insel
Winterliebe auf der Kamelien-Insel
Heimkehr auf die Kamelien-Insel

Die Seidenvilla
Im Glanz der Seidenvilla
Das Vermächtnis der Seidenvilla
Weihnachten in der Seidenvilla

Sonne über dem Salzgarten
Himmel über dem Salzgarten
Weihnachtszauber im Salzgarten (in Vorbereitung)
Sterne über dem Salzgarten (in Vorbereitung)

Alle Titel sind in der Regel auch als Hörbuch erhältlich.

Über die Autorin:

Tabea Bach war Operndramaturgin, bevor sie sich ganz dem Schreiben widmete. Sie wurde in der Hölderlin-Stadt Tübingen geboren und wuchs in Süddeutschland sowie in Frankreich auf. Ihr Studium führte sie nach München und Florenz. Heute lebt sie mit ihrem Mann in einem idyllischen Dorf im Schwarzwald, Ausgangspunkt zahlreicher Reisen in die ganze Welt. Die herrlichen Landschaften, die sie dabei kennenlernt, finden sich als atmosphärische Kulisse in ihren Romanen wieder. Mit ihrer *Kamelien-Insel*-Saga gelangte sie sofort auf die Bestsellerliste. In den erfolgreichen *Seidenvilla*-Romanen wechselte der Schauplatz zu einer Seidenweberei in Venetien. Mit ihrer *Salzgarten*-Reihe führt uns Tabea Bach auf die Kanarischen Inseln.

Tabea Bach

Himmel über dem
Salz
Garten

Roman

lübbe

Dieser Titel ist auch als E-Book erschienen.

Die Bastei Lübbe AG verfolgt eine nachhaltige Buchproduktion. Wir verwenden Papiere aus nachhaltiger Forstwirtschaft und verzichten darauf, Bücher einzeln in Folie zu verpacken. Wir stellen unsere Bücher in Deutschland und Europa (EU) her und arbeiten mit den Druckereien kontinuierlich an einer positiven Ökobilanz.

Originalausgabe

Copyright © 2022 by Bastei Lübbe AG, Köln
Lektorat: Melanie Blank-Schröder
Textredaktion: Dr. Ulrike Brandt-Schwarze, Bonn
Titelillustration: © Ursula Sander/getty-images; © www.buerosued.de
Umschlaggestaltung: www.buerosued.de
Satz: hanseatenSatz-bremen, Bremen
Gesetzt aus der Adobe Garamond Pro
Druck und Verarbeitung: GGP Media GmbH, Pößneck
Printed in Germany
ISBN 978-3-404-18568-9

2 4 5 3 1

Sie finden uns im Internet unter:
luebbe.de
Bitte beachten Sie auch: lesejury.de

»Einen Freund kennt man erst dann gut,
nachdem man viel Salz mit ihm gegessen hat.«
Aristoteles

1
Vorfreude

Der Himmel über La Palma war von einem so leuchtenden Blau, dass Julia die Sonnenbrille aus ihrer Handtasche angeln musste, während sie die Küstenstraße entlang in den entlegenen Norden fuhr. Ihr kleiner Lieferwagen war erfüllt vom Duft der frischen Kräuter, der Früchte und von dem Gemüse, das sie in der Markthalle der Hauptstadt erstanden hatte, und sie freute sich unbändig darauf, all diese Köstlichkeiten zu verarbeiten.

Wie jedes Mal, wenn sie diese Strecke fuhr, hielt sie auch an diesem Morgen an einem bestimmten Aussichtspunkt, denn von hier aus bot sich ihr ein atemberaubender Blick über die nördliche Küste – und auf die Finca Flor de Sal, die seit einigen Monaten ihr Zuhause war.

Im Grunde konnte sie es immer noch kaum fassen, dass sie dort gemeinsam mit Álvaro dabei war, sich eine Existenz aufzubauen. Hätte ihr jemand vor einem halben Jahr erzählt, dass sie in Kürze ihre Position als Chef de Cuisine in der deutschen Spitzengastronomie gegen die Leitung eines kleinen *mesón*, eines Landgasthofs auf der kanarischen Insel La Palma, eintauschen würde, hätte sie nur gelacht. Dass ihr bislang so geradlinig verlaufenes Leben eine solche Wendung nehmen würde, war nicht vorauszusehen gewesen. Und doch war sie glücklicher, als sie es je zuvor gewesen war. Denn anstatt in einer hochmodernen Profiküche ein Team aus erstklassigen Köchen anzuleiten und mit ihm Sterne zu erringen, und wenn sie auch nur im *Guide Michelin* verzeichnet waren und nicht am Himmel prangten, war sie endlich zu ihren Ursprüngen zurückgekehrt – zu ihrer Begeisterung für ausgezeichnete Speisen auf der Basis lokaler Traditionen. Und zu einem Dasein, in dem es nicht nur Arbeit gab, sondern auch genussvolle Stunden für sie selbst – und die Liebe ihres Lebens, die sie ausgerechnet auf dieser Insel gefunden hatte.

Im Morgenlicht schimmernd lag das Anwesen am äußersten Rand einer mächtigen Klippe hoch über dem Atlantik. Ein uralter Kanarischer Drachenbaum ragte wie ein Wahrzeichen hoch über seinen Mauern auf. Eine mehrere hundert Meter lange Piste verband die Finca mit einer kleinen Landstraße. Auf deren anderer Seite thronte an einer der vielen Flanken des Inselbergs das Dorf, zu dem die Finca mit dem traditionellen Restaurant gehörte. Und dieses Restaurant, das Flor de Sal, würde Julia an diesem Wochenende aus seinem Dornröschenschlaf erwecken. Die Wiedereröffnung stand kurz bevor. Doch bis dahin gab es noch eine Menge zu tun.

Sie riss sich von dem Ausblick los und fuhr weiter. In steilen Serpentinen führte die Straße abwärts, vorbei an Pinienwäldern und mit wilden Sträuchern bewachsenen Geröllhalden. Wie die gesamte kanarische Inselgruppe war auch La Palma aus den Eruptionen gewaltiger Unterwasservulkane entstanden, und das sah man ihrer wild zerklüfteten Landschaft aus schwarzen, rötlichen und gelben Gesteinsschichten an.

Pipos Bar, die im Grunde nur aus einer Bretterbude am Straßenrand bestand, hatte geöffnet, und kurz entschlossen machte Julia hier noch einmal kurz Halt.

»*Buenos días*«, grüßte sie den langen, schlaksigen Barista und bestellte einen *café solo*, klein, schwarz und sehr stark. »Wie geht es so?«, fragte sie. Pipo, der für seine Einsilbigkeit bekannt war, zuckte mit den Schultern und machte gleichzeitig eine unbestimmte Bewegung mit dem Kopf, die alles heißen konnte. Julia lachte leise in sich hinein und leerte die kleine Tasse in einem Zug. »Am Wochenende eröffnen wir übrigens«, erzählte sie. »Morgen ist Tag der offenen Tür. Wenn du magst, schau gern vorbei.«

Pipo nickte und schob ihr einen kleinen Stapel mit Werbeblättern zu, die sie höchstpersönlich hatte drucken lassen. »Ich weiß«, antwortete er. »Ich verteil schon die ganze Woche diese Dinger hier.«

»Danke.« Julia war gerührt. Sie hatte Pipo nicht darum gebeten, und woher er die Flyer hatte, war ihr ein Rätsel. Aber so waren sie nun mal, ihre neuen Nachbarn: schweigsam und mitunter rätselhaft. Sie legte das Geld für den Kaffee auf die Theke und verabschiedete sich von Pipo.

Sie hatte den Drachenbaum noch nicht erreicht, als ihr Amo bereits durch den Torbogen freudig entgegensprang, sodass sein rotblondes Fell nur so im Wind flatterte. Der Garafiano-Rüde war Julia gleich nach ihrem Einzug zugelaufen, und bislang hatte sich noch kein Besitzer gemeldet – zum Glück, wie sie fand, denn sie hatte den treuen Hund fest in ihr Herz geschlossen und wollte ihn nicht mehr missen.

In dem geräumigen Hof waren Sam und Devi bereits damit beschäftigt, Tische aus einem der Nebengebäude zu holen. Julia hatte für zehn Uhr eine Lagebesprechung einberufen, bei der sie den Ablauf des morgigen Tages besprechen und die verschiedenen Aufgaben verteilen wollte.

»Guten Morgen«, begrüßte sie die beiden. »Großartig, dass ihr schon da seid! Bin ich etwa zu spät dran?«

»Nein, alles gut«, fiel ihr Devi fröhlich ins Wort. Sie trug wie immer ein selbst gebatiktes T-Shirt über einer farbenfrohen, indischen Elefantentreiberhose, ihr langes blondes Haar hatte sie zu unzähligen Braids geflochten und am Hinterkopf zusammengenommen. Sie und Sam waren deutsche Auswanderer und lebten in einer Höhlenwohnung, was Julia sehr exotisch fand.

»Wir haben Parvati zur Schule gebracht und sind danach gleich hergekommen. Übrigens soll ich dich schön von Emil grüßen.«

»Danke!« Emil war Julias heiß geliebter Patensohn, und im Grunde war es dem Zwölfjährigen zu verdanken, dass sie ihren Lebensmittelpunkt nach La Palma verlegt hatte. Wäre der Junge nicht im Frühjahr in Deutschland aus seinem Internat weggelaufen, in dem ihn Julias Bruder Jens untergebracht hatte, und hätte sie ihn damals nicht auf die Isla Bonita zu seinem Vater begleitet – wer weiß, ob sie jemals hierhergekommen wäre. Nun ging Emil nach einigen Anfangsturbulenzen hier zur Schule, und Devis Tochter Parvati war seine Klassenkameradin. »Könntet ihr mir helfen, die Kisten aus dem Auto in die Küche zu bringen?«

»Ich mach das«, erklärte Devis Partner Sam. »Soll ich alles in die Küche bringen oder einen Teil davon in der Höhle verstauen?« Auch zu Julias Grundstück gehörte wunderbarerweise – neben dem Gebäudekomplex aus Haupthaus und Nebengebäude – eine Naturhöhle. Sie lag an dem Felsenweg, der zum Salzgarten hinunterführte, den Julias Freund Álvaro betrieb. Die Höhle war geräumig, mit einer Tür verschließbar, und da es darin selbst während der größten Sommerhitze nicht wärmer wurde als acht Grad, diente sie Julia als Vorratsraum. Sie erklärte Sam, welche Einkäufe er wo verstauen sollte, und holte dann die Unterlagen für die Besprechung.

Aus dem Hof klangen fröhliche Stimmen. Devis Kolleginnen Paola und Carmen waren gerade eingetroffen. Julia nannte die drei Freundinnen liebevoll ihre Reinemachefeen, vor allem Devi kam täglich in das Mesón Flor de Sal, um für Ordnung zu sorgen. Julia hätte schon gar nicht mehr gewusst, was sie ohne sie und Sam, der sich um Haus, Hof und Garten kümmerte, anfangen sollte. Die Finca war so groß, dass Julia das allein nicht bewältigen könnte.

Sie trat gerade wieder in den Hof, als ein kleiner, roter Seat heranbrauste und dabei eine Staubwolke hinter sich herzog. Eine schlanke junge Frau mit tiefschwarzen Locken stieg aus. Fayna hatte bis vor Kurzem in dem Parador El Zumacal gearbeitet, einem Hotel der Extraklasse auf der anderen Seite der Insel. Vor wenigen Monaten hatten sie und ihr Verlobter geheiratet, und da Pablo in der Nähe eine Apotheke betrieb, hatte sie sich dazu entschlossen, ins Restaurant Flor de Sal zu wechseln, auch wenn Julia ihr nicht den Lohn bezahlen konnte, an den sie gewöhnt war.

»Ich bin doch nicht zu spät?«, fragte sie, und ihre dunklen Augen blitzten unternehmungslustig.

»Überhaupt nicht«, beruhigte Julia sie. Tatsächlich waren alle früher gekommen als erwartet, und das wollte auf den Kanaren etwas heißen.

»Morgen geht es also los!«, begann Julia. Aller Augen waren gespannt auf sie gerichtet. »Ab elf Uhr kommen die Gäste. Hier draußen bauen wir das Buffet auf, Sam und Devi haben schon damit angefangen.« Sie erklärte, wo genau die Tische stehen sollten und wie die Speisen und die Getränke angeordnet würden. »Zuerst gibt es Tapas.«

»*Claro*«, sagte Carmen. Ein Fest ohne Tapas war in Spanien einfach unvorstellbar.

»Und *vino espumoso* zur Begrüßung.« *Espumoso* war die kanarische Variante von Schaumwein, vergleichbar mit Sekt, und Julia hatte eine Menge Kisten einer ganz vorzüglichen, palmerischen Bodega in der Höhle eingelagert. »Danach gibt es Gemüseplatten und Fleisch und Fisch. Ab fünfzehn Uhr servieren wir die Desserts.«

Sie klärten, wer Fayna beim Abtragen helfen und wer in der Küche die Spülmaschine bedienen würde.

»Das mach ich«, meldete sich Paola, die während des laufenden Restaurantbetriebs Julia in der Küche zur Hand gehen würde.

»Und wenn alle auf einmal kommen?«, fragte Devi. »Wird es dann nicht ein bisschen eng?«

»Ich nehme an, dass sich viele auch im Haus umsehen wollen«, meinte Julia. »So verteilt sich das sicher etwas.«

»Wir könnten Tina fragen, ob sie mithelfen möchte«, schlug Fayna vor. »Cristina Pérez.«

»Meinst du, sie hat Lust dazu?« Julia wunderte sich ein bisschen, denn Tina war die jüngste Tochter ihres bis vor Kurzem erbittertsten Gegners im Dorf. Juan Pérez war sogar so weit gegangen, ihr das Wasser abzustellen, um sie von der Insel zu vertreiben. Doch das war eine andere Geschichte, und offenbar meinten es die Dorfbewohner ernst mit dem Frieden, den sie inzwischen geschlossen hatten.

»Sie hat mir schon öfter bei privaten Feiern ausgeholfen«, meinte Fayna. »Für ein Taschengeld ist sie sicher dabei.«

»Ist sie nicht erst vierzehn?«, fragte Carmen mit gerunzelter Stirn.

»Sechzehn«, korrigierte Fayna sie mit einem Lächeln. »In dem Alter hab ich mit meiner Ausbildung begonnen.«

Bald hatten sie alle Detailfragen geklärt. Vorfreude lag in der Luft, und Julia bekam rote Wangen vor Glück, wenn sie daran dachte, dass es nun endlich losgehen würde. Sie überließ die anderen ihren Aufgaben und begab sich in die Küche, um einmal mehr ihre Kunst unter Beweis zu stellen. Immerhin hatte sie in Deutschland einen Michelin-Stern errungen, und das im Alter von nur zweiunddreißig Jahren. Sie erwartete nicht, dass die Restaurantkritiker sich bis an diesen äußersten Zipfel der Kanarischen Inseln verirren würden, und es war ihr auch gleichgültig. Ihr kam es längst auf etwas ganz anderes an. Von dem Dauerstress in Deutschland hatte sie sich verabschiedet, um ein ruhiges und erfülltes Leben zu führen. Trotzdem würde jedes Gericht, das ihre Küche verließ, von ausgezeichneter Qualität sein.

Am späten Nachmittag, als sie alles für den kommenden Tag vorbereitet hatte und die fleißigen Helferinnen sie nicht mehr brauchten, füllte sie einen kleinen Korb mit Leckereien und nahm den schmalen Felsenweg, der seitlich an der Klippe zunächst zu der Vorratshöhle und dann weiter hinunter bis fast auf Meereshöhe führte. Hier lag der Salzgarten des Mannes, den sie liebte. Álvaro hatte diesen historischen Ort, wo bereits seit Menschengedenken Salz gewonnen wurde, vor ein paar Jahren wieder zum Leben erweckt, ihn erneuert und erweitert. Das Salz, das er hier erntete, war inzwischen über die Landesgrenzen hinaus in den Gourmetküchen von ganz Europa bekannt, und er konnte gar nicht alle Interessenten beliefern. Vor allem seine kostbaren Salzblumen, in Spanien Flor de Sal und in Frankreich Fleur de Sel genannt, die sich nur bei besonderer Witterung an der Oberfläche der Salzlake bildeten und behutsam abgeschöpft werden mussten, waren begehrt. Jetzt, Ende August, gab es im Salzgarten jede Menge zu tun.

Etwas mehr als zweihundert Meter ging es steil bergab, und wer nicht schwindelfrei war, der sollte diesen schmalen Felsenpfad lieber meiden. Julia hatte sich inzwischen daran gewöhnt und betrachtete vor allem den schweißtreibenden Aufstieg als ideales Work-out, schließlich verbrachte sie so viele Stunden in ihrer Küche. In den Felsspalten wuchsen hier und dort zähe Wolfsmilchgewächse, an einer Stelle hatte sich sogar eine prächtige Agave angesiedelt. Möwen, die sich von ihr gestört fühlten, stiegen keckernd auf und ließen sich vom Wind über die leuchtend blaue Weite des Atlantiks tragen.

Julia umrundete eine letzte Felsnase – da lag der Salzgarten in all seiner Pracht unter ihr. Obwohl ihr dieser Anblick vertraut war, empfand sie ihn doch immer wieder als überwältigend.

Die ursprüngliche Anlage bestand schon seit Menschengedenken, gut möglich, dass bereits die Ureinwohner der Kanaren, die sogenannten Guanchen, die ersten Verdunstungsbecken hier angelegt hatten. Álvaros verstorbener Großvater hatte sie vor Jahrzehnten vergrößert, und er selbst sie vor Kurzem komplett erneuert und zu einem rentablen Unternehmen ausgebaut.

Die natürlichen Gegebenheiten an dieser rauen Küste waren dafür geradezu ideal. Rund zwanzig Meter über dem Atlantik befand sich hier eine riesige Felsplatte, in die unzählige, flache Becken in den Stein geschlagen worden waren. Ein ausgeklügeltes Pumpsystem sorgte dafür, dass sie stets mit Meerwasser gefüllt waren, das durch die Einwirkung von Sonne und Wind verdunstete und reines Salz in den Becken zurückließ.

Wie jedes Mal, wenn sie an diesen friedlichen Ort kam, bewunderte Julia seine Schönheit. Auf dem nahezu schwarzen Gestein vulkanischen Ursprungs glitzerten die Salzkristalle an den Rändern der Becken wie winzige Diamantsplitter. In einigen dieser Becken schimmerte das Wasser rötlich, das kam von mikroskopisch kleinen Algen, die an dem Zersetzungsprozess beteiligt waren und das Salz mit ihren wertvollen Mineralien bereichern würden. Andere, bei denen die Salzkonzentration schon hoch war, schimmerten milchig weiß oder vanillefarben, und so ähnelte die Anlage von oben betrachtet einem modernen, abstrakten Kunstwerk. Zwischen den Becken gab es steinerne Stege, auf denen man zu den einzelnen Abschnitten gelangen konnte, und auf ihnen war in regelmäßigen Abständen bereits geerntetes Salz zu leuchtend weißen Kegeln aufgehäuft, was einen reizvollen Kontrast zu dem schwarzen Untergrund bildete.

Álvaro hatte nach seinem Studium der Geologie in den bedeutendsten Salinen der Welt gearbeitet und sich so ein umfassendes Wissen über diese besondere Handwerkskunst angeeignet. Nun entdeckte Julia ihn am äußersten Rand der gigantischen Felsplatte, auf der sich der Salzgarten rund zwanzig Meter über dem Meeresspiegel befand. Konzentriert beugte er sich über eines der Becken. Julia vermutete, dass er eine Probe entnahm, um den Salzgehalt zu überprüfen.

Sie wollte ihn schon rufen, als sie es sich anders überlegte. Wenn er so aufmerksam bei der Sache war, wollte sie ihn nicht stören. Er würde sie von ganz allein bemerken. Stattdessen durchquerte sie die Anlage auf einem der breiteren Dämme, die zwischen den Salzbecken verliefen, und bereitete auf dem abgeflachten Felsen gleich neben dem Salzgärtnerhäuschen das Picknick vor.

Sie hatte gerade den provisorischen »Tisch« gedeckt, als Álvaro mit großen Schritten zu ihr kam und sie in die Arme schloss.

»Ich sterbe vor Hunger«, flüsterte er und knabberte kurz an ihrem Ohrläppchen, sodass Julia lachen musste.

»Es gibt Leckereres als mein Ohr«, gab sie zärtlich zurück und küsste ihn auf die Nase. Sie liebte einfach alles an diesem Mann: sein lockiges schwarzes Haar, das er zu einem Pferdeschwanz im Nacken zusammengebunden hatte, die markante Nase, den sinnlichen Mund in dem stets von der Sonne gebräunten Gesicht, seine hohen Wangenknochen, die ihm ein etwas exotisches Aussehen verliehen, und vor allem seine Augen, die von einem unbeschreiblichen hellen Grünbraun waren und sich je nach Lichteinfall und Wetter verändern konnten.

»Wie geht es mit den Vorbereitungen voran?«, fragte Álvaro und griff nach einem Stück von dem knusprigen dünnen Stangenbrot, das Julia mit Schinken belegt hatte.

»Sehr gut«, antwortete sie mit vollem Mund. »Wir haben alles im Griff. Und wie sieht es hier aus?«

»Bestens«, antwortete Álvaro. »Wenn das Wetter so bleibt, können wir in rund zwei Wochen nochmals ernten. Sag mal, sind das etwa deine phänomenalen gegrillten Auberginen?«

Genüsslich leerten sie den Picknickkorb und die mitgebrachte Mineralwasserflasche. Álvaro beschloss, es für diesen Tag gut sein zu lassen, und kehrte gemeinsam mit Julia zur Finca zurück.

An diesem Abend gingen sie früh zu Bett. Ein letztes Mal war Julia ihre Planung für den folgenden Tag durchgegangen. Was in ihrer Macht stand, hatte sie vorbereitet, alles andere musste sie auf sich zukommen lassen. Bei einem Tag der offenen Tür wusste man nie, wie viele Gäste erscheinen würden. Und ob sie alle auf einmal über sie hereinbrechen oder nach und nach zur Finca kommen würden. So oder so, in ihrem Leben als Profiköchin hatte sie schon schwierigere Situationen gemeistert.

»Glaubst du, die Leute akzeptieren mich hier inzwischen wirklich?«, fragte sie leise, als sie in Álvaros Armen lag.

»Natürlich«, antwortete er.

So natürlich fand Julia das gar nicht. Nur zu gut konnte sie sich an die Attacken erinnern, denen sie vor gar nicht allzu langer Zeit ausgesetzt gewesen war. Jemand hatte ihr mitten in der Provinzhauptstadt alle vier Reifen zerstochen. Und dann die Sache mit dem Trinkwasser, das man ihr abgestellt hatte …

»Du darfst ihnen das nicht übel nehmen«, sagte Álvaro, so als hätte er ihre Gedanken gelesen. »Sie haben geglaubt, für mich Partei ergreifen zu müssen. Schließlich konntest du ja nicht wissen, dass ich seit Jahren versucht habe, dieses Anwesen für unsere Familie zurückzugewinnen. Und ausgerechnet du …«

»… ausgerechnet ich hab es dir vor der Nase weggeschnappt«, vollendete Julia seinen Satz. Es stimmte. Sie hatte keine Ahnung gehabt, in welches Wespennest sie sich mit dem Kauf der Finca gesetzt hatte. Schuld an allem war Marcos gewesen, dieser schlitzohrige alte Mann, der vor vielen Jahren, als Álvaro noch ein kleiner Junge gewesen war, die Finca im Spiel gewonnen hatte. Kein anderer als Belisario, Álvaros Vater, hatte sich dazu hinreißen lassen, den Besitz seiner Familie in einer Partie Domino zu setzen. Und er hatte verloren.

»Das ist jetzt Schnee von gestern«, versuchte Álvaro, sie zu beruhigen. »Die Leute haben eingesehen, dass du das Beste bist, was mir passieren konnte. Und nicht nur mir. Du wirst aus dem Restaurant meiner Großmutter wieder die Perle machen, die es früher gewesen ist.«

Er drehte den Kopf in Richtung des kleinen Ölgemäldes, das an einer der Wände hing, eine naive Darstellung der Jungfrau Maria. In einer Hand hielt sie eine weiße Rose, in der anderen ein Schälchen mit Salz. Nuestra Señora de la Sal stand darunter, und niemand anderes als Alba, Álvaros Mutter, hatte es einst gemalt.

»Morgen wirst du sie alle verzaubern«, sagte Álvaro und begann, sie sanft zu küssen.

Am Morgen erwachte sie früh. Vorsichtig befreite sie sich aus Álvaros Umarmung und stand leise auf. Der alte Holzboden unter ihren bloßen Füßen fühlte sich warm und vertraut an. Statt direkt ins Erdgeschoss hinunterzugehen, betrat sie zuerst den überdachten Wandelgang, der rings um das große, viereckige Oberlicht herumführte, das tagsüber das Restaurant darunter so schön erhellte. Sie sah zum immer noch nachtblauen Himmel empor, an dem die Sterne trotz der beginnenden Dämmerung deutlich zu erkennen waren, und zwar so dicht und funkelnd, wie es nur auf dieser wundervollen Insel möglich war. Julia hätte vor Glück singen mögen, wenn sie damit nicht Álvaro geweckt hätte.

Noch im Nachthemd lief sie hinunter in die Küche, wo es verführerisch nach dem Roastbeef roch, das sie vor dem Schlafengehen bei exakt 58 Grad ins Backrohr geschoben hatte, damit das Fleisch ganz langsam garte. Sie überzeugte sich davon, dass der Brotteig, den sie am Vortag angesetzt hatte, aufgegangen war. Im Steinofen war noch Glut vom Abend zuvor. Rasch legte sie Holzscheite nach, machte sich einen starken Kaffee und nahm die Tasse mit ins Badezimmer.

Unter der Dusche ging sie nochmals ihre Arbeitsschritte durch. Tapas, anschließend ein kalt-warmes Buffet, für das sie als Reminiszenz an ihre deutsche Herkunft das Roastbeef vorbereitet hatte, daneben aber auch ganze Hälften vom Thunfisch und vom Bonito garen würde, dazu Kartoffelspieße aus den verschiedenen Sorten, die es hier auf den Kanaren in vielen verschiedenen Farben und Geschmacksrichtungen gab, außerdem Gemüse aller Art, das sie bereits in italienischer Antipasti-Manier gegrillt und mariniert und in wunderschönen Mustern auf Platten angerichtet hatte.

Sie schlüpfte in frische Arbeitskleidung, band sich das lange, dunkelblonde Haar sorgfältig zu einem Zopf und steckte ihn zu einem Chignon zusammen. Dann setzte sie sich, wie es vorgeschrieben war, ihre Kochmütze auf.

Routiniert formten ihre Hände aus dem duftenden, weichen Teig winzige Brötchen in der für sie charakteristischen, spitz zulaufenden Form und füllte damit Blech um Blech, deckte sie mit einem Tuch ab und stapelte sie auf einem speziell dafür angefertigten Regal in der Vorratskammer. Als ein lachsfarbener Schimmer den Morgenhimmel erhellte und die Glut im Ofen perfekt war, legte sie sechs Teiglinge fürs Frühstück auf ein Blech und schob es in den Ofen.

Der Duft nach gebackenem Brot erfüllte die Küche, als Álvaro hereinkam. Er war bereits geduscht, sein feuchtes Haar ringelte sich über den Schultern. »Hm«, machte er. »Das riecht ja köstlich!« Liebevoll schloss er Julia in die Arme und schnupperte an ihrem Hals. »Bist du das? Oder kommt das aus dem Ofen?«

Sie lachte und küsste ihn zärtlich.

Die Brötchen waren noch warm, als sie sie aufschnitten. Die Butterflöckchen, die Julia auf ihrem verteilte, schmolzen auf der Stelle. Sie streute ein paar von Álvaros Salzblumen darüber und biss hinein. Gegen das salzige Aroma kontrastierte die Butter mit ihrer Süße, der Geschmack des frischen Brots rundete das Ganze ab.

»Einfach nur lecker«, nuschelte sie mit vollem Mund.

Álvaro träufelte ein wenig Olivenöl auf sein Brot und bestreute es ebenfalls mit Flor de Sal. Auf einmal schlug draußen im Hof Amo an.

»Das wird Nunzia sein mit der Kekslieferung der Witwenkooperative«, sagte Julia und ging nachsehen, ob sie richtig vermutete. Ein Wagen mit der Aufschrift HORNO DE LA DELICIA, was so viel hieß wie »Backofen der Köstlichkeiten«, hielt unter dem Drachenbaum, doch niemand stieg aus. Als Julia vor das Tor trat, sah sie Nunzias silberne Löckchen und ihre großen Augen hinter den Brillengläsern, die ängstlich aus dem Autofenster spähten.

»Kannst du den Hund zurückrufen?«, bat sie, als Julia sich zu ihr hinunterbeugte.

»Du brauchst dich vor ihm nicht zu fürchten«, beruhigte sie Nunzia und hielt den Garafiano am Halsband fest. »Amo tut keinem etwas.«

»Das sagst *du*«, gab die Bäckerin zurück und warf dem hübschen Hütehund mit dem langen, rötlichen Fell einen misstrauischen Blick zu. »Weiß er selbst das auch?«

Julia lachte. »Wenn du willst, sperre ich ihn in den Schuppen, solange du hier bist. Er wird das allerdings als Beleidigung empfinden, denn er ist wirklich ein vorbildlicher Hund und tut nur seine Pflicht.« Sie lockte Amo in den Hof und öffnete die Tür zu einem der beiden Nebengebäude. Doch der kluge Garafiano hatte längst begriffen, was vor sich ging, leckte rasch über Julias Hand, so als wollte er sich vorab entschuldigen, und entwischte ihr dann in den Garten hinter dem Haus. Julia war sich sicher, dass er nicht eher wieder auftauchen würde, bis der Wagen der Backkooperative das Gelände verlassen hatte.

»Zweihundert von jeder Sorte«, sagte Nunzia, stieg aus und beugte sich über den Kofferraum, um eine der vielen Schachteln herauszuholen, in denen sie mit ihren Kolleginnen Pilar, Rosaria und Candelaria das nach Julias Rezept zubereitete Gebäck verpackt hatte. Ein verführerischer Duft nach Mandeln, Vanille, Butter und zahlreichen anderen Aromen entstieg ihnen.

»Lasst mich das machen.« Álvaro hatte sich zu ihnen gesellt

und begrüßte Nunzia mit den obligatorischen Küsschen auf beide Wangen. »Wo sollen die *galletas* denn hin, *cariño?*«

Julia zeigte es ihm und lud Nunzia so lange auf eine Tasse Kaffee ein, zu der sie gleich von den an diesem Morgen gebackenen Plätzchen probierten. Julia lauschte dem neuesten Klatsch und lachte über die lustigen Anekdoten aus dem Kreis der Witwenkooperative, in der jede Frau für eine bestimmte Sorte Kekse verantwortlich war.

»Stell dir vor«, erzählte Nunzia, »ein paar Touristen haben Candelaria ihre Lieblingskakteenfeigen direkt vor der Nase weggeerntet, aus denen sie doch immer die Füllung für ihre *galletas* zubereitet. Dabei waren sie noch gar nicht richtig reif! Was hat sie sich aufgeregt! Und dann hat uns Luis von der Ambulanz erzählt, dass die von oben bis unten voll mit diesen hinterhältigen Stacheln bei ihnen aufgekreuzt sind. Die Leute wussten gar nicht, wie man die Früchte richtig anfasst! Zwei volle Stunden mussten sie ihnen diese haarfeinen Biester aus der Haut ziehen. Und zwar an den unglaublichsten Körperstellen. Weißt du eigentlich, wie weh das tut?« Nunzia kicherte und schüttelte gleichzeitig den Kopf über so viel Unverstand.

Julia nickte. Wenn man Pech hatte, entzündete sich die Haut, und es bildeten sich Pusteln.

»Ich verstehe das nicht«, fuhr Candelaria missbilligend fort. »Diese Leute haben nicht einfach nur ein Körbchen voll gepflückt, sondern gleich die gesamte Ernte abgeräumt. Und nach dem Fiasko mit den Dornen haben sie die Früchte bestimmt weggeworfen.«

Julia schenkte ihr Kaffee nach. Sie hatte dem Bericht mit gemischten Gefühlen gelauscht. Hoffentlich waren es nicht von Jens geführte Touristen gewesen. Ihr Bruder hatte auf La Palma ein Tourismusunternehmen, er bot Exkursionen aller Art an und war bei den Einheimischen aufgrund seiner wenig sensiblen Art leider überhaupt nicht beliebt. Sein schlechter Ruf auf der Insel hatte Julia anfangs richtig geschadet. *Wie der Bruder, so die Schwester,* hatte es geheißen. Das hatte sich inzwischen zum Glück geändert, jedenfalls hoffte Julia es. Sie kam selbst nicht besonders gut mit Jens aus, bei der geringsten Kleinigkeit gerieten sie miteinander in Streit. Das war schon immer so gewesen, und trotzdem musste sie mit ihrem Bruder irgendwie klarkommen, auch wenn sie mit vielem nicht einverstanden war, was er tat. Denn da war Emil, Jens' Sohn und Julias Patenkind, den Julia über alles liebte. Schon einmal hatte Jens ihr den Umgang mit dem Jungen untersagt, und wenn sie nicht wollte, dass das wieder geschah, musste sie sich um ein halbwegs gutes Verhältnis zu ihm bemühen. Aber das, was Nunzia gerade erzählt hatte, klang sehr nach den Kunden ihres Bruders.

»Das mit den Kaktusfrüchten ist wirklich schade«, antwortete sie. »Hat Candelaria denn Ersatz gefunden?«

»*¡Sí, claro!*«, gab Nunzia zurück. »Die Insel ist ja voll davon. Es gibt viele verschiedene Sorten, und nicht alle schmecken so gut.«

»Werdet ihr später als meine Gäste vorbeikommen?«, wechselte Julia das Thema.

»Natürlich!« Nunzias rundliches Gesicht war ein einziges Strahlen. »Schließlich backen wir deine *galletas*. Vielleicht kommt auch meine Tochter mit. Das ist doch in Ordnung?«

»Selbstverständlich«, antwortete Julia. »Deine Familie ist mir willkommen. Bring ruhig auch deinen Enkel mit. Geht er nicht mit Emil in dieselbe Klasse?«

»Ja, das tut er«, sagte Nunzia stolz. »Ich werde Manuel mal fragen, ob er Lust hat. So, jetzt muss ich los. Sicher hast du noch eine Menge zu tun.«

Das stimmte allerdings, Julia hatte schon unauffällig auf ihre Armbanduhr geschaut. Es war inzwischen acht Uhr.

Wenig später trafen Devi und Sam, Paola und Carmen ein.

Bis zum Boden reichende weiße Tischdecken aus Damast wurden über die vorbereiteten Tische gebreitet, Gläser, Geschirr, Besteck und Rechauds bereitgestellt. Gegen zehn kam Fayna gemeinsam mit Tina und versprach, die Schülerin unter ihre Fittiche zu nehmen. Alles lief wie am Schnürchen, und Julia, die inzwischen die großen Thunfisch- und Bonitohälften vorbereitete, die sie um die Mittagszeit kurz im Ofen garen würde, und immer wieder den Braten kontrollierte, den sie später in feinen, innen noch rosafarbenen Scheiben kalt servieren würde, war ganz und gar in ihrem Element. Ach, sie freute sich so auf die Eröffnung ihres Restaurants!

2

Der Überraschungsbesuch

Punkt elf Uhr waren sie fertig. Paola und Carmen wischten ein letztes Mal über den Boden der Küche und des Restaurants, während Devi mit kritischen Augen die Toiletten inspizierte und alles für gut befand. Fayna und Tina trugen die Platten mit den Begrüßungstapas zum Buffet. Julia kontrollierte gerade den Rinderbraten, als sie das erste Auto ankommen hörte.

Gespannt ging sie nachsehen, wer wohl die ersten Gäste waren. Eine Frau Mitte dreißig mit kurzen, blonden Haaren stieg aus dem Wagen und sah sich mit großen Augen um. Amo schnupperte vorsichtig an ihrem Rocksaum und begann mit dem Schwanz zu wedeln.

»Amelie«, schrie Julia überrascht auf und eilte auf ihre frühere Arbeitskollegin zu. »Wie kommst denn du hierher?« Überglücklich fiel sie ihrer Freundin um den Hals.

»Mit dem Flugzeug«, antwortete Amelie trocken und grinste Julia an. »Und dann hab ich mir diesen Wagen hier gemietet.«

»Du hast Bescheid gewusst, oder?«, fragte Julia Álvaro, der sich lächelnd näherte.

»Die Überraschung ist offenbar gelungen«, gab er zufrieden zurück. »Herzlich willkommen«, sagte er zu Amelie. »Ich freu mich, dich endlich persönlich kennenzulernen. Julia hat schon so viel von dir erzählt.«

Julia entging nicht, wie beeindruckt Amelie von Álvaro war. Sie konnte es ihr nicht verdenken, ihr Freund sah einfach unglaublich gut aus. Über seiner neuen Jeans trug er ein traditionelles weißes Leinenhemd von der Insel.

»Ich freu mich auch«, antwortete Amelie hingerissen, betrachtete den Drachenbaum und sah hinunter auf den Atlantik. »Das ist ja wirklich eine Wucht!«, rief sie begeistert. »Noch viel schöner als auf den Fotos.«

»Komm rein!« Julia nahm sie an der Hand und führte sie in den Innenhof. »Hast du schon gefrühstückt?«

»Ja, im Hotel«, antwortete Amelie und streifte das vorbereitete Buffet mit professionellem Blick. »Einen Kaffee nehme ich trotzdem gern, wenn es keine Umstände macht.« Gleich war Fayna zur Stelle, die offenbar ebenfalls eingeweiht gewesen war, in der Hand ein hübsches Tablett mit einer Tasse Kaffee darauf und einem kleinen Glas Wasser.

»*Bienvenida*«, sagte sie.

»Fayna macht den Service«, erklärte Julia, erfreut über die Professionalität ihrer neuen Mitarbeiterin. Sie wandte sich auf Spanisch an die Palmera. »Amelie ist eine Kollegin von dir. Sie ist Serviceleiterin in einem erstklassigen Lokal in Deutschland …«

»Ich *war* Serviceleiterin«, korrigierte Amelie sie, bedankte sich lächelnd bei Fayna und nahm ihr den Kaffee ab. Julia riss erstaunt die Augen auf, zum einen über die Tatsache, dass ihre Freundin Spanisch sprach, und zum anderen über die Neuigkeit.

»Ich hab mal ein ganzes Jahr in Bilbao gearbeitet, weißt du das nicht mehr?«

»Natürlich«, antwortete Julia und schlug sich mit der Hand vor die Stirn. »Aber sag mal, ich dachte, du hättest dich mit dem neuen Restaurantbesitzer so gut verstanden?«, fragte sie, nun wieder auf Deutsch.

»Ja, am Anfang schon.« Amelie wand sich sichtlich, verdrehte die Augen, und Julia begann zu ahnen, was passiert sein mochte. »Sagen wir mal so: Wir haben uns *zu* gut verstanden. Und dann überhaupt nicht mehr. Du weißt ja, mit Männern, in die ich mich verliebe, habe ich kein Glück.«

»Ach, Amelie, das tut mir leid«, sagte Julia voller Mitgefühl. »Und was machst du jetzt?«

»Dasselbe, was du im Frühjahr getan hast«, gab Amelie zurück und verzog das Gesicht zu einer lustigen Grimasse. »Ich nehme eine Auszeit.«

»Ausgezeichnete Idee.« Julia strahlte. »Und nirgendwo kannst du das besser tun als hier.«

Inzwischen waren weitere Besucher eingetroffen, der Hof füllte sich allmählich mit Bewohnern des benachbarten Dorfes. Zuerst wirkten sie scheu, doch nachdem Julias Helferinnen sie mit Getränken versorgt hatten, tauten sie auf und sahen sich neugierig auf dem Anwesen um. Amo, der begriffen hatte, dass all diese Menschen mit Julias Erlaubnis hier waren, begrüßte die Neuankömmlinge schwanzwedelnd und kreiste um die wachsende Gästeschar, so als sei sie eine Herde, die er zu bewachen hatte.

»Das ist aber schön geworden«, sagte die Frau des Bürgermeisters. Sie stand vor dem großen Portal und spähte ins Restaurant.

»Bitte sehen Sie sich ruhig um«, forderte Julia sie auf und geleitete sie persönlich in den Gastraum.

»Ach, sag einfach Lorita zu mir, so wie alle anderen auch«, antwortete die Frau und zeigte beim Lächeln eine kleine Lücke zwischen ihren oberen Schneidezähnen, was sie irgendwie sympathisch erscheinen ließ. »Wie beeindruckend!«, rief sie aus, als sie zu dem großen Oberlicht emporsah, durch dessen Milchglasscheiben die Sonnenstrahlen gedämpft den Raum erhellten. Julia hatte an den Deckenbalken Blumenampeln aufgehängt und sie mit Farnen und Strelizien bepflanzt, was dem Raum den Charme eines verzauberten Märchenschlosses verlieh.

»Im Grunde habe ich nur erhalten und renoviert, was ich vorgefunden habe«, erklärte Julia bescheiden.

»Das ist die Untertreibung des Tages«, ertönte es von der Schwelle. Eine aufrechte kleine Gestalt, die sich auf einen Gehstock stützte, stand dort im Gegenlicht.

»Belén«, rief Julia und ging Álvaros Großmutter entgegen. »Wie schön, dass du hier bist!«

»Ich freu mich auch!«, entgegnete die alte Dame herzlich. Vor vielen Jahren hatte ihr der alte Gasthof gehört, ihre Kochkünste waren legendär gewesen. »Was für ein großer Tag für uns alle! Du glaubst nicht, wie froh es mich macht, dass hier nach all der Zeit endlich wieder Leben einkehrt. Und um es ganz deutlich zu sagen«, Belén wandte sich an Lorita, »Julia hat etwas schier Unmögliches geschafft: Sie hat diesen alten Kasten auf den neuesten Stand gebracht, und dennoch ist es ihr gelungen, seinen Geist zu erhalten. Und das, obwohl sie keine Ahnung gehabt hat, was früher hier war.«

»Vielleicht genau deswegen«, gab Lorita zu bedenken. »Ich kenne die alten Geschichten auch nur vom Hörensagen, damals war ich ja noch viel zu jung und lebte auch nicht in dieser Ecke der Insel, um das alles miterlebt zu haben. Ich glaube, nur jemand, der von all dem nichts wusste, konnte so unbefangen an die Sache herangehen wie Julia.«

»Das stimmt«, mischte sich eine männliche Stimme in die Unterhaltung ein. Es war Baltasar, Loritas Mann, der seit einem Jahr Bürgermeister des Dorfes war. Ihm folgten Juan Pérez und seine Frau Beatriz, die Eltern von Tina und Álvaros bestem Freund Toto. »Wir alle sind sehr froh, dass Sie hier sind, Julia. Und an die alten Geschichten wollen wir nicht mehr denken.« Es klang ein wenig steif und bemüht, denn noch immer steckte dem Mann wohl die Feindseligkeit in den Knochen, die seine Gemeinde und vor allem Juan Pérez Julia anfangs entgegengebracht hatte.

»Nein, heute wollen wir feiern«, stimmte Julia ihm zu und winkte Tina heran, die gerade vorsichtig ein Tablett mit frisch gefüllten Sektkelchen von der Theke hob. »Lasst uns auf das Mesón Flor de Sal anstoßen und vor allem auf gute Nachbarschaft.«

»Und darauf, dass der Gasthof ein großer Erfolg wird!«, fügte Baltasar hinzu. »Schließlich ist es im Interesse unserer Gemeinde, dass Gäste auf unsere entlegene Gegend aufmerksam werden.«

Die Gläser schlugen mit einem harmonischen Klang aneinander, und Julia atmete tief durch. Erneut wurde ihr klar, wie sehr sie die Ablehnung der Dorfgemeinschaft belastet hatte.

»Toto hat mir erzählt, dass du einen zuverlässigen Fischer suchst, der dich beliefern könnte«, sagte Juan Pérez zu Julia.

»Ja, das stimmt«, erwiderte Julia. Noch waren ihr die Lieferketten zu fangfrischem Fisch auf der Insel ein Buch mit sieben Siegeln. »Beste Qualität und Nachhaltigkeit, das ist mir wichtig. Bislang kaufe ich auf dem Markt ein. Auf Dauer ist mir der Fisch dort nicht frisch genug.«

Juan Pérez nickte. »Ich habe mir erlaubt, Abián Bencomo heute herzubitten, damit ihr euch kennenlernt. Er ist ein alter Freund unserer Familie. Ich denke, er ist genau der richtige Mann für dich.«

»Oh wie nett, vielen Dank.« Julia hatte nicht zu hoffen gewagt, dass ausgerechnet ihr ehemals größter Gegner sie in dieser Frage unterstützen würde. »Dein Urteil bedeutet mir viel«, fügte sie hinzu. »Schließlich hast du früher selbst als Fischer gearbeitet.«

»So wie mein Vater und mein Großvater.« Juan Pérez nickte ernst. »Doch diese Zeiten sind lange vorbei. Unsere Küsten sind überfischt. Nicht alle halten sich an die Vorgaben und überschreiten die zugeteilten Quoten. Dazu kommen die vielen Privatfischer, die ihren Fang überhaupt nicht angeben. Abián gehört zu denen, die umsichtig sind. Er und seine Leute benutzen weder Reusen noch Schleppnetze, sondern die Angel, auf diese Weise kann man zielgenau auf Bestellung fangen und mit dem Köder justieren, wie groß der Fisch sein soll. Selbstverständlich fängt er nur so viel, wie ihm zusteht. Die meisten guten Restaurants auf La Palma gehören zu seinen Kunden.«

»Hat er denn dann überhaupt noch Kapazitäten für mich frei?«, fragte Julia.

Juan Pérez wiegte seinen Kopf. »Ich denke, er hätte nicht zugesagt zu kommen, wenn das nicht der Fall wäre. Am besten fragst du ihn selbst.«

Mehr Gäste aus dem Dorf gesellten sich zu ihnen und verwickelten Juan in ein Gespräch. Julia sah kurz in der Küche nach dem Rechten und konnte sich davon überzeugen, dass Paola stets fleißig den Ofen mit Brötchen befüllte, sodass sie in regelmäßigen Abständen frisch auf das Buffet gebracht werden konnten. »Mach dir keine Sorgen«, rief ihr die zupackende Spanierin gut gelaunt zu. »Ich hab hier alles im Griff!«

Devi hatte sich kurzerhand ebenfalls eine der Servierschürzen umgebunden und unterstützte Fayna und Tina dabei, das Tapas-Buffet ständig mit Nachschub zu versorgen und abgestellte Tellerchen sogleich wieder abzuräumen. Mit einer großen Platte *albóndigas* in den Händen, den klassischen spanischen Fleischbällchen in pikanter Tomatensauce, kehrte Julia in den Hof zurück, gerade rechtzeitig, um ihre Freunde Maribel und Paco willkommen zu heißen, die in der Nähe einen Ziegenhof samt Imkerei betrieben. Obwohl Maribel Julias Mutter hätte sein können, fühlte sie sich dieser großherzigen und bodenständigen Frau sehr verbunden. Außerdem hatte Julias Patensohn Emil auf dem Ziegenhof ein zweites Zuhause gefunden, denn er und Maribels Enkel Acorán waren Schulkameraden und beste Freunde. Auch an diesem Tag waren die beiden Jungen mit von der Partie, und nachdem Emil seine Tante stürmisch begrüßt hatte, tobten die beiden Jungen gemeinsam mit Amo in den Garten hinter der Finca und wurden vorerst nicht mehr gesehen.

»Das Buffet ist ja eine Augenweide«, staunte Maribel.

»Schau mal, das ist dein Ziegenkäse«, sagte Julia zu Paco und bot den beiden ein Tellerchen an.

»Was hast du denn mit dem angestellt?«, wollte Paco wissen, nachdem er probiert hatte. »Der hat ja ein völlig neues Aroma.«

»Ich hab ihn in hausgemachtem Essig aus Nísperofrüchten eingelegt«, verriet Julia. »Schmeckt es dir?«

»Und wie!«

»Ihr müsst auch die anderen Sachen probieren«, bat Julia und sorgte dafür, dass ihre Freunde mit Espumoso versorgt wurden. Als sie sah, dass sie von einigen Nachbarn umarmt wurden, richtete sie ihr Augenmerk wieder auf die Bewirtung.

Fachmännisch glitt Julias Blick über das Buffet mit den winzigen, bildschön angerichteten Tellerchen: Manchego mit Quittengelee, Oktopus mit ein paar Tropfen Chiliöl und hauchfeinen, gedünsteten Streifen von naturbelassenen Zitronenschalen. Und die Röllchen aus Bernsteinmakrelen, die es hier an der palmerischen Küste wunderbarerweise gab.

»Das schmeckt absolut fantastisch«, hörte sie eine vertraute Stimme hinter sich und entdeckte die Clique, mit der Álvaro seit seiner Jugend befreundet war. Serena leckte sich gerade über die Lippen. Bei ihr standen Naira und Toto, natürlich war auch Pepe nicht weit. »Was ist denn bloß an diesen Fischröllchen?«, wollte Serena von Julia wissen. »Bitte, haltet mich auf, sonst esse ich die ganze Platte leer.« Serena hatte sich besonders schön gemacht, an diesem Tag trug sie ihr langes, dunkelbraun glänzendes Haar, das Julia so bewunderte, kunstvoll aufgesteckt, was sie wie eine Königin aussehen ließ. Auch Naira, Álvaros Cousine, von der Julia lange geglaubt hatte, sie sei seine Freundin, hatte sich in Schale geworfen, sie trug ein ärmelloses, hellblaues Leinenkleid und hatte ihr zartes Puppengesicht sorgfältig geschminkt, was sie sonst selten tat.

»Sie wird uns bestimmt nicht ihre Rezepte verraten«, sagte sie gerade mit einem spitzbübischen Grinsen. »Was, Julia?«

»Wir können ja mal einen Kochkurs unter Freundinnen veranstalten«, schlug Julia vor.

»Wie bitte?«, ließ Pepe sich vernehmen. »Männer sind dazu etwa nicht zugelassen? Das ist ganz klare Diskriminierung, Julia.«

»Wenn du dabei sein möchtest, immer gerne«, entgegnete Julia mit einem fröhlichen Lachen. »Was ist mit dir, Toto, willst du auch kochen lernen?«

»Ich stelle mich als Verkoster zur Verfügung«, lautete die Antwort von Tinas Bruder. Lässig schob er sich den alten Strohhut aus der Stirn, ohne den er nie aus dem Haus ging. »Und als Flaschenöffner.«

Die anderen lachten.

»Wir nehmen dich beim Wort«, meinte Julia und ließ ihren Blick über die Gäste schweifen.

»Hier kommt übrigens Abián mit seiner Frau«, sagte Toto und sah zum Torbogen, durch den gerade ein kleiner, gedrungener Mann schritt, am Arm eine zierliche rothaarige Frau. »Komm, ich stell euch einander vor. Das ist der Fischer, den mein Vater für dich angesprochen hat.«

»Ja, ich weiß«, erklärte Julia aufgeregt. »Das war sehr nett von Juan.«

Gemeinsam gingen sie auf den Fischer zu, der mit seiner Frau im Hof stehen geblieben war und sich offenbar nach jemandem umsah, den er kannte.

»*¡Bienvenidos!*«, sagte Julia freudig und stellte sich vor. »Wie nett, dass Sie gekommen sind. Möchten Sie ein Glas Espumoso?«

Sie winkte Tina, während Toto mit Abián ein Gespräch über den Küstenschutz und das Klima begann, das in diesem Jahr viel zu trocken war. »Ich heiße Julia«, sagte sie zu Abiáns Frau und reichte ihr eines der Gläser von Tinas Tablett.

»Ich bin Dácil«, antwortete diese und betrachtete Julia interessiert aus dunklen Augen.

»Ist das auch ein altkanarischer Name?«, erkundigte sich Julia. »Sie klingen alle so geheimnisvoll.«

Die Frau des Fischers lächelte. »Für uns sind sie ganz normal«, gab sie zurück. »Dácil bedeutet die Leuchtende. Was Abián übersetzt heißt, weiß ich ehrlich gesagt gar nicht.«

Das Gespräch der Männer stockte, und Julia nutzte den Moment, um es auf ihr Anliegen zu lenken. »Bitte probieren Sie von meinen Tapas«, bat sie. Sie wählte mit Bedacht zwei Tellerchen mit der Bernsteinmakrele und bot sie ihren Gästen an.

Abián begutachtete das Röllchen genau, dann kostete er. »Von wem haben Sie den Fisch?«, erkundigte er sich.

»Von dem Händler aus der Markthalle von Los Llanos«, antwortete sie und versuchte, seiner Miene abzulesen, was er dazu meinte.

»Und wie zufrieden sind Sie mit der Makrele?« Offenbar war sie es, die gerade einem Test unterzogen wurde. Sie lächelte.

»Die Qualität ist gut, sonst hätte ich sie nicht verwendet«, antwortete sie. »Frisch genug, um das Filet mariniert zu servieren. Allerdings kenne ich die Bernsteinmakrele in besserer Qualität. Der Fisch war zu jung, als er gefangen wurde. Das Aroma ist noch nicht ganz ausgereift.« Abián nickte. Julia überlegte, ob sie schon jetzt zur Sache kommen sollte, doch sie entschied sich dagegen. Es war besser, nicht mit der Tür ins Haus zu fallen. Zuerst sollten sich Abián und Dácil bei ihr wohlfühlen. Über das Geschäftliche konnten sie später noch sprechen. Und so brachte sie die beiden zu Totos Vater, nicht ohne sie zuvor am Buffet vorbeizuführen und ihnen vor allem den Oktopus ans Herz zu legen.

Der Hof hatte sich gefüllt, Julia sah viele bekannte Gesichter. Sie begrüßte die Frauen von der Witwenkooperative samt ihren Angehörigen, außerdem Emils Klassenlehrerin, die Julia zum Entsetzen der Jungen ebenfalls eingeladen hatte. Fayna und Tina kamen kaum mit den Getränken hinterher, und auch die Vorspeisen würden bald zur Neige gehen. Zeit, den Fisch in den Ofen zu schieben und den Braten aufzuschneiden. Julia zog sich in die Küche zurück, wo Paola bereits die passenden Platten herausgesucht hatte und die Ofenwärme kontrollierte.

Sie hatten gerade unter dem Beifall der Gäste alle gemeinsam die wundervoll dekorierten Platten mit Fleisch und den perfekt gegarten Fischhälften aufgetragen, als ein großer Tourenbus über die Piste rumpelte und unter dem Drachenbaum zum Stehen kam.

»Hast du etwa die Fußballmannschaft von Santa Cruz eingeladen?«, fragte Álvaro überrascht, der Julia ein großes Glas Mineralwasser mit einer Zitronenscheibe darin brachte. Wenn sie arbeitete, vergaß sie meist, selbst auf sich zu achten. Sie zuckte ratlos mit den Schultern und leerte das Glas in großen Zügen. Auf einmal war Amo wieder zur Stelle und rannte wütend bellend um den Bus herum.

»Ich habe keine Ahnung, wer das sein könnte«, gab sie leise zurück, stellte das Glas ab und rief Amo zurück. Der war so aufgebracht, dass Álvaro ihn am Halsband nehmen musste. »Bitte sperr ihn in den Schuppen«, bat Julia ihn. Dann ging sie dem Gefährt entgegen. Unzählige fremde Gesichter spähten aus dem Bus. Und Julia beschlich ein ausgesprochen ungutes Gefühl.

3

Der Überfall

»Hallo Schwesterherz.« Julia glaubte, ihren Augen nicht zu trauen. In der offenen Beifahrertür des Busses stand niemand anderes als ihr Bruder Jens. »Herzlichen Glückwunsch zur Eröffnung! Ich hab dir ein paar Kunden mitgebracht. So wird dein Restaurant auch unter den Feriengästen bekannt.« Auf ein Zeichen von ihm öffnete sich nun auch die rückwärtige Tür, aus der Touristen herausquollen, sich kritisch umsahen und dann dem Torbogen zustrebten.

»Das ist also so ein typisches *mesón*«, hörte Julia eine Frau zu ihrem Mann sagen. »Na hoffentlich gibt es hier mal was Anständiges zu essen und nicht schon wieder diesen ewigen Ziegenkäse.«

Konsterniert sah Julia ihnen nach.

»Na, was ist, hat es dir die Sprache verschlagen?« Lässig strich Jens sich mit der Hand durch sein dichtes, dunkelblondes Haar und schien die Situation sichtlich zu genießen. »Du kannst ruhig Dankeschön sagen.«

»Wie viele Leute sind das denn?«, fragte Julia bestürzt, als sie ihre Sprache wiedergefunden hatte. Noch immer stiegen Menschen aus dem Bus, und es schien gar kein Ende zu nehmen. »Fünfzig? Sechzig? Himmel, Jens, warum hast du mir das denn nicht vorher gesagt?«

»Ich denke, das ist ein Tag der offenen Tür«, gab ihr Bruder zurück. »Da muss man sich doch wohl nicht anmelden.« Er schüttelte den Kopf, so als fände er sie schrecklich undankbar, und marschierte in den Hof ihres Restaurants, als gehöre es ihm.

Julia, die ihm hinterhereilte, glaubte, nicht recht zu sehen. Wie die Habichte machten sich einige von Jens' Kunden bereits über die kunstvoll angerichteten Platten her. Fayna versuchte vergeblich, einer energischen älteren Dame das Messer aus der Hand zu nehmen, mit dem sie die Thunfischhälfte massakrierte und ihren Freundinnen große Stücke auf die Teller legte.

»Augenblick«, versuchte Julia einzuschreiten. »Dies ist keine Selbstbedienung. Bitte geben Sie mir das Messer.«

Doch die Frau dachte nicht daran und lud das letzte Stück von dem Thunfisch auf den Teller ihres Partners. Auf der Platte blieben nur noch Fetzen zurück, es sah aus wie auf einem Schlachtfeld. Auch der Bonito war geplündert, von dem Braten nur noch ein paar Scheiben übrig.

»Also, ich weiß nicht, ob das richtig ist«, wandte eine andere Touristin ein und warf ihrem Mann einen fragenden Blick zu. »Können wir uns denn einfach so bedienen?« Hilfesuchend sah sie Julia an.

»Herr Brunner hat gesagt, das ist im Preis inbegriffen«, antwortete die resolute Dame und legte das Messer endlich weg, um sich ihrer Beute zu widmen.

»Aber sagen Sie mal«, wandte sich ein älterer Herr, der in seinem großen Stück Thunfisch herumstocherte, an Julia. »Sind Sie hier die Köchin? Der Fisch ist ja gar nicht ganz durchgebraten! Ich hoffe, wir holen uns keine Salmonellen.«

Sie holen sich bald noch etwas ganz anderes, wollte Julia zornig entgegnen, da fasste sie jemand sanft an der Schulter und schob sie zur Seite. »Geh lieber in die Küche und sorge für Nachschub«, raunte ihr Amelie leise zu. »Überlass das mir. Álvaro, habt ihr irgendwo noch mehr Tische und Stühle?«

Souverän begann Amelie mit Jens zu verhandeln, während Álvaro gemeinsam mit Sam in Windeseile draußen vor dem Tor Sitzgelegenheiten aufstellte. Und nach einer Weile, die Julia unendlich lang erschien, schaffte Amelie es tatsächlich, die ganze Gesellschaft dort unter dem Drachenbaum zu versammeln und auf diese Weise vom Buffet fernzuhalten. Dennoch verließen einige der Einheimischen demonstrativ das Fest, unter ihnen zu Julias Schrecken auch Abián Bencomo mit seiner Frau. Toto, der schon seit Langem ausgesprochen schlecht auf Jens zu sprechen war, hatte sich mit Naira und Pepe in einem Winkel des Hofs zurückgezogen, wo die drei die Köpfe zusammensteckten. Ob sie wohl überlegten, das Fest ebenfalls zu verlassen? Serena dagegen half Álvaro und den anderen und packte tüchtig mit an, während der gute Amo sich in seinem Gefängnis schier heiser bellte.

Tränen traten Julia in die Augen. Alles war bislang so gut verlaufen, und nun musste ausgerechnet ihr eigener Bruder mit dieser Touristengruppe auftauchen und unter den Einheimischen für Irritationen sorgen. Wie durch einen Schleier nahm sie die befremdeten Blicke ihrer Nachbarn wahr, die das geplünderte Buffet musterten, und half Fayna und Tina, es so schnell wie möglich abzuräumen. Dann zog sie sich an den Ort zurück, wo sie sich am besten auskannte – in ihre Küche.

Dort befeuchtete sie ein sauberes Küchentuch mit kaltem Wasser und drückte es kurz gegen ihre Augen. Ruhig bleiben, sagte sie sich. Nicht die Nerven verlieren. Es ist doch nur Jens. Und dass ihr Bruder sich häufig wie die Axt im Walde aufführte, wusste sie ja schon lange.

Also besann sie sich auf ihre Professionalität und begann von vorn. Zum Glück hatte sie noch weitere dieser großen Fische im Kälteschrank, und während sie diese präzise und effizient filetierte und für das Backrohr vorbereitete, gelang es ihr tatsächlich, sich wieder einigermaßen zu beruhigen. Sie zeigte Paola, wo sie noch mehr von den marinierten Auberginen, Zucchini, gelben und roten Paprika sowie Austernpilzen aufbewahrte und ließ die wunderschön angerichteten Schalen zusammen mit Körben voll frisch gebackener Brötchen auftragen.

»Ist er weg?«, hörte sie plötzlich hinter sich eine ängstliche Stimme und fuhr herum. Emil lugte durch die Tür, die in den Flur führte. Hinter ihm erkannte sie Manuel und El Rostro, wie sich Maribels Enkel gern nannte. Offenbar hatten sie sich in das Zimmer im Obergeschoss zurückgezogen, das Julia für Emil eingerichtet hatte.

»Jens? Das weiß ich nicht«, gab Julia zurück. »Wieso versteckst du dich vor deinem Vater?«

Mit einer ähnlichen Geste wie Jens vorhin strich sich Emil die widerspenstige, blonde Strähne aus der Stirn, im Gegenteil zu ihm wirkte er jedoch kleinlaut und fahrig. »Es ist besser, er sieht mich hier nicht«, gestand er schließlich. »Er hat neuerdings etwas gegen El Rostro und seine Familie und hat mir verboten, bei ihnen zu sein.«

»Aha«, machte Julia, wenig erfreut über diese neuerliche Komplikation. »Und wo, denkt er, hast du heute Nacht geschlafen?«

»Na, zu Hause«, gab Emil trotzig zurück. »Bei Tanja.«

»Das versteh ich nicht. Er wohnt ja immerhin auch da«, wandte Julia verständnislos ein. Tanja war die um viele Jahre jüngere Lebensgefährtin ihres Bruders, mit der Emil ein denkbar schlechtes Verhältnis pflegte. »Oder …?« Ein schrecklicher Verdacht stieg in ihr auf.

»Er bleibt jetzt öfters über Nacht weg«, erklärte Emil. »Tanja und er zoffen sich dauernd. Und da Tanja gesagt hat, ich kann ihretwegen tun und lassen, was ich möchte, habe ich mich bei El Rostro einquartiert.«

Julia schob das Blech mit dem Fisch in die Röhre und wusch sich die Hände. Das waren ja schöne Nachrichten.

»Hör zu, Emil, ich möchte nicht auch noch ins Kreuzfeuer zwischen dir und deinem Vater geraten«, sagte sie genervter, als es ihre Absicht gewesen war.

»Bist du etwa sauer auf mich?« Emil riss seine blauen Augen auf.

»Nein, aber ...«

Fayna betrat die Küche und stellte einen Stapel mit schmutzigem Geschirr auf die Spülmaschine. »Die Touristen sind runter zum Salzgarten gegangen«, berichtete sie.

»Oh, nein. Auch das noch!«, entfuhr es Julia. »Weiß Álvaro davon?«

Fayna nickte und füllte einen Brotkorb auf. »Ja, er ist mitgegangen. Und danach, hat El Alemán gesagt, ziehen sie weiter zur nächsten Attraktion.« Sie zwinkerte Julia beruhigend zu, doch so richtig entspannen konnte die sich nicht. El Alemán. So nannten die Einheimischen ihren Bruder: den Deutschen. Besonders nett gemeint war das nicht. Und jetzt trampelten diese unmöglichen Leute auch noch durch Álvaros Salzgarten. Ob ihm das recht war? Hoffentlich bahnte sich da nicht weiterer Ärger an.

»Und unsere Gäste?«, fragte sie besorgt. »Sind viele gegangen?«

»Nur ein paar«, versuchte Fayna, sie zu beruhigen. »Die anderen haben den Zwischenfall schon wieder vergessen.« Sie nahm eine weitere Platte auf, um sie hinaus in den Hof zu bringen. »Ach, übrigens, alle fragen, wo du steckst. Wenn du Zeit hast, schau mal wieder bei den Gästen vorbei.«

»Danke.« Julia atmete auf. Was für ein Glücksfall, dass sie diese patente Frau hatte einstellen können.

»Die Luft ist rein!«, jubelte Emil und schoss gemeinsam mit seinen Freunden an Fayna vorbei in den Hof.

Julia seufzte. Ihren Eröffnungstag hatte sie sich anders vorgestellt. Besonders ärgerlich war, dass Abián schon gegangen war, mit dem sie doch unbedingt wegen der Fischlieferungen hatte sprechen wollen. Nun, das musste sie eben ein anderes Mal tun.

Sie riss sich zusammen, eilte kurz hoch in ihr Zimmer, um sich frisch zu machen, puderte ein wenig ihr gerötetes Gesicht ab. Ein paarmal atmete sie tief durch und ging schließlich hinaus zu ihren Gästen.

»… und so ein schwarzes Schaf findet sich eben in den besten Familien«, hörte sie Belén gerade sagen. »Nehmt unsere zum Beispiel! Hätte mein Esel von einem Schwiegersohn vor dreißig Jahren dieses Anwesen nicht im Spiel verloren … ach, was sag ich. Was geschehen ist, ist eben geschehen. Und El Alemán …« Die alte Dame stockte, als sie Julia gewahr wurde. »Was ich eigentlich sagen will«, fuhr sie fort und straffte sich. »Man darf nicht vom Bruder auf die Schwester schließen.«

»Nun ja«, wandte der Bürgermeister skeptisch ein. »Wenn das hier zur Touristenattraktion wird und ständig solche Gruppen kommen …«

»Lieber Herr Bürgermeister«, fiel ihm Belén mit der ganzen Autorität der früheren Besitzerin des Mesón Flor de Sal ins Wort. »Restaurants sind für alle da. Und wenn auch Besucher aus dem Ausland Julias ausgezeichnete Küche zu schätzen wissen, dann wollen wir ihr das gönnen. Oder nicht?«

Die einen stimmten ihr zögernd zu, andere jedoch sahen zu Boden oder hoben die Brauen.

»Ich werde mit meinem Bruder sprechen«, mischte sich nun Julia ein. »Und natürlich ist hier jeder willkommen, der sich anständig benimmt.«

»Wir dürfen nicht vergessen«, gab Belén zu bedenken, »dass viele Menschen hier vom Tourismus leben. Es wäre gar nicht gut für uns, wenn keine Urlauber aus dem Ausland mehr zu uns kämen.«

»Nur …«, wandte Lorita zögernd ein, »wenn wir hier unsere Familienfeste feiern wollen und auf einmal kommt da so ein Bus …«

»Das wird nicht mehr vorkommen«, versicherte Julia und fühlte, wie ihr schon wieder der Schweiß den Rücken hinunterlief. »Ich entschuldige mich für das, was vorhin passiert ist.« Mit Grauen dachte sie an die hemmungslos geplünderten Platten. »Und wenn ihr eure Familienfeste bei mir feiern möchtet, bekommt ihr das Restaurant natürlich exklusiv als geschlossene Gesellschaft. Da seid ihr ganz unter euch.« Sie versuchte, in den Gesichtern ihrer Gäste zu lesen, wie sie das aufnahmen. Ihr Gefühl sagte ihr, dass es klüger war, das Thema zu wechseln. »So, und jetzt wird es Zeit für etwas Süßes, meint Ihr nicht auch?« Wie aufs Stichwort brachten Fayna und Tina Tabletts mit dem Keks-Sortiment der Witwenkooperative. »Ich freue mich sehr, dass die fantastischen Bäckerinnen vom *Horno de la Delicia* mit mir zusammenarbeiten und das Restaurant mit ihren wunderbaren *galletas* beliefern. Dies ist quasi eine Premiere, ihr seid die Ersten, die die exklusiv nach eigenem Rezept für das Mesón gebackenen Plätzchen probieren werden. Nicht nur ich, auch Nunzia, Rosaria, Pilar und Candelaria sind sicherlich neugierig, wie sie euch schmecken.«

»Und ob wir das sind«, rief Pilar, die an diesem Tag über ihrem schwarzen Kleid ein Schultertuch aus feiner Häkelspitze trug. »Wir fühlen uns geehrt, für dieses elegante Restaurant zu backen. Nicht war, *amigas?*« Die anderen nickten lebhaft und beobachteten gespannt, wie die Gäste sich bedienten.

Natürlich gab es außer den Plätzchen auch kleine Gläser mit ein paar neuen Dessertkreationen: Pannacotta mit frischen Feigen, in Orangenlikör marinierte Papayastückchen mit wilder Minze und das Rezept, auf das Julia besonders stolz war: kleine Würfel aus Mandelkrokant mit Berghonig und Flor de Sal aus Álvaros Salzgarten, was großen Anklang fand. Als schließlich Kaffee und Liköre aus lokaler Produktion gereicht wurden, hatten sich die skeptischen Mienen etwas gelöst, in kleineren und größeren Gruppen saßen die Gäste fröhlich beisammen und plauderten über die guten alten Zeiten, wobei man sich einig war, wie schön es doch war, dass der Landgasthof Flor de Sal nun wieder zu neuem Leben erwachte. Über all dem nahm niemand davon Notiz, als die Touristen irgendwann völlig erschöpft von dem steilen Aufstieg in ihren Bus kletterten und mit Jens davonfuhren.

Es war schon gegen sechs Uhr abends, als die letzten Gäste

gingen und Devi, Paola und Carmen nochmals zur Hochform aufliefen, um gründlich Ordnung zu schaffen. Endlich wurde der arme Amo befreit und erhielt von Julia zur Wiedergutmachung eine besonders große Futterration.

Ehe Álvaro seine Großmutter zurück in die Seniorenresidenz bringen wollte, saßen sie gemeinsam mit Amelie noch eine Weile zusammen im Garten unter dem Nísperobaum.

»Der Tag war ein großer Erfolg«, versicherte Belén Julia im Brustton der Überzeugung. »Und du hast ihn wahrhaftig verdient. Die Speisen waren ausgezeichnet, ich habe von allem probiert. Immerhin bin ich selbst Köchin und kann das beurteilen.«

»Nur von dem Braten hast du wohl nichts abbekommen«, wandte Julia betreten ein. »Da waren die Touristen schneller.«

Belén richtete ihre gütigen Augen auf sie, und Julia dachte einmal mehr, wie sehr sie denen von Álvaro ähnelten. »Du solltest an diesen Zwischenfall keinerlei Gedanken mehr verschwenden«, riet Belén. »Allen Gästen kann man es nie recht machen.« Ihr Blick wanderte von Julia zu Amelie. »Sie haben das wirklich gut gemacht«, sagte sie anerkennend. »Sind Sie vom Fach?«

»Ach, du liebe Zeit«, fiel Julia ein. »Ich hab euch ja noch gar nicht miteinander bekannt gemacht. Amelie ist die beste Serviceleiterin, die man sich vorstellen kann. Wir haben lange zusammengearbeitet.«

»Es war mir eine Freude zu helfen«, antwortete Amelie, nachdem sie erfahren hatte, dass Belén vor mehr als dreißig Jahren gemeinsam mit ihrem Mann den Landgasthof gegründet hatte. »Am Anfang hab ich ehrlich gesagt nicht verstanden, warum Julia ihre Karriere in Deutschland einfach so aufgegeben hat. Ihr wisst hoffentlich, dass sie zu Hause eine Berühmtheit ist.«

»Es wird nicht lange dauern, und sie wird auch hier berühmt sein«, erklärte Belén zuversichtlich und griff nach ihrem Stock als Zeichen, dass sie gern aufbrechen würde. Sogleich erhob sich Álvaro, um seiner Großmutter aufzuhelfen. »Aber jetzt möchte ich nach Hause. Es war ein großer, aufregender Tag für mich.« Sie schloss Julia in ihre Arme. »Du glaubst nicht, wie stolz ich auf dich bin!«

Julia fühlte die Wärme dieser kleinen, zähen Frau, atmete den Duft ihrer Haare ein, die immer ein bisschen nach Veilchen rochen, und auf einmal fiel die Anspannung von ihr ab.

»Danke«, sagte sie leise.

»Wo müssen Sie denn hin?«, erkundigte sich Amelie, als sie gemeinsam zum Parkplatz unter dem Drachenbaum gingen. »Nach Santa Cruz kann ich Sie gern mitnehmen, wenn Sie möchten. Ich bin dort im Hotel.«

»Sehr gern«, antwortete Belén erfreut. »Aber nur, wenn du ab jetzt du zu mir sagst. Das ist nämlich bei uns auf der Insel so üblich.«

»Ist dir das wirklich recht?«, fragte Álvaro seine Großmutter besorgt.

»*Claro que sí*«, entgegnete Belén. »Dann kann mir diese tüchtige junge Frau auf der Fahrt noch ein bisschen von ihrer Arbeit in Deutschland erzählen. Das interessiert mich nämlich brennend.«

Während Álvaro seiner Großmutter in Amelies Mietwagen half, schloss Julia ihre Freundin fest in die Arme.

»Wie schön, dass du gekommen bist«, sagte sie. »Ich bin dir sehr dankbar. Ohne dich wäre ich vermutlich ausgerastet, als die Touristen wie die Heuschrecken über uns hergefallen sind.«

Amelie kicherte. »Ja, so hast du auch ausgesehen«, sagte sie und drückte Julia fest an sich. Dann löste sie die Umarmung und betrachtete Julia ernst. »Weißt du, jeder will in seinem Urlaub etwas Besonderes erleben. Und Jens' Kunden haben das heute bei dir gefunden. Glaub mir, es waren nicht alle so schrecklich, viele haben sich deinen Prospekt mitgenommen. Bestimmt kommen die einen oder anderen wieder. Allein und nicht in einer riesigen Gruppe. Und was deinen Bruder betrifft ... ich finde ihn gar nicht so übel. Er will sich eben auch beweisen. Genau wie du.«

Julia sah sie perplex an. Aber ich will mich doch gar nicht beweisen, wollte sie entgegnen, als Amelie schon die Wagentür öffnete.

»Hör mal«, sagte sie stattdessen und hielt ihre Freundin zurück. »Wenn ich gewusst hätte, dass du kommst, hätte ich selbstverständlich eines der Gästezimmer für dich hergerichtet.«

»Ich wollte dich nicht zusätzlich belasten«, entgegnete Amelie. »Keiner weiß wie ich, wie anstrengend so ein Tag ist.«

»Trotzdem. Morgen ziehst du zu uns um. Einverstanden? Oder willst du das Zimmer erst sehen?«

Amelie lachte fröhlich auf. »Das nehme ich gern unbesehen«, antwortete sie. »Aber nur, wenn ich euch wirklich nicht störe.«

»Du störst überhaupt nicht!«

»Wie schön. Also bis morgen. Ich komm nach dem Frühstück, ist das okay?«

»Vollkommen okay«, versicherte Julia ihr.

Amelie stieg ein, vergewisserte sich, dass Belén richtig angeschnallt war, und fuhr los. Julia und Álvaro winkten ihnen nach.

»Und?«, fragte Álvaro und legte seinen Arm um ihre Schulter. »Bist du zufrieden?«

Julia seufzte. Wäre Jens nicht aufgetaucht, könnte sie jetzt aus vollem Herzen Ja sagen. Dann fiel ihr etwas ein. »Stimmt es, dass du mit meinem Bruder und seinen Leuten unten beim Salzgarten warst? Wessen Idee war das eigentlich?«

Álvaro setzte zu einer Antwort an, als sie beide das Geräusch eines sich nähernden Motors hörten. Julia drehte sich erstaunt um. Ob Belén wohl etwas vergessen hatte?

Wie ein Pfeil schoss Amo an ihnen vorbei, raste wild kläffend dem Gefährt entgegen und umtanzte es wütend. So sehr Julia ihn auch zurückrief, der sonst so gehorsame Hund hörte einfach nicht auf sie. Denn es war nicht Amelies Auto, sondern ein Kleinbus mit der Aufschrift Jens Brunner – Der Outdoor-Profi.

»Es war seine Idee, das mit dem Salzgarten«, sagte Álvaro und half Julia, Amo einzufangen, ehe der Hund womöglich noch unter die Räder kam. Endlich erwischten sie ihn, da kam der Wagen zum Stehen, und Jens stieg aus.

»Ist deine Freundin noch da?«, fragte er und strich sich schon wieder mit beiden Händen durchs Haar, als wolle er sicher sein, dass er so attraktiv aussah, wie er sich fühlte, und setzte ein gewinnendes Lächeln auf.

»Wen meinst du?«, erkundigte sich Julia verwirrt, während Amo mit aufgestellten Nackenhaaren vernehmlich knurrte.

»Na die Blonde, die so cool reagiert hat, als ich mit den Gästen kam. Ganz im Gegensatz zu dir übrigens.« Jens spähte durch das Tor in den Hof.

»Nein, Amelie ist nicht mehr hier«, entgegnete Julia genervt. Was um alles in der Welt wollte Jens wohl von Amelie?

»Wo steckt sie dann? Hast du sie etwa in ein Hotel geschickt?« Jens schüttelte den Kopf. »Du bist mir vielleicht eine Gastgeberin! Hast du hier nicht Platz genug für deine Freundin? Ich finde, du solltest dringend an deinem Mindset arbeiten.«

»An meinem *was?*« Julia hatte die Fäuste auf die Hüften gestemmt und war einen Schritt auf ihren Bruder zugegangen.

»An deiner inneren Einstellung«, gab Jens ungerührt zurück. »Gastlichkeit sieht anders aus, glaub mir. Wenn du so weitermachst, kannst du dein Restaurant gleich wieder dichtmachen und …« Als hätte er jedes Wort verstanden, begann Amo erneut bitterböse zu bellen. Nur mit Mühe konnte Julia ihn beruhigen. »Und diese Töle hier«, fuhr Jens fort und wies mit dem Zeigefinger angewidert auf Amo, »wird dir sicher auch Gäste verjagen.«

»Das reicht jetzt«, unterbrach Julia ihn aufgebracht. »Bring deine guten Ratschläge anderswo an. Hier sind sie nicht gefragt.«

»Na, hör mal«, begann Jens von Neuem. »Du solltest mir dankbar sein, schließlich hab ich Werbung für dich gemacht.«

»Diese Art von Werbung kannst du dir in Zukunft sparen. Du kannst nicht einfach unangekündigt so eine große Gästegruppe vorbeibringen. Du hast keine Ahnung, von der Organisation einer Küche«, gab Julia heftig zurück. »Lass mich einfach in Ruhe, ja? Es war ein langer, anstrengender Tag. Und du hast nicht gerade dazu beigetragen, dass er einfacher für mich war.«

»Das fängt ja gut an. Ein einziger Tag, und schon ist man erschöpft«, spottete Jens.

»Fahr nach Hause. Geh!«, gab Julia wütend zurück. »Ich hab keine Lust, mit dir zu diskutieren.« Sie wandte sich ab und wollte Amo wieder in den Schuppen sperren, der sich fast mit dem Halsband erwürgte, so gern hätte er wohl Jens in die Wade gezwickt.

»Was fällt dir ein, deinen eigenen Bruder einfach so hinauszuwerfen?« Jens war laut geworden. Gleich würde einer seiner cholerischen Anfälle folgen. Doch statt ruhig zu bleiben und Jens einfach stehen zu lassen, sah auf einmal Julia rot.

»Verschwinde endlich!«, schrie sie ihren Bruder an. »Reicht es nicht, dass du dich heute Mittag unmöglich benommen hast? Mir deine Touris herzuschleppen, damit sie über das Buffet herfallen wie die Wilden? Ihnen zu erzählen, das sei im Preis inbegriffen? Jetzt hör mir mal gut zu: Dieses Restaurant ist keine Imbissstube für deine Etappen, wo sich deine Kunden auf meine Kosten den Bauch vollschlagen können. Wenn du es nicht fertigbringst, zu mir zu kommen und mit mir ein faires Arrangement auszuhandeln, will ich dich und deine Leute hier nie wieder sehen. Hast du das verstanden?«

Jens stand da wie zur Salzsäule erstarrt. Sie selbst war mindestens genauso überrascht wie er. Noch nie im Leben hatte sie ihren Bruder so angeschrien. Wie hatte sie sich nur derart gehen lassen können? Selbst Amo hielt plötzlich still, als sei er zufrieden damit, dass seine *dueña* endlich für Ordnung sorgte.

»*Cariño*«, hörte sie Álvaro besorgt sagen und fühlte seine Hand auf ihrer Schulter. »Was geht hier vor sich?« Natürlich verstand er nichts von dem Schlagabtausch zwischen ihr und ihrem Bruder. Sie hatten sich ja auf Deutsch angebrüllt.

»Es ist alles in Ordnung«, sagte sie zu ihm und hörte selbst, wie falsch das klang.

»Okay«, sagte Jens wütend. »Ich gehe. Aber wenn du mich rauswirfst, wirst du auch Emil so bald nicht mehr sehen.« Er machte ein paar Schritte auf seinen Wagen zu, dann wandte er sich noch einmal um. »Überhaupt. Wo steckt der Lümmel?« Emil war vor ungefähr einer Stunde gemeinsam mit der Familie seines Freundes davongefahren. »Hat er sich etwa bei dir verkrochen?«

»Nein«, gab Julia ruhiger zurück. Sie dachte nicht daran, Emil zu verraten. Er verbrachte schon seit Wochen viel Zeit auf der Finca von Maribel und Paco, Julia wusste, dass er dort gut aufgehoben war. Außerdem war das auch für Jens lange in Ordnung gewesen. Sie hatte keine Ahnung, was er neuerdings gegen diese Familie einzuwenden hatte. »Wenn du dich mehr um ihn kümmern würdest, wüsstest du, wo er ist.«

Sie drehte sich auf dem Absatz um und ließ ihren Bruder einfach stehen.

»Stressresistent ist sie auch nicht gerade«, hörte sie ihn auf Spanisch zu Álvaro sagen. »Wie hältst du es nur mit der aus?«

»Halt dich von ihr fern, Alemán«, entgegnete Álvaro. »Sonst bekommst du es mit mir zu tun.«

Daraufhin folgte ein dumpfes Geräusch, und Julia fuhr herum. Die beiden Männer hatten sich aufeinandergestürzt und rangen miteinander. Amo riss sich von ihr los und tanzte bellend um die beiden herum. Álvaro, der ein gutes Stück größer war als Jens, gewann im Nu die Oberhand und drehte seinem Kontrahenten den Arm auf den Rücken, sodass der sich nicht mehr rühren konnte.

»Du hast gehört, was deine Schwester gesagt hat.« Álvaro schien die Ruhe selbst. »Besser du tust, was sie sagt.«

Er gab Jens einen Schubs in Richtung des Kleinbusses. So

einfach wollte sich El Alemán jedoch nicht geschlagen geben. Blitzschnell drehte er sich um und stürmte mit gesenktem Kopf erneut auf Álvaro zu. Der hatte das kommen sehen und nahm Jens in den Schwitzkasten, während Amo sich nun endgültig dazu entschloss, einzugreifen, und an Jens' Hosenbein zerrte. »Was ist?«, fragte Álvaro spöttisch. »Hast du noch nicht genug?«

»Hört auf!«, rief Julia. Amo gehorchte augenblicklich, und auch Álvaro ließ ihren Bruder los. Und als Jens schon die Faust erhob, um zuzuschlagen, stellte sich Julia zwischen die beiden. »Schluss jetzt«, sagte sie ruhig und bestimmt zu ihrem Bruder. Und plötzlich fiel ihr ein, was Amelie vorhin gesagt hatte. »Ich weiß ja nicht, was du dir und uns beweisen willst. Dass du klüger bist und flotter, attraktiver und überhaupt der Größte? So funktioniert das nicht. Versuch's einfach mal damit, ein bisschen netter zu sein.«

Erst als Jens' Kleinbus in einer Staubwolke verschwunden war, brach Julia in Tränen aus. »Immer muss er alles kaputtmachen.«

»Schhh«, machte Álvaro. »Er macht überhaupt nichts kaputt, wenn du es nicht zulässt, *cariño*. Solange wir zusammenhalten, gelingt ihm das nicht.«

Aber er weiß, wie er mir am meisten wehtun kann, dachte Julia und versuchte, sich wieder zu beruhigen. Und fragte sich zum wohl hundertsten Mal, warum ausgerechnet sie einen so schrecklichen Bruder haben musste.

4

Gegenwind

Am Sonntagvormittag wartete Julia vergeblich auf Amelie. Dann füllte sich das Restaurant, und Julia war viel zu beschäftigt, um an sie zu denken. Als sie allerdings am späten Nachmittag noch immer nicht da und auch auf ihrem Handy nicht zu erreichen war, begann Julia, sich ernsthafte Sorgen zu machen.

Es dämmerte bereits, als Amelies Wagen endlich unter dem Drachenbaum parkte.

»Was ist denn passiert?«, fragte Julia, nachdem sie Amelie begrüßt hatte. »Wolltest du nicht schon nach dem Frühstück kommen?«

»Ja, das hatte ich auch vor«, sprudelte es aus Amelie hervor. Sie wirkte aufgekratzt, ihre Augen glänzten, und ihre Wangen waren gerötet. »Und dann kam auf einmal dein Bruder in den Frühstücksraum, stell dir das mal vor.« Julia hielt kurz die Luft an. Auf einmal fiel ihr wieder ein, warum er am Abend zuvor überhaupt noch mal zurückgekommen war. Er hatte nach Amelie gefragt, ehe sie so fürchterlich miteinander in Streit geraten waren. Das hatte sie völlig vergessen. »So ein Zufall«, fuhr ihre Freundin fort und hievte ihren Koffer aus dem Wagen. »Jens hat in meinem Hotel etwas zu erledigen gehabt und mich im Frühstücksraum entdeckt. Denk dir, er hat mich zu einem Ausflug eingeladen. Ist das nicht nett?« Julia schluckte. Doch eine Antwort erwartete Amelie gar nicht. »Er ist mit mir bis zum höchsten Punkt der Insel gefahren. Ach, es war einfach wundervoll.«

»Waren denn auch seine Kunden mit dabei?«, fragte Julia vorsichtig.

»Nein, das war ja das Schöne«, schwärmte Amelie. »Heute hatte er frei. Er hat gesagt, dass er mich eigentlich schon gestern Abend abholen wollte. Ach, wenn ich das gewusst hätte ...«

Sie waren inzwischen in dem Zimmer angelangt, das Julia für ihre Freundin vorbereitet hatte. Es lag im oberen Stockwerk wie alle privaten Räume und ging zur Landseite hinaus, von seinem Fenster konnte man das Bergdorf sehen und in der Ferne die Ausläufer des alten Vulkankraters.

»Gefällt es dir?« Julias Blick glitt noch einmal über das frisch bezogene Bett und die Handtücher, die sie für ihre Freundin bereitgelegt hatte. »Du bist die Erste, die hier wohnt. Wenn also noch irgendwas fehlen sollte, sag es mir bitte. Komm, ich zeig dir noch das Badezimmer. Solange Emil nicht hier ist, hast du es für dich. Falls er mal kommt ...« Sie unterbrach sich und dachte an das, was Jens gesagt hatte. Vermutlich würde sie wieder eine Weile auf den Jungen verzichten müssen. Sie seufzte bei dem Gedanken.

»Es ist wunderschön.« Amelie sah sich mit großen Augen um, so als würde sie erst jetzt wahrzunehmen, wo sie sich befand. Zerstreut folgte sie Julia die wenigen Schritte über den Flur und warf einen kurzen Blick in das Badezimmer. »Ach, Julia, ich bin noch ganz ... ich weiß auch nicht. Ich hab schon seit einer gefühlten Ewigkeit nicht mehr einen so schönen Tag verlebt wie heute.«

»Das freut mich«, antwortete Julia. Klar, Jens hatte sicher auch seine netten Seiten. Leider bekam sie die so gut wie nie zu sehen. »Bist du denn hungrig?«, fragte sie Amelie.

Ihre Freundin schüttelte den Kopf. »Jens hat mich zum Essen eingeladen, deshalb ist es so spät geworden. Tut mir leid, ich hätte dich natürlich anrufen sollen, ich hoffe, du hast dir keine Sorgen gemacht. Aber ich hab einfach gar nicht daran gedacht, mein Handy einzuschalten.«

Sie waren ins Gästezimmer zurückgekehrt, und Amelie setzte sich aufs Bett. »Weißt du was?«, fragte sie und sah zu Julia auf.

»Was denn?« Sie hatte bereits eine Ahnung, und die gefiel ihr überhaupt nicht. Wenn Amelie derart aufgekratzt war und ihre Augen so glänzten, dann ...

»Ich glaube, ich bin gerade dabei, mich in deinen Bruder zu verlieben.«

»Das ... das ...«, stotterte Julia und wusste nicht, was sie sagen sollte. »Das kommt überraschend.«

»Ja, total«, pflichtete Amelie ihr schwärmerisch bei. »Absolut überraschend. Ich meine, du hast doch immer erzählt, was für ein unmöglicher Mensch dein Bruder ist. Und auf einmal steht da dieser große, blonde, gut aussehende Mann vor mir und strahlt mich mit seinen blauen Augen an. Darauf war ich überhaupt nicht gefasst.«

Julia schloss entnervt die Augen. Das hatte ihr gerade noch gefehlt. Dass Jens' rustikaler Charme bei Amelie verfangen könnte ... aber was wunderte sie sich eigentlich. Ihre Freundin hatte ein unübertroffenes Talent, sich stets in die falschen Männer zu verlieben. So betrachtet war Jens der ideale Kandidat. »Du wirkst nicht besonders begeistert«, sagte Amelie, die Julia eingehend musterte.

»Hm, na ja«, machte Julia, »die Sache ist kompliziert. Einmal angefangen damit, dass Jens in einer festen Partnerschaft lebt ...«

»Ach das«, wiegelte Amelie ab und lächelte schon wieder. »Er hat mir anvertraut ... also du sagst es bestimmt keinem weiter? Er ist gerade dabei, sich von dieser Tanja zu trennen. Er hat sogar schon eine andere Wohnung genommen, vorübergehend, hat er gesagt, es ist ein Ferienappartement, das er zurzeit selbst nutzt. Er hat mich dorthin eingeladen, weißt du? Ich könnte auch dort wohnen, falls ich hier stören sollte. Jens hat angedeutet ...«

»Du störst überhaupt nicht«, entfuhr es Julia heftiger, als sie es beabsichtigt hatte. »Und ganz egal, was mein Bruder über mich ›andeutet‹, hör einfach nicht hin. Für dich ist hier immer Platz. Du kannst so lange bleiben, wie du möchtest.«

»Danke«, sagte Amelie. »Das ist total lieb von dir.« Und doch wirkte sie nicht zufrieden. Am liebsten, fuhr es Julia durch den Kopf, würde sie auf der Stelle bei Jens einziehen.

»Hör mal, Amelie«, begann sie, »mit Jens ist das so ...«

»Ich weiß, dass ihr beide nicht gut miteinander klarkommt«, fiel ihr Amelie ins Wort. »Er hat mir von der Schlägerei erzählt.«

»Na, da will ich gar nicht wissen, was er dir da aufgetischt hat«, gab Julia verärgert zurück. »Aber es stimmt: Jens und ich, wir kommen überhaupt nicht miteinander klar. Er schadet mir, wo er nur kann, und lässt mich einfach nicht in Frieden. Er verbietet seinem Sohn willkürlich mal diesen mal jenen Umgang und weiß überhaupt nicht, was er damit anrichtet. Du hast recht, es gab bestimmt schon bessere Zeiten zwischen meinem Bruder und mir. Nur eins möchte ich dir wirklich ans Herz legen: Ich kann mir nicht vorstellen, dass Jens es ernst mit dir meint.«

Es war sehr still im Gästezimmer, und Julias letzte Worte schienen von den Natursteinwänden widerzuhallen. Amelie war blass geworden, das Glänzen aus ihren Augen verschwand. Schon bereute Julia ihre Worte. Woher wollte sie das eigentlich wissen? Vielleicht war Amelie ja endlich genau diese eine Frau, die ihren Bruder zur Vernunft bringen würde? So wie Alice damals, Emils Mutter, die vor wenigen Jahren bei einem Autounfall ums Leben gekommen war. Erst hier auf der Insel hatte Julia erfahren, dass ihr Bruder bereits vor ihrem Tod mit Tanja liiert gewesen war. Treue war nicht seine Sache, das war schon früher so gewesen während seiner glänzenden Karriere als professioneller Downhill-Mountainbiker, das hatte ihr Alice einmal anvertraut. Zwar war es inzwischen mit seiner Karriere längst vorbei, doch offenbar sah er sich noch immer als der verwegene Held, dem die Frauen damals in Scharen nachgelaufen waren. Und sein Charme war ja offenbar ungebrochen, wenn man Amelie so betrachtete.

»Du gönnst es mir nicht.« Mit Schrecken sah Julia, wie sich Amelies Augen mit Tränen füllten.

»Aber natürlich würde ich dir alles Glück dieser Erde von Herzen gönnen«, beeilte Julia sich zu sagen, setzte sich neben ihre Freundin und legte ihr den Arm um die Schulter. »Ich möchte nur nicht, dass er dir wehtut. Dafür hat Jens nämlich ein ausgesprochenes Talent, leider.« Sie seufzte, und als sie sah, dass Amelie eine dicke Träne die Wange heruntenkullerte, fügte sie reumütig hinzu: »Wahrscheinlich können Schwestern ihre eigenen Brüder als Liebhaber nur schlecht einschätzen.« Das brachte Amelie zum Kichern, und Julia atmete erleichtert auf. Sie drückte Amelie noch einmal an sich, dann erhob sie sich. »Komm einfach erst einmal hier an«, schlug sie vor. »Und wenn du Lust auf Gesellschaft hast, findest du Álvaro und mich im Garten.«

Es wurden noch zwei fröhliche Stunden, die sie miteinander unter dem Nísperobaum verbrachten. Alle drei vermieden es, über Jens zu sprechen, und Julia gelang es endlich, ihn aus ihren Gedanken zu verbannen.

»An welchen Tagen ist das Restaurant denn geöffnet?«, erkundigte sich Amelie.

»Sonntags haben wir nur mittags auf, denn die Spanier verbringen den Sonntagabend in der Familie. Montags ist Ruhetag«, erklärte Julia. »Also morgen. An den anderen Tagen öffnen wir um zwölf mit einer kleinen Karte, und ab 19 Uhr gibt es drei Menüs ...«

»... eines mit Fleisch, eines mit Fisch und ein vegetarisches«, vollendete Amelie den Satz und grinste.

»So ist es, du kennst mich eben in- und auswendig«, antwortete Julia mit einem Lachen.

»Nur was dein Restaurantleben anbelangt«, sagte Amelie. »Alles andere kenne ich nicht.«

»Ein anderes Leben als das im Restaurant hat es früher auch nicht gegeben«, fügte Julia nachdenklich hinzu und griff nach Álvaros Hand. Der erwiderte ihren Druck. Dann bemerkte Julia, dass Amelie rasch wegsah, und ihr wurde bewusst, wie schmerzhaft es für einen Single wie sie sein musste, mit anzusehen, wie glücklich sie als Paar waren.

»Morgen muss ich Abián Bencomo besuchen«, sagte sie, als sie wenig später die Gläser in die Küche brachten und rasch abspülten. »Das ist der Fischer, von dem ich hoffe, dass er mich beliefern wird. Gestern ist er leider ziemlich abrupt gegangen, nachdem Jens mit seinen Kunden hier eingefallen war. Ich hoffe, ich kann ihn davon überzeugen, mich trotzdem auf seine Kundenliste zu nehmen. Das ist nämlich gar nicht so einfach hier.« Sie trocknete ihre Hände ab und wandte sich zu Amelie um. »Schwer vorstellbar, dass man auf einer Insel lebt und Schwierigkeiten hat, an frischen nachhaltig gefangenen Fisch zu kommen. Willst du mitkommen und mir helfen, eine Charmeoffensive auf ihn abzufeuern?« Sie grinste Amelie komplizenhaft zu. Doch die lächelte nicht zurück.

»Morgen will Jens mit mir schwimmen gehen«, sagte sie.

»Ach so.« Auf einmal war auch in Julia wieder alle Freude erloschen. »Klar. Das Wetter soll ja schön bleiben. Wenn Jens morgen auch noch freihat, solltet ihr das unbedingt ausnutzen.«

Statt Abián Bencomo zu Hause zu besuchen, beschloss Julia, schon früh zum Hafen zu fahren, wenn die Fischerboote anlegten, und sich ein Bild von der Konkurrenz zu machen, die angeblich dort auf die Ware wartete. Von Toto hatte sie erfahren, wann ungefähr das sein würde, und um ja nicht zu spät zu kommen, fand sie sich bereits vor Tagesanbruch an der Mole ein.

Es war ein zauberhafter Morgen. Der abnehmende Mond stand zwei Handbreit über dem Horizont und warf silberne Reflexe auf das nachtblaue Wasser. In gleichmäßigem Rhythmus schlugen die Wellen gegen die Hafenmauer, brachten die Boote zum Schaukeln und liefen sachte auf dem benachbarten schmalen Sandstrand aus. Es roch nach Tang und Algen, nach den bittersüßen Kräutern, die auf dem Felsen wuchsen, der den Naturhafen auf einer Seite begrenzte. Darunter bemerkte sie auf einmal den Geruch einer Zigarre und sah sich um, wer wohl außer ihr zu dieser frühen Stunde schon auf den Beinen war. Lässig an ein Gestell mit Fischereiwerkzeugen lehnte im Schatten des Mondes ein Mann.

»*Buenos días*«, sagte sie.

Eine tiefe Stimme erwiderte den Gruß.

»Warten Sie auch auf die Boote?«

»Auf etwas anderes kann man hier kaum warten«, kam es mit einem leisen Lachen zurück. »Du bist nicht von hier, oder?«

»Ich bin Julia Brunner«, stellte sie sich direkt vor. Allmählich lichtete sich das tiefe Dunkel, und der Himmel nahm jenes samtige Blau an, das Julia so liebte, und doch konnte sie noch immer das Gesicht des Fremden nicht sehen. »Du hast recht, ich bin noch nicht lange auf der Insel. Und du?«

»Ich bin hier geboren«, kam es kurz angebunden zurück. Eine Weile blieb es still zwischen ihnen, nur das Glucksen des Wassers zwischen den Booten und das sanfte Anlanden der Wellen auf dem benachbarten Ministrand waren zu hören. »Bist du die Deutsche, die das Mesón Flor de Sal wiedereröffnen will?«

»Ja, die bin ich«, antwortete Julia. »Es ist bereits eröffnet. Und du? Betreibst du auch ein Restaurant hier auf der Insel?« Ein zustimmendes Brummen kam zurück. Im Geiste ging Julia jedes einzelne Lokal mit gehobenem Standard durch, denn natürlich hatte sie sich in den vergangenen Wochen ein Bild von der Konkurrenz verschafft und fast alle besucht. Eines war ihr wegen der vielen Fischgerichte besonders in Erinnerung geblieben. »Das La Lubina?«, fragte sie auf gut Glück.

»*Exacto*«, kam zurück, und diesmal klang die tiefe Stimme überrascht. »Ich bin Rayco Baute.« Bewegung kam in die Gestalt, eine Hand wurde Julia entgegengestreckt. Sie ergriff und schüttelte sie, und endlich konnte sie auch das kantige Gesicht des Mannes erkennen.

»*Encantada*«, sagte Julia höflich, was so viel hieß wie »sehr erfreut«. Sie hatte Respekt vor dem Wirt, das Essen im Restaurant La Lubina war sehr gut gewesen, wenn auch nicht exzellent. Und ihr schwante, dass er nicht gerade begeistert darüber sein würde, wenn er begriff, dass sie ihren Anteil am Fang der Fischer zu ergattern versuchte.

»Da kommen sie«, sagte Rayco und wies mit dem Kinn aufs offene Meer, wo sich vor dem rosafarbenen Glanz des Morgenlichts die schwarzen Silhouetten von fünf Booten, klein wie Spielzeuge, abhoben. »Worauf bist du aus?«

»Mal sehen, was sie haben«, antwortete sie.

Rayco lachte rau auf, es klang wie ein rasselnder Husten. »Sie werden das haben, was du bestellst«, sagte er. »Falls sie es fangen.«

»Und was hast du bestellt?«

»Lubina natürlich, Wolfsbarsch. Dafür sind wir schließlich bekannt. Und dann der ganze andere Kleinkram. Sardinas, Salmonetes, Longorón. Wirst es ja gleich sehen.« Schon konnte man das Tuckern der Motoren hören. Ob alle fünf Boote wohl Abián gehörten?

»Bei welchem Fischer hast du die bestellt?«, erkundigte sich Julia.

Rayco warf ihr einen Blick zu, den sie nicht recht deuten konnte. »Mit welchem willst *du* ins Geschäft kommen?«, fragte er listig zurück.

Sie schluckte. War es klug, diesem Konkurrenten zu sehr zu vertrauen? Egal. Er würde es ja ohnehin gleich mitbekommen.

»Mit Abián Bencomo«, sagte sie tapfer.

Ihr Gegenüber schwieg. Einen Moment lang dachte Julia an ihr altes Leben zurück, an die frühen Morgenstunden, in denen sie zu Hause in Deutschland im Großmarkt ihren Fisch gekauft hatte. Natürlich hatte sie auch da schnell reagieren müssen und achtgeben, dass ihr die Konkurrenz nicht die beste Ware vor der Nase wegschnappte. Und doch war es etwas ganz anderes, hier an dem kleinen, einsamen Hafen auf die Rückkehr der Fischer zu warten und zu hoffen, dass sie mit ihr die Schätze des Meeres teilen würden.

»Und warum ausgerechnet bei Abián?«, fragte Rayco.

»Weil er der Beste ist«, gab Julia zurück. Und glaubte, so etwas wie Anerkennung im ersten Licht des Morgens in Raycos Augen zu erkennen.

Und dann ging es überraschend schnell. Auf einmal war die Mole voller Männer, Julia hatte keine Ahnung, woher die so plötzlich aufgetaucht waren. Einige halfen beim Anlegen der Boote, fingen Seile auf und vertäuten sie an Land. Kisten wurden auf die Betonrampe gehievt, Sätze im Inseldialekt flogen hin und her, Julia verstand kein Wort. Hilflos stand sie in zweiter Reihe und versuchte, in der Morgendämmerung Abián unter den Seeleuten auszumachen. War es der mit der tief in die Stirn gezogenen Wollmütze? Oder jener mit dem Kapuzenanorak? Sie sah, wie Rayco bereits Kisten voll mit silbrig schimmerndem Fisch zur Seite stellte – und auf einmal erkannte sie ihn, Abián stand genau vor ihr und verhandelte souverän mit dem Wirt des La Lubina.

»*Hola,* Abián«, rief sie, und sogleich drehten sich mindestens ein halbes Dutzend Männer nach ihr um. Sie war die einzige Frau hier und offenbar hatte noch keiner Notiz von ihr genommen.

»Was hast du für mich?«, fragte sie entschlossen und wies auf die Kisten.

Einen Moment lang wurde es ganz still, keiner der Männer

sagte auch nur einen Ton. Abián schob sich seine Mütze aus der Stirn und sagte: »Tut mir leid, Julia. Es ist alles schon vergeben.« Und wie auf ein Zeichen setzte die Unterhaltung, das Rufen und Lachen der anderen wieder ein.

Rayco stellte die fünfte Kiste auf die anderen und warf ihr aus den Augenwinkeln einen Blick zu. Vielleicht hatte er Mitleid mit ihr, oder es war Schadenfreude, jedenfalls war er der Einzige, der noch etwas zu ihr sagte: »Das hast du dir zu einfach vorgestellt, Señorita. *Mucha suerte.*« Viel Glück wünschte er ihr also. Er tippte sich mit dem Finger gegen die Mütze und begann, die Kisten in seinen Landrover zu laden.

Julia wartete, bis alle anderen gegangen waren, dann ging sie auf Abián zu.

»Hast du einen Moment Zeit für mich?«, fragte sie.

Der Fischer zögerte, und Julia fürchtete schon, er würde klipp und klar sagen, dass er mit ihr keine Geschäfte machen würde, doch er schien sich eines Besseren zu besinnen.

»Trinken wir einen Kaffee«, schlug er vor und machte eine Bewegung mit dem Kopf, ihm zu folgen. Über der Hafenmole hatte eine kleine Bar aufgemacht, dort standen seine Kollegen und steckten die Köpfe zusammen. »Um es gleich zu sagen«, begann Abián, nachdem sie beide einen dampfenden Porzellanbecher in der Hand hielten, »ich hab es mir anders überlegt.«

»Und warum?«, fragte Julia.

»Wegen El Alemán.« Julia hätte fast ihren Becher fallen gelassen. »Ich hab nicht gewusst, dass du seine Schwester bist. Und mit Leuten wie ihm …«

»Ich bin nicht Leute wie er«, fiel ihm Julia empört ins Wort. »Mein Bruder macht seine Geschäfte, und ich mache die meinen. Eigentlich gehört es sich nicht, denn Familie ist Familie, aber ich distanziere mich von meinem Bruder und allem, was er tut.«

Abián gab einen missbilligenden Laut von sich. »Das haben wir ja gesehen am Samstag«, erklärte er abschätzig. »Und überhaupt. Mein Fisch ist mir zu schade für einen Touristenimbiss.«

»Das Flor de Sal ist kein Touristenimbiss und wird auch nie einer sein.« Julia war laut geworden, Abiáns Kollegen verrenkten sich die Köpfe nach ihnen und hatten aufgehört, sich miteinander zu unterhalten. »Als Jens am Samstag mit diesen Leuten bei uns aufkreuzte, war das mit mir nicht abgesprochen. Es wird nicht wieder vorkommen.«

Die anderen hingen an ihren Lippen, und Julia wurde klar, dass das, was hier gerade geschah, in Windeseile über die ganze Insel getragen werden würde.

»Wie auch immer«, erklärte Abián, »ich habe bereits meine Kunden. Mehr kann ich gar nicht fangen. Du musst dir einen anderen suchen.« Er wandte sich an seine Kollegen. »Wer von euch hat Lust und Zeit, für die Señorita zu fischen?« Eisiges Schweigen schlug Julia entgegen. Die Männer starrten sie an, die einen abschätzig, die anderen neugierig. Keiner sagte ein Wort.

»Nun gut«, sagte sie schließlich so ruhig wie möglich. »Dann eben nicht. Danke für den Kaffee.«

Sie stellte den Becher auf die Theke, drehte sich um und verließ die Bar. Draußen blieb sie neben der offenen Tür noch einen Augenblick stehen, um Atem zu schöpfen und ihr Herz zu beruhigen, das vor Enttäuschung und Wut auf Jens nur so hämmerte.

»Wieso bist du so hart zu ihr?«, hörte sie einen der Männer fragen. »Belén sagt, dass die Kleine etwas taugt.«

»Die Schwester von El Alemán? Belén ist alt geworden«, antwortete Abián, und das tat Julia fast noch mehr weh als ihre Abfuhr.

Rasch ging sie zu ihrem Wagen. Abián war sicher nicht der einzige Fischer auf dieser Insel. Sie würde ihre Ware bekommen. Gute Ware. Und irgendwann würden diese ungehobelten Kerle einsehen, dass sie im Unrecht waren.

»Das ist wirklich schade«, sagte Álvaro und reichte Julia ihr Glas. »Meinst du, ich soll Toto nochmals darauf ansprechen?«

Wie so oft hatte Julia ein leckeres Picknick hinunter zum Salzgarten gebracht. Sie nahm einen Schluck von dem spritzigen Weißwein und lehnte sich mit dem Rücken gegen die Felswand. Amo stand wie ein Wächter auf einem Felsen und blickte über die Bucht.

»Ich glaube nicht, dass es etwas bringt, Toto noch mal damit zu belästigen«, antwortete sie. »Abián hat seine Entscheidung getroffen. Er wirkte nicht wie einer, der sich zu etwas überreden lässt, wozu er keine Lust hat.« Die Sonne spiegelte sich auf den Wasserflächen. Geblendet schloss Julia die Augen.

»Und wenn meine Großmutter noch mal mit ihm spricht?«

»Nein«, entgegnete Julia. Sie hatte Álvaro nichts von den abschätzigen Worten erzählt, die der Fischer über Belén hatte fallen lassen. Das würde ihn nur kränken. »Ich muss es irgendwie allein schaffen. Sie hat mir schon bei so vielem geholfen.« Sie dachte an die leidige Geschichte mit der Wasserleitung, die Juan Pérez vor gar nicht allzu langer Zeit für sie gesperrt hatte. Damals hatte Álvaros Großmutter ein Machtwort gesprochen.

Sie gab sich einen Ruck, breitete die Picknickdecke über den Felsen und begann das Essen auszupacken.

»Was gibt es denn?«, fragte Álvaro gespannt. Er liebte Julias Essen. Und da er in einer Restaurantküche aufgewachsen war, war er zu ihrer Freude ein wahrer Feinschmecker.

»Dein Lieblingsgericht.« Julia hob den luftdichten Deckel von einer Glasschale. Sogleich verströmte sich ein köstlicher Duft.

»Du hast tatsächlich gefüllten Tintenfisch gemacht? Ich dachte, du hast keine Meerestiere bekommen?«

»Die hab ich aus dem großen Supermarkt«, gab Julia bedauernd zu. »Sie sind nicht übel.« Sie lud eine ordentliche Portion auf einen Teller und reichte ihn Álvaro.

»Zur Not musst du deinen Fisch eben auch im Supermarkt

kaufen«, meinte Álvaro und schnupperte an dem Gericht. »Duftet herrlich!«

»Nein, das kann ich nicht«, entgegnete Julia unglücklich. »Den Fisch für den Tag der offenen Tür hatte ich bei einem der Händler auf dem Markt bestellt. Auf Dauer ist das allerdings zu teuer und nicht frisch genug. Ich muss den Fang direkt vom Fischer bekommen.«

»Ich bin sicher, du findest einen Weg«, tröstete Álvaro sie und ließ sich den gefüllten Tintenfisch schmecken.

»Ja, das hoffe ich sehr«, gab Julia mit einem Seufzen zurück.

»Wo ist eigentlich Amelie?«, fragte Álvaro, nachdem er sich satt und zufrieden auf dem warmen Stein ausstreckte.

»Sie ist mit Jens schwimmen gegangen.« Álvaro hob überrascht den Kopf. »Und wenn mich nicht alles täuscht«, fuhr Julia fort, »bahnt sich da zwischen den beiden etwas an.«

Álvaro runzelte die Stirn. »Glaubst du denn, sie wird mit ihm glücklich?«

Julias Herz wurde warm. Das war typisch für ihren Liebsten. Als Erstes sorgte er sich um Amelie. Als Antwort zuckte sie mit den Schultern.

»Keine Ahnung«, gab sie dann zurück. »Wenn ich ehrlich bin, glaub ich nicht, dass Jens es wirklich ernst mit ihr meint. Aber vielleicht tue ich ihm auch unrecht.«

»Das wäre zu hoffen«, meinte Álvaro und ließ sich wieder auf den Stein sinken. »Er ist neulich abends immerhin wegen Amelie hier nochmals aufgekreuzt. Vielleicht schafft es ja deine Freundin, aus ihm einen vernünftigen Menschen zu machen.«

»Das wäre schön.« Mit einem kleinen Seufzer legte sich Julia neben Álvaro und bettete ihren Kopf auf seine Schulter. Ich sollte nicht so negativ denken, überlegte sie. Auf der anderen Seite war es sehr gut möglich, dass sie gerade dabei war, eine Freundin zu verlieren. Álvaro drehte sich sacht zu ihr um und strich ihr das

Haar aus der Stirn. An ihren freien Tagen trug sie es häufig offen, schließlich musste sie es während der Arbeit sorgfältig unter ihrer Kochmütze verbergen. Langsam ließ Álvaro eine lange Strähne durch seine Finger gleiten.

»Dein Haar hat die Farbe von Maribels Honig«, sagte er leise und drückte ihr zärtliche Küsse auf Stirn und Nase. »Und in der Sonne schimmert es wie Gold.« Er rückte näher an sie heran und begann ihren Rücken zu streicheln. Julia schloss die Augen und gab sich ganz seinen Liebkosungen hin. »Was hältst du von einer kleinen Siesta im Salzhäuschen?«

Auf dem Gelände befand sich ein kleines Gebäude, in dem sich die Arbeiter während der Salzernte aufhalten konnten. Álvaro hatte einige Jahre dort gelebt. Deshalb war es vollständig eingerichtet und Álvaro und Julia benutzten es manchmal als heimlichen Zufluchtsort.

»Ausgezeichnete Idee«, flüsterte Julia zurück.

Álvaro stand auf und streckte Julia die Hand hin, um ihr aufzuhelfen. Eng umschlungen gingen sie zu dem Häuschen, und kaum hatten sie die Schwelle überschritten, streifte er ihr die Träger ihres Kleids von den Schultern und öffnete den Reißverschluss.

»Hab ich dir heute schon gesagt, wie schön du bist?«, raunte er an ihrem Ohr und öffnete dabei den Verschluss ihres BHs.

Statt einer Antwort schlang sie ihre Arme um seinen Hals und verschloss seinen Mund mit einem leidenschaftlichen Kuss. Noch immer gab es Momente, in denen sie nicht fassen konnte, dass sie und dieser wunderbare Mann sich gefunden hatten. Momente wie diese. Und wenn sie daran dachte, welche Missverständnisse sie zunächst getrennt hatten, wurde ihr ganz schwindelig.

Álvaro hob sie hoch und trug sie zu dem Bett, das an der hinteren Natursteinwand stand. Dort legte er sie sanft auf die buntgewebte Tagesdecke und begann, ihre Brüste zu liebkosen, bis sie alles vergaß, was sie belastete und nur noch den Augenblick auskostete, Álvaros Berührungen und ihre große, überströmende Liebe zu diesem wundervollen Mann.

»Zieh dich aus«, bat sie leise und zupfte an seinem T-Shirt. Álvaro zog es über den Kopf und entledigte sich auch seiner Jeans.

Das Bett war schmal, doch breit genug für zwei Liebende, die es nicht erwarten konnten, sich so nah wie möglich aneinanderzuschmiegen, sich zu liebkosen und schließlich zu vereinigen, zärtlich und voller Leidenschaft im Rhythmus der Brandung, deren kraftvolle Geräusche von draußen an ihr Lager drangen, bis Julia sich nicht nur eins fühlte mit dem Mann, den sie liebte, sondern auch mit der Natur, die sie umgab.

»Ich liebe deine freien Tage«, flüsterte Álvaro später nah an ihrem Ohr, als sich die Wogen der Leidenschaft wieder geglättet hatten und Julia müde und glücklich in seinen Armen lag. »Vielleicht solltest du über einen zweiten pro Woche nachdenken.«

Julia lachte leise und zog mit der Fingerspitze die Linie seiner Augenbrauen nach. Ich liebe alles an diesem Mann, dachte sie hingerissen. Und dann sank sie in einen wohligen Schlaf.

»Am Samstag, deinem Tag der offenen Tür, da hat Jens mich doch dazu überredet, seinen Gästen den Salzgarten zu zeigen.«

Sie waren alle beide eingenickt und erst nach einer Stunde wieder aufgewacht. Dann hatten sie sich gegenseitig mit dem Wasserschlauch abgespritzt, der an der Außenwand des Häuschens angebracht war, und dabei eine Menge Spaß gehabt. Nun stand die Sonne schon tief, und sie hatten sich Kaffee gemacht und die Becher an den äußersten Rand des Salzgartens mitgenommen, dorthin, wo die riesige Felsplatte endete, auf der sich die Anlage befand. Unter ihnen brandeten die Wellen.

»Oh, ich hab dich gar nicht mehr danach gefragt«, antwortete Julia schuldbewusst. »Wie haben die Leute denn reagiert? War dir das sehr unangenehm?«

»Nein, das war in Ordnung«, antwortete Álvaro. »Die Touristen waren sowieso völlig außer Puste, als sie hier unten ankamen.« Er lachte. Der Felsenpfad, der an der Klippe entlang von der Finca herunterführte, war wirklich kein Spaziergang. »Sie waren viel zu sehr damit beschäftigt, sich Sorgen darüber zu machen, wie sie da wieder hochkommen sollten.« Álvaro nahm einen großen Schluck Kaffee. »Aber Jens hat die ganze Zeit zu den Felsen dort drüben gestarrt.« Er wies mit der Hand auf zwei schroffe, dem Salzgarten vorgelagerte Riffe. Er hatte ihr einmal erklärt, dass sie die mächtige Brandung des Atlantiks brachen, sodass sie nicht ungeschützt in die Bucht unter dem Salzgarten vordringen konnte. Im Grunde, so hatte er gesagt, waren es die vielen Unterwasserfelsen an dieser Küste, die die Saline so nah über dem Atlantik überhaupt möglich machten.

Julia beschirmte ihre Augen mit der Hand, um die beiden Felsen genauer betrachten zu können. »Was gibt es denn da so Interessantes?«, fragte sie.

»Er wollte wissen, ob hinter den Felsen der Tauchplatz liegt, der bei den Einheimischen so beliebt sei.«

»Und?«, fragte Julia. »Gibt es da einen Tauchplatz?«

Álvaro antwortete nicht gleich. »Ich frage mich, woher er das weiß«, sagte er mehr zu sich selbst. »Der ist nämlich nur ganz wenigen bekannt.« Er wandte sich zu ihr um und legte seinen Arm um sie. »Und ehrlich gesagt wäre es mir lieber, das würde so bleiben.«

5

Die rote Katze

In den folgenden Tagen bekam Julia Amelie nur frühmorgens zu Gesicht, wenn sie bei ihr in der Küche frühstückte. Dann brach ihre Freundin auf, um sich mit Jens zu treffen, der mit ihr irgendetwas »Sensationelles« unternehmen wollte. Während Julia Saucen und Tunken rührte, marinierte, kandierte und die Desserts vorbereitete, schwärmte Amelie von der Schönheit der Insel und vor allem von Jens. Julia hörte zu und vermied es, eine Meinung zu äußern, und hoffte inständig, dass dieser Honeymoon von Dauer sein möge. Allerdings wagte sie nicht, sich auszumalen, was dies für Emil bedeuten könnte, für den in diesem Fall schon wieder ein Wechsel in der Bezugsperson anstehen würde. Obwohl er bei Licht betrachtet mit Tanja nie ein gutes Verhältnis gehabt hatte. Ob er sich mit Amelie besser verstehen würde?

Alles in allem war sie ihrer Freundin dankbar dafür, dass sie sich stets außer Haus mit ihrem Bruder traf, nach jenem fürchterlichen Streit am Samstagabend hätte Julia nicht gewusst, wie sie ihm begegnen sollte. Irgendwann würde sich auch das wieder einrenken, versuchte sie, sich einzureden, und rollte einen Strudelteig so hauchdünn aus, dass man durch ihn die Zeitung hätte lesen können.

Dass Amelie am Wochenende überhaupt nicht mehr in das Mesón Flor de Sal kam, fiel Julia erst am Sonntagmorgen auf, als sie nicht zum Frühstück erschien. Am Abend zuvor war es im Restaurant heiß hergegangen, alle zwölf Tische waren belegt gewesen und selbst Fayna, die nichts so schnell aus der Ruhe bringen konnte, war ins Schwitzen gekommen. Aber es hatte sich gelohnt, die Gäste waren zufrieden, und wenn Julia ihren Rundgang von Tisch zu Tisch machte, erntete sie ausnahmslos überschwängliches Lob. Auch dass auf ihrer Karte außer einem leckeren Gericht aus Bacalao, Stockfisch, einer lokalen Spezialität der Insel, kein weiterer Fisch zu finden war, hatte bislang noch niemand bemängelt. Und doch wusste Julia, dass sie das schleunigst ändern musste.

Erst am freien Sonntagabend ließ Amelie sich wieder blicken. Schuldbewusst kam sie direkt in den Garten, wo Álvaro und Julia sich so gern unter dem Nísperobaum aufhielten, wenn sie gerade mal eine Verschnaufpause hatten. Julia saß bequem in einem Liegestuhl und hatte die Beine hochgelegt, einen Gin Tonic in Reichweite.

»Hey«, begrüßte sie ihre Freundin erfreut. »Komm, setz dich zu uns. Willst du auch einen?« Sie wies auf ihren Drink.

»Oh, gern!« Amelie ließ sich auf einen freien Stuhl neben Julia fallen.

»Ich mach dir einen«, sagte Álvaro und erhob sich. Feinfühlig wie er war, würde er die Freundinnen allein lassen, da war Julia sich sicher.

»Tut mir leid, dass ich so lange nicht …«

»Du musst dich doch nicht entschuldigen«, unterbrach Julia sie. »Du hast Ferien und kannst tun und lassen, was du willst. Geht es dir gut?«

Amelie zögerte mit der Antwort, und Julia sank das Herz. War die Sache mit Jens womöglich schon wieder vorbei?

»Ja«, antwortete sie schließlich mit Nachdruck. »Mir geht es gut. Auch wenn ich dich jetzt viel besser verstehen kann.« Sie wartete, bis Álvaro ihr das Glas gebracht hatte und sich dann unter dem Vorwand, er wolle unbedingt im Internet nachsehen, wie das

Wetter in der kommenden Woche sein würde, diskret ins Haus zurückzog.

»Was meinst du damit?«, fragte Julia und betrachtete Amelie besorgt. »Was kannst du besser verstehen?«

»Na ja, das mit Jens«, antwortete Amelie und betrachtete ihren Drink, als sei er das Interessanteste auf der Welt.

»Hat er sich schlecht benommen?«, fragte Julia alarmiert.

»Nein, das nicht«, entgegnete Amelie. »Aber du hattest recht. Ihm ist es nicht ernst mit mir. Jedenfalls nicht langfristig ...« Sie zog eine kleine Grimasse und wandte ihr Gesicht ab. Julia legte ihre Hand auf die der Freundin und drückte sie. Zu gern hätte sie gerade in diesem Fall nicht recht behalten. »Es ist überhaupt nicht schlimm«, fuhr Amelie tapfer fort und zog die Nase hoch. »Im Grunde bin ich gar nicht bereit für eine feste Partnerschaft. Und die vergangenen Tage waren wirklich sehr schön und ...« Nun musste sie doch weinen und kramte in ihrer Hosentasche nach einem Taschentuch.

»Hier«, sagte Julia und reichte ihr ein Päckchen mit Papiertüchern. »Die kannst du behalten.«

Wider Willen musste Amelie lachen. Auch ihr wurde wohl bewusst, wie oft sie schon von Julia so ein Päckchen gereicht bekommen hatte, wenn wieder einmal eine hoffnungslose Liebesgeschichte zu Ende gegangen war. »Du musst mich für bescheuert halten«, sagte sie und tupfte sich die Tränen ab, wobei sie versuchte, ihre Wimperntusche nicht zu verschmieren. »Wieso passiert mir das dauernd?«

Julia tätschelte ihr den Arm. »Du hast einfach eine Schwäche für ... na ja, sagen wir mal, für suboptimale Typen.«

Amelie schnaubte. Dann atmete sie tief durch und nahm einen großzügigen Schluck von ihrem Gin Tonic. »Egal«, sagte sie. »Wir hatten schöne Tage, und das war's. Ich hab ihm gesagt, dass ich mich nicht mehr mit ihm treffen möchte.«

Nun war Julia doch sprachlos. Und grenzenlos erleichtert. Es war eindeutig besser, Amelie hatte diesen Entschluss gefasst, als dass Jens sie hätte fallen lassen.

»Das muss ihn schwer getroffen haben«, vermutete sie.

»Ja, ich muss sagen, er war ein *bisschen* überrascht.« Jetzt grinste Amelie schon wieder. »Und jetzt Schluss damit. Erzähl mir lieber, was ich hier verpasst habe. Wie läuft das Restaurant?«

»Gut«, antwortete Julia. »Ich kann nicht klagen. Am Wochenende waren wir ausgebucht. Leider fehlt mir noch der Lieferant für fangfrischen Fisch.«

»Hast du dich mit dem Fischer nicht einigen können?«

»Nein, das ging gründlich schief«, antwortete Julia. »Als Bencomo erfahren hat, dass Jens mein Bruder ist, war ich bei ihm unten durch.«

»Wirklich?« Amelie machte große Augen. Offenbar wurde ihr erst jetzt das ganze Ausmaß von Jens' Unbeliebtheit auf La Palma bewusst.

»Er ist für viele hier ein rotes Tuch. Und das färbt leider auf mich ab.« Julia suchte nach Worten, um ihre missliche Lage zu schildern, ohne Amelies Gefühle zu sehr zu verletzen. Immerhin hatte sie, kaum auf der Insel, sich gleich mit Jens eingelassen. »Es ist nicht leicht für mich, mich von ihm zu distanzieren«, versuchte sie zu erklären. »Über seinen eigenen Bruder schlecht zu sprechen ist mindestens genauso irritierend für die Menschen hier. Familie ist Familie.«

Amelie schwieg bedrückt. »Und was machst du jetzt?«, fragte sie schließlich.

Julia zuckte mit den Schultern. »Es muss ja noch andere Fischer auf dieser Insel geben«, sagte sie betont optimistisch. Im Stillen dachte sie wehmütig an den vergangenen Montagmorgen zurück, an den zauberhaften Anblick der Boote, als sie im Licht der aufgehenden Sonne in den Hafen eingelaufen waren. An die eingeschworene Gemeinschaft von Männern, die sich sicherlich seit frühester Jugend kannten. Und mitten darin sie, eine Frau, noch dazu aus dem Ausland, die Schwester eines Mannes, der kollektiv abgelehnt wurde, und das vermutlich aus gutem Grund ... Doch da kam ihr wieder Rayco in den Sinn, dieser vierschrötige Restaurantbesitzer, und auf einmal hatte sie eine verwegene Idee.

»Was ist, hättest du Lust, mit mir morgen essen zu gehen?«, fragte sie ihre Freundin.

Amelie sah sie mit großen Augen an. »Natürlich«, entgegnete sie mit einem breiten Grinsen. »Was schwebt dir denn vor?«

»Kennst du das La Lubina?«

Amelie schüttelte den Kopf.

»Das ist gut«, meinte Julia erleichtert. »Dann bringt man dich nicht mit Jens in Verbindung, wenn wir morgen dort aufkreuzen.«

»Morgen ist Montag«, gab Amelie zu bedenken. »Da sind viele Restaurants geschlossen. So wie deines.«

»Das La Lubina nicht«, antwortete Julia. »Sein freier Tag ist am Dienstag. Also, lass uns am besten gleich einen Tisch reservieren.«

Das La Lubina befand sich in einem unscheinbaren Gebäude direkt an der Ortsdurchfahrt des kleinen Städtchens San Jaime, eine Autostunde vom Salzgarten entfernt. Es hatte die Farbe von altmodischem, blassblauem Briefpapier, auf die Tür war ein großer goldener Wolfsbarsch gemalt, und darüber zog die hölzerne Galionsfigur einer Meerjungfrau die Blicke auf sich.

»Nicht übel«, lachte Amelie bei ihrem Anblick. »Vielleicht war die Familie früher ebenfalls in der Fischerei tätig?«

Als sie die Tür öffneten, erklang ein Dreiklang aus Schiffsglocken, der durch die Gaststube hallte. Sie war leer bis auf eine große, rotgetigerte Katze, die hoheitsvoll vor dem Kamin saß und ihnen aus ihren grünen Augen aufmerksam entgegenblickte.

Julia hatte einen Tisch für mittags reservieren lassen in der

Hoffnung, dass zu dieser Tageszeit weniger Betrieb sein würde als am Abend und dass sie eventuell die Chance hatte, mit Rayco ein paar Worte zu wechseln. Was sie sich davon erhoffte, wusste sie selbst nicht so genau. Es war jedoch allemal besser, etwas zu unternehmen, statt darauf zu warten, dass ihr die Lösung des Problems in den Schoß fiel. Denn das würde vermutlich nie geschehen.

»*Bienvenidas.*« Die warme Stimme gehörte einer untersetzten, rotblonden Frau um die vierzig. »Sie haben reserviert? Señora Amelie?« Julia hatte sich bereits daran gewöhnt, dass man auf La Palma grundsätzlich den Vornamen benutzte.

»*Sí*«, antwortete Julia an Amelies Stelle. Sie hatte mit Absicht den Namen ihrer Freundin angegeben, falls Rayco sich an sie erinnerte.

»Ich bin Isora«, sagte die Frau und wies auf die Tische, die mit dunkelgrünen Tischtüchern und weißem Geschirr eingedeckt waren. »Sucht euch gern einen Tisch aus. Vielleicht den am Fenster?«

Julia nickte erfreut, das war eindeutig der schönste Platz im La Lubina. Von hier hatte man einen Blick auf den Innenhof des Gebäudes, in dessen Mitte ein Brunnen plätscherte, umgeben von Yuccapalmen und Zitronenbäumchen in irdenen Töpfen. Sogar einen dieser wunderschönen kanarischen Natternköpfe, deren Blütenstände im Mai wie Kerzen in Weiß oder Magentarot über einen Meter hoch in den Himmel ragen konnten, entdeckte Julia hier. Eine Fenstertür war halb geöffnet, und die Katze stolzierte gerade mit erhobenem Schwanz hinaus, trank aus einem Schälchen und machte es sich dann in einem der Blumenkübel bequem.

»Was darf ich euch zu trinken bringen?«, fragte Isora und legte ihnen die Speisekarte vor. Julia kannte deren Inhalt bereits von ihrem letzten Besuch auswendig, für so etwas hatte sie ein untrügliches Gedächtnis.

Sie bestellten eine Karaffe Wasser und einen leichten Weißwein aus der Bodega Teneguía vom Süden der Insel, den Isora mit frischen Brotscheiben und einer Paste aus Bacalao und Knoblauch servierte.

»Was für eine interessante Auswahl an Speisen für ein so unspektakuläres Restaurant«, meinte Amelie erstaunt, als sie die Karte durchsah.

»Gut, dass man dich hier nicht versteht«, gab Julia leise zurück. »Dies hier ist eine der besten Adressen auf der Insel. Vor allem für Fisch ist das Haus berühmt.«

Amelie hob die Brauen. »Ach, sind wir womöglich deswegen hier? Wegen des Fischs?«

Julia grinste. »Schon möglich. Aber jetzt lass uns entscheiden, was wir essen. Ich nehme den Thunfischtatar als Vorspeise. Und du? Magst du etwas anderes bestellen? Ich würde gern möglichst viel probieren.« Es verstand sich von selbst, dass die Freundinnen vom jeweils anderen Gericht kosten durften.

Amelie entschied sich für die *boquerónes*, in Zitrone und Weinessig eingelegte Sardellen mit Knoblauch, Petersilie und Chili, denn mit deren Zubereitung, für die jeder Koch sein eigenes Rezept hatte, offenbarte ein Küchenchef am ehesten seine Qualitäten. Zum Hauptgang wollte Julia schon den obligatorischen Wolfsbarsch ordern, als Isora ihnen mitteilte, dass es an diesem Tag einen phänomenalen, frischen Zackenbarsch gäbe.

»Den müsst ihr unbedingt probieren«, meinte sie und zeigte beim Lächeln einen goldenen Backenzahn.

»Natürlich. Das können wir uns auf keinen Fall entgehen lassen«, antwortete Julia und war sich mit Amelie schnell einig, dass sie eine Portion für zwei Personen nehmen würden.

Sie genossen gerade ihre Vorspeisen, als ein gutes Dutzend Personen das Restaurant stürmte, gemeinsam mit Isora rasch mehrere Tische zusammenschoben und sich in einem mehrsprachigen Kauderwelsch aus Spanisch, Englisch, Französisch und irgendwelchen vermutlich nordischen Sprachen fröhlich niederließen.

Es waren ausschließlich Männer in weißen Hemden zu Jeans und Sakkos, und Julia glaubte herauszuhören, dass es sich um eine internationale Delegation vom Observatorium handelte, das sich auf knapp 2 400 Metern Höhe auf dem Roque de los Muchachos befand. Dort hatten neunzehn verschiedene Nationen ihre gigantischen Teleskope in den Himmel gerichtet, um sowohl bei Tag als auch bei Nacht das Universum zu erkunden.

»Sind das diese weißen, pilzförmigen Bauten mit den riesigen Parabolspiegeln?«, fragte Amelie nach, als Julia ihr von ihrer Vermutung erzählte. »Wir sind daran vorbeigekommen, als Jens mir den Gipfel des Inselbergs gezeigt hat. Er hat sich schrecklich aufgeregt, weil er keine Erlaubnis für seine Kunden bekommt, damit sie durch die Teleskope gucken können.«

»Dort sind Forschungseinrichtungen untergebracht«, gab Julia zu bedenken. »Miguel hat mir erzählt, dass mehr als sechzig Spezialistenteams aus aller Welt im Einsatz sind.« Miguel war der Vater von Emils Freund El Rostro. Er war bei der Sternwarte als Mechaniker beschäftigt und hatte Julia schon mehrfach eingeladen, ihn dort oben zu besuchen. »Soviel ich weiß, gibt es Besucherzeiten«, fügte sie hinzu. »Aber vermutlich reicht das Jens nicht.«

Isora trug die Teller der Vorspeisen ab und erkundigte sich, wie es ihnen geschmeckt habe.

»Der Thunfischtatar war ein Gedicht«, erklärte Julia. »Und die *boquerónes* waren sensationell.« Isora strahlte. »Bitte richte Rayco meine Grüße aus«, fügte Julia in einer spontanen Eingebung hinzu. Isora musterte sie interessiert. »Das werde ich gern tun. Und von wem soll ich meinen Mann grüßen?«

»Von Julia.«

Auch der Zackenbarsch ließ nichts zu wünschen übrig, wenn man sich damit zufriedengab, den Fisch mit Knoblauch und Olivenöl eher schlicht zuzubereiten. Julia konnte sich allerdings vorstellen, ihn mit anderen Zutaten zu kombinieren. Dazu servierte Isora die obligatorischen Papas arrugadas, wie es hier üblich war, die Julia jedoch zu wenig einfallsreich fand. Sie liebte die kanarischen Kartoffeln mit Salzkruste, die in Meerwasser gegart wurden. Wenn sie die in ihr Menü einplante, gab sie ihnen einen unverwechselbaren Auftritt und verwendete sie niemals als Beilage. Für das Restaurant La Lubina passte es, und mit Erleichterung stellte Julia fest, dass sie und Rayco im Grunde keine Konkurrenten waren. Sie könnten sich wunderbar ergänzen, vor allem, wenn sie darauf achtete, dass sich ihre Speisekarte deutlich von seiner unterschied.

Sie hatten gerade den Fisch aufgegessen, als er ins Restaurant kam, um die Männer vom Observatorium zu begrüßen. In seiner weißen Kochkluft machte er einen völlig anderen Eindruck als neulich am Hafen. Einer der Gäste an dem großen Tisch erhob sich und schüttelte dem Wirt begeistert die Hand, und Julia sah mit einem Blick, dass er derjenige war, der die internationale Gruppe hierhergeführt hatte und am Ende die Rechnung bezahlen würde.

Endlich bemerkte Rayco auch sie.

»Ah«, machte er und seine Reibeisenstimme erklang in einem noch tieferen Timbre. »Julia vom Hafen.« Er schlug sich mit der Hand vor die Stirn und lachte. »Dass ich nicht gleich darauf gekommen bin.« Er musterte Amelie, dann warf er der Fischplatte einen Blick zu, auf der sich nur noch die Karkassen befanden. »Hat es euch geschmeckt?«

»Es war ausgezeichnet«, sagte Julia ernst. »Abiáns Fang ist an dich wahrlich nicht verschwendet.«

»Das freut mich«, antwortete der Koch.

Vom Tisch der Astrophysiker erscholl Lachen herüber.

»Was nehmt ihr zum Nachtisch?«, fragte Rayco.

»Was empfiehlst du uns denn?«, gab sie die Frage zurück.

»Nun«, meinte der Wirt, schob seine dichten Brauen

zusammen, »es kommt darauf an, ob ihr es lieber süß oder bitter mögt, heiß oder kalt.«

Julia sah Amelie fragend an.

»Bitter und heiß«, sagte diese.

»Und ich nehme, was du denkst, was mir schmeckt«, fügte Julia hinzu.

Raycos Nicken glich fast einer Verbeugung, dann zog er sich in die Küche zurück.

»Jetzt bin ich wirklich gespannt, was er uns bringt«, raunte Amelie Julia zu.

»Ich auch.« Julia sah hinaus in den Innenhof. Die rotgetigerte Katze hatte ihren Platz im Blumentopf verlassen. Wenig später fühlte Julia etwas Weiches, das an ihren Beinen entlangstrich.

»Sieh mal einer an«, meinte Isora, die die Hände in die Hüften gestemmt hatte. »Ramses mag dich. Darauf kannst du stolz sein. Unser roter Kater ist sehr wählerisch mit seinen Freunden.«

»Dabei habe ich zu Hause einen Hund«, erklärte Julia erstaunt und beugte sich zu dem dicken Kater hinunter, um ihn zu streicheln. »Allerdings ist er auch rothaarig, ein Garafiano.«

Isora lachte. »Rothaarige dieser Welt, vereinigt euch«, rief sie aus.

In diesem Moment brachte Rayco ihnen das Dessert persönlich auf einem großen Tablett. Theatralisch platzierte er vor Amelie eine feuerfeste Form mit einem kleinen runden Kuchen darin, entzündete eine Flüssigkeit in einer winzigen Kupferkasserolle und goss sie über das Gebäckstück. Blaue Flämmchen züngelten auf und erloschen.

»Flambierter Gofiokuchen mit Bitterschokolade und Vanillecreme«, sagte er, und aus seiner rauen Kehle klang es wie eine Liebeserklärung.

Dann wandte er sich Julia zu. »Für dich habe ich eine ganz neue Kreation«, sagte er. »Und wenn sie dir schmeckt, werde ich sie von nun an Julianisches Feuer nennen.« Er stellte einen gläsernen Pokal vor sie hin, in dem sich eine feuerrot leuchtende Masse und kleine, undefinierbare dunkle Bruchstücke befanden. »Granatapfelsorbet mit Ron Aldea«, sagte Rayco, »dazu Gofio-Galletas und Eiskristalle.« Wie ein Zauberkünstler leerte er ein Schnapsglas voll von dem weißen Rum über das Sorbet, der von einer berühmten Destillerie im Nordosten der Insel stammte. Schließlich legte er ein bizarres, durchsichtiges Gitter auf das Eis. »Daraus besteht unsere Insel: Feuer, Stein und oben auf dem Gipfel immer wieder Eis.«

Julia warf ihm einen überraschten Blick zu. Sie musste an den Tag ihrer ersten Ankunft auf La Palma denken, als Jens sie auf die höchste Stelle der Insel gebracht hatte. Damals war die Welt dort oben in eine unwirkliche Schicht aus Eis gehüllt gewesen: Gräser, Felsen, Blumen. Feuer und Eis, ja, das war ihr allererster Eindruck von dieser merkwürdigen und doch so hinreißend schönen Insel gewesen. Schwarze Felsen, das rote Feuer eines Vulkans, der La Palma einst geschaffen hatte, und Eiskristalle. Rayco hatte dies perfekt erfasst.

»Ich habe dieses Dessert heute Morgen zum ersten Mal ausprobiert«, fügte er mit einem verlegenen Grinsen hinzu. »Du wirst mir sagen, ob es etwas taugt.«

»Woraus ist das Gitter gemacht?«, fragte Julia und sah staunend auf das filigrane Gebilde.

»Probier, dann weißt du es.« Mit einem breiten Grinsen zog Rayco sich wieder in seine Küche zurück.

Julia brach ein Stück von dem kristallenen Gitter ab und legte es sich auf die Zunge. Sie schloss die Augen, konzentrierte sich. Sie war mit einem außergewöhnlich sensiblen Geschmackssinn geboren worden, vermutlich hatte sie deshalb die Laufbahn einer Gourmetköchin eingeschlagen. Das war Segen und Fluch gleichermaßen. Denn wenn sie auch in der Lage war, beispielsweise aus einer Sauce mit großer Trefferquote die Inhaltsstoffe herauszuschmecken, so litt sie auch unter lieblos zubereiteten Speisen oder Lebensmitteln mit künstlichen Inhaltsstoffen, Geschmacksverstärkern oder chemischen Zusätzen. Sie schmeckte die Sulfide, die viele Weine enthielten, nahm Glutamat wahr, von den ganzen Zusatzstoffen, deren Name mit einem E begannen, ganz zu schweigen. Doch jetzt schmeckte sie die Aromen von gefrorenen Trauben, während das Eis auf ihrer Zunge zerging, von prickelndem Muskataroma, Apfel und Birne.

»Da ist Sekt drin«, erklärte sie und brach für ihre Freundin ein Stück ab. »Probier mal«, forderte sie Amelie auf.

Die winkte ab. »Das passt jetzt überhaupt nicht zu dem hier«, meinte sie und wies mit dem Löffel auf ihren flambierten Kuchen aus geröstetem Getreidemehl und Bitterschokolade.

»Schmeckt es dir?«

»Es ist ganz einfach fantastisch«, stieß Amelie hervor und schob sich einen weiteren Löffel von dem Nachtisch in den Mund.

Julia kostete währenddessen das Granatapfelsorbet, das zusammen mit dem weißen Rum eine wahre Geschmacksexplosion auf ihrer Zunge auslöste.

»Na, wie gefällt euch das?«

Julia strahlte Rayco an. »Zauberhaft«, sagte sie. »Das Gitter ist aus Sekt, nicht wahr?«

»Cava und Zuckerrohrsaft«, verriet der Koch und strahlte. Auf einmal sah er ganz anders aus, seine Augen leuchteten und seine ansonsten stets gefurchte Stirn hatte sich geglättet. »Und was ist mit der Señorita Heiß & Bitter?«

»Heiß wie die Liebe, bitter wie das Leben«, gab Amelie zurück und brachte den Koch damit zum Lachen.

»*Muy bien*«, sagte er. »Ausgezeichnet. Mehr kann man nicht wollen.«

Als Julia um die Rechnung bat, erklärte Isora, sie seien Gäste des Hauses.

»Das kommt überhaupt nicht infrage«, widersprach Julia entschlossen. »Wir haben eine wundervolle Mahlzeit genossen und die hat ihren Preis. Ehrlich, Isora, sonst wage ich es nicht, wiederzukommen.«

Erst als Rayco aus seiner Küche kam und die Einladung wiederholte, gab sie nach.

»Also gut«, sagte sie. »Unter einer Bedingung, Ihr kommt morgen Mittag alle beide ins Flor de Sal und seid dort meine Gäste. *¿De acuerdo?*«

»Einverstanden«, antwortete Rayco und legte den Arm um Isoras Schultern. »Morgen. Um drei.«

6

Neue Freunde

»Sie sind da«, rief Fayna in die Küche. Julia wusch sich rasch die Hände und ging, um Rayco Baute und seine Frau Isora zu begrüßen.

Die beiden hatten sich fein gemacht, Rayco trug sogar einen Anzug und Isora ein hübsches, geblümtes Kleid, das ihre Figur umschmeichelte. Das Wetter war angenehm, nicht zu heiß und nicht zu kühl, und so beschlossen sie, einen Tisch im Hof zu nehmen, wo Amo neugierig ihre Witterung aufnahm, und als Isora die Hand nach ihm ausstreckte, willig zu ihnen kam und vor allem Raycos Hosenbeine ausgiebig beschnupperte.

»Bestimmt kann er Ramses riechen«, meinte Isora und kraulte ihn hinter den Ohren. »Was für ein schöner Garafiano.«

»Er ist mir zugelaufen«, erklärte Julia. Im Stillen fürchtete sie immer noch, dass eines Tages die wahren Besitzer des Hundes auftauchen könnten und ihn für sich beanspruchen würden. »Ich hab das Gefühl, er hat sich die Finca als neues Zuhause ausgesucht. Eines Tages stand er einfach vor meiner Tür.«

»Tiere sind klug«, behauptete Rayco. »Sie wissen, wo sie es gut haben. Dafür haben sie einen sicheren Instinkt.«

Fayna kam mit dem Tablett mit zwei Gläsern Cava, dazu ein Schälchen mit der neuesten Probe des Käsegebäcks, an dem sie mit der Witwenkooperative arbeitete.

»Ein Begrüßungsschluck«, erklärte Julia. »Das bekommt jeder Gast bei mir, der zum ersten Mal das Flor de Sal besucht.« Dann überließ sie das Feld Fayna, die die Karten brachte und nach den Getränkewünschen der Gäste fragte.

Es waren noch weitere Tische im Hof und im Restaurant besetzt. Von einem englischen Ehepaar erfuhren sie, dass sie Julias Prospekt bei Maribel auf dem Wochenmarkt mitgenommen hatten, und vier Einheimische, die beim Observatorium arbeiteten, waren durch den Aushang auf das Flor de Sal aufmerksam geworden, den Miguel dort am Schwarzen Brett angebracht hatte. Julia fand es spannend, zu erfahren, wie sich die Kunde von dem neu eröffneten Restaurant auf der Insel verbreitete und war dankbar für die Unterstützung der Freunde. Fayna servierte den Mechanikern hauchfein geschnittenen Serranoschinken mit frischen Feigen und einigen Tropfen feinstem Olivenöl als Vorspeise, marinierten Ziegenkäse und die wunderbar erfrischende, gekühlte Sommersuppe Gazpacho. Julia war gespannt, was die Wirtsleute aus dem Restaurant La Lubina auswählen würden, und studierte neugierig die Order, die Fayna ihr an die Magnetwand heftete.

Rayco hatte sich für das Lammnüsschen entschieden und Isora für das Steinpilzrisotto. Eine gute Wahl, dachte Julia. Einen großen Korb voller wundervoller Pilze hatte ihr Maribel an diesem Morgen gebracht, die sie in aller Frühe bei ihrem Kontrollgang zu den Bienenstöcken gesammelt hatte. »So viel können wir gar nicht selbst essen«, hatte sie gesagt und war nach einem kurzen Schwatz in der Küche bei einem schnellen Kaffee gleich wieder verschwunden.

Zur Vorspeise hatten ihre Gäste das einzige Fischgericht ausgesucht, das Julia anbot, die Mousse aus Bacalao mit in Salz eingelegten Zitronen aus Julias eigenem Obstgarten und knusprigem Olivenbrot.

Julia war in ihrem Element. Sie genoss es, zwischen ihren professionellen Gastrogeräten, dem altmodischen Eisenherd, der schon Belén gute Dienste erwiesen hatte und dem Holzofen hin- und herzuflitzen. Das Timing war ihr in Fleisch und Blut übergegangen, und so war es ihr ein Leichtes, das empfindliche Risotto zu rühren und gleichzeitig das Lammnüsschen so auf den Punkt anzubraten, dass es außen schön gebräunt und innen rosarot blieb. Daneben das vorbereitete Kaninchenragout für das englische Ehepaar auf die richtige Temperatur zu bringen und zusammen mit den Badischen Spätzle, die hier auf den Kanaren eine exotische Sensation darstellten, auf den Teller zu bringen.

»Wie ist dein Eindruck?«, fragte Julia Fayna, als diese schwer beladen mit schmutzigem Geschirr in die Küche kam. »Wirken sie zufrieden?«

Fayna stellte den Tellerstapel vorsichtig ab. »Der Vierertisch? Die sind total begeistert und wollen wissen, wie du diese Sssspätzle machst.« Julia musste lachen, denn Fayna brach sich schier die Zunge bei der Aussprache dieses für Spanier schwierigen Wortes.

»Wie schön«, freute sie sich. »Und was ist mit dem Wirt vom La Lubina?«

»Oh, auch von ihm kamen keine Klagen«, antwortete die junge Frau, grinste und nahm zwei gerade fertig gewordene Teller mit Vorspeisen für kürzlich eingetroffene Gäste auf.

Julia geduldete sich, bis Fayna den Hauptgang abgeräumt hatte. Verstohlen begutachtete sie die Teller und Platten von Raycos und Isoras Tisch, kein Krümel war mehr übrig. Dann, als sie sich davon überzeugt hatte, dass alle anderen Gäste gut versorgt waren und der Wiener Apfelstrudel im Ofen allein gelassen werden konnte, nahm sie ihre Kochmütze ab und ging hinaus in den Hof.

»War alles zu eurer Zufriedenheit?«, fragte sie.

Isora bedachte sie mit einem zufriedenen, und doch auch fragenden Blick, während Rayco sich auf seinem Stuhl zurücklehnte und nachdenklich die Lippen schürzte. Sorge befiel Julia. War ihre Art zu kochen für die Einheimischen zu fremdartig? Zu ungewohnt? Wollten sie sich nicht überraschen lassen und die vertrauten Zutaten lieber in der althergebrachten Weise kombiniert sehen?

»Man hat mir erzählt, dass der *Guide Michelin* dir in Deutschland einen Stern verliehen hat«, sagte Rayco schließlich. »Wenn ich ehrlich bin, hab ich kein Wort davon geglaubt.«

»Wir hielten das für eine Übertreibung«, versuchte Isora diplomatisch, die Worte ihres Mannes abzumildern, und warf Julia einen ängstlichen Blick zu.

»Heute hast du uns gezeigt, dass es keine Übertreibung war«, fuhr Rayco fort, und Julia atmete auf. »Alles war, wie es sein muss, nur noch besser«, fasste ihr Kollege seinen Eindruck zusammen. »Noch delikater, noch … keine Ahnung, wie man das nennt. Aber ich glaube, du weißt, was ich meine.«

»Wenn das bedeutet, dass es euch geschmeckt hat, ist mir das genug«, antwortete Julia. Das vertraute Hochgefühl durchströmte sie, das immer dann eintraf, wenn es ihr gelungen war, mit den Geschmacksnuancen ihrer Gerichte andere Menschen glücklich zu machen. Isora lachte fröhlich auf, und auch ihr Mann schmunzelte.

»So kann man es auch sagen«, pflichtete er ihr bei.

»Was darf ich euch zum Nachtisch zubereiten?«

»Warum machen wir es nicht so wie gestern«, schlug Rayco vor. »Wir lassen uns einfach von dir überraschen. Oder was meinst du, Isa?«

»Eine gute Idee.« Isora strahlte.

»Kalt oder warm?«, fragte Julia.

»Kalt«, antwortete Rayco wie aus der Pistole geschossen.

»Warm«, erklärte Isora gleichzeitig.

»¡*Pues bien!*«, lachte Julia. »Nun gut! Dann mach ich mich mal an die Arbeit.«

Der Apfelstrudel mit Vanillesauce war genau nach Isoras Geschmack und Julias hausgemachtes Tartufo-Eis, das aus nicht weniger als sieben verschiedenen Schichten unterschiedlicher Schokoladensorten um einen Kern aus Haselnussnugat mit körnigem Flor de Sal bestand, verfehlte seine Wirkung auf Rayco nicht. Als sich die anderen Gäste nach und nach verabschiedeten, tauschte Julia ihre langärmlige weiße Bluse gegen ein leichtes T-Shirt und setzte sich zu den beiden. Sie und Isora tranken einen selbst gemachten Limoncello, während Rayco zu einem Gläschen Ron Aldea zum Kaffee nicht Nein gesagt hatte. Sie plauderten über dieses und jenes, tauschten sich über die unterschiedlichen Zubereitungsmöglichkeiten des Bacalao aus, bis Rayco auf einmal sagte: »Das Einzige, was deiner Karte fehlt, ist frischer Fisch.«

Julia seufzte.

»Du sagst es. Ich habe noch immer keinen Lieferanten.« Julia hatte bereits ihre Freundin Maribel gefragt, ob sie einen Tipp für sie hätte. Doch die Imkerin wurde regelmäßig von ihren Enkeln mit fangfrischem Fisch versorgt, die die Jungen beim Tauchen zwischen den Felsen eigenhändig harpunierten, und war mit keinem professionellen Fischer bekannt.

»Warum lehnt Abián es eigentlich ab, dir Fisch zu verkaufen?«, fragte Isora.

»Das liegt an meinem Bruder«, gestand Julia freimütig. Sie hatte keine Ahnung, ob die beiden wussten, dass sie die Schwester von Jens Brunner war. Und ob auch sie Grund hatten, ihn abzulehnen. »Jens Brunner, der Outdoor-Spezialist«, erklärte sie.

»El Alemán«, sagte Rayco langsam und gedehnt, als ginge ihm ein Licht auf. »*Der* ist dein Bruder?« Er pfiff leise durch seine Schneidezähne und wiegte den Kopf. »Ach, so ist das.«

Julia sank das Herz. Gerade hatte sie noch geglaubt, sie könnten Freunde werden. Oder wenigstens ein kollegiales Verhältnis miteinander pflegen. Doch das war nun wohl illusorisch …

»Was hat das denn mit dir zu tun?«, fragte Isora und runzelte die Stirn.

»Im Grunde nichts«, antwortete Julia resigniert. »Oder alles. Ich habe kein gutes Verhältnis zu meinem Bruder, und auch das ist nicht schön. Familie sollte zusammenhalten, oder? Aber Jens macht mir wirklich das Leben schwer.«

»Er ist einmal mit seinen Leuten bei uns aufgekreuzt«, erzählte Rayco. »Eine Gruppe von fünfzig Personen. Er hatte sich angemeldet, und wir hatten ein Menü verabredet, Vorspeise, Hauptspeise und Flan zum Dessert. Am Ende hat er den Preis nachverhandeln wollen, stimmt's, Isa?« Seine Frau nickte missbilligend und verschränkte die Arme vor der Brust. »Dabei hatten wir das vorher abgesprochen. Trotzdem ...« Rayco unterbrach sich und fuhr sich mit der Hand übers Kinn. »Na ja, was erzähl ich dir das. Du kannst ja nichts dafür.«

»Am Ende hat er die Rechnung nicht bezahlt, oder?«

»Nur die Hälfte«, erzählte Isora. »Rayco hat ihn rausgeschmissen und ihm Hausverbot erteilt.« Sie grinste Julia entschuldigend an. »Mein Mann kann ein ganz schöner Hitzkopf sein, weißt du?«

»Er hatte vollkommen recht«, widersprach Julia aufgebracht. Sie dachte an seinen Auftritt an ihrem Tag der offenen Tür. Sie verstand das einfach nicht. Warum nur benahm sich Jens überall wie die Axt im Walde? Glaubte er wirklich, auf lange Sicht mit einem solchen Verhalten durchzukommen?

»Jedenfalls muss ich einen anderen Fischer finden«, kam sie auf das ursprüngliche Thema zurück. »Möglichst einen, der mit Jens noch nie zu tun hatte, falls es so jemanden auf der Insel überhaupt noch gibt.« Sie lachte freudlos und schenkte Isora von dem Limoncello nach. Rayco winkte ab, als sie die Flasche mit dem Ron ergriff. Schließlich, so sagte er, müsse er noch nach Hause fahren.

»Ich weiß, wie das ist, wenn einem Dinge zur Last gelegt werden, die ein Familienmitglied zu verantworten hat«, sagte Isora zu Julias Überraschung. »Das ist überhaupt nicht schön. Ich denke die ganze Zeit schon über etwas nach, Julia. Vielleicht gibt es ja

eine Lösung ... ich meine, für alle Betroffenen, auch für dich.«
Julia horchte auf. Wovon sprach Isora? Welche Art von Lösung schwebte ihr vor?

»Vielleicht ist das ja auch nur ein Hirngespinst«, wandte Rayco ein, und seine Miene war wieder genauso zerfurcht und verschlossen wie damals am Hafen. »Ich glaube nicht, dass er noch mal dazu bereit ist.«

»Wenn wir ihn nie fragen, werden wir es auch nicht erfahren. Vielleicht wartet er ja nur auf eine Gelegenheit.«

Rayco wiegte seinen Kopf, setzte an, etwas zu sagen, ließ es dann aber doch sein.

»Darf ich erfahren, wovon ihr sprecht?«, fragte Julia behutsam.

Isora holte tief Luft und stieß sie auf einmal wieder aus.

»Die Sache ist die«, begann sie, und auf ihren Wangen zeigten sich nervöse, rötliche Flecken. »Mein jüngerer Bruder ist Fischer.«

»Er *war* Fischer«, warf Rayco ein.

»Gut, Diego *war* ein ausgezeichneter Fischer«, korrigierte sich Isora geduldig. »Keiner konnte so gut mit der Tiefseeangel umgehen, wie er. Nie hast du in seinem Fang Fische gesehen, die kleiner waren als die Norm, und er hat stets nur die Menge aus dem Meer geholt, die ihm genehmigt worden war und für die er Abnehmer hatte. Außerdem taucht er und jagt Fische mit der Harpune.«

»Isora meint, ohne Sauerstoffflasche und so«, half Rayco aus. »Er gehört zu diesen ... wie nennt man die noch gleich?«

»Apnoetaucher.« Isora nahm einen Schluck Limoncello.

»Das sind diese verrückten Kerle, die ohne technische Hilfsmittel bis zu mehreren Minuten unter Wasser bleiben«, erklärte Rayco.

»Er sagt, das tut ihm gut. Ich hab aber immer Angst, dass er eines Tages nicht mehr hochkommt, sondern einfach unten bleibt.«

»Und warum fischt er jetzt nicht mehr?«, fragte Julia verwirrt.

»Es gab vor ein paar Jahren ein Unglück«, fuhr Rayco an der

Stelle seiner Frau fort. Seine Stimme war sanft, und er beobachtete Isora mit besorgtem Blick. »Sein Kollege kam dabei ums Leben.«

»Alle glauben, es sei Diegos Schuld gewesen, auch er selbst.« Isora sah Julia mit feuchtglänzenden Augen an. »Und vielleicht war es das auch, wer weiß das schon, keiner war dabei. Seitdem ist Diego nicht mehr derselbe. Es war sein bester Freund. Und irgendwie kann er sich das nicht verzeihen. Die anderen gehen ihm seither aus dem Weg, so als könnte er ihnen Unglück bringen, keiner will mehr mit ihm aufs Boot.« Isora schluckte und wandte den Blick ab.

»Er ist schwermütig geworden«, erklärte Rayco. »Dann hat ihn auch noch seine Frau verlassen und die Kinder mitgenommen. Sie ist nicht damit klargekommen, wie sehr er sich verändert hat. Das ist jetzt drei Jahre her.«

»Und ihr glaubt ...«, begann Julia, die versuchte, sich einen Reim darauf zu machen, was Diegos Geschichte mit ihrer zu tun haben könnte. »Ihr meint, er würde vielleicht ...«

»Isa denkt, wenn er endlich sein Boot nimmt und aufs Meer hinausfährt, wenn er eine Aufgabe hat und jemand ihm vertrauen würde, könnte alles wieder gut werden«, erklärte Rayco. »Ich bin da skeptisch. Was war, lässt sich nicht ungeschehen machen.«

»Ungeschehen nicht«, warf Isora lebhaft ein. »Aber irgendwann muss man einen Schlussstrich unter die Vergangenheit ziehen und an die Zukunft denken. Diego kommt mir vor, als stünde er unter einem bösen Zauber. Und irgendwie müssen wir den endlich brechen.«

»Hat er denn überhaupt noch ein Boot?«, fragte Julia.

»Ja«, antwortete Rayco. »Es liegt in einem Schuppen und gammelt vor sich hin.«

»Das stimmt nicht.« Isora wirkte direkt empört. »Er sieht regelmäßig nach der *Esperanza* und hält sie in Schuss. Und deshalb denke ich, eines Tages lässt er sie wieder zur See. Alles, was er braucht, ist ein Anlass.«

»Den könnte ich ihm liefern«, führte Julia ihren Gedanken fort.

»Und dir wäre auch geholfen«, fügte Isora hinzu.

»Wenn doch niemand mehr mit ihm zusammenarbeiten möchte«, wandte Julia ein, »wie sollte das denn gehen?«

»Früher ist er oft allein rausgefahren«, antwortete Isora. »Für den Tintenfischfang zum Beispiel und andere küstennahe Arten. Damit könnte er ja mal beginnen.«

»Von mir aus gern«, sagte Julia. »Tintenfisch ist gut, das sollte sowieso eine Spezialität des Hauses werden. Aber nur, wenn dein Bruder dazu wirklich bereit ist. Ich möchte nicht, dass er etwas riskiert und ihm womöglich etwas zustößt.«

»Das will keiner von uns«, versicherte Rayco. »Bislang ist das alles ohnehin nur Isoras Wunschdenken.«

»Ich werde ihn fragen«, gab seine Frau entschlossen zurück. »Dann werden wir ja sehen, wie seine Antwort lautet.«

»Ich hab von dem Unglück gehört«, sagte Maribel nachdenklich. »Eine schlimme Geschichte.«

Es war früh am Morgen, die Sonne war noch nicht über dem Inselberg aufgegangen, und doch fing sich ihr Widerschein in dem feinen Wolkenband draußen über dem Meer. Julia begleitete ihre Freundin zu ihren Bienenstöcken, die eine gute halbe Stunde zu Fuß entfernt von der Finca del Casco in einem Eukalyptushain standen. Und so flott, wie die Imkerin unterwegs war, würde man niemals glauben, dass sie die Sechzig schon überschritten hatte. In der Rechten hatte sie wie immer, wenn sie im Gelände unterwegs war, einen langen Stock, der sie fast ums Doppelte überragte, so wie die Ureinwohner sie gehabt hatten, wie sie Julia einmal erklärt hatte. Um den Kopf hatte sie ein weißes Baumwolltuch gebunden, unter dem ihr Gesicht noch gebräunter wirkte, als es ohnehin schon war.

»Kennst du Diego persönlich?«, fragte Julia sie und musste sich anstrengen, mit ihrer Freundin Schritt zu halten.

Maribel schüttelte den Kopf. »Kennen wäre zu viel gesagt. Nach dem Tod seines Freundes ist er sehr scheu geworden und geht wohl kaum noch unter die Leute.«

Sie umrundeten eine kleine, bewaldete Anhöhe, dann öffnete sich ihnen der Blick über den Atlantik. Glatt wie ein Spiegel erstreckte sich diese ungeheure Ebene aus Wasser bis zum Horizont, wo die glitzernde blaue Fläche mit dem Himmel zu verschmelzen schien. Es raubte Julia immer wieder schier den Atem angesichts dieser Weite. Unwillkürlich sog sie den würzigen Duft nach den Kräutern ein, die hier gediehen. Der Pfad war gesäumt von wildem Lavendel, der jetzt Ende August nur noch spärlich blühte, dafür verströmte die gesamte Pflanze vor allem am Morgen einen betörenden Geruch.

»Ich weiß nicht, ob es eine gute Idee ist«, sagte Julia, »ihn dazu zu animieren, zur See zu fahren. Nach allem, was Isora mir erzählt hat, ist er durch den Unfall traumatisiert. Was, wenn er dort draußen auf einmal wieder die Szene vor Augen hat und panisch reagiert?«

Maribel antwortete nicht gleich. Ihr Blick folgte ein paar Bienen, die sich an den wenigen Blüten gütlich taten und dann weiterflogen, auf der Suche nach Nahrung.

»Ich kann dazu nichts sagen«, sagte sie schließlich. »Wenn seine Schwester ihn fragen möchte, ist das ihre Sache. Oder nicht?«

Julia hob eine große leere Muschelschale auf, die sich leuchtend weiß von dem rötlichen Sand des Pfades abhob. Seevögel müssen sie bis hier hochgetragen haben, um in aller Ruhe ihre Beute zu verspeisen.

»Aber stell dir vor, ihm passiert etwas«, wandte Julia unruhig ein. »Und es spricht sich herum, dass er in meinem Auftrag aufs Meer gefahren ist. Was glaubst du, was dann los ist?«

»Das wäre schlimm«, sagte Maribel. »Wenn du solche Befürchtungen hast, solltest du dich nicht darauf einlassen.«

Immer mehr Bienen umflogen sie, die Bienenstöcke waren nicht mehr weit. Maribel blieb stehen und zog einen Imkeranzug samt Hut und Schleier aus ihrem Rucksack.

»Hier«, sagte sie und reichte Julia die Ausrüstung. »Du warst zwar schon ein paarmal mit mir hier, doch sicher ist sicher.« Julia schlüpfte in den weißen Overall, setzte den Hut auf und zog den Schleier von der Krempe. »Steht dir ausgezeichnet«, flachste Maribel und brachte Julia zum Lachen. Die Imkerin zog selbst nur Handschuhe an, und Julia wunderte sich schon längst nicht mehr darüber. Maribel, von Kindesbeinen an mit den Bienen vertraut, bewegte sich so ruhig und sicher inmitten des Volkes, dass sie ohne Weiteres von ihnen akzeptiert wurde und so gut wie nie einen Stich davontrug.

Fasziniert sah Julia zu, wie sie mit geübten Handgriffen die Deckel von den Gehäusen abhob, vorsichtig die Waben herausnahm und das Gewusel der Insekten darauf mit Kennerblick betrachtete, ehe sie sie wieder zurückschob.

»Um diese Jahreszeit muss ich vor allem auf die Gesunderhaltung des Volks achten«, erklärte sie. »Die Jahreszeiten verlaufen hier völlig anders als zum Beispiel in Deutschland. Hier ist der Winter eine Zeit der Blüte, nicht der Ruhe. Also ist es wichtig, dass sie jetzt ausreichend Kraft sammeln und sich stärken. Es gibt leider viel zu viele Pilze und andere Schädlinge, die beim Einsetzen des Regens nur darauf lauern, geschwächte Tiere anzufallen und sich im gesamten Bienenvolk zu verbreiten.«

»Deshalb lässt du ihnen auch von ihrem eigenen Honig als Nahrung, nicht wahr?« Julia wusste, dass Maribel nur im Notfall auf Zuckerwasser oder andere Zusatznahrung zurückgriff. Sie war fest davon überzeugt, dass die Bienen die wertvollen Inhaltsstoffe ihres Honigs brauchten, um gesund zu bleiben.

Maribel nickte, schloss den Deckel und wandte sich dem nächsten Bienenstock zu. »Am besten ist Blütenhonig«, verriet sie. »Die bittere Tracht der meisten Bäume ist für sie schwieriger zu verdauen. Aber natürlich sind unsere kanarischen Bienen daran gewöhnt, anders als die hochgezüchteten, die man im übrigen Europa hält.« Eine Biene hatte sich auf ihrem Ärmel niedergelassen, und Maribel zeigte sie Julia. »Sie sind schwarz, meine Bienen, siehst du das? Und halb so groß wie die in Deutschland. So sahen sie ursprünglich aus, und da sie nicht überzüchtet sind, sind sie weniger anfällig.« Behutsam setzte sie das Insekt zurück zu den anderen.

Julia liebte es, mit ihrer Freundin zu den Bienen zu gehen und sie über die Arbeit mit ihnen sprechen zu hören. Es hatte etwas ungemein Beruhigendes, sich auf den Rhythmus des Schwarms einzulassen, Maribel in ihren Bewegungen zu beobachten und es ihr gleichzutun. »Irgendwann wirst du mir helfen«, sagte Maribel und warf ihr ein Lächeln zu. »Hab ich dir übrigens schon erzählt, dass Emil gern ein eigenes Volk hätte?«

»Ein Bienenvolk?«, fragte Julia überrascht zurück.

»Ich halte das für eine ausgezeichnete Idee«, fuhr die Imkerin fort. »Wenn er es ernst meint, überlass ich ihm eins. Vielleicht steckt er ja sogar Acorán an.« Das war der eigentliche Name von Maribels Enkelsohn, dem besten Freund von Emil. Der Junge mochte diesen alten, bei den kanarischen Ureinwohnern gebräuchlichen Namen allerdings nicht und nannte sich aufgrund einer Narbe auf der Stirn »El Rostro«, das Gesicht.

»Sind die Jungen nicht zu ungestüm?«, fragte Julia zweifelnd. Sie dachte daran, wie wild die beiden Zwölfjährigen bei ihren Spielen waren.

Maribel lachte. »Das gewöhnen sie sich ganz schnell ab, glaub mir«, sagte sie. »Wenn erst mal ein ganzer Schwarm Bienen hinter ihnen her ist, dann lernen sie von ganz allein, umsichtig zu sein.«

»Oder sie verlieren den Spaß«, wandte Julia ein.

»Oder das«, pflichtete Maribel ihr bei. »Bei den Bienen gibt es keine halben Sachen. Entweder du liebst es, mit ihnen zu arbeiten. Oder du fängst erst gar nicht damit an.« Sie seufzte, legte den letzten Deckel auf und wandte sich zum Gehen. »Leider trifft Letzteres bei meiner Tochter zu. Ana und Bienen leben in unterschiedlichen Universen.«

»Dafür macht sie die schönste Töpferware weit und breit«, verteidigte Julia Anas Ehre. So gut sich Maribel mit ihrer Tochter verstand – dass sie eine Bienenphobie hatte, war ein wunder Punkt in ihrer Beziehung.

»Das stimmt«, räumte Maribel gnädig ein. »Aber da die Imkerei auf diesem Fleckchen Erde seit Generationen von der Mutter an die Tochter weitergegeben wurde, schmerzt es mich schon, dass das nach mir enden sollte.«

Nun, dachte Julia, als sie den Heimweg antraten, wer weiß. Vielleicht übernimmt ja El Rostro später das Erbe seiner Großmutter. Auch wenn das ein Bruch in der weiblichen Tradition der Familie bedeuten würde. Doch da fiel ihr etwas ganz anderes ein.

»Moment mal.« Julia war unwillkürlich stehen geblieben. »Erlaubt mein Bruder denn wieder, dass Emil bei euch ist?«

»Keine Ahnung«, antwortete Maribel mit einem vieldeutigen Lächeln. »Wir haben beschlossen, dem Jungen keine Fragen zu dem Thema zu stellen. Vor ein paar Tagen kam er mit Acorán von der Schule, und seither lebt er mehr oder weniger bei uns.« Und damit setzte sie energisch ihren Stock auf und marschierte weiter. »Du kannst ihn übrigens gleich selbst fragen«, rief Maribel ihr über die Schulter zurück. »Heute haben die Jungen erst spät Schule.«

Tatsächlich traf sie Emil mit seinen Freunden in der Küche der Finca del Casco beim ausgelassenen Frühstück an. Maribel hatte ihnen Kakao auf dem Herd stehen lassen und selbst gebackenes Brot, Honig und Schinken für die, die es herzhafter mochten, bereitgestellt.

»Was machst *du* denn hier?«, rief Emil aus, als er Julia sah, sprang auf und fiel ihr um den Hals.

»Das könnte ich dich auch fragen«, gab Julia zurück und drückte ihren Patensohn fest an sich. Dass der nun bald Dreizehnjährige noch immer so an ihr hing, rührte sie.

»Wir waren bei den Bienen«, erklärte Maribel und stellte den Wasserkessel auf den Herd, um für sich und Julia Kaffee zu machen. »Das nächste Mal wecke ich dich, dann kommst du mit«, neckte sie Emil. »Schließlich willst du Imker werden.«

»Man muss aber doch nicht zwingend schon früh um fünf zu den Bienenstöcken, oder?« Emil sah Maribel treuherzig an, so als könnte man das miteinander verhandeln.

»Nein, nicht unbedingt«, räumte diese mit einem Lächeln ein. »Sechs Uhr reicht auch noch.«

Acorán, genannt El Rostro, lachte schadenfroh. Offenbar fand er auch diese Uhrzeit viel zu früh zum Aufstehen.

»Wie geht es deinem Vater?«, fragte Julia vorsichtig.

Emils Miene verschloss sich schlagartig. »Keine Ahnung«, gab er zurück. »Ich hab ihn schon eine Weile nicht mehr gesehen.«

»Weiß er, dass du hier bist?«

»Ist mir egal.« Emil trank seinen Kakao aus und packte zwei Scheiben Schinken in ein aufgeklapptes Brötchen, tat es in eine Tupperdose und steckte diese in seinen Rucksack. »Rostro«, sagte er zu seinem Freund. »Wir müssen los.«

»Ist doch gar nicht wahr«, gab der zurück und deutete auf die Wanduhr. »Wir haben noch mindestens eine halbe Stunde Zeit.«

»Tut mir leid, wenn ich dir die Laune verdorben habe«, sagte Julia leise zu ihrem Neffen. »Ich weiß nicht so recht, woran ich mit deinem Vater bin.«

»Er hat eine ziemliche Wut auf dich«, verkündete Emil. »Und darauf kannst du stolz sein. Und dass du es weißt: Ich mach von jetzt an, was ich will.«

»Und wenn er herkommt und dich sucht?«

»Dann verstecken wir ihn«, sagte Acorán und grinste gelassen.

»Ich mach das einfach nicht mehr mit«, erklärte Emil zornig. »Was soll ich bei Tanja abhängen? Zwischen den beiden herrscht nur noch dicke Luft. Papa kommt nicht mal mehr nachts nach Hause, so sieht das aus. Kein Mensch kann mich zwingen, dortzubleiben.«

»Das sehe ich genauso«, mischte sich Maribel ruhig ein. »Solche Zustände sind dem Jungen nicht zuzumuten. Wir sind uns da alle einig. Und wenn du nichts dagegen hast …«

»Ich?«, fiel ihr Julia erschrocken ins Wort. »Ich hab bestimmt nichts dagegen, dass Emil bei euch wohnt, ganz im Gegenteil. Ich mach mir nur so meine Gedanken. Jens kann ja ziemlich ungemütlich werden.«

»Ach, da sei mal ganz unbesorgt.« Maribel schenkte zwei Becher aus Anas Keramikwerkstatt voll mit brodelndem, duftendem Kaffee ein. »Der soll ruhig kommen. Den Jungen wird er hier nicht antreffen.«

»Ich lauf hoch in die Berge, wenn er auftaucht«, erklärte Emil mit blitzenden Augen.

»Haha, es reicht völlig, wenn du dich im Ziegenstall versteckst«, lästerte Acorán. »Solange der kranke Bock da drin ist, traut sich eh kein Fremder dort rein.«

»Jens Brunner kümmert sich viel zu wenig um seinen Sohn, als dass er sich die Mühe machen würde, ihn hier zu suchen«, erklärte Maribel in einem Ton, als wolle sie das Thema beenden. »Emilio hat bei uns ein Zuhause, wann immer er hier sein möchte.«

»Du verrätst mich doch nicht etwa?«

Emil folgte Julia nach draußen, nachdem sie sich verabschiedet hatte.

»Natürlich nicht«, antwortete sie entschieden. »Das würde ich niemals tun, das weißt du genau.« Ihr tat das Herz weh beim

Anblick des verzweifelten Ausdrucks in Emils Augen. »Du kannst auch jederzeit bei mir wohnen, wenn ...«

»Ich weiß«, fiel ihr der Junge sanft ins Wort. »Aber da würde Papa mich als Erstes suchen. Und du hast sowieso schon genug Stress mit ihm.« Julia seufzte. Das stimmte leider. Sie konnten froh sein, dass ihr Patensohn bei Maribel ein so gutes Zuhause gefunden hatte. »Er hat eine Riesenwut auf Álvaro«, sagte Emil und sah hinunter ins Tal, wo bald der Schulbus auftauchen würde. Acorán trat gerade aus der Tür. »Und wenn du mich fragst, plant er irgendwas.«

»Was denn?«

Emil zuckte mit den Schultern. »Keine Ahnung. Irgendwas führt er im Schilde.«

»Kannst du uns zur Haltestelle mitnehmen?«, fragte Acorán.

»Klar, steigt ein.«

Auf der kurzen Fahrt hinunter zur Landstraße lauschte Julia dem Geplauder der beiden Freunde. Es ging um den Biologielehrer und einen Test, den sie heute wohl schreiben würden. Acorán machte den Lehrer nach, der offenbar einen kleinen Sprachfehler hatte, Emil wollte sich fast ausschütten vor Lachen.

Genau so muss es sein, dachte Julia, als die beiden ausstiegen, sich von ihr verabschiedeten und ihre Blödeleien an der Bushaltestelle fortsetzten. So unbekümmert und ausgelassen sollte das Leben eines Zwölfjährigen aussehen. Und nicht überschattet von einem unberechenbaren Vater und einer launischen Partnerin, die von Anfang an nichts von Emil hatte wissen wollen.

Erst als sie zu ihrer Finca abbog, fiel ihr wieder ein, was ihr Neffe gesagt hatte. Dass Jens irgendetwas im Schilde führe. Aber tat er das nicht immer? Himmel, dachte Julia. Wieso muss mir ausgerechnet mein eigener Bruder die größten Schwierigkeiten bereiten?

Im Hof saßen Fayna und Amelie an einem der Außentische zusammen und unterhielten sich offenbar prächtig.

»Guten Morgen«, begrüßte sie die beiden und musterte ihre Bedienung überrascht. »So früh schon hier?« Denn eigentlich begann Faynas Schicht erst um halb zwölf.

»Ich habe Neuigkeiten«, erklärte die junge Frau, und ihre Augen strahlten. »Die wollte ich dir als Erste erzählen. Natürlich wissen Pablo und meine Familie schon davon.« Fayna errötete, und Julia setzte sich zu den beiden Frauen an den Tisch.

»Dann lass ich euch wohl besser allein«, erklärte Amelie und wollte sich erheben, doch Fayna legte die Hand auf ihren Arm und hielt sie zurück.

»Du kannst ruhig bleiben«, sagte sie. »Bald wird es kein Geheimnis mehr sein.« Sie machte eine kurze Pause, endlich sagte sie: »Ich erwarte ein Kind.«

»Herzlichen Glückwunsch!«, rief Julia erfreut aus. Im Stillen hatte sie schon befürchtet, sie würde ihre Mitarbeiterin, die sie so schätzte, bald aus diesem Grund verlieren. Immerhin war sie frisch verheiratet. »Wie schön!«

»Ja, nicht wahr?« Es war rührend zu sehen, wie sehr sich Fayna freute. »Und du brauchst dir keine Sorgen zu machen«, fügte sie rasch hinzu. »Wenn es erst einmal so weit ist, werde ich nur während der Zeit des Mutterschutzes ausfallen. Ich helf dir, so lange eine Aushilfe zu bekommen. Und sobald das Baby auf der Welt ist, möchte ich gern weiterarbeiten.«

»Das wäre schön«, antwortete Julia, die allerdings nur zu gut aus Erfahrung wusste, dass viele junge Frauen solche Pläne hegten, das Leben jedoch mitunter ganz anderes mit ihnen vorhatte, sobald das Kind auf der Welt war. Aber daran wollte sie jetzt nicht denken. Stattdessen versicherte sie Fayna, dass sie später ihr Kind jederzeit mit ins Flor de Sal bringen konnte, wenn sie wollte, und dass sie es für eine gute Idee hielt, Tina eine Lehre als Hotelfachfrau ans Herz zu legen, wenn sie die Schule abgeschlossen hätte.

Sie stießen gerade mit Maracujasaft, den sie mit Soda versetzt hatten, auf die wundervolle Nachricht an, als ein großer, hagerer Mann unter dem Torbogen erschien, zögernd stehen blieb und sich scheu im Hof umblickte.

»*Bienvenido*«, begrüßte Julia ihn freundlich und ging ihm entgegen. Der Mann wirkte noch jung, doch als Julia ihn genauer betrachtete, fielen ihr seine bleiche Gesichtsfarbe und die tiefen Falten auf, die sich zwischen seinen Brauen und an den Mundwinkeln gebildet hatten. Seine dunkelgrauen Augen blickten unstet, und fast schien es Julia, als würde er am liebsten wieder umkehren. »Kann ich Ihnen helfen? Das Restaurant hat noch nicht geöffnet.«

»Sind Sie Julia?« Er sprach leise, fast gehetzt. Wie die meisten Einheimischen sprach er ihren Namen spanisch aus, mit einem harten ch-Laut am Anfang.

»Ja, das bin ich«, antwortete sie verwundert.

»Ich bin Diego«, gab der Mann zurück. »Isoras Bruder. Sie hat gesagt, Sie brauchen mich vielleicht.«

7

Der Streit

Sie konnte Diego nicht dazu bewegen, sich an einen Tisch im Hof zu setzen. Erst als sie ihn bat, ihr in den Garten zu folgen und ihm versicherte, dass Fremde hier keinen Zutritt hätten, wurde er etwas ruhiger. Vor allem, als Amo sich zu ihnen gesellte und sich nach gründlichem Schnuppern neben seinem Stuhl unter dem Nísperobaum niederließ, entspannte er sich sichtlich.

»Ich bin lange nicht rausgefahren«, sagte er schließlich und betrachtete den Rosenstrauch, der im Schatten der Bäume seine weißen Blüten entfaltet hatte. Julia schenkte ihm von dem Maracujasaft ein und antwortete zunächst nicht. Sie fand es besser, abzuwarten und ihn keinesfalls zu etwas zu drängen. »Es ist schön hier«, sagte er und schloss die Augen. »Man kann das Meer riechen. Ein friedlicher Ort.«

»Ja«, sagte Julia leise. »Das stimmt. Ein Ort zum Wohlfühlen.«

Er nahm einen Schluck von dem Saft und stellte das Glas zurück. Dann sah er Julia unvermittelt direkt in die Augen, was er bislang vermieden hatte. Sie waren von einem dunklen Grau, und Julia erkannte eine derart große Traurigkeit in ihnen, dass ihr Herz schwer wurde.

»Sie kennen die Geschichte«, sagte er. Es war eine Feststellung, keine Frage.

»Man hat mir davon erzählt«, antwortete sie. »Die ganze Geschichte kennen vermutlich nur sie.«

»Was hat man Ihnen erzählt?«

»Dass es einen Unfall gab und jemand zu Tode kam«, antwortete Julia tapfer. Diego hatte etwas an sich, was es ihr verbot, etwas anderes zu sagen als die Wahrheit.

Er nickte und wandte den Blick ab. »Er war mein Freund«, sagte er. »Und es war meine Schuld.« Darauf gab es nichts zu sagen, fand Julia. Wenn dies seine Wahrheit war, dann war es falsch, ihm zu widersprechen. Zu behaupten, dass das nicht stimmte. Oder ihn zu entschuldigen, zu versuchen, ihn zu trösten. »Schreckt Sie das nicht?«

»Warum sollte mich das schrecken?«, fragte sie zurück.

»Die meisten Menschen halten das nicht aus«, gab er zurück. »Sie wollen es nicht hören und …« Er schien nach Worten zu suchen. »Sie ertragen es nicht, wenn ich das ausspreche.«

»Wenn *Sie* es ertragen«, sagte Julia behutsam, »werde ich das wohl auch können.«

Diego schwieg eine lange Weile. Julia stellte überrascht fest, dass Amo inzwischen unmerklich näher an den Gast herangerückt war und nun fast auf dessen Füßen lag.

»Seit damals bin ich ein Ausgestoßener«, fuhr Diego fort. »Keiner will mehr was mit mir zu tun haben. Niemand vertraut mir.«

»Haben *Sie* denn Vertrauen zu sich?«, fragte Julia. Er sah sie überrascht an. »Darauf kommt es am Ende an, oder nicht? Wenn wir selbst kein Vertrauen zu uns haben, wie sollten es dann andere haben?« Sie betrachtete Amo, der sich ganz entspannt an Diegos Schienbeine lehnte. »Mein Hund jedenfalls hat Vertrauen zu Ihnen.«

»Meiner selbst ganz sicher bin ich nur unter Wasser«, sagte er nachdenklich. »Wenn mir das Leben zu schwer wird, geh ich da runter, ohne Ausrüstung, auf einem einzigen Atemzug. Das ist wie Fliegen. Nur unter Wasser. Da fällt alles von einem ab. Man wird schwerelos und …«

In diesem Moment kam Álvaro zu ihnen in den Garten.

Sogleich verstummte Diego, erhob sich und stolperte dabei fast über Amo, der überrascht aufsprang und sich schüttelte.

»Ich muss gehen«, sagte er. »Es hat mich gefreut, mit Ihnen zu sprechen.«

»Warum duzen wir uns nicht, wie alle anderen auch?« Julia hatte sich ebenfalls erhoben.

Diego nickte, und doch schien er nicht mehr bei der Sache. Álvaros Gegenwart schien ihn gewaltig zu stören.

»*Hasta luego*«, sagte er und eilte an dem Salzgärtner vorbei nach vorn zum Tor. Bis später, hatte er gesagt. Ob das wohl bedeutete, dass er wiederkommen würde? Oder war es nur eine Redewendung, wie sie hier häufig benutzt wurde?

»Was macht denn dieser Unglücksvogel hier?« Álvaro sah sie vorwurfsvoll an.

»Isora hat ihn geschickt«, antwortete Julia, befremdet von der Art, wie ihr Liebster über Diego sprach. »Sie meint, er könnte vielleicht wieder seinem Beruf nachgehen.«

»Als Fischer arbeiten? Das ist nicht dein Ernst!«

»Warum denn nicht?« Langsam wurde Julia ärgerlich. »Der arme Kerl kann schließlich nicht sein Leben lang dieser schlimmen Sache nachhängen.«

Álvaro starrte sie fassungslos an. Er wandte sich kurz um, als wollte er sicher sein, dass Diego den Garten wirklich verlassen hatte. Dann nahm er sie misstrauisch ins Visier. »Du hast doch nicht etwa vor, dich von ihm mit Fisch beliefern zu lassen?«

»Herrgott, ich weiß es nicht«, entgegnete Julia heftig. »Isora meint, er bräuchte eine Aufgabe. Einen Anlass, um …«

»Ja, weißt du denn nicht, wen er auf dem Gewissen hat?«

»Nein«, gab sie zurück. »Und ich finde, du solltest nicht so über diesen unglücklichen Menschen sprechen. Es war ein Unfall. Er leidet jetzt schon seit Jahren darunter und …«

»Es war mein Cousin«, unterbrach Álvaro sie. Seine Stimme

klang hart. »Nairas Bruder. Ich will nicht, dass du irgendetwas mit ihm zu tun hast, hörst du?«

Julia hatte mit Álvaro nicht weiter darüber sprechen können, es war höchste Zeit geworden, in der Küche nach dem Rechten zu sehen und alles für die Mittagsgäste vorzubereiten. Und doch verfolgten sie seine Worte, während sie konzentriert die Bestellungen abarbeitete, denn an diesem Tag waren fast alle Tische besetzt. Sogar Amelie sprang ein, als unerwartet eine Gruppe von acht Schweizer Touristen hereinschneite. Offenbar sprach sich das Flor de Sal allmählich herum, was Julia nur recht sein konnte.

Erst als gegen vier Uhr am Nachmittag alle Gäste gegangen waren und sie sich für eine Siesta in ihr Zimmer zurückzog, wurde ihr bewusst, in welch unangenehme Situation sie geraten war. Seufzend ließ sie sich auf das Himmelbett fallen und starrte zu dem Baldachin aus weißem Baumwollstoff empor. Auf der einen Seite musste sie endlich ihre Speisekarte um Fischspezialitäten erweitern. Schon früher, als Belén hier noch den Kochlöffel geschwungen hatte, war das Flor de Sal für seinen gefüllten Tintenfisch berühmt gewesen, und so sollte es wieder sein, das hatte sie sich fest vorgenommen. Es wäre auch schön gewesen, Diego zu helfen, die Begegnung mit ihm hatte Julia tief angerührt. Auf der anderen Seite wollte sie auf keinen Fall Álvaros Gefühle verletzen. Wie seltsam, dachte sie, dass ausgerechnet er, der sich stets so sehr für Gerechtigkeit einsetzte, in dieser Sache so unnachgiebig war. Oder wirkte das nur so? Hatte Julia etwas falsch verstanden? Sie musste unbedingt noch mal mit ihm darüber sprechen. Denn wenn sie es sich genau überlegte, gab es keinen Grund, Diego für alle Zeiten aus der Gemeinschaft auszuschließen. Er hatte Nairas Bruder schließlich nicht absichtlich getötet. Oder?

Naira. Obwohl sie Álvaros Cousine war, hatte Julia von Anfang an das Gefühl gehabt, dass die junge Frau mehr für ihn empfand als eine Verwandte. Ja, Julia hatte tatsächlich lange geglaubt, dass Naira und Álvaro ein Paar seien, und beinahe hätte dieses Missverständnis dafür gesorgt, dass sie wieder zurück nach Deutschland gegangen wäre, hätte Álvaro sie nicht im letzten Moment am Flughafen abgepasst und sich ihr endlich erklärt. Und ihr gesagt, dass zwischen ihm und Naira nie mehr gewesen sei als reine Freundschaft. Wobei Julia bis heute das Gefühl nicht losgeworden war, dass Naira trotz allem verliebt in ihn war, auch wenn Álvaro das nicht sehen wollte.

Sie drehte sich auf die Seite. Von allen Freunden war Naira die Einzige, mit der sie noch nicht so richtig warm geworden war. Sie jetzt zu ihrer Feindin zu machen, indem sie mit jenem Mann Geschäfte machte, der für den Tod ihres Bruders verantwortlich war – das wäre sicher keine gute Idee.

Mit einem leisen Stöhnen stand Julia auf. An einen Mittagsschlaf war nun nicht mehr zu denken. Und warum machte sie sich überhaupt Sorgen? Sie hatte Diego ja noch gar keinen Auftrag erteilt. Dennoch hatte sie ein äußerst schlechtes Gefühl, als sie in den Garten ging, um Kräuter für den Abend zu pflücken. *Seither bin ich ein Ausgestoßener,* hatte Diego gesagt. Dieser Satz ging ihr nicht mehr aus dem Kopf. Warum musste das so sein?

»Wie ist der Unfall damals eigentlich passiert?«

Es war schon spät. Das Restaurant hatte sich erst gegen elf Uhr am Abend geleert, nun war es schon nach Mitternacht. Sie hatten das Fenster der Hitze wegen weit geöffnet, ein lauer Luftzug bewegte die Vorhänge des Himmelbetts, die im Licht des Mondes sanft schimmerten.

»Welcher Unfall?« Álvaros Stimme klang schläfrig.

»Der, bei dem Nairas Bruder ums Leben kam.«

Ein leises Stöhnen kam zurück.

»Wir sollten die Sache auf sich beruhen lassen«, antwortete

Álvaro. »Das ist keine Geschichte, an der man rühren muss. Vor allem nicht du.«

Julia drehte sich zu ihm um und versuchte, im Mondschein den Ausdruck seines Gesichts zu erkennen. Was natürlich unmöglich war.

»Warum denn ›vor allem nicht‹ ich?«, fragte sie irritiert.

»Weil du damit überhaupt nichts zu tun hast«, gab Álvaro ungeduldig zurück. »Und so soll es auch bleiben.«

»Vielleicht auch, weil ich, genauso wenig wie Diego richtig dazugehöre?«, konnte Julia sich nicht verkneifen zu fragen. »Weil ich hier nur geduldet werde, weil du und Belén hinter mir steht?«

Sie konnte förmlich spüren, wie ihr Freund auf einmal hellwach war. Aber er schwieg, und Julia bereute ihre Worte bereits. Warum das aussprechen, was leider nur zu offensichtlich war? Sie wurde geduldet, obwohl viele im Ort ganz sicher noch immer der Meinung waren, dass die Finca samt dem Restaurant eigentlich Álvaros Familie zustand. Dass sie im Frühjahr das Anwesen rechtmäßig erworben hatte, ohne zu ahnen, dass Álvaro seit Jahren versucht hatte, es für die Familie zurückzugewinnen, war für viele kein Grund, sie willkommen zu heißen. Doch Belén war eine Institution und Álvaro allgemein beliebt, und so waren die Dorfbewohner über ihren Schatten gesprungen und hatten ihre Feindseligkeiten eingestellt, und das, obwohl sie die Schwester des verhassten El Alemán war. Vermutlich war es nicht klug, darauf herumzureiten. Und dennoch. Álvaros Worte, die er am Morgen im Garten gesagt hatte, hallten in ihr nach: *Ich will nicht, dass du irgendetwas mit ihm zu tun hast, hörst du?* So sehr sie ihn liebte – er hatte nicht das Recht, ihr Vorschriften zu machen.

»Er hat damals auf offener See das Boot gestartet, obwohl Bentor, mein Cousin, gerade in der Takelage herumkletterte. Es muss einen Ruck gegeben haben, Bentor stürzte aufs Deck und hat sich das Genick gebrochen. Er war auf der Stelle tot.« Álvaro drehte sich mit einem leisen Stöhnen auf den Rücken. »Diego hat es selbst so erzählt. Warum er etwas so Dummes getan hat – dafür hatte er keine Erklärung.«

Julia schwieg betroffen. Ein Augenblick, der die Leben zweier junger Männer auf einen Schlag verändert hatte. Eine unbedachte Aktion, die nicht mehr gutzumachen war. Und trotzdem. Alles in Julia sträubte sich dagegen, einen Menschen für immer einer Tat wegen zu verdammen, die er nicht mit böser Absicht begangen hatte.

»Und deshalb muss er auf ewig aus eurer Gemeinschaft ausgeschlossen bleiben?«

Mit Álvaros Reaktion hatte Julia nicht im Geringsten gerechnet. Er sprang aus dem Bett, und soweit Julia das im Mondlicht erkennen konnte, schlüpfte er in seine Jeans und zog sich sein Hemd über. Eilig schaltete sie die Nachttischlampe an.

»Was tust du denn?«, fragte sie überrascht und stand ebenfalls rasch auf.

»Was ich tue?«, gab er ungehalten zurück. »Ich geh runter in den Salzgarten. Dort hab ich meine Ruhe.« Er schlüpfte in die ausgetretenen Mokassins und war auf dem Weg zur Tür, als Julia ihn am Arm festhielt.

»Álvaro, bitte«, rief sie, »jetzt lauf doch nicht weg. Es tut mir leid, wenn ich …«

»Hör endlich auf mit dieser Geschichte«, brach es aus Álvaro heftig hervor. »Ich will kein Wort mehr davon hören. Es steht dir nicht zu, darüber zu urteilen, wie wir Angehörigen damit umgehen. Nairas Eltern haben ihren einzigen Sohn verloren. Jetzt muss sie ihre Eltern unterstützen, dabei ist sie selbst nicht gesund, wie du weißt. Naira leidet unter Epilepsie, falls du das vergessen haben solltest.« Er schüttelte ihren Arm ab und griff nach seiner Jacke. »Es ist nicht besonders feinfühlig von dir, dich so für Diego einzusetzen. Ich bin mit Bentor aufgewachsen und vermisse ihn noch heute jeden Tag.«

Er öffnete die Tür und verschwand. Völlig benommen lauschte Julia seinen Schritten, die sich auf der Holztreppe entfernten, hörte die Tür zum Garten ins Schloss fallen und seine Tritte im Kies, die sich in Richtung Salzgarten verloren. Dann presste sie die Hände gegen ihre Schläfen und versuchte, die Tränen zurückzuhalten, die in ihr aufstiegen. Umsonst.

Seit sie ihn kannte, war Álvaro noch nie so zornig gewesen. Julia wurde bewusst, dass dies der erste Streit zwischen ihnen war, während all der Monate, die sie nun schon zusammenlebten, war das nicht vorgekommen. Nicht dass sie immer einer Meinung gewesen waren, aber stets war es ein Leichtes gewesen, sich zu einigen oder einen Weg zu finden, der für beide in Ordnung gewesen war. Jetzt hatte sie offenbar eine rote Linie überschritten, zu spät hatte sie begriffen, wie tief die Verletzungen auf seiner Seite waren. Auch wenn Álvaro sich im Ton vergriff, wie sie fand – vermutlich konnte sie als Außenstehende das Leid nicht ermessen, das Bentors Angehörige empfanden.

Ihr erster Impuls war, ihm zu folgen und ihm das zu sagen. Und sich auf der Stelle mit ihm zu versöhnen. Dann überlegte sie es sich anders. Obwohl es ihr äußerst schwerfiel, beschloss sie, den nächsten Tag abzuwarten, in der Hoffnung, dass er sich bis dahin beruhigt hätte und es einfacher sein würde, vernünftig mit ihm zu reden.

Sie erwachte von dem Geräusch eines Automotors, das sich langsam entfernte. Fahles Morgenlicht fiel ins Zimmer. Mit einem Schlag war sie hellwach. Amo hatte nicht angeschlagen, und plötzlich kam ihr der Gedanke, Álvaro könne so früh am Tag ohne Abschied fortgefahren sein.

Rasch zog sie sich ihren Morgenmantel über, hastete die Treppe hinunter und öffnete die Tür. Sie wollte eben zum Drachenbaum hinauslaufen, als sie wie angewurzelt stehen blieb. Neben dem Portal stand eine große, schwarze Transportbox aus Styropor. Amo schnupperte daran und wedelte freudig mit dem Schwanz. Eine Ahnung stieg in Julia auf. So schnell sie konnte, rannte sie durch das Tor. Der Wagen hatte bereits die Landstraße erreicht, es war unmöglich zu erkennen, wer darin saß.

Sie versuchte, die Box anzuheben, doch sie war viel zu schwer. Schließlich sperrte sie Amo in das Nebengebäude und hob den Deckel von der Box. Unter einer Schicht von Eis schimmerten die Leiber von frischen Fischen.

»O mein Gott«, stieß Julia hervor. Sie hegte nun keinen Zweifel mehr daran, von wem die Kiste stammte. Diego hatte ihr Gespräch vom Vortag offenbar zum Anlass genommen, wieder aufs Meer hinauszufahren. Und hatte ihr seinen Fang gebracht.

»Du hast es also trotzdem getan.«

Julia fuhr herum. Sie hatte Álvaro nicht kommen hören.

»Nein, ich ...«, stammelte sie. »Ich hab ihn nicht beauftragt, mir das hier zu bringen.« Álvaro hörte schon nicht mehr zu. Er hatte sich abgewandt und ging hinaus zu seinem Wagen. Julia eilte hinter ihm her. »Warte bitte«, rief sie. Álvaro hatte bereits die Tür zu seinem Pick-up geöffnet. »Fahr jetzt nicht weg. Hör doch zu, was ich sage. Ich habe Diego keinen Auftrag erteilt.«

Álvaro warf ihr einen Blick zu, der ihr das Blut in den Adern gefrieren ließ. »Für dein Restaurant würdest du alles tun, oder?« Er stieg auf den Fahrersitz, aber ehe er die Tür zuschlagen konnte, hatte Julia sich zwischen ihn und sie gestellt.

»Lass uns miteinander reden«, bat sie. »Wie vernünftige Leute.«

»Ich wüsste nicht, was es noch zu reden gäbe«, sagte er. »Gib die Tür frei, Julia. Das hier ist völlig unter unserer Würde.«

Entmutigt trat Julia ein paar Schritte zurück. Álvaro schloss die Tür und startete den Motor. Dann legte er die Hände in den

Schoß, lehnte den Kopf gegen die Nackenstütze und schloss die Augen. Hoffnung stieg in Julia auf. Jetzt würde er sich besinnen, den Motor ausschalten, mit ihr reden, und alles könnte geklärt werden. Doch nichts davon geschah. Mit einem Ruck legte er den Rückwärtsgang ein, wendete und fuhr davon. Und noch lange sah Julia ihm nach, die Arme hilflos um die Brust gelegt, am ganzen Leib zitternd, so als wäre ihr kalt, obwohl die kommende Hitze des neuen Tages bereits zu dieser frühen Stunde spürbar war.

»Was ist denn hier los?« Schlaftrunken stand auf einmal Amelie neben ihr, das blonde Haar zerzaust und mit einem Abdruck vom Kopfkissen auf ihrer Wange. Ansatzlos fiel Julia ihr um den Hals und brach in Tränen aus. »Na, na«, raunte ihr die Freundin konsterniert ins Ohr und streichelte ihr den Rücken. »Jetzt komm erst mal rein. Lass uns einen Kaffee machen. Und dann erzählst du mir alles. Ja?«

Zwei Stunden und mehrere Tassen Kaffee später hatten Amelie und Julia die Kühlbox mit den Fischen in den Kofferraum von Julias Wagen gehievt.

»Kommst du mit?«, fragte Julia zaghaft.

Amelie schüttelte den Kopf. »Ich misch mich besser nicht auch noch in eure Eingeborenen-Fehden ein«, antwortete sie. »So kann ich später immer noch als Vermittlerin auftreten. Wie nennt man das? Peacemaker.« Sie grinste.

»Und wenn Álvaro zurückkommt, solange ich ...«

»Dann pack ich ihn am Schlafittchen und lese ihm die Leviten.«

»Amelie ...«

»Ist schon gut«, unterbrach sie Julia grinsend. »Falls er kommt, wedle ich mit der weißen Fahne.« Sie klopfte Julia aufmunternd auf die Schulter. »Du machst das schon. Und jetzt los mit dir. In drei Stunden rennen sie dir hier die Bude ein.«

Julia stieg seufzend in den Wagen. Wie um alles in der Welt habe ich mich nur in diesen Schlamassel hineinbugsiert?, fragte sie sich.

»Drück mir die Daumen«, bat sie Amelie.

»Alle beide!«, gab diese zurück.

Julia gab Gas und sah im Rückspiegel, wie die Gestalt ihrer Freundin immer kleiner wurde, bis sie sich schließlich umwandte und im Hof verschwand.

Sie hatten sich den Plan gemeinsam zurechtgelegt. Julia würde Diegos Fang zu Rayco und Isora bringen. Sie konnte beim besten Willen den Fisch nicht annehmen, das mussten die beiden verstehen. Sich zwischen die Fronten der Einheimischen zu stellen, das wäre das eine. Aber Álvaros Gefühle zu verletzen, konnte keiner von ihr verlangen. Auch wenn das Ganze, bei Licht betrachtet, keiner Logik folgte und es Bentor nicht wieder lebendig machte, ob sie nun Diegos Fisch in ihrem Restaurant servierte oder nicht. Doch Álvaro hatte klargemacht, dass es für ihn durchaus wichtig war. Julia mochte sich von ihrem Partner zwar keine Vorschriften machen lassen, aber sie wollte auch seine Trauer um seinen Cousin respektieren. Wenn sie erst einmal die Sache in aller Ruhe besprochen hätten, würde sich hoffentlich ein Weg finden, dass sie Diegos Fisch annehmen könnte. Ob es ihr gelingen würde, Álvaro mit der Vergangenheit auszusöhnen?

Die Fahrt nach San Jaime dauerte eine knappe Stunde. Die Straße war kurvenreich und verlangte Julias ganze Aufmerksamkeit. Als sie vor dem La Lubina den Wagen in eine Parklücke lenkte, fühlte sie sich ruhiger, auch wenn das Gespräch, das nun vor ihr lag, nichts war, worauf sie sich freuen konnte.

Sie fand das Restaurant verschlossen und ging um das Gebäude herum, um vom Innenhof an die Küchentür zu klopfen. Rayco öffnete ihr, sichtlich erstaunt, sie zu sehen.

»Tut mir leid zu stören«, begrüßte Julia den Kollegen.

»Du störst nicht«, antwortete Rayco freundlich und trat beiseite. »Komm rein.«

Auf dem Herd standen einige Töpfe, in denen es brodelte. Ein köstlicher Duft nach geröstetem Knoblauch, Paprika und Tomaten lag in der Luft, offenbar bereitete Rayco gerade sein berühmtes Tomate Frito zu, die typisch spanische Tomatensauce, für die jeder Koch und jede Hausfrau ein eigenes Rezept hatte. Isora kam gerade vom Restaurant in die Küche, ihre Augen leuchteten auf, als sie Julia erkannte.

»Wie schön, dich zu sehen«, rief sie aus. »Diego hat mir schon alles erzählt. Du glaubst nicht, wie gut ihm das Gespräch mit dir getan hat.« Überschwänglich schloss sie Julia in ihre Arme. »Er hat dir heute Fisch gebracht, nicht wahr?« Sie klatschte vor Freude in die Hände. »Das ist der Durchbruch zu einem neuen Leben für ihn.«

Julia blickte bestürzt zu Boden. Es fühlte sich entsetzlich an, diese Freude jetzt gleich zerstören zu müssen. Vermutlich würde sie sich Feinde fürs Leben machen. Aber was blieb ihr anderes übrig.

»Was ist los, Julia?«, fragte Isora besorgt.

»Ich ... ich kann den Fisch nicht annehmen«, sagte sie und musste sich räuspern, so brüchig klang ihre Stimme. Sie wagte es nicht, Isora in die Augen zu sehen. »Weil ...« Auf einmal wusste sie nicht mehr, wie sie es erklären sollte.

»Komm, setz dich erst mal hin«, sagte Rayco und schob ihr einen Hocker hin. »Möchtest du einen Kaffee?«

Julia schüttelte den Kopf. Tränen standen ihr in den Augen. Sie wollte sich lieber nicht setzen. Stattdessen musste sie die Sache so schnell wie möglich hinter sich bringen.

»Álvaro war Bentors Cousin«, begann sie. »Und er ...« Sie schluckte. »Er erträgt es nicht, wenn ich mit Diego ...«

Sie wagte einen Blick in Isoras Gesicht und sah, wie alle Freude darin erlosch. »Natürlich«, sagte Diegos Schwester und sank auf einen Stuhl. »Daran hab ich gar nicht gedacht.« Sie fuhr sich mit der

Hand über das Gesicht und wirkte auf einmal viel älter. Sie wechselte einen Blick mit ihrem Mann. »Und Álvaro kann nicht ... ich meine, einfach die Vergangenheit ruhen lassen?«

Julia schüttelte traurig den Kopf. »Wir haben uns schlimm gestritten«, bekannte sie, und ihre Stimme begann zu zittern. »Als wir die Kühlbox gefunden haben, ist er im Zorn weggefahren. Ich weiß nicht wohin. Und auch nicht, wann er ...« Sie konnte nicht weitersprechen. Tränen liefen ihr über die Wangen.

»Dass sie noch immer so unversöhnlich sind«, knurrte Rayco und zerknüllte ein Küchentuch. »Davon wird Bentor doch auch nicht mehr lebendig.«

»Nein, das wird er nicht.« Isora stand auf, holte eine Flasche mit einer bräunlichen Flüssigkeit und drei Gläser. In jedes schenkte sie einen Finger breit ein.

»Ich muss noch zurückfahren«, wandte Julia ein. »Und einen ganzen Tag durchstehen.«

»Das müssen wir auch«, gab Isora ungerührt zurück und erhob ihr Glas. »Wir trinken darauf, dass eines Tages auch Diego verziehen werden wird.« Als sie ihr Glas hob, kam Julia sich auf einmal vor wie in einem uralten archaischen Ritual. Sie nahm ihres, hob es hoch und betrachtete den dickflüssigen Inhalt.

»Darauf trinken wir«, sagte sie tapfer und leerte es. Süß und bitter zugleich rann es ihre Kehle hinab und verströmte ein sanftes Feuer in ihrer Magengegend. »Darauf, dass sie Frieden schließen können mit dem, was passiert ist.« Sie stellte das Glas ab und atmete erleichtert auf. Isora war ihr nicht böse. Aber was war mit Diego? »Wie wird dein Bruder das aufnehmen? Wird es ihn wieder ...« ... zurückwerfen, wollte sie sagen und wagte nicht, es auszusprechen.

»Das kannst du ihn gleich selbst fragen«, sagte Rayco und sah hinaus in den Garten.

Erschrocken fuhr Julia herum. Mit zwei Eimern voller grüner Bohnen in jeder Hand steuerte Diego auf die Küche zu. Am liebsten wäre Julia durchs Restaurant entwischt. Doch sie riss sich zusammen. Es war nur fair, ihm die Sache persönlich zu erklären.

Diegos Gesicht strahlte, als er Julia erkannte. Schwungvoll stellte er die Eimer auf den Tisch und wandte sich den beiden Frauen zu. Als er Julias Miene sah, wurden seine dunklen Augen wachsam.

»Ich hab dir Fisch gebracht«, sagte er in seiner eigentümlichen Art, leise, ein wenig singend. »Es war gut, wieder rauszufahren. Ich habe das Meer sehr vermisst.«

Julia schluckte und raffte all ihren Mut zusammen. »Das freut mich«, sagte sie. »Und dass du mir deinen Fang gebracht hast, ist ein großes Geschenk.« Diegos Züge entspannten sich. »Leider muss ich dir etwas sagen«, fuhr Julia tapfer fort. »Ich kann deine Gabe nicht annehmen.« Aus Diegos Gesicht verschwand die Freude. »Noch nicht«, setzte sie rasch hinzu. »Álvaro würde es mir jetzt nicht verzeihen. Bitte, gib mir etwas Zeit, in Ruhe mit ihm zu sprechen und ihn zu überzeugen, dass diese Zusammenarbeit für uns alle gut sein kann.«

Diego starrte auf seine Hände, sein Gesicht nahm wieder jenen Ausdruck an wie am Vortag in Julias Garten, bleich und in sich gekehrt. Schließlich nickte er, so als hätte er es eigentlich wissen müssen. »Er kann es *mir* nicht verzeihen«, korrigierte er Julia. »Entschuldige. Ich wollte dich nicht in Schwierigkeiten bringen.«

»Ich weiß«, erklärte Julia verzweifelt. »Du wolltest mir helfen.«

»Ich wollte mich bei dir bedanken«, gab Diego sanft zurück. »Aber es war wohl falsch.« Er straffte sich und sah Julia in die Augen. »Hast du die Kiste wieder mitgebracht?« Julia nickte. Sie schämte sich so sehr dafür, dass sie nicht mutiger war und Álvaro und dem ganzen Dorf die Stirn bot. Und hatte das Gefühl, dass sie es war, die im Augenblick alles falsch machte. »Dann geh ich sie mal holen«, sagte Diego und verließ die Küche.

8

Boote bei Nacht

Selten hatte Julia sich so miserabel gefühlt, wie auf ihrer Fahrt zurück zum Flor de Sal. Die ganze Geschichte kam ihr völlig verworren vor. Warum sie einen gutwilligen Menschen wie Diego, der tatsächlich über seinen Schatten gesprungen und wieder zur See gefahren war, derart hatte vor den Kopf stoßen müssen, erschien ihr beim hellen Licht des Tages betrachtet vollkommen ungerechtfertigt. War das wirklich notwendig gewesen? Wenn sie daran dachte, wie abgrundtief enttäuscht Isoras Bruder gewesen war, wurde ihr ganz schlecht.

Kurz vor der Abzweigung, die zum Salzgarten führte, bremste sie bei Pipos Bar de los dos Dragos spontan ab und stellte ihren Wagen unter den zwei kleinen Drachenbäumen ab, die der Bar den Namen gegeben hatten. Sie hatte noch eine Viertelstunde Zeit, und ehe sie wieder in die Geschäftigkeit des Tages eintauchen würde, wollte sie ein paar Minuten für sich haben und in aller Ruhe noch einen Barraquito trinken. Hier hatte sie damals mit Marcos den Kauf der Finca verhandelt, nicht ahnend, dass Álvaros Vater das Anwesen einst im Spiel gegen diesen Mann verloren hatte und sich seine Familie seither bemüht hatte, den Besitz zurückzubekommen. Schon damals war sie vollkommen ahnungslos zwischen die Fronten geraten. Und während sie Pipo dabei zusah, wie er für diese Kaffeespezialität zunächst gesüßte Kondensmilch in ein Glas füllte, dann den Vanillelikör Licor 43 vorsichtig darübergab, damit sich die Schichten nicht vermischten, wurde ihr bewusst, dass sie es satthatte, immer wieder Spielball dieser alten, düsteren Geschichten zu werden.

»Wie geht es eigentlich Marcos?«, fragte sie den Barista, der nun mithilfe eines Löffels den Kaffee elegant auf die anderen Schichten füllte. »Ich hab ihn schon seit einer Ewigkeit nicht mehr gesehen.« Pipo zuckte nur mit den Schultern und machte sich daran, Milch aufzuschäumen, die das Getränk krönen würde. Julia musste grinsen. Pipo sprach selten mehr als das absolut Notwendige. Und vermutlich war das sehr klug von ihm. »Nun, vermutlich hat er keinen Grund mehr, hier aufzukreuzen, nachdem ich die Finca gekauft habe, stimmt's?«

Auf die Schicht aus geschäumter Milch platzierte Pipo eine frisch von der Frucht geschälte dünne Spirale aus der Schale einer Zitrone und stellte schließlich das Glas samt Löffelchen vor Julia.

»Ihm gehört ja die Lomada Ronca«, sagte er, und Julia horchte überrascht auf. *Lomo* hieß Rücken auf Spanisch, und das Wort *lomada* wurde häufig für einen Höhenzug oder eine Landzunge verwendet, die ins Meer hinausragte.

»Die Lomada Ronca?«, fragte sie. »Wo ist denn das?«

Der Barista machte eine unbestimmte Bewegung in Richtung Norden. »Ein Stück Felsküste«, antwortete er. »Erst gestern war er hier und ist da rumgestiefelt. Keine Ahnung, was er dort will.«

Nachdenklich betrachtete Julia das kleine Kaffee-Kunstwerk mit den vier verschiedenfarbigen Schichten. Dann nahm sie, wie es ihr Marcos einst gezeigt hatte, den Löffel, rührte das Ganze um und trank. Sie bot natürlich selbst diese Spezialität im Mesón Flor de Sal an. Trotzdem schmeckte der von Pipo ganz besonders gut. »Was ist dein Geheimnis, Pipo?«, neckte sie den Barista. »Irgendwas tust du doch da rein, was du nicht verraten willst. Dein Barraquito schmeckt anders als meiner.«

Zum ersten Mal, seit Julia ihn kannte, lachte Pipo aus vollem Hals. »Das fragt mich Marcos auch immer«, sagte er, nahm einen Lappen und wischte nicht vorhandene Flecken von der Theke.

»Aber du verrätst es ihm nicht, oder?«

Er schüttelte grinsend den Kopf. »Ein Mann, der seine Geheimnisse nicht hüten kann, ist verloren.«

Nachdenklich fuhr Julia zurück zum Restaurant. Im Garten fand sie Amelie in ein Buch vertieft.
»Ist Álvaro zurückgekommen?«, fragte sie hoffnungsvoll.
»Nein«, antwortete ihre Freundin und musterte sie neugierig. »Wie war es denn in San Jaime?«
Julia stöhnte. »Übel.« Sie ließ sich auf den Stuhl neben Amelie fallen. Im Grunde hatte sie keine Zeit dafür, sie sollte dringend in der die Küche alles für die Mittagsgäste vorbereiten. Doch erst jetzt wurde ihr bewusst, wie sehr sie insgeheim gehofft hatte, Álvaro hätte sich besonnen und wäre inzwischen zurück. Dass dies nicht der Fall war, war eine schreckliche Ernüchterung.
»Was hat er denn gesagt?«, wollte Amelie wissen und schlug ihr Buch zu.
»Es war ganz einfach schrecklich.« Julia schüttelte den Kopf bei der Erinnerung an Diegos enttäuschtes Gesicht. Dann stand sie auf. »Ich muss jetzt loslegen«, sagte sie.
»Wenn ich dir etwas helfen kann ...«
»Vielen Dank«, gab Julia liebevoll zurück. »Aber du sollst deine Ferien genießen. Die hast du dir wahrlich verdient.«

Der Tag verging, und Álvaro kam nicht nach Hause. Kurz bevor die Abendschicht begann, nahm Julia den Felsenweg hinunter zum Salzgarten in der Hoffnung, ihn dort anzutreffen. Wenn er ihr aus dem Weg gehen wollte, hatte er die Möglichkeit, die Zufahrt zu nehmen, die an der Steilküste entlang zu der Anlage führte. Leider fand sie den Jardín de la Sal verwaist.
»Wo mag er nur stecken?«, fragte sie sich. Sicher würde er spätestens am Abend zurückkommen. Er konnte doch nicht die Nacht über wegbleiben? Allein bei dem Gedanken fing ihr Herz

schmerzhaft an zu pochen. Niedergeschlagen machte sie sich an den steilen Aufstieg, nahm eine Dusche und ging zurück an ihre Arbeit, während die Unruhe in ihr wuchs. Zum Glück war Paola schon gekommen und hatte damit begonnen, die kleinen vielfarbigen Kartoffeln abzubürsten und jeweils fünf unterschiedlicher Sorte, von gelb über hellbraun, orange, violett bis schwarz, auf Spieße zu stecken, die danach als Papas arrugadas in Meerwasser zubereitet wurden, ein Rezept, das Julia direkt nach ihrer Ankunft gemeinsam mit Emil ausprobiert hatte und das inzwischen zu einem ihrer Markenzeichen geworden war.

»Ich soll dir von einem Herrn das da geben«, riss Fayna Julia aus ihren Gedanken und überreichte ihr eine Visitenkarte. Gerald Nevady, las Julia, und der kalte Schweiß brach ihr aus.

»Das ist ein berühmter Gastrokritiker aus Deutschland«, sagte sie. »Ist er allein da oder ...«

»Zusammen mit einer Dame«, antwortete Fayna. »Wahrscheinlich seine Frau.«

»Haben sie schon etwas bestellt?«, fragte Julia und kontrollierte im Spiegel ihr Aussehen. Auf ihrer langärmeligen Kochbluse, die sie sich hatte schneidern lassen, entdeckte sie einen Saucenspritzer.

»Nein, sie studieren gerade die Karte«, gab Fayna zurück.

»Ich gehe sie begrüßen«, erklärte Julia und holte eine frische Bluse aus dem Wandschrank.

Sie zog sie an, kontrollierte noch einmal ihr Aussehen, dann hielt sie einen Augenblick inne und atmete tief durch. Gerald Nevady war ihr gewogen, er hatte ihren Umzug nach La Palma bereits mit wohlwollenden Worten in der deutschen Fachpresse publik gemacht. Trotzdem war Vorsicht geboten. Diese Kritiker waren mächtig, und ein einziger negativer Artikel konnte eine gesamte Karriere zerstören. Natürlich, von den Einwohnern der Insel würde wohl kaum jemand Notiz davon nehmen, falls das passierte. Doch wer wusste das schon? Es lebten viele Deutsche und Schweizer auf La

Palma, und Julia hatte durchaus den Ehrgeiz, das Flor de Sal bekannt zu machen. Dass Nevady sich nicht vorher angemeldet hatte, nahm Julia als Signal, dass er nicht privat, sondern aus professionellen Gründen hier war. Gastrokritiker meldeten sich niemals an, und oft versuchten sie sogar, inkognito zu bleiben. Immerhin hatte er sich bemerkbar gemacht, das rechnete Julia ihm hoch an.

Sie straffte sich und betrat das Restaurant, begrüßte die Gäste an allen Tischen und begab sich dann mit einem Lächeln zu den Nevadys.

»Herzlich willkommen«, begann sie. »Was für eine Ehre für das Flor de Sal!«

»Wir konnten es kaum erwarten, Sie an Ihrer neuen Wirkungsstätte zu besuchen«, entgegnete die Frau des Restaurantkritikers. »Nicht wahr, Gerald?«

»Mia hat völlig recht«, antwortete Nevady. »Seit wir Sie damals zufällig im Flugzeug getroffen haben und Sie uns verraten haben, dass Sie Deutschland den Rücken gekehrt hatten …«

»Seitdem planen wir diese Reise«, ergänzte Mia Nevady. »Und da Sie nun endlich dieses entzückende kleine Restaurant eröffnet haben, hat uns nichts mehr gehalten. Wir *mussten* Sie einfach besuchen.«

»Das ist so nett von Ihnen«, gab Julia zurück und überschlug im Stillen, was sie diesen besonderen Gästen außerhalb der Karte anbieten könnte.

»Wir haben auch schon Ihr Speisenangebot studiert«, fuhr Gerald Nevady prompt fort und warf einen fachmännischen Blick in die von Julia so liebevoll handgeschriebenen Seiten. »Wie ich es nicht anders von Ihnen erwartet habe, ist sie zwar klein, dabei äußerst raffiniert. Aber sagen Sie mal,« fuhr er mit gerunzelter Stirn fort und drehte und wendete die Speisekarte. »Wo haben Sie denn die Fischgerichte versteckt? Fehlen hier womöglich ein paar Seiten?«

»Nein«, antwortete Julia und bereute auf einmal abgrundtief,

Diegos Fang hergegeben zu haben. Dabei hätte Álvaro es gar nicht mitbekommen, wenn sie den Fisch auf die Speisekarte gesetzt hätte. So wie er vielleicht gar nie erfahren würde, dass sie das Geschenk abgelehnt und den Fischer damit sehr unglücklich gemacht hatte. »Ich habe vorläufig darauf verzichtet, Fisch anzubieten, weil die Ware, die ich bislang bekommen konnte, nicht meinen Ansprüchen genügt.«

Nevady sah sie überrascht an. »Hier auf dieser Insel?«, fragte er ungläubig. »Direkt über dem Atlantik ist kein frischer Fisch zu bekommen?«

»Ja, das klingt verrückt, nicht wahr?« Julia versuchte ein Lächeln. »Leider sind die Lieferketten kompliziert. Mir liegt viel daran, ausschließlich Lebensmittel anzubieten, bei denen ich ein gutes Gewissen haben kann. Dorade aus der Fischzucht, wie sie sogar hier betrieben wird, kommt für mich nicht infrage. Die Fischer müssen sich an die Fangquoten und Größenvorgaben halten, damit die Küsten nicht noch weiter überfischt werden.« Sie hielt kurz inne, Nevady und seine Frau wirkten beeindruckt. »Deshalb habe ich mich dazu entschlossen, vorerst nur Bacalao anzubieten. Übrigens ein zwar einfaches, aber raffiniertes Gericht. Ansonsten empfehle ich Ihnen das Lamm. Ich hole es direkt von einer biologischen Finca. Oder das Kaninchenragout.« Julia fühlte, wie ihr Schweißtropfen die Wirbelsäule entlang hinunterliefen. Der Restaurantkritiker wirkte unentschlossen. Schließlich schlug er die Karte zusammen und legte sie auf den Tisch.

»Wissen Sie was?« Er strahlte Julia an. Dennoch blieb sie auf der Hut. »Wieso lassen wir uns nicht einfach von Ihnen überraschen! Zaubern Sie uns ein Menü. Mia, was meinst du dazu?«

»Eine großartige Idee!« Auch Mia Nevady lächelte, wenn auch ein wenig verhaltener als noch zu Beginn ihres Gesprächs. »Fünf Gänge. Ginge das?«

»Selbstverständlich«, antwortete Julia und nahm die Speisekarten an sich. »Mit dem allergrößten Vergnügen. Und es darf tatsächlich auch die eine oder andere Überraschung dabei sein?«

»Unbedingt!« Gerald Nevadys Augen blitzten nur so vor Vergnügen. »Überraschen Sie uns! Ich bin ja jetzt schon gespannt, was Sie uns Wundervolles zaubern werden.«

Mit einer kleinen Verbeugung zog sich Julia in die Küche zurück.

»Sei so lieb, und bitte meine Freundin Amelie, zu mir zu kommen«, sagte sie zu Paola. »Sie sitzt draußen im Garten.« Dann öffnete sie die Tür zum Kühlraum. Eiskalte Luft kondensierte und umgab sie wie eine Nebelwolke. Artischocken, dachte sie. Und Blutorangen. Feigen und frischer Ziegenkäse. Zum Glück hatte Julia am Vortag aus einem Korb Guaven ein wunderbares Sorbet zubereitet, es würde zusammen mit dem Honig-Mandel-Nougat einen krönenden Abschluss des Menüs bilden, in den sie erlesenste Salzblüten aus Álvaros Saline verarbeitet hatte.

»Wo brennt's?« Amelie stand in der Küche, ihre Augen glitzerten vor Unternehmungslust.

»Kannst du mir in der Küche assistieren?«, fragte Julia ihre Freundin. »Ausnahmsweise?«

»Warum, was ist los? Ist das spanische Königspaar gekommen?«

Julia lachte. »So was Ähnliches. Kannst du dich an Gerald Nevady erinnern, den Restaurantkritiker?«

Amelie verging das Lachen. »Der ist hier?«

»Samt Göttergattin. Dass ich keinen Fisch habe, ist ihnen schon aufgestoßen. Jetzt hab ich ihnen ein Fünfgänge-Überraschungs-Menü versprochen. Hilfst du mir? Paola schafft das nicht allein. Ich weiß, das ist eigentlich unter deiner Würde …«

»Natürlich helf ich dir. Was soll ich tun?« Amelie nahm bereits eine von Julias Schürzen vom Haken und band sie sich um. Dann schrubbte sie ihre Hände unter fließend warmem Wasser sauber.

»Also: die Vorspeise«, improvisierte Julia und holte ein paar luftdicht verschlossene Behälter mit Saucen aus dem Kühlschrank, die sie am Morgen zubereitet hatte. »Plattierte Artischocken, auf Mandelholz gegrillt, mit Blutorangenfilets, Honig-Senf-Balsam und Flor de Sal.« Sie reichte Amelie sechs winzige Artischocken in der Größe von Tischtennisbällen. »Kannst du die putzen? Messer findest du hier.«

»Ist zwar eine Weile her, dass ich das gemacht habe«, gab Amelie gut gelaunt zurück und schnappte sich eines von Julias superscharfen Schälmessern. »Aber gelernt ist gelernt.«

Alles lief wie am Schnürchen. Sobald Amelie die Artischockenherzen von den Schalen befreit hatte, klopfte Julia sie zwischen zwei Holzbrettern behutsam flach, bestrich sie mit Olivenöl, schürte im Holzofen die Glut durch und platzierte die nur noch knapp einen Zentimeter dicken Artischockenherzen auf einem Rost darüber. Sie filetierte eine Blutorange, drehte mit einer Pinzette feine Röllchen aus der kandierten Schale einer Zitrone aus dem eigenen Garten, wendete die Artischocken und richtete je drei von ihnen auf einem Teller an. Garniert mit den feurig roten Blutorangefilets, der kandierten Zitronenschale und mit Perlen aus Honig-Senf-Balsam wirkten sie wie kleine Kunstwerke. »Nun noch das Flor de Sal«, sagte Julia zufrieden und ließ einige der großen, glitzernden Kristalle auf das Gericht regnen. Wenn Álvaro das sehen könnte, dachte sie wehmütig. Dann verdrängte sie jeden Gedanken an ihn und gab die Teller für Fayna zum Servieren frei.

»Weiter im Takt«, sagte sie mehr zu sich selbst.

Auch die Gäste an den anderen Tischen waren schließlich hungrig. Drei Portionen Lamm gingen hinaus, zusammen mit dem Auberginen-Ziegenkäse-Gratin und den berühmt gewordenen Kartoffelspießen, fünf Teller mit Kaninchenragout und drei nordafrikanisch inspirierte vegetarische Gerichte aus der Tajine.

»Und nun der zweite Gang für den König der Restaurantkritiker«, verkündete Julia. »Mandelsüppchen mit wildem Portulak und Cognacsahne.«

Paola schälte eine Schüssel Schalotten, und Amelie nahm sich die Tüte mit den empfindlichen Kräutern vor, um sie behutsam zu waschen und zu sortieren. Julia zauberte indessen aus Hühnerbrühe, hauchfein geriebenen, weißen Mandeln und einem Eigelb eine zarte Suppe.

»Wie weit sind die Nevadys?«, fragte sie Fayna, während sie die Sahne aufschlug, in die sie gleich einige Tropfen Cognac einmontieren würde.

»Die Kräuter sind bereit«, verkündete Amelie und füllte sie auf Julias Bitte in einen Blitzhacker.

»Der zweite Gang kann raus«, berichtete Fayna und stellte schwungvoll einige schmutzige Teller ab. »Sie haben mich gefragt, was in deinem Honig-Senf-Balsam gewesen ist. Leider habe ich keine Ahnung.« Die junge Frau blinzelte Julia verschwörerisch zu.

Julia grinste. Das klang schon mal nicht übel. Vorsichtig prüfte sie die Temperatur der vorbereiteten Mandelsuppe und rührte, als sie ihr nicht mehr zu heiß erschien, von den pürierten Kräutern gerade so viel ein, dass die Flüssigkeit eine wunderschöne, hellgrüne Farbe annahm und sich das nussige Aroma des vitaminreichen Krautes optimal entfaltete, das bei zu großer Hitze gelitten hätte. Mit der Sahne bekrönt, in die Julia einen Schuss Cognac einmontiert und vorsichtig einige Salzkristalle untergehoben hatte, verließen die Suppen in von Ana handgetöpferten schwarze Keramikschalen, so wie sie von den Ureinwohnern überliefert waren, die Küche.

»Und jetzt?« Amelie säuberte ihren Arbeitsplatz und wusch die Messer ab.

»Eier«, sagte Julia und suchte zwei besonders große aus Maribels Hühnerhof aus. »Beziehungsweise nur die Dotter, in Sherry gesotten, sodass sie außen fest und innen noch flüssig sind. Die servieren wir auf einem Nest aus Süßkartoffelpüree. Und darüber ...«

»Schwarzer Trüffel?«, schlug Amelie vor.

Julia schüttelte den Kopf. »Davon hab ich natürlich welchen hier, wundervollen schwarzen Trüffel von der Insel. Aber das würde den Kritiker nicht überraschen, genauso wenig wie dich, Amelie. Nein, wir nehmen irgendetwas Ungewohntes. Etwas mit einem kräftigen Aroma.«

»Den schwarzen Käse von Paco«, schlug Fayna vor.

»Genau!«, rief Julia begeistert aus. Erst neulich hatte Paco ihr das Ergebnis eines zufälligen Experiments überlassen. Er hatte Ziegenkäse in Bananenblätter eingepackt und im Kühlraum seiner Käserei den ganzen Winter über vergessen. Zu seiner Überraschung war der gesamte Käselaib um die Hälfte geschrumpft, durch und durch dunkelbraun geworden und hatte einen intensiven, würzigen Geschmack entwickelt. Wie eingeschlafene Füße, hatte Emil behauptet und angewidert die Zunge herausgestreckt. Maribel hatte vorgeschlagen, das Ganze einfach wegzuwerfen. Julia hatte ihn trotzdem mitgenommen und genaustens untersucht. Der Käse war keineswegs verdorben, sondern von den Bakterien, die man fälschlicherweise »Rotschimmel« nannte, ganz und gar durchdrungen. Hauchfein gehobelt schmeckte er sehr intensiv, aber delikat. Wenn dieser Käse Gerald Nevady nicht überraschen würde, dann war er gänzlich abgestumpft.

»Ich hoffe, sie holen sich nichts bei dir«, meinte Amelie trocken, als sie sah, wie Julia auf die Eidotter, deren Außenhaut durch das vorsichtige Garen im Sherry eine wächserne Konsistenz angenommen hatte, innen jedoch noch cremig waren, hauchfeine Blättchen von dem fast schwarzen Käse hobelte. »Wenn sie Montezumas Rache bekommen, bist du erledigt, das ist dir schon klar?«

»Davon bekommt man nichts«, erklärte Julia und gab Fayna das Zeichen, dass sie die Teller servieren konnte. »Ich hab es selbst mehrmals ausprobiert.«

»Und die Hauptspeise?«, fragte Amelie. »So ein Eidotter ist schnell gegessen.«

»Rosa gebratenes Lamm mit Carpaccio von frischen Feigen auf Lavendelsauce, Gelee aus dem Saft von Kaktusfrüchten und …« Julia öffnete mehrere Schubladen, in denen sie vorbereitete Zutaten aufbewahrte. Was würde die Nevadys, die schon alles probiert hatten, was man sich nur vorstellen konnte, wirklich überraschen? Und was würde das Lamm tatsächlich noch verfeinern, das Geschmackserlebnis in einen neuen, sinnvollen Kontext stellen? Und auf einmal wusste sie es. Sie holte ein Glas aus dem Kühlschrank und öffnete es. Ein intensiver Geruch nach in Salz eingelegten Oliven und Meer entströmte ihm.

»Was ist das?«, fragte Amelie misstrauisch und nahm sich einen frischen Probierlöffel.

»Pesto aus besonders schmackhaften schwarzen Oliven mit Sardellen«, antwortete Julia und hielt ihrer Freundin das Glas hin. »Davon kommt nur ein Tupfer in der Größe einer Haselnuss auf das Fleisch. Der gibt den bittern Gegenpart zu all der Süße.« Die Drehtür flog auf, Fayna erschien mit den leeren Suppenschalen. »Los geht's«, kommandierte Julia und vor Begeisterung und Aufregung bekam sie ganz warme Wangen.

Sie richtete den Hauptgang auf einem Feigenblatt an, und die Farbkontraste zu dem leuchtend roten Fleisch der Früchte, dem Gelb des Gelees und dem schwarzen Olivenpesto um das zartrosa gebratene Fleisch machten die Teller zu wahren Blickfängern.

»Warte einen Moment«, bat Julia, als Fayna sie bereits wegtragen wollte, und zückte ihr Handy. »Das muss ich fotografieren, damit wir das später noch mal genauso hinkriegen.« Dann gab sie die Teller frei.

»Uff«, machte Amelie und stürzte ein Glas mit Wasser hinunter. »Das Dessert hast du ja schon im Kopf, oder?«

Julia nickte. Sie war nicht recht bei der Sache. Denn sie hatte gesehen, dass eine Nachricht in ihrem Postfach war. *Warte nicht auf mich*, hatte Álvaro geschrieben. *Ich komme heute Nacht nicht nach Hause.*

»Er kann unmöglich eure Beziehung infrage stellen, nur weil du nach den Umständen des Unfalls gefragt hast und das Ganze etwas unbefangener siehst.«

Es war schon nach Mitternacht, und trotzdem zeigte das Thermometer 28 Grad an. Amelie und Julia saßen ganz hinten im Garten auf dem Felsen am Ende der Klippe und sahen hinaus auf den schwarzen Spiegel des Meeres. In dieser Nacht leuchteten keine Sterne am Himmel, der von einem Wolkenschleier bedeckt war, und auch der Mond war noch nicht aufgegangen. Amelie hatte ein Windlicht mitgenommen, der Kerzenstummel darin war inzwischen heruntergebrannt. Und so saßen sie in tiefer Dunkelheit nebeneinander auf dem Felsen, knapp dreihundert Meter über dem Salzgarten.

Julia schwieg. Sie wusste nicht mehr, was sie denken sollte. Der Tag war eindeutig zu lang gewesen und voller unliebsamer Überraschungen. Die Nevadys hatten sich mit freundlich-anerkennenden Worten verabschiedet, und dennoch hatte Julia das Gefühl, dass sie den Kritiker nicht restlos hatte überzeugen können. Oder bildete sie sich das nur ein?

Nachdem sie Álvaros Nachricht gelesen hatte, war es ihr schwergefallen, sich auf ihre Arbeit zu konzentrieren. Und wenn ihr Fayna und Amelie auch mehrfach beteuert hatten, dass das Dessert aus Guavensorbet und ihrem phänomenalen salzigen Honig-Mandel-Nugat einfach nicht zu toppen sei, so wurde sie den Eindruck nicht los, versagt zu haben.

»Morgen kommt er zurück, und alles wird sich in Wohlgefallen auflösen«, versuchte Amelie erneut, sie zu trösten. Und Julia fragte sich, woher ausgerechnet ihre Freundin diese Zuversicht hernahm, wo doch noch jede ihrer eigenen Beziehungen grandios gescheitert war. »Schau mal, da drüben«, unterbrach Amelie ihre Gedanken und setzte sich aufrecht hin.

Jetzt sah es auch Julia. Zwei Lichter bewegten sich langsam um die äußerste Klippe herum und rückten mehr und mehr in ihr Blickfeld. »Das sind Positionslampen von einem Boot«, sagte sie leise.

»Ob das wohl Schmuggler sind?«

»Wohl eher Fischer«, meinte Julia. Vielleicht war das Diego? Soweit Julia wusste, hatten Abián und seine Kollegen ihre Fischgründe weiter im Westen.

Das Boot passierte die beiden Felsen, die dem Salzgarten vorgelagert waren, und Julia fragte sich, ob das nicht gefährlich war. Schließlich galt dieses Areal als günstiges Tauchgebiet, was bedeutete, dass es auch unter Wasser Felsen und Riffe geben musste, in denen Fische und andere Meeresbewohner hausten. Immer mehr näherten sich die Lichter der Bucht, über der der Salzgarten lag, und Julia musste aufstehen und ganz nach vorn an die äußerste Spitze des wie ein Schiffsbug geformten Felsens treten, um es überhaupt noch sehen zu können.

»Pass auf, dass du nicht runterfällst«, warnte Amelie, die vorsichtig einen Meter zurückblieb.

»Unglaublich«, murmelte Julia. »Wer auch immer am Steuer sitzt, muss sich verdammt gut auskennen.« Ein irrwitziger Gedanke befiel sie. Ob das womöglich Álvaro war? Sogleich verwarf sie ihn wieder. Was sollte er sich mitten in der Nacht in eine solche Gefahr begeben, nur um seinen Salzgarten von unten zu sehen?

»Da kommt noch eines«, rief Amelie aufgeregt.

Es war ein Schnellboot, und Julia erkannte sofort, dass es sich um eines des Medio Ambiente, des Meeresschutzes, handelte.

»Das ist Toto oder einer seiner Kollegen«, sagte sie.

Das Boot erfasste das andere mit seinen Suchscheinwerfern

und steuerte darauf zu. Nun war deutlich zu erkennen, dass es sich keineswegs um ein Fischerboot handelte, sondern um eine moderne, kleine Sportjacht. Sogleich lenkte es aus der Salzgartenbucht heraus und fuhr mit aufheulendem Motor in westlicher Richtung davon. Kurz sah es so aus, als würden die Umweltschützer es verfolgen, dann drehten sie bei. Noch eine Weile hörten Julia und Amelie die Motoren, bis sie sich in der Ferne verloren und erneut Ruhe einkehrte.

»Was hat das alles zu bedeuten?«, fragte Amelie.

»Keine Ahnung«, gab Julia verwirrt zurück. Wer trieb sich um diese Zeit in einer so teuren Jacht an dieser Küste herum? Und kannte sich außerdem so ausgezeichnet aus? Wer interessierte sich für die Umgebung des Salzgartens? »Komm, lass uns schlafen gehen«, schlug Julia resigniert vor. »Morgen ist Freitag, für viele beginnt da schon das Wochenende. Am Abend sind wir ausgebucht.«

»Du solltest wirklich noch einen zweiten freien Tag einlegen«, meinte Amelie und leuchtete mit ihrem Handy die Stufen im Felsen aus, die zum Garten führten. »Auf Dauer schaffst du das ohne zweiten Koch nie und nimmer.«

Julia stöhnte leise auf. Amelie hatte vermutlich recht. Vielleicht sollte sie wirklich darüber nachdenken. Allerdings befürchtete sie, dass ein Restaurant, vor dem Touristen zu häufig vor verschlossenen Türen standen, irgendwann nicht mehr in Erwägung gezogen wurde. Und einen zweiten Koch konnte sie sich beim besten Willen noch nicht leisten.

Sie betraten gerade das Haus durch die Gartentür, als sie schwere Schritte im Hof vernahmen.

»Da ist jemand!« Amelie hatte sich so sehr erschrocken, dass sie sich mit beiden Händen an Julias Arm krallte.

Auch Julia klopfte das Herz bis zum Hals. Da fiel ihr ein, dass Amo garantiert Laut gegeben hätte, wenn ein Fremder in den Hof eingedrungen wäre. Also holte sie tief Luft, schaltete das Hoflicht und die Beleuchtung im Restaurant an und ging nachsehen, wer da kam. Mit einem Ruck öffnete sie das Portal. Vor ihr stand Álvaro, von Amo freudig umtänzelt.

»O mein Gott«, rief Amelie eine Spur hysterisch aus. »Du hast uns vielleicht einen Schrecken eingejagt!«

»Tut mir leid«, knurrte Álvaro und machte Anstalten, an den beiden Frauen vorbei ins Haus zugehen.

»Ich bin froh, dass du wieder da bist«, sagte Julia leise und strich ihm über den Arm. »Du hast geschrieben, dass du außer Haus übernachtest?«

»Toto hat mich angerufen«, gab Álvaro zurück. »Da war jemand in der Bucht, der dort nicht hingehört.«

»Wir haben das Boot gesehen«, erklärte Amelie aufgeregt. »Und dann kam ein zweites und hat es verjagt.«

Álvaro antwortete nicht, sondern durchquerte eilig das Restaurant, betrat den Flur, bald hörten sie ihn die hölzerne Treppe ins obere Stockwerk gehen.

»Sei so nett, und lass uns allein«, bat Julia ihre Freundin und eilte Álvaro hinterher.

Sie traf ihn in ihrem gemeinsamen Schlafzimmer dabei an, wie er vor dem Schrank kniete und Kleidungsstücke herausholte, davon die meisten neben sich auf den Boden legte. Neben ihm lag eine geöffnete Reisetasche, in die er Unterwäsche und ein paar T-Shirts packte.

»Ziehst du jetzt aus?« Julia musste sich räuspern, so kratzig klang ihre Stimme.

Álvaro drehte sich überrascht zu ihr um. »Nein, natürlich nicht«, gab er zurück. »Oder wäre dir das etwa lieber?«

»Nein«, antwortete Julia nachdrücklich. »Alles, was ich mir wünsche, ist, dass wir uns wieder vertragen. Ich hab den Fisch zurückgebracht, weißt du? Weil ich das zuerst in Ruhe mit dir klären wollte.«

»Welchen Fisch?« Álvaro wirkte zerstreut, er hatte sich erneut dem Schrankboden zugewandt und hörte offenbar kaum zu.

»Können wir bitte miteinander reden?«, fragte Julia verzweifelt.

Álvaro wandte sich zu Julia um. Er wirkte müde und aufgewühlt, und ihr schien, als entdeckte sie völlig neue Sorgenfalten um seine Augen. »Es ist jetzt nicht die Zeit dafür«, sagte er sachlich. »Toto holt mich gleich ab. Wir müssen mit dem Boot rausfahren und etwas überprüfen.«

»Mitten in der Nacht?«, fragte Julia angstvoll. »Ist das nicht gefährlich?«

Endlich verzog sich Álvaros Miene zu jenem Lächeln, das Julia so sehr liebte. »Mach dir keine Sorgen um mich, *cariño*. Keiner steuert ein Boot so sicher um diese Insel wie Toto. Wir müssen der Sache nachgehen, sie ist uns nicht geheuer. Und deshalb darf ich keine Zeit verlieren.« Er wandte sich wieder dem Schrank zu, und endlich schien er gefunden zu haben, was er suchte: einen Neoprenanzug, Flossen, Schuhe und Brille. Eine komplette Taucherausrüstung. Álvaro verstaute sie in seiner Tasche und packte den Rest zurück in den Schrank. Dann wandte er sich zum Gehen.

»Warte nicht auf mich«, sagte er, als er schon fast auf der Treppe war. »Vielleicht komme ich ein, zwei Tage nicht her. Aber Sorgen brauchst du dir keine zu machen. Wenn ich zurück bin, erklär ich dir alles.«

9

Die neue Mitbewohnerin

Lange lag Julia wach und starrte ins Dunkle. In dieser Nacht kühlte es kaum ab, und auch so hätte sie bestimmt keinen Schlaf gefunden. Ihre Gedanken drehten sich im Kreis. Von Álvaro und dessen rätselhaftem Verhalten wanderten sie zu den beiden Booten, die sie beobachtet hatten, von dort zu Diego und dann zurück zu ihrem Streit mit Álvaro. Wenn es ihr gelang, diese Gedankenspirale zu durchbrechen, machte sie sich Sorgen darüber, wo sie endlich guten Fisch herbekommen könnte und malte sich in den schrecklichsten Bildern aus, was Nevady wohl über das Flor de Sal schreiben würde.

Irgendwann musste sie trotzdem eingeschlafen sein, denn sie erwachte durch Amos Gebell. Es war erst kurz nach sechs, und Julia fragte sich, wer um diese frühe Stunde etwas von ihr wollte.

Sie zog ihren Morgenmantel übers Nachthemd und ging nachsehen. Zu Julias grenzenloser Überraschung stand Tanja vor ihr, die Lebensgefährtin ihres Bruders, die sie schon seit einer Ewigkeit nicht mehr gesehen hatte. Die große, blonde Mitzwanzigerin trug wie immer ein T-Shirt, das nach Julias Schätzung mindestens um eine Größe zu klein war, ihre weiblichen Formen betonte und den gepiercten Bauchnabel freiließ, dazu eine hautenge Jeans. Eilig rief sie Amo zurück, der mit aufgestellten Nackenhaaren bellte, was das Zeug hielt, und Tanja daran hinderte, den Hof zu betreten.

»Ist etwas passiert?« Heißer Schrecken durchfuhr Julia. Ob ihrem Bruder etwas zugestoßen war? Oder womöglich Emil?

»Ich hab mich von Jens getrennt.« Tanja betrachtete unschlüssig Amo, der an Julias Beinen vorbei leise in ihre Richtung knurrte. Dann musterte sie das große Haupthaus mit seinen zwei Etagen und dem prächtigen Portal. »Kann ich vorläufig bei dir wohnen?«

Kurz verschlug es Julia die Sprache. Tanja war nur in äußerst seltenen Momenten freundlich zu ihr gewesen, die meiste Zeit über hatte sie sowohl ihr als auch Emil zu verstehen gegeben, dass sie nicht willkommen waren. Wie sie jetzt ausgerechnet darauf kam, mit dieser Bitte zu ihr zu kommen, war ihr ein Rätsel.

»Das ... das kommt jetzt ein bisschen überraschend«, stammelte sie.

»Es ist nur für kurze Zeit«, beeilte Tanja sich zu sagen, und Julia bemerkte erschrocken, dass ihre Unterlippe zitterte. »Wenn ich ehrlich bin, weiß ich nicht, wo ich sonst hinsoll«, fuhr Tanja fort.

»Hast du denn keine Freundinnen?« Julia wollte nicht unfreundlich wirken. Aber dass Jens' Lebensgefährtin wirklich niemanden haben sollte als ausgerechnet sie, erschien ihr mehr als unglaubwürdig.

»Jens hat alle vergrault.« Tanja rang sichtlich um Fassung. »Und ich war so dumm ...« Auf einmal brach sie in Tränen aus. »Ich hab alles aufgegeben für ihn«, schluchzte sie. »Meinen Freundeskreis. Meinen Beruf. Und jetzt ...«

Julia stöhnte innerlich. Das hatte ihr gerade noch gefehlt.

»Jetzt komm erst mal rein«, überwand sie sich zu sagen und ermahnte Amo, der wieder lauter knurrte, so als hielte er das für keine besonders gute Idee. »Du hast sicher noch nicht gefrühstückt, oder? Ich auch nicht. Das holen wir jetzt einfach nach.«

Sie brachte Tanja in die Küche und begann, Kaffee zu kochen. Währenddessen erzählte Jens' Ex-Freundin, wie alles gekommen war. Dass Jens sie seit Monaten betrog. Und dass sie es satthatte, so behandelt zu werden.

»Und was hast du jetzt vor?«, fragte Julia, als sie die Tassen mit duftendem heißem Kaffee füllte. »Ich meine langfristig?« Daraufhin schwieg Tanja und blies bedrückt auf die heiße Flüssigkeit in ihrer Tasse. Zuckte mit den Schultern. Murmelte etwas davon, dass sie erst zu sich selbst zurückfinden müsse. »Weiß Jens eigentlich, dass du hier bist?«

Tanja schüttelte den Kopf.

»Wenn ich ehrlich sein darf«, begann Julia und setzte sich Tanja gegenüber, »ich finde es nicht besonders passend, dich hier aufzunehmen. Dass mein Verhältnis zu meinem Bruder nicht gut ist, weißt du, und deine Anwesenheit wird das nicht verbessern. Außerdem ist mein Zuhause auch das von Emil. Und wie er darauf reagieren würde, dich hier anzutreffen, das kannst du dir ja vielleicht vorstellen.«

»Warum?«, fragte Tanja und sah Julia herausfordernd in die Augen. »Immerhin ist er auch bei uns untergekrochen, ohne dass man mich gefragt hätte.«

»Er ist nicht bei euch ›untergekrochen‹, Jens ist schließlich sein Vater«, widersprach Julia mit Nachdruck. »Du hast damals entschieden, mit einem Mann zusammenzuleben, der bereits einen Sohn hatte.«

»Meine Bedingung war von Anfang an, dass ich mit dem Jungen nichts zu tun zu haben brauche.«

»So einfach geht das aber nicht.« Langsam wurde Julia wütend. »Man kann sich im Leben nicht nur die Rosinen rauspicken. Jens trägt Verantwortung für seinen Sohn. Und du als seine Partnerin hättest das respektieren müssen.«

Tanja senkte den Kopf. Auf einmal wirkte sie hilflos und schrecklich jung. Und irgendwie verloren. »Heißt das, ich kann hier nicht wohnen?«

Julia schluckte. Sie hatte ein viel zu großes Herz, um irgendjemandem die Tür zu weisen. Normalerweise hätte sie längst Ja gesagt und das leer stehende kleine Zimmer neben Amelies hergerichtet, wenn es sich nicht ausgerechnet um Tanja gehandelt hätte. O Gott, fuhr es ihr durch den Kopf. Amelie und Jens, daran hatte sie noch gar nicht gedacht ...

»Warum bist du denn so früh schon auf?« Da stand ihre Freundin auch schon im Türrahmen, im Nachthemd, mit zerzaustem Haar. Ihr Blick fiel auf Tanja. »Oh, ich hab nicht gewusst, dass wir Besuch haben.«

Julia hielt den Atem an und wartete darauf, dass Tanja in Amelie eine von Jens' Geliebten erkennen und gleich ein Riesentheater vom Zaun brechen würde. Doch nichts geschah. Offenbar waren sie und Amelie sich nie begegnet.

»Das ist Tanja«, stellte sie nun die beiden einander vor. »Amelie, meine Freundin aus Deutschland. Wir kennen uns aus gemeinsamen Restaurantzeiten. Und Tanja ist ... ich meine, sie war Jens' Lebensgefährtin.«

»Ach!«, war das Einzige, was Amelie eine Spur zu schrill entfuhr, danach hatte sie sich wieder in der Gewalt. »Was für eine Überraschung am frühen Morgen«, fügte sie rasch hinzu und verschwand mit der Begründung, dringend unter die Dusche zu müssen.

Zurück blieb Schweigen. Stumm saßen Julia und Tanja sich in der Küche gegenüber und starrten in ihre Kaffeetassen. Schließlich stand Tanja auf.

»Ich geh wohl besser«, sagte sie.

»Und was hast du vor?«, fragte Julia. Tanja zuckte trotzig mit den Schultern und sah aus dem Fenster. »Ich hab eine Idee«, fuhr Julia fort, holte ihren Spiralblock samt Stift und legte beides vor Tanja auf den Tisch. »Setz dich hin und schreib eine Liste mit Leuten auf, die du kennst. Solange mach ich uns Frühstück. Was magst du lieber? Müsli oder eine *tostada*? Dann überlegen wir, wo du wohnen könntest.«

Sie wandte sich dem Herd zu und hoffte inständig, dass es

Menschen in Tanjas Leben gab, die bereit sein würden, sie bei sich aufzunehmen. Doch als sie den Frühstückstisch gedeckt hatte, war das Blatt noch immer leer.

»Bitte«, sagte Tanja und ihr Blick hätte einen Stein erweichen können. »Ich helf auch mit. Du wirst sehen, ich kann dich entlasten.«

»Und wobei?«

»Ich mach alles«, beteuerte Tanja.

»Auch Kartoffeln schälen, Zwiebeln schneiden, den Mülleimer leeren, die Fritteuse sauber machen, den Hof fegen …«

»Alles«, wiederholte Tanja hoffnungsvoll.

»Und wenn Emil kommt, bist du freundlich zu ihm?«

»Klar!«

»Und es ist nur für kurze Zeit?«

»Sobald ich etwas anderes finde, bin ich weg.«

Julia seufzte innerlich. »Na gut«, sagte sie schließlich.

»Danke!«

Die Erleichterung war Tanja nur zu deutlich anzusehen. Und Julia hoffte, dass sie diese Entscheidung nicht bereuen müsste.

»Na, dann komm mal mit«, sagte sie resigniert. »Ich zeig dir dein Zimmer.«

»Sag, dass das nicht wahr ist.« Amelie sah mit erschrockenen Augen zur Decke, denn Tanja bezog gerade den Raum direkt neben dem Zimmer, in dem Amelie sich häuslich eingerichtet hatte.

»Wieso?«, fragte Julia grinsend, während sie Rinderbrühe durch einen Filter laufen ließ. »Immerhin habt ihr einiges gemeinsam. Ihr seid beide schon mal mit meinem Bruder im Bett gewesen.«

»Julia!«, zischte Amelie entsetzt. »Das darf sie auf keinen Fall erfahren.«

»Natürlich nicht«, gab Julia zurück. »Es ist nur für kurze Zeit. Ich konnte sie doch nicht einfach so wegschicken!«

»Du bist nun mal der großzügigste Mensch, den ich kenne.«

»Sie hat versprochen mitzuhelfen«, erklärte Julia und holte einen Fünfkilosack Zwiebeln aus dem Vorratsraum. »Damit kann sie gleich mal zeigen, wie ernst es ihr damit ist. Denn heute gibt es Zwiebelsuppe.«

»Okay, *so* großzügig bist du nun auch wieder nicht«, sagte Amelie mit einem Lachen. »Fünf Kilo Zwiebeln. Da bleibt kein Auge trocken.«

Tatsächlich riss Tanja sich zusammen und schälte, ohne zu klagen, die gesamten Zwiebeln, ließ sich von Julia zeigen, wie sie sie geschnitten haben wollte, und wenn sie auch mindestens doppelt so lange dazu brauchte wie Paola und dabei zwei Päckchen Papiertaschentücher vollweinte, so brachte sie die Aufgabe zu Ende. Danach schickte Julia sie für eine Viertelstunde in den Garten, um sich auszuruhen, ließ sie anschließend einige Kisten mit Mineralwasser heranschleppen und vertraute ihr dann einen wahren Berg Salat an, den sie gründlich waschen und zerkleinern sollte. Julia wusste aus Erfahrung, dass allein die schiere Menge an Lebensmitteln, die in einer Restaurantküche verarbeitet wurden, eine demoralisierende Wirkung auf Anfänger hatte, doch Tanja hatte gesagt, sie würde sich nützlich machen, und Julia nahm sie beim Wort.

Als die ersten Gäste kamen, wirkte sie allerdings bereits so erschöpft, dass Julia ihr nur noch kleinere Aufgaben zuteilte. Sie ließ sie Kräuter fein hacken und Tomaten enthäuten, Mandeln blanchieren und abziehen und Gewürze in einem Mörser zerkleinern. »Nein«, erklärte sie geduldig. »Nicht die Pfefferkörner zerschlagen, sondern sanft zerreiben. Das hat mit dem Aroma zu tun, das entfaltet sich so auf ganz andere Weise.«

»Aber es ist mühsamer«, wandte Tanja kleinlaut ein.

»Schon möglich«, gab Julia mit einem Lächeln zurück. »Für unsere Kunden ist uns keine Mühe zu groß.«

Gegen vier, als nur noch wenige Gäste im Hof saßen, gab Julia ihr endlich frei. »Für den ersten Tag hast du genug getan«, meinte sie gutmütig.

»Macht ihr jetzt alle bald Schluss?«, erkundigte sich Tanja erleichtert.

Julia lachte. »Oh nein. Um sieben kommen die nächsten Gäste.«

An diesem Tag ließ Tanja sich nicht mehr blicken, und Julia nahm an, dass sie sich schon früh ins Bett verzogen hatte. Immerhin war sie am Morgen in aller Herrgottsfrühe aufgetaucht, Julia wollte gar nicht wissen, was im Hause ihres Bruders in dieser Nacht losgewesen sein musste, sodass Tanja den entscheidenden Entschluss getroffen und tatsächlich ihren Koffer gepackt und ausgezogen war.

»Vielleicht versöhnen sie sich ja morgen schon wieder«, mutmaßte Amelie, als sie später wie in der Nacht zuvor auf dem Felsen über dem Salzgarten saßen, jede ein Glas mit Gin Tonic in der Hand.

»Keine Ahnung«, gab Julia zurück und legte sich auf den Stein, der die Hitze des Tages gespeichert hatte. Endlich hatte sich die Wolkendecke gelichtet, und die ersten Sterne erschienen am Himmel. Sie war schrecklich müde und dennoch viel zu aufgekratzt, um schlafen zu können. Sie sollte sich angewöhnen, zwischen der Mittags- und Abendschicht unbedingt eine Siesta zu machen. Oder morgens etwas länger zu schlafen. Das war allerdings leichter gesagt als getan, wenn täglich zu früher Stunde Leute auftauchten, die irgendetwas von ihr wollten.

»Nächsten Dienstag flieg ich übrigens zurück«, sagte Amelie plötzlich und Julia richtete sich erschrocken auf.

»Was? Schon?«, fragte sie enttäuscht. »Warum denn so bald?«

»Urlaub ist schön und gut«, antwortete Amelie. »Aber wenn ich euch so sehe, hab ich wieder Lust bekommen zu arbeiten.«

»Du bist noch keine zwei Wochen hier«, wandte Julia ein. Auf einmal wurde ihr bewusst, wie gut es ihr tat, die Freundin in der Nähe zu haben. »Hast du denn schon ein neues Angebot?«

Amelie antwortete nicht gleich, so als müsste sie überlegen, wie Julia die Antwort aufnehmen würde. »Stell dir vor, dein Ex hat mir ein Angebot gemacht.«

»Mein Ex? Du meinst nicht etwa Alain?«

»Genau den meine ich«, gab Amelie zurück. »Das Hotel in Grenoble, in das er gemeinerweise eingeheiratet hat, statt mit dir zusammen eine Zukunft zu planen, gehört inzwischen zu den besten der Welt. Sie suchen einen Restaurantleiter.«

Das musste Julia erst verdauen. »Du hast die Stelle schon, oder?«, fragte sie.

»Sie wollen mich natürlich noch persönlich kennenlernen. Am Mittwoch ist der Termin.«

Eine große Traurigkeit erfasste Julia. Mit Amelie war sie seit vielen Jahren vertraut, sie kannten ihre gegenseitigen Stärken und Schwächen. Hier auf La Palma hatte sie außer Álvaro im Grunde nur noch Maribel, mit der sie sich etwas näher angefreundet hatte, aber es war nicht dasselbe, wie jemanden seit Jahren zu kennen.

»Du nimmst mir das doch nicht übel?«, fragte Amelie besorgt.

»Nein, natürlich nicht«, antwortete Julia und bemühte sich, nicht allzu enttäuscht zu klingen. Obwohl es schon eine bittere Pille war, dass ihre Freundin ausgerechnet unter dem Mann arbeiten würde, der Julia einst fast das Herz gebrochen hatte. Sie und Alain waren drei Jahre lang ein Paar gewesen, er ein ausgezeichneter Pâtissier und sie eine aufstrebende Köchin, schon damals mit den besten Aussichten. Sie hatten sich gemeinsam selbstständig machen wollen, aber dann war Alain einem Ruf nach Grenoble gefolgt und hatte ein Jahr später die Tochter des Hotelbesitzers geheiratet. Es hatte lange gedauert, bis Julia darüber hinweggekommen war. Auf der anderen Seite – spielte das heute überhaupt noch eine Rolle? Nein. Die Gefühle zwischen ihr und Álvaro waren viel tiefer als das, was sie mit Alain erlebt hatte. »Wie könnte ich dir böse sein«, fuhr sie fort. »Ganz bestimmt wird das eine tolle Aufgabe für dich. Restaurantleiterin. Chapeau! Wenn Alain klug ist, engagiert er dich vom Fleck weg.«

In dieser Nacht war Julia viel zu erschöpft, um sich Sorgen zu machen, und schlief wie ein Stein. Und das war auch gut so, denn das Wochenende würde anstrengend werden. Sowohl am Samstagabend wie auch Sonntagmittag waren sie restlos ausgebucht, und das war mehr, als man zwei Wochen nach der Eröffnung eines Restaurants überhaupt erwarten durfte.

Der Samstag verlief reibungslos, obwohl sie alle ihr Äußerstes geben mussten. Julia fand auch keine Zeit, um über Álvaro und seine mysteriöse Unternehmung nachzugrübeln. Tanja hielt Wort und half mit, auch wenn sie vieles nicht zu Julias Zufriedenheit machte und alles kontrolliert werden musste, was sie tat. Für jemanden, der im Grunde gar nicht gern kochte, wie Julia aus der Vergangenheit wusste, gab sie sich allerdings redlich Mühe.

»Morgen haben wir nur mittags geöffnet«, ließ Julia sie wissen. »Der Abend ist frei und der Montag auch.«

Es war eine große Gesellschaft, die am Sonntagmittag das Restaurant für sich gebucht hatte, ein runder Geburtstag mit vierundsechzig Personen. Mit vereinten Kräften wurden im Restaurant die Tische so zusammengeschoben und zusätzliche aufgeschlagen, dass sich eine schöne Tafel ergab. Gemeinsam mit dem Jubilar hatte Julia ein Menü festgelegt, was die Sache für die Küche sehr vereinfachte. Doch als Fayna wie immer gegen halb zwölf erschien, wirkte sie bleich und nervös, und Julia nahm sie beiseite, um zu fragen, wie es ihr ging.

»Ich hatte heute Nacht Blutungen«, rückte Fayna endlich mit der Sprache heraus.

»Dann solltest du unbedingt zum Arzt gehen«, antwortete Julia erschrocken.

»Heute am Sonntag?« Es war Fayna deutlich anzumerken, dass sie sich selbst große Sorgen machte. »Außerdem hat es schon wieder aufgehört. Wahrscheinlich hatte es nichts zu bedeuten.«

»Das kann nur ein Fachmann beurteilen«, wandte Julia ein. »Wenn du möchtest, kann dich Tanja ins Krankenhaus nach Santa Cruz bringen.«

»Und wer macht den Service, wenn ich weg bin? Tina schafft das nie und nimmer allein.«

»Ich frage Amelie ob, sie einspringt«, schlug Julia vor. »Deine Gesundheit und die des Kindes stehen an allererster Stelle.«

Fayna seufzte tief auf. Julia konnte sich vorstellen, was in der jungen Frau gerade vor sich ging. Sorge kämpfte mit Pflichtbewusstsein. Erst nachdem Amelie zugesagt hatte, für sie den Service zu übernehmen, entschloss sie sich, nach Hause zu fahren, um sich von ihrem Mann ins Krankenhaus bringen zu lassen.

»Es wird schon alles in Ordnung sein«, versuchte Julia Fayna Mut zuzusprechen. »Du sollst ja nur auf Nummer sicher gehen.«

Nachdenklich ging sie zurück in die Küche, wo Paola bereits die Zutaten für den ersten Gang vorbereitete.

»Wann kommen denn die Gäste?«, fragte Amelie und kontrollierte die eingedeckte Tafel.

»Erst um zwei«, antwortete Julia. »Kommst du allein zurecht, oder soll ich Tina anrufen?«

»Ist das eine ernst gemeinte Frage?« Amelie lachte. »Das schaff ich mit links, das weißt du doch. Welche Weine gibt es?«

Julia war gerade dabei, Amelie alles zu zeigen, als Tanja erschien. Offenbar hatte sie bis vor Kurzem geschlafen, auf ihrer Wange war noch der Abdruck der Naht ihres Kopfkissens zu erkennen.

»Braucht ihr mich?«, fragte sie.

Julia schüttelte den Kopf. »Nett, dass du fragst«, antwortete sie und holte tief Luft, um das zu sagen, was ihr auf dem Herzen lag. »Mir wäre es lieber, du würdest einen Ausflug unternehmen und erst gegen Abend wiederkommen. Für unsere heutigen Gäste ist Jens ein absolut rotes Tuch. Und da du seine Lebensgefährtin ...«

»Ich hab mich von ihm getrennt!« Tanjas Augen blitzten empört.

»Nun, das können die Leute ja nicht wissen«, versuchte Julia zu erklären. »Es wird sicher noch eine Weile dauern, bis sich das herumgesprochen hat. Trotzdem wird man dich vermutlich noch ziemlich lange mit meinem Bruder in Verbindung bringen, so ist das nun mal auf einer so kleinen Insel. Also bitte mach mir keinen Ärger, sondern lass dich heute hier nicht blicken.«

Tanjas Gesicht lief rot an, Julia wusste nicht recht, ob vor Scham oder vor Wut.

»Julia hat schon so eine Menge Ärger mit El Alemán«, sprang ihr Paola bei. »Wenn ich nur daran denke, wie er hier mit einem Bus voller Touristen aufgekreuzt ist ...«

»Warum fährst du nicht zum Baden?«, schlug Julia vor und wandte sich ihrer Arbeit zu.

»Ich finde es nicht fair, dass man mich für das verurteilt, was Jens tut«, maulte Tanja.

»Willkommen im Club«, meinte Julia trocken. »Als seine Schwester hab ich genau dasselbe Problem wie du. Bei dir wird man sich irgendwann daran gewöhnen, dass du nichts mehr mit ihm zu tun hast, spätestens, wenn du mit einem anderen Mann zusammen sein wirst. Ich allerdings werde immer seine Schwester bleiben.«

Alle atmeten auf, nachdem Tanja wütend ihre Badetasche ins Auto geknallt hatte und davongebraust war.

»Ich sag's ja nicht gern«, konnte Amelie sich nicht verkneifen zu bemerken, während sie gemeinsam einen kleinen Imbiss zu sich nahmen, ehe die Gäste kamen. »Aber du bist einfach zu gutmütig.«

»Ach, lass es gut sein«, murmelte Julia bedrückt.

»Sie hat eben ein großes Herz, unsere Julia«, verteidigte Paola sie und lud sich ein großes Stück Gemüselasagne auf den Teller. »Und keine kocht so gut wie sie«, fügte sie mit einem strahlenden Lächeln hinzu. »Glaub mir, wenn das eine Spanierin von einer Deutschen sagt, dann ist das ein gewaltiges Kompliment.«

Damit brachte sie sogar Julia zum Lachen und die gute Laune, die ansonsten in der Küche herrschte, stellte sich bald wieder ein.

An diesem Tag wurde Julia aufs Neue daran erinnert, wie gut sie und Amelie aufeinander abgestimmt waren. Die jahrelange Zusammenarbeit hatte zwischen ihnen eine Vertrautheit geschaffen, die oftmals ohne Worte auskam. Alles lief perfekt, die Stimmung unter den Geburtstagsgästen war ausgezeichnet, und als Julia nach einem gelungenen Menü noch eine Runde Ron Aldea auf Kosten des Hauses ausgab und dem achtzigjährigen Jubilar eine Schachtel erlesener Zigarillos aus einer Inselmanufaktur überreichte, hatte sie alle Herzen gewonnen.

Beschwingt verließen die letzten Gäste gegen sieben Uhr abends das Mesón Flor de Sal. Paola war bereits zwei Stunden zuvor von Devi und Carmen abgelöst worden, die nun halfen, abzuräumen und das Restaurant wieder auf Hochglanz zu bringen.

»Weißt du was?«, sagte Julia zu Amelie, als es nichts mehr zu tun gab. »Lass uns heute ausgehen!«

»Ausgehen?« Amelie sah sie an, als hätte sie vorgeschlagen, zum Mond zu fliegen.

»Ja! Wir fahren nach Santa Cruz de la Palma und lassen uns ein wenig treiben.«

»Dorthin brauchen wir locker eineinhalb Stunden«, wandte Amelie ein.

»Na gut. Dann eben nach Tazacorte. Und dort knallen wir uns an eine Strandbar und lassen uns mit alkoholfreien Cocktails vollaufen. Das heißt, du brauchst ja nicht zu fahren ...«

»Was ist los mit dir?«, wollte Amelie wissen.

»Was mit mir los ist?« Julia begann ihre Hochsteckfrisur zu lösen und massierte ihre Kopfhaut. »Ich brauch einen Tapetenwechsel. Wir haben das ganze Wochenende durchgearbeitet. Es wird Zeit für ein bisschen Spaß. Morgen hab ich frei und kann ausschlafen. Und in ein paar Tagen bist du schon wieder weg. Also. Bist du dabei?«

»Na klar«, antwortete Amelie. »Gib mir fünf Minuten, und ich bin bereit, mit dir das Nachtleben von La Palma zu erkunden.«

»Davon hast du sicher mehr Ahnung als ich«, kommentierte Julia das trocken. »Bestimmt hat Jens dich in den einen oder anderen Club eingeladen.«

Doch Amelie tat so, als hörte sie sie nicht. Statt zu antworten, ging sie eilig hinauf in ihr Zimmer.

Wenig später stiegen sie frisch geduscht und schön gemacht in Julias Wagen und brausten davon. Sie legten eine CD mit der Musik von Ima Galguén auf, der palmerischen Sängerin, die Julia so gern mochte. Es war immer noch heiß, und so drehten sie die Scheiben herunter und fuhren laut mitsingend die Küstenstraße entlang in Richtung Süden. Julia konnte sich nicht erinnern, wann sie das letzte Mal so ausgelassen gewesen war, und überhaupt wollte sie an diesem Abend über gar nichts nachdenken, weder über Jens oder die Sache mit dem Fisch, und schon gar nicht über Álvaro und warum es auf einmal so schwierig zwischen ihnen geworden war. Mach dir keine Sorgen, hatte er gesagt, und genau das hatte sie auch vor.

Die untergehende Sonne brachte den Himmel über dem Atlantik zum Erglühen. Der gesamte Himmel schien in Flammen zu stehen, gefärbt in unfassbar viele Schattierungen von Gelb-,

Orange- und Rottönen. Das Meer wirkte wie aus flüssigem Gold. Sogar Julias Wagen schien von diesem überirdischen Leuchten erfasst und schimmerte wie ein Juwel. Eine fast andächtige Stimmung erfasste die beiden Freundinnen, und die getragene Ballade, die nun aus dem Lautsprecher erklang, unterstrich diese Wirkung noch. Eine ganze Palette von einander gegenläufigen Emotionen stieg in Julia auf: Dankbarkeit dafür, an diesem wundervollen Ort leben zu können. Sehnsucht nach Álvaro, der ihr auf einmal unerklärlich weit entfernt schien. Melancholie bei dem Gedanken, so bald schon Abschied von ihrer Freundin nehmen zu müssen. Und ein unbändiges Glücksgefühl darüber, dass sie nun schon seit zwei Wochen ihr eigenes Restaurant betrieb und mit ihrem Start mehr als zufrieden sein konnte. Es war ein Gefühlsdurcheinander, das ihr bei aller Irritation zum Bewusstsein brachte, dass sie ihr Dasein schon lange nicht mehr so intensiv empfunden hatte. Die Erkenntnis, wie einzigartig das Leben doch war, wie unsagbar wertvoll und schön, und dass es im Grunde nur darauf ankam, sich das immer wieder ins Gedächtnis zu rufen.

In diesem Augenblick klingelte ihr Handy.

»Soll ich rangehen?«, fragte Amelie und langte bereits nach Julias Handtasche, die auf dem Rücksitz lag.

Zuerst wollte Julia Nein sagen. Nichts sollte diesen außergewöhnlichen Moment stören. Dann fiel ihr ein, dass es Álvaro sein könnte, der versuchte, sie zu erreichen.

»Schau zuerst aufs Display, wer anruft«, bat sie.

»Es ist Fayna«, sagte Amelie, als sie den Apparat gefunden hatte. Sofort bekam Julia ein schlechtes Gewissen. Fayna und die Sorgen um ihr Kind hatte sie total vergessen.

»Geh unbedingt ran«, bat sie Amelie und schaltete die Musik aus.

Das tat ihre Freundin und stellte den Lautsprecher ein.

»Ich bin's«, erklang Faynas Stimme. Sie klang dünn, überhaupt nicht so temperamentvoll und gut gelaunt wie sonst. »Wir sind gerade erst aus der Klinik zurückgekommen.«

»Wie geht es dir?«, fragte Julia beklommen.

»Es ist alles in Ordnung mit dem Kind«, berichtete Fayna, und Julia konnte deutlich hören, dass auch Amelie neben ihr aufatmete.

»Gott sei Dank«, antwortete Julia erleichtert. Ihr wurde bewusst, dass sie schon mit dem Schlimmsten gerechnet hatte. Aber warum klang Fayna so niedergeschlagen. »Dann ist doch alles gut, oder?«

Fayna antwortete nicht gleich.

»Im Augenblick schon«, sagte sie schließlich. »Es ist nur ...«

Julia warf Amelie einen alarmierten Blick zu.

»Gibt es trotzdem ein Problem?«, fragte sie.

»Der Arzt sagt, ich muss unbedingt liegen.«

»Ja, das halte ich auch für eine gute Idee«, antwortete Julia erleichtert. »Leg dich hin, Fayna. Morgen ist ja ohnehin frei. Und wenn du noch länger pausieren möchtest ...«

»Julia«, fiel ihr Fayna ins Wort. Ihre Stimme klang verzweifelt. »Er sagt, ich muss während der gesamten Schwangerschaft liegen. Anscheinend stimmt etwas mit meinem Muttermund nicht. Ich könnte das Kind verlieren.«

Am Himmel erlosch das Farbenspiel, so als würde jemand dort oben ganz langsam das Licht ausdrehen, und mit ihm die ganze zauberhafte Stimmung. Julia lenkte den Wagen in eine Parkbucht und stellte den Motor aus.

»Das darfst du auf keinen Fall riskieren«, sagte Julia, nachdem sie die Sprache wiedergefunden hatte.

»Und was wird mit dem Restaurant?«

»Ich werde schon jemanden finden«, antwortete Julia tapfer. »Mach dir darüber mal keine Sorgen. Das Wichtigste ist, dass es dir und dem Kind gut geht. Hast du jemanden, der dir den Haushalt macht?«

»Darüber hab ich noch gar nicht nachgedacht«, hörte sie Fayna sagen. »Ich muss mit meiner Mutter sprechen. Und mit Tante Maribel. Ach, Julia, kannst du dir mich wochenlang im Bett vorstellen?«

Julia lachte traurig auf. Sie stellte sich das ganz schrecklich vor, besonders bei einer so lebenslustigen jungen Frau wie Fayna.

»Du wirst sehen, die Zeit vergeht im Nu«, versuchte sie, sie zu trösten. »Jetzt ruh dich erst mal aus. Das muss eine ziemliche Strapaze gewesen sein, den ganzen Tag dort in der Klinik.«

Jetzt konnte man deutlich ein paar Schluchzer hören. »Danke«, sagte Fayna. »Du bist wirklich so … so nett. Aber ich fühl mich schrecklich, weil ich dich jetzt hängen lasse.«

»Hör auf damit«, bat Julia. »Du kannst ja nichts dafür. Pass auf dich auf, und alles wird gut. So ein paar Monate bedeuten nichts im Vergleich zu dem Leben, das dein Kind vor sich hat. Und jetzt ruh dich aus und lass dich von deinem Mann verwöhnen.«

Sie verabschiedete sich von Fayna und beendete das Gespräch.

»Willst du wirklich noch ausgehen?«, fragte Amelie und musterte Julia besorgt von der Seite. Die atmete tief durch, straffte sich und startete den Motor.

»Jetzt erst recht«, sagte sie und lenkte den Wagen zurück auf die Straße.

10

Begegnung am Strand

Sie saßen barfuß im schwarzen Sand der Playa de Tazacorte, der noch immer die Wärme des Tages gespeichert hatte. Über ihnen funkelte der Sternenhimmel, von einer der Bars an der Promenade klangen die rhythmischen Klänge des aktuellen Sommerschlagers zu ihnen herüber. An einer der Theken hatten sie sich einen leckeren Longdrink auf der Basis von alkoholfreien Fruchtlikören aus der Produktion einer einheimischen Finca geholt. Doch die ausgelassene Stimmung, die dort herrschte, war nun nicht mehr nach ihrem Geschmack. Stattdessen lauschten sie dem sanften Geräusch der anrollenden Wellen und starrten auf die schaukelnden Lichter der beiden Jachten, die draußen vor Anker lagen.

»Was willst du denn jetzt tun?«, brach Amelie das Schweigen.

Julia zuckte mit den Schultern. »Keine Ahnung«, antwortete sie. »Herumtelefonieren. Eine Anzeige aufgeben. Jeden fragen, der mir in den Sinn kommt. Vielleicht kennt Fayna ja eine ehemalige Kollegin. Ich werde schon jemanden finden.«

Aber so zuversichtlich, wie sie sich gab, war sie keineswegs. Sie hatte nur keine Lust, weiter darüber nachzugrübeln. Im Augenblick konnte sie ohnehin nichts tun. Alles, was sie sich wünschte, war, wieder an das Glücksgefühl von vorhin anknüpfen zu können. Das musste doch irgendwie möglich sein.

Hinter ihnen hatte sich der Geräuschpegel verändert. Statt des Gelächters und der fröhlichen Stimmen klang es jetzt nach Streit und Ärger. Eine schrille Frauenstimme konterte einer aufgebrachten männlichen Stimme.

»Was ist denn da los?«, fragte Amelie und reckte den Kopf.

Julia zuckte mit den Schultern.

»Vielleicht hat das gar nichts zu bedeuten«, meinte sie. »Hier in Spanien klingt es für unsere Ohren oft wie ein Streit, dabei unterhalten sich die Leute nur angeregt.«

»Das sind keine Spanier«, wandte Amelie ein. »Das sind Deutsche.« Da hörte es auch Julia. Und plötzlich wusste sie, wem diese Stimmen gehörten. Zu allem Überfluss schienen die Streitenden auch noch näher zu kommen.

»Schnell«, sagte sie und sprang auf. »Damit will ich nichts zu tun haben. Lass uns verschwinden.«

»Ist das ... ist das etwa Jens?«, fragte Amelie entsetzt und stand ebenfalls eilig auf, wobei sie sich ihren Cocktail über die helle Sommerhose schüttete.

»Ja, das ist er.« Julia zog Amelie hastig näher zum Meeressaum. »Und die Frau ist Tanja.«

Inzwischen konnten sie Fetzen von dem, was die beiden sich gegenseitig an die Köpfe warfen, verstehen, und was sie hörten, war alles andere als schön. Julia fasste den Plan, nah am Wasser in Richtung des Parkplatzes zu entwischen, als Tanja auf einmal in einem Bogen ihren Fluchtweg kreuzte und wirkte, als wolle sie sich gleich in die Fluten stürzen.

Abrupt wechselte Julia die Richtung und hätte dabei fast Amelie umgerannt.

»Du hast mir überhaupt keine Vorschriften mehr zu machen«, hörten sie Tanja schreien. »Wer ist denn mit jeder halbwegs hübschen Touristin ins Bett gestiegen? Ich oder du?«

»Das ist noch lange kein Grund, dich hier dem erstbesten Idioten an den Hals zu werfen, du dumme Kuh«, brüllte Jens zurück.

»Pedro ist kein Idiot!«, kreischte Tanja. »Jedenfalls nicht so ein riesengroßer wie du!«

»Überhaupt will ich, dass du zurückkommst.«

»Darauf kannst du lange warten«, tönte es von Tanja zurück.

»Tanja, brauchst du Hilfe?« Ein Einheimischer hatte sich aus der Gruppe bei der Bar gelöst, vermutlich dieser Pedro, und kam nun auch zum Strand. Plötzlich fanden sich Julia und Amelie genau in der Mitte zwischen den dreien wieder. »Soll ich El Alemán eins in die Fresse hauen?« Offenbar hatte der Mann Alkohol getrunken. »Und wer seid denn ihr?« Jetzt stand er vor Julia und starrte von ihr zu Amelie. »Hat euch El Alemán auch beleidigt?«

»Ähm, nein«, stammelte Julia und versuchte, an dem Betrunkenen vorbeizukommen.

»Ich fasse es nicht!«, rief Jens. Trotz der rasch einsetzenden Dämmerung hatte er Julia nun erkannt. »Mein reizendes Schwesterherz. Na, das ist ja rührend. Suchst du etwa nach deiner neuen Freundin hier? Was fällt dir überhaupt ein, gemeinsam mit meiner Frau gegen mich zu intrigieren?«

»Julia? Bist du das? O mein Gott, du kommst genau richtig ...« Mit rudernden Armen stakste Tanja durch den Sand auf sie zu. Offenbar trug sie immer noch die High Heels, mit denen sie am Mittag die Finca verlassen hatte. »Stell dir vor, dieser Bastard ...«

»Wen haben wir denn da? Das ist doch die zuckersüße Amelie.« Jens' Stimme troff nur so vor Sarkasmus. »Auch so ein Flittchen, das sich nimmt, was ihr gefällt und einem dann den Laufpass gibt. Genau wie du, Tanja.«

Es war, als würde Tanja mitten in ihrer Bewegung zur Salzsäule erstarren.

»Wir gehen jetzt«, erklärte Julia mit Nachdruck und griff nach Amelies Hand.

»Hat er euch beleidigt?«, fragte der Einheimische wieder und ballte die Fäuste.

»Ja, das hat er, Pedro«, antwortete Amelie, und Julia konnte es nicht fassen, wie kaltblütig ihre Freundin das in schönstem Spanisch sagte. »Er hat mich Flittchen genannt. *Una putilla*. Und die Frau da drüben auch.«

Amelie wies mit der freien Hand auf Tanja. Mit einem Wutschrei stürzte sich der Mann auf Jens und eine Sekunde später wälzten sich die beiden im Sand. Inzwischen waren Schaulustige von der Bar herübergekommen, offenbar Freunde von Tanjas Verehrer, die die beiden Kämpfenden umringten und den Spanier nach Kräften anfeuerten.

»Komm jetzt endlich«, zischte Julia ihre Freundin an und zerrte sie mit sich in Richtung Parkplatz. Sie hatten schon die Uferpromenade erreicht, als Amelie ausrief: »Mist! Ich hab meine Schuhe dort stehen lassen.«

»Dann schreib sie ab«, erklärte Julia ungnädig. »Mich bringen keine zehn Pferde mehr dahin zurück.«

Von Jens und dem anderen Mann war nicht viel zu sehen. Fast alle Kunden der Bar umringten die Kämpfenden inzwischen, um das Spektakel mitzuverfolgen. Jens würde ordentlich eins auf sein großes Maul bekommen, daran hatte Julia keinen Zweifel.

»Warte einfach kurz. Ich bin gleich zurück. Das sind schließlich Jimmy-Choo-Schuhe. Die lässt man nicht einfach stehen.«

»Amelie!«, rief Julia empört, doch ihre Freundin rannte bereits mit großen Schritten über den Strand. Was zum Teufel waren Jimmy-Choo-Schuhe? Soweit Julia sich erinnerte, hatte Amelie ganz normale Sneakers getragen. Gut, sie waren mit irgendwelchem Glitzerzeug beklebt gewesen. Stöhnend schloss sie den Wagen auf und setzte sich schon mal hinter das Lenkrad. Um keinen Preis wollte sie noch irgendetwas von Jens hören. Und von Tanja auch nicht.

»Was fällt dir ein, mit meinem Mann zu schlafen?«

Julia fuhr hoch. Ihr Kofferraum wurde geöffnet und wieder zugeknallt. Im Rückspiegel erkannte sie Amelie und Tanja.

»Na und?«, gab Amelie zurück. »Du hast dich ja eh von ihm getrennt.«

Julia beschloss, nun doch auszusteigen. Und gerade, als sie die Wagentür öffnete, brach Tanja lauthals in Tränen aus.

»Mensch, Amelie«, konnte sie sich nicht verkneifen zu sagen. »War das wirklich nötig?« Amelie antwortete nicht. Sie hatte die Lippen zusammengepresst und das Kinn vorgereckt. Sie war immer noch barfuß. »Wo sind deine Schuhe?«

»Im Kofferraum.« Amelie warf Tanja, die schwankte wie ein Schiff auf hoher See, einen unschlüssigen Blick zu. »Wir sollten sie mitnehmen«, sagte sie widerwillig. »Diese Frau hat mehr als Fruchtlikörcocktails getrunken. Wenn du mich fragst, ist sie sternhagelvoll.«

»Bin ich gar nicht«, heulte Tanja auf. »Bin total nüchtern. Aber du ... du ... du hast meine Beziehung zerstört.«

»Haha«, machte Amelie. »Weil sie ja vorher so toll war. Los, steig ein. Oder willst du die Nacht lieber hier am Strand verbringen? Oder mit einem der beiden Helden, die sich gerade prügeln?«

»Nein«, wimmerte Tanja.

Irgendwie gelang es Julia und Amelie, ihr auf den Rücksitz zu helfen und sie dort anzuschnallen. Im Handschuhfach fand sich ein frisches Päckchen Papiertaschentücher, das drückte Julia ihr in die Hand.

»Wenn dir schlecht wird, sag rechtzeitig Bescheid, ja?«, bat Julia. Schließlich war die Strecke, die vor ihnen lag, voller Kurven.

Eine Weile lang hörten sie herzzerreißendes Schluchzen aus dem Heck, dann verebbte es, und Julia glaubte im Rückspiegel zu erkennen, dass Tanja eingeschlafen war.

»Verdammt!«, sagte sie. »Da will ich einmal einen unbeschwerten Abend verbringen …«

Auf einmal begann Amelie, die bislang demonstrativ aus dem Seitenfenster gestarrt hatte, hysterisch zu kichern. »Wirklich wahr«, pflichtete sie Julia bei. »Vor El Alemán ist man hier nirgends sicher.«

»Ich hätte niemals auf diese Insel kommen sollen«, entfuhr es Julia.

»Ich auch nicht«, sagte Amelie. Sie tauschten einen kurzen Blick und mussten schon wieder lachen.

»Macht ihr euch über mich lustig?«, tönte es weinerlich von hinten. Offenbar war Tanja aufgewacht.

»Nein, nein«, versicherte Julia der Ex ihres Bruders. »Schlaf weiter. Alles ist gut.«

Wenn dem nur so wäre, dachte sie, als Tanja sich wieder gegen die Rückbank sinken ließ.

»Warum haben wir sie noch mal mitgenommen?«, fragte sie Amelie leise.

»Dass ausgerechnet *du* das fragst«, gab diese kichernd zurück. »Wer ist hier Mutter Teresa?« Und als Julia nicht antwortete, fügte sie hinzu. »Wir konnten sie doch nicht Jens überlassen. Der hätte Hackfleisch aus ihr gemacht.«

»Jetzt machen diese Palmeros vielleicht Hackfleisch aus ihm.«

»Und? Tut dir das etwa leid?«

»Ich hab wirklich nicht gewusst, dass du so grausam sein kannst.«

»Wenn euer Vater ihm früher öfter mal den Hintern versohlt hätte, wäre er heute vielleicht ein bisschen erträglicher.«

»Unser Vater war nie zu Hause.«

»Da siehst du es.«

»Und für unsere Mutter war Jens ein Halbgott.«

»Meine Rede.«

»Was dich nicht daran gehindert hat, mit ihm ...«

»Ach, hör schon auf«, fiel ihr Amelie ins Wort. »Jede Frau kann sich mal irren.«

Julia verzichtete darauf, Amelie darauf hinzuweisen, dass sie sich bislang noch jedes Mal geirrt hatte, was ihre Auswahl an Männern betraf. Stattdessen konzentrierte sie sich auf den Heimweg.

Am nächsten Morgen musste sie – Ruhetag hin oder her – früh raus, um den wöchentlichen Großeinkauf zu erledigen. Während sie kurz im Stehen frühstückte, horchte sie, ob sich im oberen Stockwerk etwas rührte, doch weder von Tanja noch von Amelie war irgendetwas zu hören. Sie füllte Amos Näpfe auf und setzte sich mit der Hundebürste, die ihr Maribel geschenkt hatte, auf die Stufen vor dem Eingang. Der Garafiano kam sofort angelaufen, er schien die Prozedur des Fellausbürstens zu genießen, obwohl Julia wirklich hart arbeiten musste, um alle Gräser und Dornen aus seinem gut sechs Zentimeter langen Fell herauszubekommen, und auch wenn das sicher ziepte, hielt er geduldig still. Anschließend streichelte sie ihren vierbeinigen Gefährten und genoss es, wenn er sich zärtlich gegen ihre Schienbeine drückte und ihre Hand ableckte. Solche Momente gab es für sie beide viel zu selten.

Schließlich erhob sich Julia, klopfte sich die Hosenbeine ab und wusch sich sorgfältig die Hände. Sie packte ihre Einkaufskörbe in den Wagen und fuhr los.

Álvaro hatte sich noch immer nicht gemeldet. Sie verdrängte die aufkommenden Gedanken an ihn und arbeitete konzentriert ihre Listen ab. Auf dem Markt vereinbarte sie mit einem Gemüsehändler, ihn so bald wie möglich auf seiner biologischen Finca zu besuchen mit der Aussicht, von ihm direkt beliefert zu werden, was eine enorme Erleichterung für sie bedeuten würde. Als sie den letzten Posten auf ihrem Einkaufszettel durchgestrichen hatte, war es Mittag, und Julia beschloss, bei Maribel und Paco vorbeizuschauen. Irgendwie hatte sie so gar keine Lust auf neuerliche Zänkereien zwischen Amelie und Tanja. Außerdem wollte sie Maribel fragen, ob sie vielleicht jemanden wüsste, der Fayna vertreten könnte.

Die Finca del Casco lag einige Kilometer oberhalb des Dorfes, und dort oben hatte man das Gefühl, in einer vollkommen anderen Welt zu sein. Der Weg zu dem Gehöft führte vorbei an uralten Hainen aus Mandelbäumen und Feigen. Betrachtete man die Berghänge genauer, konnte man noch erkennen, wie viel Mühe sich die Vorfahren der heutigen Bewohner gemacht hatten, um wo immer das möglich war, Stein auf Stein zu fügen und in den sonnengeschützten Ecken und Winkeln der Schluchten Terrassen anzulegen, auf die sie schon damals Bäume gepflanzt und womöglich sogar Getreide kultiviert hatten.

Die Finca lag gut verborgen auf einer Anhöhe und war auf beiden Seiten durch Felsen vor Wind und Wetter geschützt. Julia nahm die Auffahrt und fuhr bis hoch in den Hof, wo sie den Wagen vor einem der Wirtschaftsgebäude abstellte. Chico und Luna, Maribels Hunde, rannten ihr freudig bellend und schwanzwedelnd entgegen.

»Du kommst genau richtig«, sagte die Hausherrin, als sie aus dem Haus trat. »Gleich gibt es Mittagessen.«

»Ich wollte wirklich nicht …«

»Du darfst dich ruhig auch mal an einen gedeckten Tisch setzen.« Wie so oft staunte Julia über die jugendliche Art ihrer Freundin, die die sechzig schon weit überschritten hatte. Wie weit, das hatte sie noch nie zu fragen gewagt. »Es gibt Kichererbseneintopf. Den magst du doch so gern.«

»Ach, du machst ihn so lecker.« Julia lief das Wasser im Munde zusammen, erst recht, als sie Maribel folgte und die geräumige Wohnküche betrat, die ganz und gar erfüllt war mit dem köstlichen Duft nach frischem Gemüse, Speck und all den aromatischen Kräutern, die Maribel in ihr Spezialrezept gab.

»Und dann hab ich noch eine Überraschung für dich«, hörte sie ihre Freundin sagen, die gerade die große Glastür zur Veranda öffnete. »Sieh mal, wen wir hier haben.« Es war Fayna, die auf einen Liegestuhl gebettet hier draußen im Halbschatten lag, mehrere Zeitschriften neben sich. »Wir haben das arme Mädchen zu uns geholt«, fuhr Maribel zufrieden fort und rückte einen Korbsessel heran, damit Julia sich zu ihr setzen konnte.

»Ja«, bestätigte Fayna. »Meine Mutter muss ja arbeiten gehen. Und mein Mann sowieso. Zu Hause haben wir nur eine kleine Wohnung. Da hat Tante Maribel gesagt …«

»Komm zu uns, hab ich gesagt«, fiel Maribel ein. »Hier ist immer jemand, du kannst draußen sein und dich prächtig erholen. Wenn es dir langweilig wird, sorgen schon die Kinder dafür, dass du auf andere Gedanken kommst. Oder die Tiere.« Maribel wies lachend auf drei Hühner, die sich neugierig der Veranda näherten und zu ihnen herüberlugten.

»Das ist wirklich so lieb von euch«, sagte Fayna und rutschte unruhig auf ihrem Lager herum. »Trotzdem. Ich weiß gar nicht, wie ich das aushalten soll. Liegen. Ich! Kannst du dir das vorstellen?« Sie sah Julia mit unglücklichen Augen an. »Dabei bin ich ja überhaupt nicht krank.«

»Du kannst all unsere Bücher lesen«, schlug Maribel vor. »Und wenn du die durchhast, holen wir dir neue.«

»Kein Mensch kann ununterbrochen lesen«, wandte Fayna ein. »Gib mir lieber Arbeit. Ich kann ja Gemüse putzen. Oder Wäsche flicken. Oder …«

»Jetzt ruh dich erst einmal aus«, versuchte Julia sie zu beruhigen.

»Und der Gedanke daran, wie ich dich von einem Tag auf den anderen im Stich gelassen habe, macht mich ganz fertig!«

»Hör auf«, bat Julia lachend. »Es geht nicht um dich oder um mich. Es geht um das Kind. Jetzt erzähl mir lieber, ob du nicht vielleicht die eine oder andere Kollegin oder einen Kollegen kennst, die wir fragen könnten?«

»Ich hab schon eine Liste gemacht«, erklärte Fayna und griff nach einem Notizblock, den sie unter den Liegestuhl geschoben hatte. Julia sah drei Namen. Der oberste war durchgestrichen. »Juana hab ich schon erreicht, sie ist auf dem spanischen Festland unter Vertrag. Bei den anderen beiden probier ich es weiter.«

»Danke.« Das war alles, was Julia im Augenblick dazu sagen konnte.

»Was für ein Glück, dass Amelie gerade hier ist«, rief Maribel aus der Wohnküche zu ihnen hinaus. Sie war zum Herd gegangen, um den Eintopf umzurühren.

»Leider fliegt sie morgen zurück nach Deutschland«, entgegnete Julia seufzend. »Sie hat eine Anstellung in Grenoble in Aussicht.«

Sowohl Fayna als auch Maribel sahen sie erschrocken an.

»Das wusste ich nicht«, stöhnte Fayna und begann, nervös auf dem Bleistift herumzukauen.

»Es kam für uns alle recht plötzlich«, sagte Julia.

»Was machst du denn nun?«, fragte Fayna.

»Ich hab mir überlegt, ob ich Devi frage. Sie könnte vorläufig …«

»Devi ist große Klasse«, fiel Fayna ihr temperamentvoll ins Wort. »Aber sie hat das nicht gelernt.«

»Dann lernt sie es jetzt«, erklärte Maribel und musterte ihre Nichte besorgt, die Anstalten machte, die leichte Decke wegzuschieben, die ihre Beine bedeckten. »Du bleibst auf alle Fälle liegen«, fügte sie hinzu. »Und wenn wir dich festbinden müssen.«

Julia musste wider Willen lachen.

»Es wird sich schon eine Lösung finden«, versuchte sie, Fayna zu beruhigen.

»Notfalls muss eben Álvaro ran«, bestimmte Maribel mit

einem Grinsen. Doch das Lachen blieb Julia im Halse stecken. Seit wie vielen Tagen hatte sie ihn nicht mehr gesehen? Sie fühlte den forschenden Blick ihrer Freundin auf sich. Sah Maribel ihr etwa schon wieder an, dass etwas nicht stimmte? »Komm, lass uns nach dem Essen sehen«, sagte Maribel und stand auf. Und zu Fayna gewandt fügte sie hinzu: »Vielleicht könntest du es noch mal bei deinen beiden anderen Kollegen probieren?«

»Ist zwischen dir und Álvaro alles in Ordnung?«, fragte Maribel, nachdem sie die Glastür hinter sich geschlossen hatte, und wandte sich dem Suppentopf zu.

»Wenn ich das wüsste.«

Maribel betrachtete sie mit gerunzelter Stirn. »Habt ihr euch gestritten?«

Julia überlegte, wo sie beginnen sollte. »Es hat damit angefangen, dass Álvaro nicht wollte, dass ich Geschäfte mit Diego mache. Dabei hat der tatsächlich den Schritt getan, er ist wieder fischen gefahren und hat mir seinen Fang gebracht. Ich hatte ja keine Ahnung, dass der Mann, der bei dem Unfall zu Tode kam, Álvaros Cousin war.«

Maribel sah betroffen auf. »Das wusste ich auch nicht.«

»Er war Nairas Bruder«, erklärte Julia niedergeschlagen. »Und die kann mich sowieso nicht leiden. Und dann kam da dieses seltsame Boot mitten in der Nacht.« Sie erzählte von den Beobachtungen, die sie und Amelie in der Nacht von Donnerstag auf Freitag in der Bucht vor dem Salzgarten gemacht hatten. »Álvaro hat seine Taucherausrüstung geholt und ist zu Toto aufs Schiff gegangen«, schloss sie. »Er hat gesagt, ich brauch mir keine Sorgen zu machen, auch wenn er ein paar Tage wegbleibt.«

Maribel verdrehte die Augen und stöhnte auf. »Männer!«, sagte sie. »Als ob man das einfach so befehlen könnte, sich keine Sorgen zu machen.«

»Du hast auch keine Ahnung, was das sollte?«

Maribel schüttelte den Kopf. »Nicht die geringste. Ich bin Imkerin, mit dem Meer hab ich nichts zu schaffen. Übrigens konnte ich heute Morgen zwanzig Kilogramm Honig ernten. Den muss ich nachher ausschleudern. Willst du mir helfen?«

Bedauernd schüttelte Julia den Kopf. »Würde ich zu gern«, sagte sie. »Aber ich muss so bald wie möglich meine Einkäufe nach Hause bringen und alles für morgen vorbereiten. Außerdem sollte ich nachsehen, ob sich Amelie und Tanja schon die Köpfe eingeschlagen haben.«

»Wer?« Maribel machte große Augen.

»Ach, das weißt du ja noch gar nicht«, entgegnete Julia mit einem Lachen. »Tanja hat sich von Jens getrennt und bei mir um Asyl gebeten.«

»Das ist doch die Frau, die Emil so schlecht behandelt hat!«

»Genau.« Julia nahm Teller von der Kommode und begann den Tisch zu decken.

»Donnerwetter, die hat Nerven.«

»Angeblich weiß sie sonst nicht, wohin.«

Maribel schüttelte verständnislos ihren Kopf. »Manche Leute denken nie daran, dass sie irgendwann vielleicht mal auf Hilfe angewiesen sein könnten«, sagte sie nachdenklich. »Die verhalten sich, als wären sie allein auf der Welt. Und eines Tages kommt die Rechnung.« Sie schaltete die Herdplatte aus und setzte scheppernd den Deckel auf den Topf. »Und ausgerechnet du hast sie aufgenommen?«

»Hätte ich sie wegschicken sollen?« Maribel betrachtete sie mit einem schwer zu deutenden Blick. »Komm, sei ehrlich«, hakte Julia nach. »Du hättest ihr auch ein Plätzchen gegeben.«

»Vielleicht im Ziegenstall«, kam es wie aus der Pistole geschossen zurück.

»Wer soll in meinem Ziegenstall wohnen?« Unbemerkt von den beiden Frauen hatte Paco die Küche betreten. Julia begrüßte ihn voller Freude und ließ sich die neuesten Geschichten von seiner Herde erzählen. Und war erleichtert, nicht mehr weiter an Tanja denken zu müssen und an die Szene vom vergangenen Abend am Strand.

Als sie am frühen Nachmittag nach Hause kam, stand Álvaros salzverkrusteter Pick-up unter dem Drachenbaum. Julias Herz machte einen Satz. Vorsichtig fuhr sie mit ihrem Wagen durch den Torbogen und hinter das Hauptgebäude, sodass sie direkt vor dem Garteneingang zur Küche zum Stehen kam. Auf diese Weise brauchte sie ihre Einkäufe nicht so weit zu tragen.

Unter dem Nísperobaum erhob sich Tanja von einem Stuhl und kam gemächlich auf sie zu. Außer Amo, der sie begeistert begrüßte, schien sich niemand über ihre Rückkehr zu freuen.

»Hey, wie geht es dir?«, fragte Julia und öffnete den Kofferraum. Verstohlen blickte sie sich im Garten um. Wo steckten Amelie und vor allem Álvaro?

»Nicht so gut«, kam es zurück. »Ich hab zwei Kopfwehtabletten genommen. Seitdem geht es einigermaßen.«

»Wo ist Amelie?« Julia hatte keine große Lust, sich Tanjas Gejammer anzuhören. Sie würde sich allerdings eher die Zunge abbeißen, als sie nach Álvaro zu fragen.

»Weiß ich nicht.« Tanja musterte unschlüssig all die Kisten in Julias Wagen.

»Willst du nicht mit anpacken? Das Klopapier kommt in den Wandschrank in der Gästetoilette. Und die Putzmittel ...«

»Ach, weißt du ...« Offensichtlich hatte Tanja wenig Lust zu helfen.

»Nein, ich weiß gar nichts«, gab Julia gereizt zurück. »Und ich will auch nichts wissen. Du hast gesagt, du unterstützt mich. Hier ist die Gelegenheit dazu.«

Verärgert hob sie einen Karton mit wundervoll zarten runden Zucchini der Sorte »Tondo di Toscana« auf, die sie am folgenden

Tag mit einer Farce aus Kaninchenleber und Minze servieren würde, und verschwand damit im Kühlraum. Tanja folgte ihr mit den Sanitärartikeln, nicht ohne zu stöhnen und zu maulen, dass das gar nicht gut für ihren armen Kopf sei. Julia hörte einfach nicht hin. Endlich war der Lieferwagen leer und alles gut verstaut.

»Ich wollte dich fragen«, begann Tanja, als Julia bereits wieder hinter dem Steuer saß, um den Lieferwagen vors Tor zu stellen, »ob du mich vielleicht nach Tazacorte bringen könntest.«

»Nach Tazacorte?« Julia glaubte, nicht richtig gehört zu haben. »Was willst du denn schon wieder dort?«

»Meinen Wagen abholen«, erklärte Tanja. »Den hab ich ja gestern am Strand stehen lassen.«

»Tut mir leid«, sagte Julia entschlossen. »Da musst du dir eine andere Lösung ausdenken. Ich habe heute weder Zeit noch Lust, dich irgendwohin zu fahren. Und morgen ist das Restaurant wieder geöffnet. Am besten nimmst du den Bus.«

Tanjas verblüfftes Gesicht brachte sie fast zum Lachen. Dass sie sich bequemen müsste, den Inselbus zu nehmen, den man auf den Kanaren *guagua* nannte, auf diese Idee war Tanja offenbar nicht gekommen. Dabei beschäftigten Julia ganz andere Dinge. Vor allem die Frage, wo Álvaro steckte.

Er war nirgendwo in der Finca und natürlich auch nicht bei den Obstbäumen. Blieb nur der Salzgarten. Julia trank ein großes Glas Wasser, dann machte sie sich auf den Weg.

Tausend Gedanken schwirrten ihr durch den Kopf, während sie den Felsenweg hinuntereilte. Amo begleitete sie bis zur Höhle, um von dort zu beobachten, wie sie immer tiefer hinunterstieg. Offenbar hielt er es für sinnvoller, in Julias Abwesenheit das Anwesen zu bewachen.

Julias Erleichterung war grenzenlos, als sie Álvaro zwischen den Salzbecken sah. Als er sie bemerkte, kam er ihr mit großen

Schritten entgegen und fing sie in seinen Armen auf. Erst jetzt wurde ihr bewusst, dass sie die letzten Meter gerannt war.

»Ich hab dich so vermisst!«

Sie hatten diesen Satz gleichzeitig ausgesprochen, drückten einander noch fester an sich, und Julia musste lachen und gleichzeitig auch ein bisschen weinen.

»Du musst mir unbedingt alles erzählen!« Sie lachten. Schon wieder hatten sie gleichzeitig dasselbe gesagt. Langsam lösten sie sich voneinander.

»Vor allem wüsste ich gern, warum Tanja jetzt hier wohnt«, sagte Álvaro und zog eine lustige Grimasse.

Julia stöhnte. »Erzähl mir lieber, wo du die ganze Zeit warst!«, gab sie zurück und knuffte ihn liebevoll in den Arm.

»Da draußen.« Er wies aufs Meer hinaus. »Wir sind fast die gesamte nördliche Küste abgefahren.«

»Warum das denn?«

Álvaro wirkte sorgenvoll. »Das ist eine längere Geschichte.«

»Dann erzähl sie mir.«

Er nahm sie bei der Hand und führte sie hinüber zum Salzhäuschen. »Ich möchte mich bei dir entschuldigen«, sagte er, als sie bei ihrem Lieblingsfelsen angekommen waren und sich dort hinsetzten. »Ich glaube ... Nein, ich weiß, ich habe neulich überreagiert wegen dieser Sache mit Diego.« Julia atmete auf. Erst jetzt wurde ihr bewusst, wie sehr das alles auf ihrem Herzen gelastet hatte. »Ich meine, du konntest das ja nicht wissen.« Álvaro wandte den Blick ab und betrachtete seine Hände. »Wie ... wie bist du jetzt mit ihm verblieben? Liefert er dir weiterhin Fisch?«

»Nein«, antwortete Julia überrascht. »Ich hab die Lieferung zurückgebracht. Diego war natürlich schrecklich enttäuscht.«

»Das hast du getan?« Álvaro musterte sie mit großen Augen.

»Was hätte ich denn sonst tun können?«, gab Julia unglücklich zurück. »Du hast mir ja keine Wahl gelassen.«

»Das heißt, du hast noch immer keinen Lieferanten?«

Julia schüttelte niedergeschlagen den Kopf. Täglich musste Fayna die Frage beantworten, warum sie keinen Fisch servierten. Wobei ihr wieder einfiel, dass sie im Augenblick ohne Bedienung dastand.

»Nein«, antwortete sie. »Und das mit Diego, das müssen wir irgendwann noch mal in Ruhe besprechen«, fuhr sie fort. »Aber du darfst nicht gleich davonrennen, nur weil ich anderer Meinung bin als du.«

»Es tut mir wirklich leid«, sagte Álvaro zerknirscht.

»Jetzt erzähl erst einmal du«, bat Julia. »Was war das für eine geheimnisvolle Aktion?«

Er wandte sich ab und ließ den Blick über den Salzgarten und darüber hinaus aufs Meer schweifen. »Irgendjemand scheint Totos Pläne sabotieren zu wollen.«

»Welche Pläne denn?«

»Er und seine Kollegen bemühen sich schon seit einer Weile, diese Küstenabschnitte hier zum Nationalpark erklären zu lassen.«

»Das klingt doch gut, oder?«

»Natürlich. Leider sehen das nicht alle so. Manche Fischer haben Sorge, dass ihre Fanggründe danach noch mehr eingeschränkt werden. Und die Einheimischen glauben, dass sie nicht mehr ans Wasser dürfen und womöglich ihre Höhlen nicht mehr nutzen können. Dabei kann man all das regeln, Toto hat bestimmt nicht vor, seinen Landsleuten die angestammten Rechte wegzunehmen.«

»Wovor muss die Küste dann geschützt werden?«, erkundigte sich Julia.

»Vor skrupellosen Leuten«, antwortete Álvaro. »Vor solchen, die noch aus dem letzten Felsen einen finanziellen Vorteil herauszuschlagen versuchen.« Er sah ihr in die Augen, so als überlegte er, ob er ihr die Wahrheit zumuten könnte. »Vor Leuten wie zum Beispiel deinem Bruder.«

11

Wolken am Horizont

»Jens?« Julia schloss entsetzt die Augen. »Was hat er denn jetzt schon wieder getan?«

»Er will eine Tauchstation eröffnen«, antwortete Álvaro. »Und zwar ausgerechnet da drüben.« Er wies mit ausgestrecktem Arm in Richtung der beiden Meeresfelsen.

»Wirklich? Das kann ich mir nicht vorstellen. Soweit ich weiß, kämpft er ums finanzielle Überleben. Ich glaube nicht, dass er das Kapital für so ein Projekt aufbringen kann.«

»Das Kapital hat jemand anderes«, sagte Álvaro. »Rate mal, wer?«

Julia sah ihn mit großen Augen an. »Woher soll ich das wissen?«

»Jens hat sich mit Marcos zusammengetan. Dem gehört die halbe Insel. Und leider auch ein großes Stück der Küste.«

»Die Lomada Ronca«, sagte Julia leise.

Álvaro sah sie erstaunt an. »Du weißt davon?«

»Pipo hat mir das neulich erzählt«, antwortete Julia. »Und dass Marcos in letzter Zeit häufig da herumspaziert.«

Álvaro betrachtete sie aufmerksam. »Fällt dir sonst noch etwas dazu ein?«, fragte er. »Etwas, was Jens gesagt haben könnte?«

»Ich hab Jens nach der Restauranteröffnung nur noch einmal gesehen«, gab Julia zurück. »Gestern Abend am Strand von Tazacorte. Da hat er sich mit einem Palmero geprügelt.«

Álvaro zog eine kleine Grimasse und schüttelte den Kopf. »Ist Tanja deshalb bei uns?«

»Sie hat sich von Jens getrennt«, erzählte Julia. »Und angeblich weiß sie nicht, wo sie hinsoll.«

Álvaro lachte bitter auf. »Das glaube ich gern. Und ausgerechnet du ...«

»Ich weiß, ich bin zu gutmütig«, fiel ihm Julia ins Wort. »Das sagen alle. Ich bring es halt nicht fertig, jemanden einfach wegzuschicken. Sie hat versprochen, dass es nur für ein paar Tage ist.«

Ein Lächeln stahl sich auf Álvaros Gesicht. Er legte den Arm um Julia und drückte sie an sich. »Du bist, wie du bist«, sagte er. »Deshalb liebe ich dich ja.«

»Weil ich so ein gutmütiger Trottel bin?«

»Weil du so ein wundervolles, großes Herz hast«, korrigierte Álvaro sie liebevoll. »Und du nimmst ihr gar nicht übel, wie fies sie sich verhalten hat?«

»Sie hat einen labilen Charakter«, wandte Julia ein. »Jens kann ziemlich dominierend sein. Außerdem ist sie noch jung, erst vierundzwanzig. Dass sie sich überhaupt von ihm getrennt hat, halte ich für eine echte Leistung. Wieso sollte ich ihr irgendetwas nachtragen?«

»Siehst du, genau das meine ich.« Álvaro küsste sie auf die Schläfe.

»Ich wünschte, du und Nairas Familie könntet Diego irgendwann ebenso verzeihen«, entfuhr es Julia, die ihren Kopf an Álvaros Schulter gelehnt hat. Und fühlte sofort, wie er sich versteifte. Zu ihrer Erleichterung ließ er sie nicht los, im Gegenteil, er verstärkte noch den Druck seiner Umarmung.

»Das ist nicht so einfach, wenn man einen geliebten Menschen verloren hat«, entgegnete er leise. »Du weißt ja, dass Naira diese seltsamen epileptischen Anfälle hat?« Julia nickte. Nie würde sie vergessen, wie der allererste romantische Moment zwischen ihr und Álvaro jäh durch einen solchen Anfall zerstört worden war. »Zum ersten Mal ist das passiert, als sie vom Tod ihres Bruders erfahren hat. Seitdem hat sie das. Kein Arzt kann erklären, warum. Ich hab seither versucht, ihr den Bruder zu ersetzen. Das ist auch der Grund, warum sie so an mir hängt.«

Julia beschloss, die Sache auf sich beruhen zu lassen, obwohl Naira in Álvaro ihrer Meinung nach mehr sah als einen Bruder. Solange er allerdings darauf nicht einging, gab es keinen Grund für sie, daran zu rühren. Stattdessen fiel ihr ein, dass Álvaro immer noch nicht erzählt hatte, wo er während der vergangenen Tage gewesen war.

»Was habt ihr denn nun eigentlich seit vergangenem Donnerstag gemacht?«, fragte sie. »Ist die Mission so geheim, dass du mir nichts davon erzählen darfst?«

»Nein, das ist sie natürlich nicht«, erwiderte Álvaro. »Du brauchst es ja nicht unbedingt Tanja weiterzuerzählen ...«

»Ganz bestimmt nicht!«, entgegnete Julia empört.

»Also, die Sache ist die«, begann Álvaro. »Ehe eine Gegend zum Nationalpark erklärt werden kann, muss man viele Hürden nehmen. Das Gebiet muss vor allem unberührt und deshalb schützenswert sein.«

»Das ist die Küste hier doch, oder?«, wandte Julia ein.

»Eigentlich schon«, antwortete Álvaro. »Wir haben leider den begründeten Verdacht, dass jemandem daran gelegen ist, das zu ändern. Jemand, der kein Interesse hat, dass diese Küste geschützt wird. Weil man dann hier nicht mehr bauen darf zum Beispiel.«

»Und keine Tauchstation eröffnen«, sagte Julia leise.

»Genau.«

Julia überlegte fieberhaft. »Und was könnte Jens ... ich meine, was könnten solche Leute tun, um Totos Pläne zu verhindern?«

»Sie könnten dafür sorgen, dass diese Küste nicht mehr unberührt ist«, gab Álvaro zurück. »Wir haben den Verdacht, dass jemand Fakten schaffen will, indem er unter Wasser bestimmte Ökosysteme gezielt zerstört. Einzigartige Stellen, wo eine Menge vom Aussterben bedrohter Pflanzen und Meerestiere leben. Und deshalb haben wir versucht, so viele von diesen Stellen aufzusuchen und zu kontrollieren, ob noch alles in Ordnung ist.«

»Deshalb deine Taucherausrüstung.« Jetzt verstand Julia.

»Genau.«

»Und? Habt ihr was gefunden?«

»An zwei Stellen konnten wir Kanister mit einem gefährlichen Pflanzenvernichtungsmittel sicherstellen. Sie hatten kleine Löcher, durch die sie das Gift langsam abgegeben hätten.«

»Und du glaubst, das war Absicht?«

Álvaro hob die Brauen. »Wie kommt es, dass wir zwei identische Kanister mit Pflanzenvernichtungsmitteln mitten in diesem Unterwassergebiet gefunden haben? Kann das Zufall sein? Nein. Die hat jemand ganz gezielt platziert.«

»Wir haben ein Boot beobachtet«, erzählte Julia nachdenklich. »Es kam direkt hier in diese Bucht, ehe Toto es verjagt hat. Amelie und ich haben es von da oben gesehen.«

»Ja, ich weiß«, gab Álvaro zurück. Er wirkte niedergeschlagen und zornig zugleich. »Hier muss ich noch runtergehen.«

»Du meinst, du musst hier unterhalb vom Salzgarten tauchen?«, fragte Julia alarmiert.

»Gemeinsam haben wir es nicht mehr geschafft. Jetzt muss Toto wieder seiner Arbeit nachgehen. Es ist ja nicht so, dass er und seine Leute nichts anderes zu tun hätten, als diesen Idioten nachzuforschen. Deshalb haben wir das Wochenende genutzt. Leider ist auch einer von Totos Vorgesetzten dem Antrag gegenüber kritisch eingestellt.«

»Du meinst gegenüber dem Nationalpark?«

»Ja.« Álvaro erhob sich. »Er ist passionierter Hobbyfischer. Am liebsten hängt er seine Angel offenbar hier oben irgendwo ins Meer.«

»Vielleicht ist er ein Freund von Marcos?«, mutmaßte Julia.

»Schon möglich«, gab Álvaro zurück. »Zudem hat Marcos

schon öfter Rückendeckung aus dem Ministerium bekommen. Auch dort gibt es jede Menge begeisterter Angler. Da braucht Marcos nur auf seine Jacht einzuladen und sie in die besten Fischgründe zu schippern, und schon geht das ruckzuck mit seinen Anträgen. Nur wir haben das Nachsehen. Und die Natur.«

Julia schwieg. Solche Dinge brachten sie immer zur Weißglut. Und dass ausgerechnet Jens in diese Sache verwickelt sein sollte … Sie konnte nur hoffen, dass das nicht stimmte. Vielleicht war es nichts weiter als eines der Inselgerüchte?

»Woher weißt du eigentlich, dass Jens … ich meine, vielleicht unterstellt man ihm das mit der Tauchstation ja nur?«

»Er hat damit geprahlt«, lautete Álvaros Antwort. »In letzter Zeit hängt er zu oft in Bars herum. Kein Wunder, dass Tanja ihn verlassen hat.«

Er begann, seine Ausrüstung, die er zum Trocknen auf dem Felsen ausgebreitet hatte, zusammenzuräumen.

»Eins versteh ich nicht«, sagte Julia, während sie ihm dabei zusah, wie er den Neoprenanzug zusammenpackte. »Wenn Jens vorhat, hier mit Touristen zu tauchen, dann sollte ihm eigentlich daran gelegen sein, die Natur unter Wasser zu erhalten. Die Fische zu vergiften – das passt doch gar nicht zu seinen Plänen.«

Álvaro zuckte mit den Schultern. »Wenn Gier im Spiel ist, handeln Menschen häufig irrational«, meinte er. »Vielleicht denkt er, die Natur regeneriert sich wieder. Oder dass schon noch genug übrig bleibt, was er den Touristen zeigen kann. Tatsächlich werden die empfindlichen Arten zuerst sterben. Nicht immer sind die spektakulär und würden einem Laien ins Auge fallen. Trotzdem sind sie wichtig für das Ökosystem. Aber das große Ganze ist Marcos egal. Der denkt nur an seinen Geldbeutel. Oder daran, wie er seinen Feinden eins auswischen kann.«

»Und wer ist in diesem Fall sein Feind?«, wollte Julia wissen. »Hat er etwas gegen Toto?«

Álvaro legte den Anzug hin und drehte sich zu ihr um. In seinen Augen las sie eine Mischung aus Fassungslosigkeit und Amüsement. »Das fragst du jetzt nicht im Ernst, oder?« Und als Julia ihn verständnislos ansah, fügte er hinzu: »*Ich* bin es, auf den er es nach wie vor abgesehen hat. Auf mich und den Salzgarten. Glaubst du, er hat die alte Sache vergessen? Er hat dir die Finca ja nur deshalb verkauft, damit ich sie nicht bekomme. Dass wir ein Paar würden, das hat er nicht mit einkalkuliert. Und glaub mir – er ärgert sich grün und blau darüber.«

»Würde dir eine Tauchstation da drüben denn schaden?«, fragte Julia.

»Ich will es lieber erst gar nicht darauf ankommen lassen«, gab Álvaro kurz angebunden zurück. »Irgendeine Teufelei steckt auf jeden Fall hinter seinen Plänen.«

Den Abend verbrachten Julia und Álvaro gemeinsam mit Amelie, immerhin war es ihr letzter Tag auf der Insel. Tanja hatte sich in ihr Zimmer zurückgezogen, und keiner der drei vermisste sie. Sie tranken Amelies Lieblingswein und knabberten Salzmandeln und Oliven dazu, und doch wollte keine fröhliche Stimmung aufkommen. Álvaro schien mit seinen Gedanken noch immer bei den bedrohten Ökosystemen rund um den Salzgarten zu sein, und Julia machte sich Sorgen darüber, wie sie die folgenden Tage ohne jemanden für den Service auskommen sollte. Das Thema anzuschneiden vermied sie sorgfältig, sie wollte nicht, dass Amelie das Gefühl bekam, dass sie ihre Freundin im Stich ließ.

»Okay«, sagte Amelie schließlich und trank ihr Glas aus. »Dann geh ich wohl besser schlafen. Morgen muss ich früh los.«

»Wann geht dein Flug?«, erkundigte sich Álvaro.

»Um zwölf«, antwortete Amelie. »Also muss ich um zehn dort sein, vorher noch den Mietwagen abgeben und für die Fahrt brauche ich auch zwei Stunden …«

»Aufbruch um halb acht«, schlug Álvaro vor.

»Hast du denn schon gepackt?«, erkundigte sich Julia.

»Nein, das mach ich morgen früh«, gab Amelie sorglos zurück.

»Schade, dass du fährst«, warf Álvaro ein. »Ich finde, du passt gut zur Insel. Wir werden dich vermissen.«

»Und ganz besonders ich«, fügte Julia hinzu und schloss ihre Freundin in die Arme.

»Ich finde es auch wunderschön hier«, entgegnete Amelie mit Wehmut in der Stimme.

»Sag mal«, begann Amelie, als sie zusammen die Gläser und Schälchen in die Küche brachten. »Hast du denn inzwischen eine Bedienung gefunden?«

»Nein.« Julia seufzte. Jetzt kam das leidige Thema doch noch aufs Tapet. »Faynas Kolleginnen sind alle unter Vertrag«, berichtete sie. »Heute Nachmittag hab ich jeden angerufen, den ich kenne: Devi, Carmen, die Frauen von der Keks-Kooperative, sogar Isora. Nicht zu vergessen das Arbeitsamt. Alle haben versprochen, sich umzuhören. Ganz bestimmt findet sich bald jemand.«

»Und morgen? Kommst du denn klar?«

Julia zwang sich zu einem Lächeln und zuckte mit den Schultern. »Wird schon irgendwie gehen«, gab sie zurück. »Wie es aussieht, serviere ich die Teller eben selbst.«

»Das geht nicht!« Amelie war das Entsetzen ins Gesicht geschrieben.

»Warum sollte das nicht gehen?«, versuchte Julia sie zu beruhigen. »Ich kenne hier einige Lokale, in denen der Wirt seine Gäste höchstpersönlich bedient.«

»Aber das sind keine so eleganten Restaurants wie das Flor de Sal«, wandte Amelie ein. »Und die haben weniger Tische. O Gott, es ist ziemlich mies von mir, dass ich dich jetzt im Stich lasse, oder?« Amelie wirkte wie das personifizierte Schuldbewusstsein.

»Grenoble wartet auf dich«, antwortete Julia mit Nachdruck.

»So eine Chance kannst du unmöglich verstreichen lassen wegen eines kleinen Inselrestaurants. Das ist genau die Herausforderung, die du brauchst. Hier geht schon die Welt nicht unter.«

Dennoch wirkte Amelie bedrückt, als sie einander eine gute Nacht wünschten.

Ihr Aufbruch am folgenden Morgen gestaltete sich turbulent. Beim Packen hatte Amelie aus Versehen Tanjas Hautcreme in ihren Kulturbeutel gesteckt, und als sie den Koffer bereits im Wagen verstaut hatte, kam Tanja wütend angerannt und forderte lauthals ihr Eigentum zurück. Um ein Haar hätten sich die beiden unter dem Drachenbaum noch gestritten, glücklicherweise gelang es Julia, die Wogen zu glätten. Unter Amos wachsamen Augen wurde der Koffer im Hof erneut geöffnet, und kurz darauf stolzierte Tanja triumphierend mit dem Tiegel in der Hand zurück ins Haus.

»Du solltest das Biest rausschmeißen«, riet Amelie Julia. »Die wird dir nichts als Ärger machen.«

»Wahrscheinlich hast du recht«, antwortete Julia mit einem Seufzen. »In diesem Fall warst es allerdings du, die ihr die Creme geklaut hat. Gib zu, dass es Absicht war!« Sie lachten und fielen sich ein letztes Mal in die Arme.

»Du wirst mir fehlen«, flüsterte Amelie an Julias Ohr.

»Nicht so sehr, wie du mir«, wisperte sie zurück.

Amelie fuhr los. Julia stand noch lange unter dem Torbogen und winkte dem Wagen nach, der in einer Staubwolke immer kleiner wurde, auf die Landstraße einbog und irgendwann aus ihrem Blickfeld verschwand. Schließlich machte sie kehrt und rief erneut beim Arbeitsamt an. Fehlanzeige. Schließlich blieb nur noch Serena übrig.

»Ich hab als Studentin mal gekellnert«, sagte sie. »Okay, heute und morgen kann ich aushelfen. Dann bin ich wieder in der Markthalle dran.« Serena betreute an drei Tagen die Woche dort einen Guarapo-Stand, presste aus frischen Zuckerrohrstängeln Saft und verkaufte ihn direkt an die Besucher. Dort hatte Julia die patente Frau auch kennengelernt.

»Du bist ein Engel!«, rief Julia.

»Ich hoffe, ich lass keinen von Beléns Tellern fallen«, antwortete Serena zweifelnd. »Die ist imstande und erschlägt mich mit ihrem Stock.«

»Das wäre wirklich schade«, meinte Julia mit einem Lachen. »Das Geschirr ist mehr als dreißig Jahre alt, und nachkaufen kann ich davon nichts. Aber du lässt schon nichts fallen. Da bin ich mir ganz sicher.«

An diesem Mittag kamen nur wenige Gäste, und Julia war froh darüber. Serena brachte jede Menge Schwung mit und sprühte nur so vor guter Laune. Doch als auf einmal Tanja in die Küche kam, hätte nicht viel gefehlt, und Serena hätte tatsächlich ihr Tablett fallen lassen. Julia musste mit Engelszungen auf sie einreden, damit sie nicht auf der Stelle ihre Servierschürze ablegte und das Weite suchte.

»Ehrlich, Julia«, sagte sie warnend. »Du solltest dich nicht mit solchen Leuten abgeben. Das ist nicht gut für dich und wird auf dich zurückfallen.«

»Sie hat sich von meinem Bruder getrennt«, wiederholte Julia geduldig. »Findest du nicht, dass wir Frauen zusammenhalten sollten?«

»Warum, glaubst du, bin ich jetzt überhaupt hier?« Serena funkelte sie aufgebracht mit ihren wunderschönen schwarzen Augen an. »Weil wir Frauen zusammenhalten. Und trotzdem. Es gibt Grenzen.« Damit griff sie nach dem Tablett, dass es nur so klirrte, und machte auf dem Absatz kehrt.

»Was hat die denn?«, fragte Tanja, die unbeeindruckt am Küchentisch lehnte und von Julias Spezial-Oliven naschte, die sie für die Garnierung ihrer Gerichte vorgesehen hatte. »Ich konnte die Frau noch nie leiden.«

»Verschwinde aus meiner Küche«, fuhr Julia sie entnervt an. »Wie wäre es damit, dir eine neue Unterkunft zu suchen? Die ›paar Tage‹ sind bald um. Und ich schwöre dir, dann fliegst du hier raus!«

Julia bereute ihre harten Worte, als sie die Wirkung sah, die sie auf Tanja hatten. Der jungen Frau traten Tränen in die Augen, auf einmal wirkte sie wieder wie ein verlassenes kleines Mädchen. Wenig später verließ sie die Finca, und Julia atmete auf.

»Im Grunde ist sie kein schlechter Mensch«, sagte Paola, als sie Julias inzwischen zum Markenzeichen gewordenen Kartoffelspieße in den Dampfgarer schob. »Sie ist nur nicht gut erzogen. Ein paar Wochen hier bei uns und …«

»Ich weiß nicht, ob ich das aushalte«, fiel ihr Julia ins Wort. Paola warf ihr einen amüsierten Blick zu. »Mein Restaurant ist keine Erziehungsanstalt.«

»Wenn du drei Töchter großgezogen hättest wie ich«, gab Paola zurück, »wärst du ganz anderes gewöhnt.«

»Vielleicht sollte sie bei dir wohnen?«, fragte Julia hoffnungsvoll.

Paola schüttelte den Kopf. »Bei uns ist es so schon viel zu eng«, meinte sie. »Aber hier ist genügend Platz.«

»Nimm sie von mir aus in der Küche unter deine Fittiche«, schlug Julia vor. »Wenigstens, solange sie noch hier ist.« Und dann richtete sie zwei Teller mit Hühnchen in Zitronensauce an, die als Nächstes serviert werden mussten, und versuchte, jeden anderen Gedanken auszuschalten.

Serena hielt Wort und half auch am Mittwoch aus. Danach hatte das Arbeitsamt Julia eine junge Frau geschickt, die angeblich eine Ausbildung als Kellnerin auf Gran Canaria absolviert hatte, sich jedoch den ganzen Donnerstag über so ungeschickt anstellte, dass Julia sie schon nach der Mittagsschicht nach Hause schickte und Devi anrief, die auch sogleich kam und sie unterstützte. Am Freitag schickte das Arbeitsamt einen jungen Mann, der offensichtlich noch nie ein Tablett in der Hand gehalten hatte und freimütig gestand, dass seine einzige Erfahrung in der Gastronomie ein Aushilfsjob in einer Bar gewesen sei. Julia und er trennten sich in aller Freundschaft gleich wieder, und der junge Mann schien froh, sich aus dem Staub machen zu können. Am Wochenende half Ana aus, Maribels Tochter, und obwohl sie eigentlich Keramikerin war, machte sie ihre Sache gar nicht schlecht. Natürlich war auch dies keine Lösung auf Dauer, schließlich hatte Ana ihren eigenen Beruf.

»Ich muss einiges umstellen«, überlegte Julia laut, als sie am Sonntagnachmittag gemeinsam mit Álvaro unter dem Nísperobaum saß und ihre müden Beine mit einer kühlenden Creme einrieb. »Die Karte verkleinern. Wenn ich in Zukunft den Service selbst machen muss, kann es nur noch Gerichte geben, die ich vorbereiten kann.«

»Und wenn du dich auf das Wesentliche besinnst?«, schlug Álvaro.

»Was ist deiner Meinung nach das Wesentliche?« Julia legte die Beine hoch und versuchte, sich ein wenig zu entspannen.

»Was ist das Besondere am Mesón Flor de Sal?« Álvaro sah sie aufmunternd an.

»Der gefüllte Tintenfisch deiner Großmutter«, antworte Julia mit einem Stöhnen.

»Das Charakteristische an diesem Ort ist doch das Salz«, wandte Álvaro ein. »Dein Restaurant heißt ›Gasthaus Salzblume‹.«

Julias Miene hellte sich auf. »Du meinst, ich könnte nur noch Gerichte anbieten, in denen Salz eine wichtige Rolle spielt?« Sie legte den Kopf in den Nacken. Über ihr brachte das Sonnenlicht

die dunkelgrünen Blätter des Nísperobaums zum Schimmern.
»Du hast recht. Einige Gerichte hab ich ja schon auf Salz ausgerichtet. Das könnte ich natürlich noch viel konsequenter tun.«

»Soweit ich mich erinnere, sind die Gerichte mit Salz oft ganz einfach. In Salz eingelegtes Gemüse, in einer Salzkruste gegartes Fleisch.«

»Gegrilltes Gemüse nur mit Flor de Sal bestreut«, ergänzte Julia nachdenklich.

Sie lauschte. Motorengeräusch näherte sich. Auch Álvaro hatte es gehört. Und schon begann Amo zu bellen.

»Ist das Tanja?«, fragte er.

Julia schüttelte den Kopf. »Tanja ist oben«, sagte sie. Offenbar hatte sie die junge Frau derart eingeschüchtert, dass sie sich kaum noch traute, zu ihnen in den Garten zu kommen.

»Bleib sitzen«, schlug Álvaro vor und erhob sich. »Ich geh mal nachsehen. Vielleicht sind es ja Gäste, die nicht wissen, dass du sonntags um vier Uhr schließt.« Das war nämlich schon häufiger der Fall gewesen.

Doch diesmal waren es keine Gäste. Amos Gebell verstummte, und wohlbekannte Stimmen drangen bis zu ihr in den Garten. Emil kam um die Ecke gesaust. Julia stand auf, um ihm entgegenzugehen.

»Stell dir vor«, rief er atemlos, »Papa hat Tanja rausgeschmissen! Endlich hat er kapiert, dass sie nichts für ihn ist.« Der Junge strahlte über das ganze Gesicht. »Er ist jetzt auch viel netter. Ich wohne wieder zu Hause. Nur wir zwei Männer. Ist das nicht toll?« Trotz seiner bald dreizehn Jahre warf er sich seiner Patentante ungestüm in die Arme. Die wusste nicht, was sie sagen sollte. Über dem blonden Haarschopf ihres Neffen hinweg sah sie, wie Tanja gerade aus dem Haus kam und auf sie zusteuerte. »Ich bin so froh, dass wir die los sind«, plapperte Emil weiter. »Vielleicht wird jetzt wieder alles so wie früher.«

»Hey, Emil«, rief Tanja fröhlich. »Dich hab ich ja schon lange nicht gesehen.«

Emil fuhr herum wie von der Tarantel gestochen.

»Was macht denn *die* hier?«, stieß er hervor. Sein Blick wanderte von Tanja zu Julia.

»Tanja wohnt vorübergehend hier«, sagte Julia so ruhig wie möglich. Ihr war klar, dass dieses Zusammentreffen nicht gerade ideal war.

Emil schien es die Sprache verschlagen zu haben. »Sie ... sie wohnt hier?«, stammelte er schließlich.

»Bis sie etwas anderes gefunden hat.«

»Und ... und du erlaubst das?«

»Emil, bitte ...«

»Ja, hast du sie nicht mehr alle?« Emil sah sie fassungslos an, seine blauen Augen sprühten nur so vor Entrüstung. »Nach allem, was die getan hat?« Er zeigte anklagend mit dem Finger auf Tanja, die sich offenbar keiner Schuld bewusst war.

Julia schluckte. Sie verstand, warum Emil so wütend war. Tanja und Jens waren bereits ein Paar geworden, als Emils Mutter noch gelebt hatte. Während eines Urlaubs auf La Palma hatte Jens ein Verhältnis mit ihr begonnen, sozusagen vor den Augen seiner Frau und seines damals erst neunjährigen Sohnes. Wenige Monate später war Alice tödlich verunglückt. Sie hatte als Kinderkrankenschwester gearbeitet und war nach einer anstrengenden Nachtschicht von der Straße abgekommen. Kurz darauf hatte Jens seinen Sohn in ein deutsches Internat gesteckt und war nach La Palma ausgewandert. Zu Tanja. Das Verhältnis zwischen Vater und Sohn war seither schwer gestört. Und Emil gab vor allem Tanja daran die Schuld.

»Sie hat niemanden, zu dem sie gehen kann«, versuchte Julia zu erklären.

»Das ist mir scheißegal!« Tränen schwangen in der wütenden

Stimme des Jungen mit. »Sie hat mir meinen Vater weggenommen! Und mich aus dem Haus geekelt.« Er wandte sich ab und stapfte davon. An der Hausecke drehte er sich nochmals zu Julia um. »Und dass du es weißt«, schrie er. »Ich komm erst wieder, wenn die weg ist.«

»Was ist denn hier los?« Maribel und Paco waren endlich auch in den Garten gekommen, gefolgt von Álvaro.

»Ich komm überhaupt nie mehr hierher«, brüllte Emil in Julias Richtung. Sein Gesicht war hochrot angelaufen. »Los«, sagte er zu Paco. »Wir gehen.«

»Wir sind doch gerade erst gekommen«, gab der Ziegenbauer zurück. »Oder kommen wir dir ungelegen, Julia?«

»Nein, überhaupt nicht«, antwortete Julia eilig. Was für ein Durcheinander.

»Mein Vater ist eh dagegen, dass ich herkomme«, tobte Emil weiter.

»Seit wann interessiert dich, was dein Vater sagt?«, wollte Paco wissen und ließ sich auf einen der Korbsessel fallen.

»Ich hab uns einen schönen Gazpacho gemacht«, erzählte Maribel und wies auf ihren Korb. Sie tat offenbar ganz bewusst so, als würde sie Emils Wutausbruch nicht wahrnehmen. »Und zwar aus Tomaten und Paprika aus meinem eigenen Garten. Das ist genau das Richtige bei dieser Hitze, was?«

»Ich will nach Hause!« Emil stampfte mit dem Fuß auf. Julia fand, dass er mit einem Mal große Ähnlichkeit mit Jens hatte. Du liebe Güte, dachte sie. Er wird doch wohl nicht so ein Choleriker werden wie sein Vater!

Sie ging zu ihm und legte ihren Arm um seine Schultern. Emil schüttelte sie brüsk ab.

»Jetzt komm mal mit mir«, bat sie ihn. »Lass uns reden.«

»Da gibt es nichts zu reden«, stieß er hervor. »Wenn du jetzt Tanjas Freundin bist, dann haben wir nichts mehr miteinander zu schaffen.« Seine Schultern zitterten, diesmal nicht vor Wut, sondern von all den zurückgehaltenen Tränen.

»Ich bin nicht ihre Freundin«, sagte Julia sanft und führte ihn zu einem ihrer Lieblingsplätze auf der Mauer hinter dem Seitengebäude, wo sie ungestört waren. Hier hatte sie gesessen, als sie das allererste Mal die Finca erkundet hatte. Und zwar gemeinsam mit Emil. »Weil sie nicht weiß, wohin, hab ich ihr erlaubt, ein paar Tage hier zu wohnen. Übrigens hat sie sich von deinem Vater getrennt, nicht umgekehrt.«

»Das behauptet die doch bloß«, begehrte Emil auf. »Papa hat recht, wenn er sagt, dass ihr Weiber zusammenhaltet wie Pech und Schwefel.«

»Wir sind keine Weiber. Wir sind Frauen. Und ich halte vor allem zu dir«, erklärte Julia. »Das weißt du. Ich wäre nicht hier, wenn ich nicht ...«

»Du bist zum Feind übergelaufen.« Emil machte sich von ihr los. »Ich will zurück zu Papa.«

»Ja, in Ordnung. Du kannst ja den Bus nehmen!« Nun war auch Julia wütend geworden. »Wenn du glaubst, Paco und Maribel sind deine Chauffeure, hast du dich getäuscht. Jeder hier gibt sich die größte Mühe, damit es dir gut geht. Wenn es dir nicht passt, wer bei mir wohnt, dann geh ruhig zurück zu deinem Papa, wenn der auf einmal so toll ist.« Julia biss sich auf die Zunge. Schließlich war sie hier die Erwachsene, sie sollte sich nicht so aus der Reserve locken lassen.

Sie atmete ein paarmal tief durch. Emil betrachtete sie mit riesigen, vorwurfsvollen Augen. »Hey«, sagte sie versöhnlich. »Ich hab dich lieb. Das weißt du genau.«

»Einen Scheiß hast du«, sagte Emil erbost und nahm seinen kleinen Rucksack auf. »Wird Zeit, dass Papa und ich wieder ein Team werden.« Er streifte Julia mit einem vernichtenden Blick, wandte sich ab und ging.

»Jetzt warte doch mal«, rief Julia ihm nach. Aber Emil drehte sich nicht mehr um, marschierte durch den Torbogen und machte sich auf den Weg in Richtung Landstraße.

»Lass ihn«, riet Paco. Julia konnte nicht begreifen, wie er so tiefenentspannt in seinem Korbsessel sitzen konnte, während Emil ganz allein auf der Landstraße unterwegs war. Fuhren am Sonntagnachmittag überhaupt Busse? »Der kommt schon zur Vernunft. Er ist ein Hitzkopf, und den muss er jetzt abkühlen. Erst dann kann er wieder vernünftig denken.«

»Wenn er zu El Alemán will, darf man ihn nicht aufhalten«, meinte Maribel und verteilte die kalte Sommersuppe auf die Schalen, die sie inzwischen aus der Küche geholt hatte. »Er ist schließlich sein Vater.« Und als sie sah, wie Julia das Gesicht verzog, fügte sie hinzu: »Er muss selbst herausfinden, was für ein Mensch der ist.«

Julia sah zu Álvaro hinüber, der still vor sich hinsah und sich überhaupt nicht äußerte. Und auf einmal wurde ihr bewusst, wie gefährdet ihr Verhältnis zu Emil war. Und daran war nicht allein Tanjas Anwesenheit schuld. Wenn Jens wirklich in diese Sache mit der Tauchstation verwickelt war, dann hatte sie noch ganz andere Divergenzen mit ihrem Bruder. So lange hatte Julia sich gewünscht, dass Jens und Emil sich endlich wieder näherkommen würden. Und jetzt, wo das offenbar der Fall war, standen eine Menge Dinge zwischen ihnen. Sie würde Emil verlieren. Vielleicht hatte sie das bereits. Und das tat verdammt weh.

»Ist das *dein* Handy?«, fragte Maribel und Julia schreckte auf. »Ich meine ja nur, vielleicht ist es Emil?«

Julia sprang auf und lief in die Küche. Sie nahm ihr Mobiltelefon vom Tisch und stutzte. AMELIE stand auf dem Display. Eine Welle der Enttäuschung durchlief sie. Kurz erwog sie, einfach nicht ranzugehen. Sie wusste nicht, ob sie es jetzt ertragen konnte, ihrer Freundin zu lauschen, die zweifellos begeistert von ihrem neuen Job in dem Luxushotel in Grenoble erzählen würde. Dann gab sie sich einen Ruck und nahm den Anruf doch an.

»Hey«, sagte sie. »Wie geht es dir?«

»Hast du inzwischen jemanden für den Service gefunden?«, fragte Amelie ansatzlos, ohne Gruß, ohne Einleitung.

»Nein«, antwortete Julia überrascht.

»Such nicht weiter«, hörte sie Amelie sagen. »Wenn du willst, fange ich am Dienstag bei dir an.«

Julia schnappte nach Luft. Das konnte nicht sein, sie musste sich verhört haben.

»Amelie«, sagte sie. »Das ist kein guter Moment für Scherze.«

»Ich mache keine Scherze!«

»Haben sie dich womöglich schon wieder rausgeschmissen?«

»Nein, nicht direkt«, hörte sie Amelie sagen. »Sagen wir mal so: Ich hab keine Lust, unter Alains Frau zu arbeiten. Sie ist, gelinde gesagt, eine blöde Kuh.« Julia war sprachlos. »Wenn du möchtest, komm ich zurück und übernehme den Service im Flor de Sal.« Sie machte eine Pause. »Hey, bist du noch dran? Oder willst du, dass ich mich schriftlich bewerbe?«

»Du meinst das wirklich ernst?«

»Es ist mein voller Ernst.«

»Aber ...«, Julia setzte sich auf einen der Küchenstühle und sah durch die geöffnete Tür hinaus in den Garten. Auf einmal drehte sich alles um sie, und sie musste sich an der Tischkante festhalten. »Ich kann dir kein anständiges Gehalt bezahlen«, sagte sie leise. »Und du weißt selbst, dass das Flor de Sal eine Unterforderung für dich ist.«

»Weißt du was?«, tönte es aus dem kleinen Apparat in Julias Hand. »Das ist mir egal. Was nützt mir das viele Geld, das ich hier verdienen könnte? Ich müsste mich täglich grün und blau ärgern, du kannst dir nicht vorstellen, wie mies die Stimmung hier ist.

Mindestens ein Viertel der Belegschaft steht kurz vor einem Nervenzusammenbruch. Es gefällt mir hier nicht. Auf La Palma hat es mir gefallen.« Und auf einmal hörte Julia das leise Kichern, das sie so vermisst hatte. »Ich hätte ehrlich gesagt nicht gedacht, dass ich dich dazu überreden muss, mich einzustellen.«

»Schon überredet«, gab Julia zurück. »Wenn du es wirklich ernst meinst, dann ... dann ...« Sie seufzte tief auf. »Dann machst du mich damit sehr froh. Wann kommst du denn?«

»Nun, ich denke, am Dienstag sollte ich meinen Dienst antreten, oder?«

»Schaffst du das denn?«

»Ich hab vorhin den letzten Platz in der Maschine für morgen gebucht. Na, was sagst du jetzt? Mein Zimmer ist hoffentlich noch frei?«

»Frei und von Devi auf Hochglanz gebracht«, antwortete Julia überglücklich.

»Perfekt! Bis morgen!«

»Bis morgen, du wunderbares Überraschungsei«, antwortete Julia. Doch da hatte Amelie schon aufgelegt.

12

Unterwasserwunder

»Warst du schon mal tauchen?«

Es war früh am Montagmorgen, und Julia brütete über ihrer Einkaufsliste. Álvaro schenkte sich gerade eine Tasse Kaffee ein.

»Vor vielen Jahren in der Südsee«, antwortete sie. »Warum?«

»Ich hab mich gefragt, ob du nicht vielleicht mitkommen möchtest.«

Julia legte den Kugelschreiber hin.

»Wohin denn?«

»Unten in die Bucht.« Álvaro betrachtete sie gespannt über den Rand seiner Tasse hinweg. »Wir können natürlich auch erst mal nur schnorcheln«, sagte er, als er sah, wie sie zögerte.

»Zumal ich ja gar keine Ausrüstung habe«, gab Julia zu bedenken.

»Da findet sich schon was«, antwortete Álvaro. »Aber vielleicht kommt das jetzt ein bisschen plötzlich. Was ist? Bist du dabei? Schnorchel samt Taucherbrillen liegen genug unten im Salzhäuschen herum.«

Unschlüssig betrachtete Julia ihre Liste. Dann entschied sie, dass sie auch später noch einkaufen konnte.

»Einverstanden«, sagte sie und sprang auf. »Was brauche ich?«

»Deinen Badeanzug, mehr nicht«, antwortete Álvaro begeistert. »Und wenn es nach mir ginge, nicht einmal den.«

Noch nie zuvor war es Julia aufgefallen, dass man über ein paar Felsen am äußersten Rand des Salzgartens hinunter zum Meeresspiegel gelangen konnte. Man musste nur ein bisschen klettern, im Grunde war es ganz einfach.

»Bitte erzähl niemandem davon, vor allem nicht Emil und seinen Freunden«, sagte Álvaro und reichte Julia bei einer besonders steilen Stelle die Hand. »Und es wäre mir lieber, du gehst hier nie allein runter. Man sollte hier nur bei ganz ruhigem Wellengang ins Wasser gehen. Heute ist es ideal.«

Sie hatten einen letzten Felsvorsprung erreicht, der wie ein kleines Sprungbrett über dem Meer lag. Álvaro legte den Rucksack ab, in dem ihre Ausrüstung steckte, und sie legten die Flossen an.

»Am besten bleibst du immer hinter mir«, riet Álvaro ihr. »Gib acht, dass du dir nicht die Beine aufschürfst. Hier auf der linken Seite sind Riffe, siehst du sie?« Julia nickte. Ganz deutlich waren im klaren Wasser die Unterwasserfelsen zu sehen. »Gleich daneben verläuft eine tiefere Rinne«, fuhr Álvaro fort. »Hier bewegen wir uns in Richtung der Felsen. Ich werde hin und wieder hinuntertauchen. Bleib du besser nahe der Oberfläche.«

»Was genau suchen wir?«, fragte Julia. »Denkst du, dass auch hier Kanister abgesenkt wurden?«

Álvaro zuckte mit den Schultern. »Ich hoffe nicht«, antwortete er. »Kennst du die allgemeinen Handzeichen für Taucher?«, fragte er.

Julia formte mit Daumen und Zeigefingerspitze einen Kreis und spreizte die anderen Finger ab. »Das heißt: alles in Ordnung.« Álvaro nickte. »Daumen nach unten heißt, ich tauche ab. Daumen nach oben: Lass uns hochgehen.«

»Und das Zeichen für Umkehren geht so«, fügte Álvaro hinzu und führte mit ausgestrecktem Zeigefinger eine größere Kreisbewegung auf Kopfhöhe aus.

Julia nickte. »Okay.«

Álvaro setzte sich auf den Felsvorsprung und ließ sich ins Wasser gleiten. Dann wandte er sich um und streckte Julia die Hand entgegen. Sie folgte ihm vorsichtig, befeuchtete die Gläser ihrer Taucherbrille, setzte sie auf und platzierte das Mundstück. Das Wasser war kälter, als sie es erwartet hatte. Oder ihr Körper war von der spätsommerlichen Hitze aufgeheizt. Je näher sie allerdings den Unterwasserfelsen kam, desto wärmer wurde die Strömung. Álvaro machte das Zeichen für »alles in Ordnung« und sah sie fragend an. Sie antwortete mit demselben Zeichen.

Es war schon eine Weile her, dass Julia geschnorchelt hatte, und es kostete sie eine gewisse Überwindung, den Kopf unterzutauchen. Doch kaum hatte sie das getan, war sie wie verzaubert. Unmengen von winzigen Fischen umgaben sie, wo die Strahlen der Sonne durch den Filter des Wassers sie erreichten, glitzerten sie silbern auf. Die Flanken der Felsen waren keinesfalls nur rotbraun oder schwarz, sie schimmerten grün und in verschiedenen Rottönen. Eine prächtige, rote Seeanemone, die trotz ihres Namens zu der Gattung der sogenannten Blumentiere gehörte, ließ ihre Tentakel in der Bewegung des Wassers tanzen. Zwischen vielfarbigen Korallen entdeckte Julia eine Moräne, die sie neugierig aus ihren großen, mondähnlichen Augen betrachtete.

Julia sah sich nach Álvaro um. Er war abgetaucht und befand sich ein Stück unterhalb von ihr, wo er den felsigen Grund untersuchte. Hier in der Nähe des Festlandes wurde er noch von Ausläufern des gigantischen Inselbergs gebildet, erst einige hundert Meter oder je nach Gebiet auch zwei bis drei Seemeilen weiter in Richtung offenes Meer würde die Riffkante mehrere tausend Meter weit steil abfallen, so hatte Álvaro es ihr erklärt.

Zusammen mit ihm stieg Julia wieder empor an die Oberfläche, und beide pusteten sie das Wasser aus ihren Atemrohren. Julia machte das Zeichen für »alles in Ordnung« und hätte gern hinzugefügt, wie traumhaft schön die Unterwasserwelt war. Sie sah, dass Álvaro unter seiner Maske lächelte, das Zeichen erwiderte, tief Luft holte und erneut unter dem Meeresspiegel verschwand.

Langsam folgte ihm Julia, bestaunte die zauberhafte Welt, die sich ihr offenbarte. Aus einer Höhle lugte ein Krake zu ihr heraus, sein violett-grau gesprenkelter Körper verschmolz beinahe mit seinem Versteck. Meeresspinnen kletterten behäbig über einen Felsen, der wie ein Tisch vom Grund aufragte, und an dessen säulenartigem Fuß fluoreszierende Pflanzen wuchsen. Weitere Felsen bildeten ein Unterwassertor, durch das ein roter Drachenkopffisch hindurchschwebte.

Julia wusste überhaupt nicht, wohin sie blicken sollte, überall schienen die schroffen Felswände zu überraschendem Leben zu erwachen. Ein Schwarm hellgrün schimmernder, schlanker Fische mit je einem senkrechten Streifen in roter und türkiser Farbe stieg von einem Riff auf, selten hatte Julia etwas so Zauberhaftes gesehen.

Schließlich wichen die seitlichen Riffe zurück und machten einem Areal Platz, das Julia an einen Unterwasserpark erinnerte. Aus dem nun viel tiefer gelegenen, felsigen Untergrund erhoben sich bizarr geformte Basaltsäulen, jede Einzelne wirkte auf Julia wie ein von Künstlerhand geschaffenes Monument. Vorsichtig umrundete sie eine der Säulen, die nur wenige Zentimeter unter der Wasseroberfläche endete, und entdeckte einige Seesterne, die zwischen einer Kolonie aus Miesmuscheln herausleuchteten.

Álvaro war weit vorausgeschwommen und kehrte nun zu ihr zurück. Er machte das Zeichen für »Umkehren«, das Julia bestätigte. Ihr war, als hätte sie eine Reise in ein unbekanntes Universum unternommen, jedes Zeitgefühl war ihr abhandengekommen. Sie merkte, dass ihr Körper auskühlte, und folgte deshalb bereitwillig ihrem Freund, der sie durch das Gewirr von Unterwasserfelsen sicher zurück zu der Stelle geleitete, an der sie sich ins Wasser hatten gleiten lassen.

Er stieg zuerst an Land und half dann Julia auf den Felsvorsprung hinauf.

»Und?«, fragte er, nachdem er die Brille abgezogen hatte. »Wie hat es dir gefallen?«

»Großartig!«, keuchte Julia. Das Ganze hatte sie mehr angestrengt, als sie gedacht hätte. »Einfach wundervoll.« Sie blickte zurück über den sanft gewellten Spiegel des Meeres. Nichts deutete daraufhin, welch ein Zauberreich sich darunter verbarg. »So erstaunlich.«

»Du hast also Lust, demnächst mit mir zu tauchen?«

»Eine kleine Auffrischungsstunde wäre vielleicht nicht schlecht«, meinte Julia und wrang das Meerwasser aus ihrem Zopf. »Ich bin auf jeden Fall dabei.« Sie nahm dankbar das Handtuch, das Álvaro aus seinem Rucksack zauberte und trocknete damit ihr Haar.

Dabei sah sie weiter hinaus aufs Meer.

»Die Felsen da hinten«, sagte sie nachdenklich, »wie weit sind die eigentlich entfernt?«

»Knapp tausend Meter«, antwortete Álvaro.

»Gehören die auch Marcos?«

»Eigentlich nicht. Wobei es mich nicht wundern würde, wenn er sie als seinen Besitz ansehen würde. Siehst du den Bergrücken über der Steilküste rechts hinter ihnen?« Julia nickte. »Das ist die Lomada Ronca.«

»Dort soll die Tauchstation entstehen?«

»Das hat dein Bruder behauptet.« Álvaro beschattete seine Augen mit der Hand, trotzdem kniff er die Augen zusammen, als er gegen das Morgenlicht die Küste studierte. Als Julia seinem Blick folgte, entdeckte sie ein Fischerboot am Fuße der Lomada Ronca.

»Das ist Diego«, sagte Álvaro. »Jetzt werden wir sein Boot offenbar wieder öfter sehen müssen.«

Julia legte die Hand schützend über ihre Augen und versuchte, das Boot genauer zu erkennen, was schwierig war, denn die Sonne stand fast genau dahinter.

»Hast du unter Wasser irgendwas entdeckt?«, fragte Julia, um Álvaro von Diego abzulenken. »Etwas, was nicht dort hingehört?«

»Nein«, antwortete er. Und doch wirkte er nicht vollständig zufrieden. »Aber du hast ja gesehen, wie zerklüftet die Landschaft da unten ist. Gut möglich, dass es gut versteckt wurde.«

»Das heißt, ihr werdet noch mal gründlicher nachsehen«, schloss Julia aus dem Gehörten.

»Sobald Toto Zeit hat«, erwiderte Álvaro und packte die Utensilien in seinen Rucksack. »Wollen wir hochgehen und frühstücken? Ich habe einen Bärenhunger.«

Nach dem Ausflug in die Unterwasserwelt fühlte Julia sich wie neu geboren. Die Bewegung im kühlen Wasser hatte ihre Lebensgeister geweckt und der Einblick in dieses andere Universum ihre Sorgen in ein anderes Licht gerückt. Unglaublich, dachte sie, während sie zu dem Gemüsebauern fuhr, um mit ihm zu besprechen, ob er sie in Zukunft mit frischen Zwiebeln, Kartoffeln und mit Lauch beliefern könnte, wie wichtig wir Menschen uns nehmen. Dabei sind wir nur der winzige Teil eines großen Ganzen. Umso empörender fand sie es, dass jemand im Stande war, Giftcontainer auszusetzen, nur um des eigenen Profits willen.

»Wir bauen übrigens auch Blumen an«, sagte Leo, der Biobauer, nachdem sie sich geeinigt hatten. »Das heißt, meine Mutter kümmert sich um die. Interessiert dich das auch?«

»Ja«, antwortete Julia, die an frischen Blumenschmuck für die Tische dachte. »Die schau ich mir gerne an.«

Kurz darauf kam eine gebeugte, alte Frau aus einem der Gebäude. Sie war wie viele Frauen vom Land ganz in Schwarz gekleidet und hatte sich ein weißes Kopftuch um die Schläfen gebunden.

»Ich heiße Gara«, sagte sie und musterte Julia eingehend. »Sie sind doch die Deutsche, die das Flor de Sal wiedereröffnet hat.«

»Ja, die bin ich«, gab Julia zurück.

»Meine Blüten kann man auch essen«, erklärte Gara und ging Julia voraus in einen anderen Teil des Gartens, der von einer kniehohen Hecke aus wildem Lavendel gesäumt war. Schmale Trampelpfade gliederten das Areal in viele verschiedene Rechtecke, und jedes beherbergte eine andere Sorte Blumen. Julia kannte natürlich essbare Blüten. Allen voran Gänseblümchen, Veilchen und die scharf schmeckende Kapuzinerkresse waren ihr bekannt. Die Blütenblätter von Rosen waren ebenfalls eine beliebte Komponente in der gehobenen Küche.

»Hier hast du verschiedene Arten von Pelargonien«, erklärte Gara und wies auf zartrosafarbene Blüten mit einem dunkelroten Herz. »Die Zitronen-Duftgeranie zum Beispiel. Reib mal die Blätter zwischen den Fingern. Intensiver Geruch, nicht wahr?« Gara lachte in sich hinein. »Diese hier riecht nach Rosen. Man verwendet sie auch in der Küche.« Die Alte sah Julia forschend an. »Verstehst du denn was vom Kochen?«

»Ich denke schon«, antwortete Julia belustigt.

»Am stärksten duften die Blätter. Die Blüten sind übrigens essbar. Wenn du sie für Süßspeisen verwenden willst, musst du das hier abknipsen.« Gara hatte eine Blüte gepflückt und vom Stängel abgezupft. Nun zeigte sie Julia einen weißen Ansatz am unteren Teil der Blütenblätter und knipste ihn mit ihren Fingernägeln ab. »Hier«, sagte sie und hielt sie Julia hin. »Probier mal.«

Das ließ Julia sich nicht zweimal sagen. »Sehr delikat«, sagte sie.

»Wenn du sie mit dem Ansatz probierst, schmeckt sie bitter«, erklärte Gara und ging zum nächsten Beet. Hier wuchsen kniehohe Stauden mit großen Blättern, die entfernt an Tabak erinnerten. Ihre Blüten waren rotviolette Glöckchen.

»Das kenne ich«, rief Julia aus. »In Deutschland heißt es Beinwell.«

»Wir nennen es *consuelda rusa*«, sagte Gara. »Dann ist dir auch seine Heilwirkung bekannt? Die Blätter sind gut gegen wehe Beine und helfen bei Knochenbrüchen. Die Blüten sind eine Delikatesse.«

Und weiter ging es. Die blauen Sterne vom Borretsch gediehen in einem der Beete, in einem anderen zog Gara im Schatten von üppigen Sträuchern aus Hibiskus zarte Hornveilchen.

»Ich wusste nicht, dass man auch Margeriten essen kann«, sagte Julia staunend, als Gara sie in den hintersten Winkel ihres Gartens brachte.

»Oh doch«, antwortete die Gärtnerin. »Sie wurden früher in der Medizin verwendet. Sie helfen bei Abszessen, Schnittwunden und wirken beruhigend und krampflösend. Aber das wertvollste meiner Kräuter ist die Schafgarbe. Ich kann gar nicht alles aufzählen, wogegen diese Blüte hilft. Meine Mutter sagte oft, *milenrama* hilft gegen alles, worunter eine Frau nur leiden kann. Außerdem schmecken die Blüten gut, sie haben ein fruchtiges Aroma.«

Nachdenklich betrachtete Julia die weißen Blütendolden, die entfernt an Schleierkraut erinnerten. Wie oft hatte sie diese Pflanze auf den Sommerwiesen zu Hause in Deutschland gesehen und nicht beachtet. Sie blickte zurück über die einzelnen Beete. Weiß, blau, rot, rosafarben, violett blühte es. Warum hatte sie nicht schon früher daran gedacht, essbare Blumen in ihrer Küche zu verwenden?

»Es gibt noch viel mehr«, fuhr Gara fort. »Die gelben Blüten der Zucchini. Oder hier, die Tagetes. Schau mal, da drüben ist mein Kräutergarten, auch diese Blüten wandern alle in meinen Salat.«

»Dann kann ich bei Ihnen also auch Kräuter und Blüten beziehen?«

Gara verzog ihr faltiges Gesicht zu einem Lächeln.

»Nur wenn du mich duzt«, antwortete sie und begann, einen großen Strauß aus verschiedenen Sorten Basilikum, Salbei, Kerbel und großblättriger Petersilie zu pflücken. Dazwischen fügte sie geschickt Beinwell und Margeriten, Borretsch und Schafgarbe ein.

»Hier«, sagte sie und überreichte Julia den duftenden Strauß. Der war so dick geworden, dass sie beide Hände brauchte, um die Stiele zu umfassen. »Mein Begrüßungsgeschenk. Auf gute Partnerschaft!«

»Stellst du mir nun jede Woche so was zusammen?«

»Je nach Saison das Schönste und Frischeste, was mein Garten zu bieten hat.«

Julia nahm gleich noch eine ganze Kiste von den Rosen-Duftgeranien mit. Ihr intensives Aroma hatte sie auf eine Idee gebracht, die sie zu Hause ausprobieren wollte.

Sie war gerade damit beschäftigt, von einem ganzen Berg der Pelargonienblätter einen Auszug herzustellen, als Amelie wie ein Wirbelwind in die Finca gestürmt kam.

»Ach, du kannst dir nicht vorstellen, wie schrecklich es in Grenoble war«, sprudelte es aus ihr heraus, nachdem sie Julia ausgelassen begrüßt hatte. »Diese Insel muss irgendeinen Zauber ausüben. Wenn man erst mal hier war, ist es schwierig, es anderswo schön zu finden.«

»Ich bin froh, dass du wieder hier bist«, sagte Julia aus tiefstem Herzen. »Dabei hätte ich nie geglaubt, dich so bald wiederzusehen.«

»Eigentlich habe ich es schon vor meiner Abreise gewusst«, gestand Amelie. »Ich meine, tief innen in meinem Herzen hat eine Stimme gesagt, dass ich hierbleiben sollte. Aber die Vernunft ...«

»Es war richtig, dass du es ausprobiert hast«, meinte Julia gerührt. »Sonst würdest du immer denken, eine großartige Chance verpasst zu haben. Jetzt komm, setz dich und erzähl! War es wirklich so schrecklich?«

Während Julia die duftenden Blätter in einen Topf gab und mit kochendem Wasser überbrühte, berichtete Amelie von ihren Erfahrungen bei Alain und seiner Frau. Schon nach wenigen Sätzen verstand Julia vollkommen, warum ihre Freundin dort nicht hatte bleiben wollen. Sie seufzte. Leider scheiterten auf lange Sicht ausgerechnet Häuser mit den besten Voraussetzungen ganz allein an der Unfähigkeit der Leitung, mit ihrem Personal anständig umzugehen.

»Sollte ich jemals Gefahr laufen, mich so unmöglich zu verhalten«, bat sie Amelie schließlich, »dann sag mir bitte rechtzeitig Bescheid.«

Amelie lachte. »Du hast eher das gegenteilige Problem«, fand sie. »Deine Schwäche ist, dass du zu gutmütig bist.« Sie lauschte und betrachtete die Decke mit forschenden Augen. »Ist sie noch da?«, fragte sie verschwörerisch.

»Wenn du Tanja meinst, dann lautet die Antwort Ja«, gab Julia mit einem Stoßseufzer zurück. »Emil hat mir deshalb die Freundschaft aufgekündigt«, fügte sie hinzu. Es sollte heiter klingen, doch das war ihr gründlich misslungen.

»Wirklich?«

»Irgendwie kann ich es ihm nicht verdenken«, antwortete Julia bedrückt. »Sie war sehr hässlich zu ihm. Außerdem nähert er sich wohl gerade seinem Vater wieder mehr an. Was ja im Grunde nur richtig ist, oder?« Amelie schwieg. Gedankenverloren griff sie in die Schale mit Mandeln, die auf dem Tisch stand, und nahm sich eine. »Er glaubt, dass jetzt, da Tanja nicht mehr mit Jens zusammen ist, alles gut wird.«

»Hmm«, machte Amelie. »Ich kenn mich mit Kindern nicht gut aus«, räumte sie ein. »Aber dass Jens einen guten Einfluss auf den Jungen hat, wage ich zu bezweifeln.«

»Er ist sein Vater«, sagte Julia mit Nachdruck, so als müsste sie sich selbst überzeugen. Niedergeschlagen dachte sie daran, wie sehr Emils letzter Auftritt sie an Jens' Unarten erinnert hatte. Vielleicht war das bei Heranwachsenden ja ganz normal.

»Er wird sich schon einkriegen«, versuchte Amelie, sie zu trösten. »Tanja wird ja wohl nicht ewig hier wohnen. Wie lange ist sie denn schon hier?«

Julia deckte den Topf mit dem Blütensud mit einem sauberen Tuch ab und stellte ihn beiseite. »So an die zehn Tage, schätze ich.« Sie rechnete nach und nickte. Bald waren die zwei Wochen um, die sie Tanja zugestanden hatte. Sie hatte trotzdem nicht den Eindruck, dass sie sich um etwas anderes bemühte. »Ich weiß nicht mal, wovon sie lebt«, sagte sie.

Amelie lachte. »Na, von dir im Augenblick«, gab sie zurück. »Freie Kost und Logis. Und das in einem tollen Restaurant. Wenn ich sie wäre, würde ich auch nicht ausziehen wollen.«

»Was machst denn du hier?« Julia und Amelie fuhren herum. Sie hatten Tanja nicht hereinkommen hören.

»Amelie wohnt jetzt ganz bei uns«, antwortete Julia, nachdem sie den Schrecken überwunden hatte. »Sie wird das Restaurant leiten. Und da wir gerade davon sprechen, wie sehen deine Pläne aus?«

Tanja senkte den Blick. Sie hatte abgenommen, auch ihr Make-up, das sie stets sorgfältig auflegte, konnte nicht darüber hinwegtäuschen, dass ihre Augen gerötet waren und ihre Haut fahl aussah.

»Ich weiß nicht, was ich tun soll«, sagte sie leise. »Auch wenn du es mir nicht glaubst, ich habe überall nach einem Job gefragt. Sogar im Supermarkt. Entweder braucht man wirklich niemanden, oder man will mich nicht.« Tränen glänzten in ihren Augen. »Ich würde dir ja gern mehr helfen, aber ich hab das Gefühl, dass du froh bist, wenn ich dir aus dem Weg gehe.« Ihre Stimme klang gepresst. Sie musste ein paarmal schlucken, ehe sie weitersprechen konnte. »Und dann mach ich ja auch immer alles falsch ...«

»Jetzt setz dich erst mal hin«, forderte Julia sie versöhnlich auf. Sie sah, wie Amelie die Augen verdrehte, doch sie konnte nicht anders, Tanja tat ihr einfach leid. »Was ist denn mit deiner Familie?«, fragte sie. »Hast du keine Eltern oder Geschwister, bei denen du eine Zeitlang unterkommen kannst, bis du dich neu orientiert hast?«

Tanja sank auf einen der Küchenstühle und kramte ein Taschentuch aus ihrer Jeans hervor. »Die leben alle in Deutschland«, schniefte sie. »Und ... und ... nein, meine Schwester brauche ich gar nicht erst zu fragen. Mit der bin ich zerstritten, seit ich mit Jens ... Und mit meinen Eltern auch.«

»Das glaube ich nicht«, wandte Julia ein. »Eltern sind für ihre Kinder da, egal, was sie verbrochen haben.«

Tanja sah sie verwundert an. »Hast etwa du ein gutes Verhältnis zu deinen Eltern? Jens hat erzählt, dass eure Mutter in Australien lebt und nichts von euch wissen will. Und euer Vater ...«

»Schon gut«, unterbrach Julia sie beschämt. Tanja hatte vollkommen recht. Auch sie würde sich nicht an ihre Eltern wenden können, sollte es ihr schlecht gehen. Und an ihren Bruder schon gar nicht. Aber sie hatte Freundinnen. Amelie. Und vor allem Claire, die mit ihrer Familie am Bodensee lebte und ihr als Anwältin geholfen hatte, als ihr früherer Arbeitgeber sie von einem Tag auf den anderen auf die Straße gesetzt hatte. Offenbar hatte Tanja sich viel zu sehr und ausschließlich auf Jens verlassen.

»Also wenn du wirklich hierbleiben willst«, sagte sie schließlich und ignorierte Amelies warnende Blicke, »muss sich einiges ändern. Wir müssen eine Aufgabe für dich finden, denn ich kann es mir nicht leisten, dich auf Dauer hier durchzufüttern. Das heißt, du musst bereit sein, etwas zu unserer Gemeinschaft beizutragen. Hast du eigentlich irgendeine Berufsausbildung?« Tanja saß am

Tisch wie ein Häufchen Elend und schüttelte den Kopf. »Wenigstens einen Schulabschluss?«

»Ich hab das Gymnasium kurz vor dem Abi geschmissen«, gestand Tanja.

»Das heißt, du hast immerhin den Realschulabschluss, oder?« Tanja nickte. »Du könntest eine Lehre machen. Was hast du denn die vergangenen Jahre gemacht?«

»Früher hab ich Schmuck verkauft«, erzählte Tanja. »Im Straßenverkauf. Und auf Märkten. Dann hab ich Jens geholfen, ihm die Buchungen gemacht, Prospekte gestaltet und drucken lassen und ...«

»So was kannst du?«, fiel ihr Julia ins Wort.

»Ich hab auch das Logo entworfen, das er überall verwendet«, erzählte Tanja verbittert. »Dafür hat er mir nie etwas bezahlt. Er hat gesagt, dass wir ja sowieso zusammengehören und dass man unter Menschen, die sich lieben, das Geld nicht aufteilt. Aber das Haus gehört natürlich ihm, der Wagen auch, von seiner Firma ganz zu schweigen. Und heute will er nichts mehr davon hören, dass ich kostenlos bei ihm mitgearbeitet habe.«

»Er hat dir nie ein Gehalt bezahlt?«, fragte Amelie.

Tanja schüttelte den Kopf. »Ich war so dumm«, stöhnte sie. »Und so verliebt in Jens. Wenn jemand etwas gegen ihn gesagt hat, bin ich ihm über den Mund gefahren. Ich hab mich mit allen zerstritten, die Probleme mit ihm hatten. Und hab dabei gar nicht gemerkt, dass keiner von meinen früheren Freunden mehr übrig geblieben ist.«

»Hast du Jens' Prospekte wirklich selbst gemacht?«, fragte Julia. »Ich meine, ohne fremde Hilfe?«

»Klar. Das war alles meine Idee. Am Schluss hab ich die Datei an einen Schnelldrucker geschickt und ...«

»Damit könntest du doch Geld verdienen«, schlug Amelie vor.

»Ich hab ja keinen Computer«, wandte Tanja ein. »Jens hat ihn mir damals geschenkt. Jetzt behauptet er, es sei seiner.«

Julia überlegte. Sie kannte die Werbebroschüren ihres Bruders. Sie sahen wirklich gut aus. Wie von einem Profi gestaltet.

»Also, ich könnte auch verschiedenes Werbematerial gebrauchen«, sagte sie. »Angefangen von der Speisekarte bis hin zu einem hochwertigen Prospekt. Visitenkarten. Und ein richtiges Logo hat das Mesón Flor de Sal auch noch nicht.« Sie betrachtete Tanja nachdenklich. »Traust du dir das zu?«

»Natürlich«, antwortete diese hoffnungsfroh. »Ich könnte ja ein paar Entwürfe machen. Dann besprechen wir, was du geändert haben möchtest und …« Ihr Lächeln erlosch wieder. »Aber wie gesagt, dafür bräuchte ich einen Computer.«

»Was müsste das denn für einer sein?«, fragte Julia und überschlug, ob sich die Investition in ein Gerät lohnen würde. Und während Tanja ihr eifrig erklärte, dass das gar nicht so teuer wäre und mit welchem Grafikprogramm sie gearbeitet hatte, reifte in ihr ein Plan. Denn mit ein paar Drucksachen war es ja nicht getan. »Ich habe auch noch keinen Internetauftritt«, sagte sie nachdenklich. »Und nach allem, was mir Emil so erzählt hat, kann man heutzutage nicht überleben, wenn man nicht im Internet oder in den sozialen Netzwerken präsent ist. Kennst du dich damit auch aus?«

Nun leuchteten Tanjas Augen. »Na klar. Das hab ich alles für Jens gemacht. Kommt, ich zeig euch das mal.« Eifrig zückte sie ihr Smartphone und rief die Seite von *Jens Brunner, Der Outdoor-Spezialist*, auf. »Da bin ich ja mal gespannt, wer das jetzt pflegt«, sagte sie mehr zu sich selbst und tippte auf dem Gerät herum. Dann grinste sie. »Wusste ich's doch. Seit zwei Wochen kein neuer Eintrag.« Sie zeigte Julia Jens' Internetpräsenz auf den verschiedenen Portalen.

»Würdest du das für mich übernehmen?«, fragte Julia. »Ich meine, wenn du ein Gerät hättest?«

»Natürlich«, rief Tanja überglücklich. »Total gern.«

»Wir regeln das allerdings anders als mein Bruder.« Julia legte ihre Stirn in Falten. »Wir schließen einen … einen Projektvertrag.«

»Ach, das ist nicht notwendig«, erklärte Tanja eifrig. »Wo ich doch bei dir wohne und …«

»Genau das wollen wir voneinander trennen«, unterbrach Julia sie mit Nachdruck. »Damit es später nicht heißt, ich hätte dich genauso ausgenutzt wie mein Bruder. Du bekommst deine Arbeit bezahlt. Im Gegenzug kommst du für Miete und Verpflegung auf. Aber ob du hier bei uns wohnen bleiben kannst, das muss ich erst noch mit Álvaro besprechen.« Nachdenklich kaute sie auf ihrer Unterlippe herum. Da war noch etwas, was sie unbedingt ansprechen musste. »Es gibt außerdem noch eine Bedingung«, sagte sie. »Ich will, dass du dich bei Emil für dein Verhalten entschuldigst.«

»Ich soll mich bei dem entschuldigen?«, fuhr Tanja auf.

»Ja, genau.« Auf einmal fiel es Julia gar nicht schwer, streng mit Tanja zu sein. »Du hast ihn sehr unglücklich gemacht. Außerdem nimmt er es mir übel, dass ich dich aufgenommen habe. Ich will, dass sich das wieder einrenkt. Und dafür musst du dich mit dem Jungen versöhnen. Sonst kannst du hier nicht bleiben.« Tanja schnappte nach Luft. Empört stand sie auf. »Wie gesagt«, fuhr Julia unbeirrt fort. »Überleg es dir in Ruhe.«

13

Eiscreme und Pubertät

Álvaro hatte nichts dagegen einzuwenden, dass Tanja bei ihnen blieb. »Es gibt doch genug Platz hier. Als wir damals von heute auf morgen die Finca verlassen mussten, weil mein Vater sie an Marcos verloren hatte, waren wir auch froh, irgendwo unterzukommen«, war sein einziger Kommentar, damit war die Sache für ihn erledigt.

Tanja war sehr erleichtert, als sie ihr das mitteilte, und erklärte sich endlich, wenn auch widerstrebend dazu bereit, ihr Bestes zu geben, um mit Emil Frieden zu schließen.

»Ich kann einfach nicht gut mit Kindern«, sagte sie unglücklich. »Und Emil ist immer so unverschämt zu mir.«

»Das kann man ihm wohl nicht verdenken, ihr hattet keinen besonders guten Start miteinander«, erwiderte Julia.

»Was kann ich denn dafür?«

»Jetzt stell dir mal vor, dein Vater hätte mit einer anderen Frau ein Verhältnis angefangen. Und dann stirbt deine Mutter, und du wirst in ein Internat abgeschoben, damit dein Vater auf La Palma mit dieser anderen Frau ein neues Leben beginnen kann, bei der du nicht willkommen bist. Wie würdest du das finden?«

Tanja schluckte und sah aus dem Fenster. Offenbar dämmerte ihr langsam, was sie dem Jungen angetan hatte. »Und wie stellst du dir das vor?«, fragte sie. »Soll ich vor der Schule auf ihn warten und sagen: Hey, tut mir leid, was passiert ist?«

»Lass dir etwas einfallen«, entgegnete Julia. »Du musst schon selbst herausfinden, wie du das am besten anstellst.«

»Was ist eigentlich mit den leer stehenden Räumen?«, erkundigte sich Amelie am nächsten Morgen beim Frühstück. »Könnten wir die nicht herrichten und ebenfalls bewohnen? Ich hätte nichts dagegen, ein zweites Zimmer zu bekommen, wenn das möglich wäre. Und Tanjas Kämmerchen ist ja wirklich winzig.«

Tanja warf ihr einen dankbaren Blick zu.

»Du hast recht«, sagte Julia. »Darüber hab ich auch schon nachgedacht.«

Zwischen Emils und Amelies Zimmer befanden sich noch zwei weitere Räume, deren Fensterscheiben im Lauf der Jahre blind geworden waren, vermutlich von dem hohen Salzgehalt der Luft. Julia war noch nicht dazu gekommen, sie ersetzen zu lassen, doch als Amelie sagte, dass sie ihr Zimmer gerne gegen diese beiden tauschen würde, nahm sie das zum Anlass, dies endlich zu erledigen. Auf diese Weise könnte Tanja in das schöne Eckzimmer einziehen, das mit einer Seite auf den Hof hinausging, und die winzige Kammer, in der sie bislang einquartiert gewesen war, würde zu ihrem Büro. Trotzdem blieben immer noch einige Zimmer übrig, in denen Julia bei Bedarf Gäste unterbringen konnte, wie zum Beispiel ihre Freundin Claire, von der sie hoffte, dass sie sie irgendwann wieder besuchen kommen würde.

Devi und Sam halfen mit, die Wände frisch zu tünchen und sie mit hübschen Secondhandmöbeln auszustatten, die Tanja auf einem Flohmarkt entdeckt hatte. Innerhalb der nächsten beiden Wochen verwandelten sich die heruntergekommenen Abstellkammern in entzückende Wohnräume, und auch Amelie und Tanja freundeten sich während dieser geschäftigen Tage ein wenig miteinander an.

An dem Tag, als Tanjas Computer samt Drucker geliefert wurde, war alles fertig. Mit vor Begeisterung glänzenden Augen packte sie die Geräte aus und baute sie in ihrem neuen Büro auf.

»Kriegst du das allein zum Laufen?«, fragte Julia und beobachtete beeindruckt, wie Tanja geschickt Notebook, Bildschirm und Drucker miteinander verkabelte.

»Ich denke schon«, gab diese zurück und blätterte in dem mitgelieferten Handbuch. »Ist halb so wild.«

Julia beschloss, zurück in die Küche zu gehen und das zu tun, was *sie* am besten konnte, nämlich Kochen. Denn an diesem Abend hatte sich eine Gesellschaft angesagt, und Amelie würde zum ersten Mal Julias neue Dessertkreation servieren: eine Variation von Blütensorbets aus Rosenblättern, Zitronenverbene und Veilchen. Sie hatte eine Weile gebraucht, bis die Aromen so waren, wie sie es sich vorgestellt hatte. Doch jetzt war sie zufrieden. Und sie bedauerte im Stillen, dass sie eine solche Köstlichkeit noch nicht parat gehabt hatte, als der Restaurantkritiker Nevady sie überrascht hatte.

»Phänomenal«, schwärmte Amelie, die einen Löffel voll probierte, als Julia das Eis anrichtete. Auf den schwarzen Tontellern aus Anas Keramikwerkstatt kamen die pastellfarbenen Sorbets fantastisch zur Geltung. Garniert mit grünen Minzblättern und den dunkelroten Blütenständen von Amaranth, die auch Fuchsschwanz genannt wurden, wirkte jeder Teller wie ein Kunstwerk.

»Fertig«, sagte Julia, nachdem sie den letzten beendet hatte. »Hinaus damit.« Zufrieden sah sie zu, wie Amelie souverän alle sechs auf einmal aufnahm und mit ihnen die Küche verließ. Wieder neigte sich ein langer Arbeitstag seinem Ende entgegen. Sie sah auf die Uhr. Es war kurz nach elf.

Noch später am Abend blätterte sich Julia durch das große Reservierungsbuch, um zu sehen, wie weit die Buchungen reichten. Ihr Blick fiel auf das Datum des übernächsten Samstags, es war der 8. Oktober. Siedend heiß fiel Julia ein, dass Emil an diesem Tag Geburtstag hatte. Ausgerechnet an einem Samstag, dachte sie. Und als sie sah, dass noch keine Buchungen eingetragen waren, beschloss sie kurzerhand, das Restaurant an diesem Tag zu schließen. Sie konnte unmöglich am Geburtstag ihres Patensohns von mittags bis spät nachts in der Küche stehen. Auch wenn sie nicht wusste, ob Emil sich bis dahin beruhigt hätte. Sie hatten viel zu lange nicht mehr in Ruhe Zeit miteinander verbracht.

Gleich am nächsten Morgen versuchte sie, ihn noch vor seinem Unterrichtsbeginn anzurufen, aber sie erreichte ihn nicht. Sie probierte es noch mehrmals und ebenso am folgenden Tag, bis in ihr die Erkenntnis reifte, dass er absichtlich nicht an den Apparat ging, so wie er es früher mit seinem Vater gemacht hatte. Und ihre Bitten, ihn zurückzurufen, die sie auf der Mobilbox hinterließ, ignorierte er allesamt. Schließlich beschloss Julia an ihrem freien Montag vor Emils Geburtstag, in der Finca del Casco nachzufragen, was mit ihm los war.

»Wir haben Emilio auch schon lange nicht mehr gesehen.« Maribel klebte gerade Etiketten auf ihre Honiggläser, und Julia hatte angeboten, ihr dabei zu helfen.

»Dann wohnt er also wirklich wieder bei meinem Bruder?« Julia hatte so sehr gehofft, Emil bei ihren Freunden anzutreffen.

»So sieht es aus«, gab Maribel zurück und sortierte die etikettierten Gläser in einen Karton. »El Alemán holt ihn jetzt täglich von der Schule ab, das haben jedenfalls die Jungen erzählt.« Sie warf Julia einen Blick zu. »Das ist gut, oder?«

»Natürlich«, antwortete Julia mechanisch. »Das ist genau das, was ich mir immer gewünscht habe.« Trotzdem war sie enttäuscht. »Ich hatte gehofft …« Sie brach ab. Was hatte sie gehofft? Dass Emil sich daran erinnern würde, wie sehr sie sich in den vergangenen Monaten um ihn gekümmert hatte? War das egoistisch von ihr? »Am Samstag hat er Geburtstag«, fügte sie hinzu.

»Ja, den wollten wir eigentlich hier auf der Finca groß feiern.« Maribel nahm weitere Etiketten aus einer Schublade. »Wir haben schon Pläne geschmiedet. Aber daraus wird wohl nichts werden. Hast du eigentlich schon Anas neueste Keramiken gesehen?«

»Nein«, antwortete Julia überrascht. Sie kannte ihre Freundin inzwischen gut genug, um zu verstehen, dass sie gern das Thema wechseln wollte.

»Du solltest sie dir ansehen«, meinte Maribel. »Ich finde, sie sind einfach sensationell.«

»Wie geht es denn Fayna?«, erkundigte sich Julia und hatte ein schlechtes Gewissen, dass sie sich erst jetzt nach der jungen Frau erkundigte.

»Es geht ihr gut«, antwortete Maribel. »Aber sie langweilt sich fürchterlich. Gestern hat ihr Mann sie abgeholt, er hat ein paar Tage Urlaub genommen.« Sie seufzte. »Hier fällt ihr auf Dauer auch die Decke auf den Kopf. Komm, lass uns Ana in ihrer Werkstatt besuchen. Vielleicht haben Acorán und Yeray ihr mehr über Emilio erzählt.«

»Und deine Gläser?«

»Die können warten.«

Sie verließen das kleine Seitengebäude, in dem die Imkerei untergebracht war, und durchquerten den Gemüsegarten. Maribel konnte ihre Familie fast selbst daraus versorgen, Julia hatte oft genug Gelegenheit gehabt, sich davon zu überzeugen, wie lecker ihre Erzeugnisse schmeckten. Hinter dem großen Ziegenstall befand sich, mitten in einem Orangenhain gelegen, Anas Töpferwerkstatt. Hier fertigte sie ihre wunderschöne Keramik im Stil der Ureinwohner der Kanaren an. Julia hatte einige der Funde aus prähistorischer Zeit im Archäologischen Museum der Insel bewundert und war beeindruckt gewesen von der Eleganz der fast schwarzen Gefäße, die mit dicht beieinanderliegenden Linien, seien sie gerade oder zu Spiralen geschwungen, verziert waren, so als hätte man sie mit einem Kamm gezogen. Von Ana hatte sie gelernt, dass die schwarze Farbe daher rührte, dass die Ware ursprünglich direkt im Feuer gebrannt worden war. Heute bediente sich Ana wie andere Töpfer eines Spezialofens, der eine weit höhere Temperatur erzeugte als ein Holzfeuer.

Was Julia allerdings an diesem Tag zu sehen bekam, unterschied sich gewaltig von dem, was sie bislang von Ana kannte. Eine Reihe von dickbauchigen, gestauchten Schalen stand auf dem Regal, auf dem die Töpferin stets ihre neuesten Produkte aufstellte. Sie waren innen und am Rand mit einer leuchtenden Glasur überzogen, die in der Farbe zwischen kräftigen Orange und sanftem Ocker changierte. An den Außenseiten lief die Glasur aus und die Farbe des schwarzen Tons kam zum Vorschein, was einen zauberhaften Kontrast zu den glasierten Stellen bildete.

»Die sind wunderschön«, sagte Julia. »Was ist das für eine Glasur?«

»Ich experimentiere gerade mit verschiedenen pflanzlichen Aschen«, erklärte Ana, nachdem sie Julia herzlich begrüßt hatte.

»Asche?«, fragte Julia erstaunt. »Für die Glasuren?«

»Ja, die eignen sich hervorragend für überraschende Effekte«, verriet Ana. »Sie enthalten viele Mineralien, schon im alten China hat man damit experimentiert. Bei den Gefäßen mit dem Orangeanteil habe ich Kupferoxid hinzugefügt. Ist ganz hübsch geworden, nicht?«

»Ganz hübsch ist wohl nicht das richtige Wort.« Julia lachte. »Ich würde sagen, sie sind dir ganz wunderbar gelungen.«

»Sie hat mir verboten, die abgestorbenen Reste von meinen Gemüsebeeten wegzuwerfen«, erzählte Maribel mit einem stolzen Grinsen. »Sie trocknet sie und verbrennt sie anschließend.«

»Nicht nur das«, erläuterte Ana, und Julia sah ihr an, wie spannend sie ihre Versuche fand. »Auch die Zweige, die beim Rückschnitt der Bäume anfallen, trockne und verasche ich neuerdings. Es überrascht mich jedes Mal, was dabei herauskommt.«

»Für diese hellbraune Glasur hat sie Erbsenstroh verbrannt.« Maribel zeigte auf ein paar kleinere Schalen.

»Richtig interessant wird es, wenn ich gezielt Mineralien hinzufüge«, erklärte Ana. »Schau mal, dort drüben.« Sie wies auf eine große dunkelgrün schimmernde Vase. »Das war die Asche von Olivenholz.« Julia konnte sich kaum sattsehen. »Weißt du, ich wollte gerne mal was anderes machen, als immer nur meine schwarze Keramik. Aber mit den Glasuren auf chemischer Basis hab ich mich noch nie anfreunden können.«

»Ist es nicht wunderbar, dass man aus einem Garten einfach alles verwenden kann?« Maribels Augen blitzten vergnügt. »Sogar das, was normalerweise auf den Kompost wandert.«

»Ja, das ist wirklich unglaublich«, sagte Julia nachdenklich.

»Wir haben uns gefragt«, wechselte Maribel das Thema, »ob die Jungen dir etwas über Emilio erzählt haben. Julia macht sich Sorgen.«

Ana wischte sich ihre lehmigen Hände an einem Tuch ab.

»Sie sprechen nicht viel über ihn«, antwortete sie und warf Julia einen mitfühlenden Blick zu. »Und wenn ich Acorán auf ihn anspreche, weicht er mir aus. Vielleicht haben sich die Jungen gestritten? Das kommt in diesem Alter ja leider häufig vor.«

»Emil hat am Samstag Geburtstag.« Julia merkte, wie traurig es sie machte, dass ihr Patensohn offenbar seinen besten Freund verloren hatte. Es war nicht leicht für ihn gewesen, im Frühjahr ohne Spanischkenntnisse in der Schule hier Fuß zu fassen. Erst als er sich mit El Rostro, wie Acorán sich selbst nannte, angefreundet hatte, war es ihm gelungen, sich einzuleben. Im Umgang mit dem Gleichaltrigen und dessen älteren Bruder Yeray hatte er im Handumdrehen Spanisch gelernt. Dass die Jungen jetzt anscheinend getrennte Wege gingen, wertete Julia als kein gutes Zeichen.

»Wir haben ein Fest geplant, aber Acorán hat mir gesagt, dass wir das vergessen können.«

»Warum denn?«

Ana hob die Schultern und ließ sie wieder fallen. »Mach dir nicht so viele Gedanken«, riet sie. »Er wird dreizehn. Bald ist er kein Kind mehr und geht seiner eigenen Wege. Wenn sein Vater sich jetzt endlich um ihn kümmert, sollten wir uns darüber freuen.«

Julia schwieg. Einerseits hatte Ana sicherlich recht. Auf der anderen Seite war Julia seine Tante, und es hatte Zeiten gegeben, in denen sie mehr als das für ihn gewesen war. Wenigstens Frieden wollte sie mit ihm schließen und sich davon überzeugen, dass es ihm wirklich gut ging.

Am Tag vor Emils Geburtstag, einem Freitag, wartete Julia deshalb nach Unterrichtsschluss vor der Schule auf ihn. Sie wusste, dass sie riskierte, Jens in die Arme zu laufen, aber das hätte ja durchaus etwas für sich, dachte sie. Dann könnte sie auch gleich versuchen, mit ihrem Bruder zu sprechen. Vielleicht hätte sie ja Glück und würde einen seiner vernünftigeren Momente erwischen. Doch sie sah sich vergeblich nach ihm um.

Die Klingel ertönte, und Kinder strömten aus der Schule, als hätte man sie gefangen gehalten und endlich in die Freiheit entlassen. Julia konnte Emil in dem Gedränge nicht entdecken, und als nur noch wenige Kinder herauskamen, fürchtete sie schon, ihn verpasst zu haben. Da auf einmal sah sie ihn. Keiner seiner üblichen Kameraden war bei ihm, nur Parvati, die Tochter von Devi und Sam, folgte ihm und versuchte, mit ihm zu reden.

»Lass mich in Ruhe«, fuhr Emil sie an, und das dünne Mädchen mit den langen blonden Dreadlocks blieb entmutigt zurück. Julia mochte Parvati gern, sie half Emil häufig bei den Hausaufgaben, was er ihr nicht wirklich dankte. Julia hatte den Verdacht, dass sie sich hoffnungslos in Emil verliebt hatte, was die Sache vermutlich noch schlimmer machte.

»Hey, Emil«, sagte sie und trat ihm in den Weg. »Wie geht es dir?«

Emil starrte sie überrascht an. Im Gesicht des Jungen konnte Julia lesen wie in einem Buch, schließlich kannte sie ihn, seit er auf der Welt war. Zuerst blitzten seine Augen freudig auf, als er sie erkannt hatte, doch sogleich verschloss sich seine Miene wieder, so als würde ihn jemand daran erinnern, dass er neuerdings mit Julia nichts zu tun haben sollte.

»Gut«, antwortete er kühl. »Kann ich jetzt gehen?«

»Du bist immer noch sauer auf mich, was?«

»Nö«, gab er zurück. »Wie kommst du denn darauf?«

»Dann lass uns miteinander reden«, schlug Julia vor.

»Ich wüsste nicht, worüber«, kam es patzig zurück.

Julia konnte es nicht fassen. »Hör zu«, konterte sie, »rede nicht so mit mir, als wären wir Fremde. Morgen ist dein Geburtstag, und ich habe ein Geschenk für dich.« Sie hob die große Tüte hoch, in der es steckte. »Aber vor allem möchte ich, dass wir uns wieder versöhnen.«

»Ich bin dir doch gar nicht böse«, sagte er leichthin und sah an ihr vorbei.

»Warum gehst du dann nicht ans Telefon, wenn ich anrufe?«

Emil zuckte mit den Schultern. »Vielleicht, weil ich keine Lust habe?«

»Und was ist mit mir?«, fragte Julia zurück. »Ist es dir ganz egal, ob ich mir Sorgen mache?«

Emil schnaubte verächtlich. »Du brauchst dir keine Sorgen zu machen«, erklärte er. »Ich komm schon zurecht.« Er schulterte seinen Rucksack und machte Anstalten, einfach an Julia vorbeizugehen.

»Dein Geschenk willst du auch nicht? Na gut. Dann bekommt es eben El Rostro.«

Julia sah, wie er zögerte. Ein Geschenk, das seinem Freund gefallen könnte, übte offenbar noch eine gewisse Wirkung auf ihn aus. Sie hatte Schwimmflossen für ihn gekauft und eine gute

Taucherbrille. Das hatte er sich gewünscht, und Julia hoffte, dass er sich noch immer darüber freuen würde.

»Was willst du denn von mir wissen?«, fragte Emil zurück.

»Lass uns ein Eis essen gehen«, schlug Julia vor. »Oder holt dich dein Vater gleich ab?«

Emil schüttelte den Kopf. »Der ist nach Teneriffa geflogen, weil er dort was zu erledigen hat. Er kommt heute Abend zurück.«

»Na also«, gab Julia zurück. »Das heißt, du hast ein bisschen Zeit. Oder?«

Sie hatte Emil schon oft in dieses Eiscafé eingeladen, hier gab es seine Lieblingssorte, Schokolade mit ganzen Nüssen darin, und während sie sich einen Tisch aussuchten und ihre Eisbecher bestellten, wurde Julia schmerzlich bewusst, wie sehr der Junge sich verändert hatte. Das ist normal, versuchte sie, sich einzureden. Er wird älter, kommt in die Pubertät. Muss sich von mir abnabeln. Und dennoch tat es ihr weh, wie er sie inzwischen behandelte.

»Was hast du vor an deinem Geburtstag?«, fragte Julia.

Emil machte ein geheimnisvolles Gesicht. »Papa hat mir eine Überraschung versprochen«, sagte er. »Er nimmt sich den ganzen Tag dafür frei.«

»Und deshalb hast du deinen Freunden abgesagt?«, fragte Julia. »Maribel hat mir erzählt, dass ihr eine Party geplant hattet.« Emil verschränkte die Arme vor der Brust und sah an Julia vorbei aus dem Fenster. »Hast du dich mit El Rostro gestritten?«, hakte sie nach.

Emil presste die Lippen zusammen und starrte auf den Tisch. »Er hat schlecht über meinen Vater gesprochen«, antwortete er finster. »Daraufhin hab ich schlecht über seinen gesprochen, und das war's dann.« Julia schwieg betroffen. Miguel, der Vater seines Freundes, hatte Emil viele Wochen lang wie seinen eigenen Sohn behandelt. »Ich weiß, dass auch du nichts von Papa hältst«, fuhr

Emil verbittert fort. »Aber du hast ja keine Ahnung, wie schwer ihm alle das Leben hier machen.«

»Er macht auch anderen das Leben nicht gerade leicht«, wandte Julia vorsichtig ein. »Du warst ja selbst dabei, als er mit dem Katamaran voller Touristen mitten in die Walschule hineingebrettert ist.«

»Das war ein Versehen«, verteidigte Emil seinen Vater. »Er hat mir das alles genau erklärt. Dabei versteht er viel mehr von Schiffen als die meisten Einheimischen. Die leben doch alle noch hinter dem Mond. Fahren mit diesen ollen Kuttern durch die Gegend. Zum Beispiel diese Umweltaktivisten. Weißt du, was die sind?« Emil bohrte seine blauen Augen fest in Julias. »Neidisch sind die! Weil Papa viel mehr draufhat als alle zusammen. Und weil er in größeren Dimensionen denkt.«

Julia wurde ganz flau. Sie sah, dass der Kellner ihre beiden Eisbecher brachte und wartete, bis er sie vor ihnen abgestellt hatte.

»In welchen Dimensionen denkt Jens denn?«, fragte sie.

»In riesigen.« Emil tauchte seinen Löffeln in die Sahne und verrührte sie mit Schokoladeneis. »Das kannst du dir gar nicht vorstellen. Und Álvaro auch nicht.« Julia wurde hellhörig. Warum brachte Emil jetzt ausgerechnet Álvaro ins Spiel? »Du hast ja keine Ahnung, was er heute auf Teneriffa macht«, fuhr Emil stolz fort und verschlang einen großen Löffel Sahneeis.

»Was macht er denn?«

»Sich die Genehmigung für ein ganz großes Ding holen«, verriet Emil mit vollem Mund. »Er wird nämlich eine Tauchstation mit Schule eröffnen, wie es auf La Palma noch keine gibt. Ein Riesenprojekt. Von ganz weit her werden die Leute anreisen, um hier zu tauchen, weil sie hier Dinge erleben werden, die sie noch nie gesehen haben.«

Der sonst so leckere Fruchtbecher schmeckte Julia auf einmal schal. Emils Augen leuchteten, so stolz war er offenbar auf seinen

Vater. Wie war es nur möglich, dass der Junge, der doch ganz genau wusste, welch ein Schaumschläger Jens war, auf einmal so auf dessen Rhetorik hereinfiel? Oder stimmte es gar, dass dieser etwas Ungeheuerliches plante?

»Wieso denn?«, fragte sie. »Was kann man denn hier beim Tauchen so Ungewöhnliches sehen?«

Emil legte den Löffel beiseite und beugte sich über den Tisch Julia entgegen, als wolle er ihr ein Geheimnis anvertrauen. »Es geht um eine sensationelle Unterwasserformation«, raunte er. »Spektakuläre Höhlen, ein ganzes System von Grotten. Und um beim Tauchen da ranzukommen, wird mein Vater einen riesigen Felsen wegsprengen lassen. Der steht nämlich im Weg.« Emils Wangen hatten sich vor Eifer gerötet. »So einer ist er. Er lässt sich nicht so schnell entmutigen. Schon gar nicht von diesen Umweltfreaks und auch nicht von deinem Salzheini.«

»Salzheini?«, wiederholte Julia entgeistert und erinnerte sich daran, dass Jens diesen Ausdruck auch schon benutzt hatte.

»Na, deinen Álvaro.«

»Was fällt dir ein, so von ihm zu sprechen?«

»Weil er es verdient«, gab Emil zurück und widmete sich wieder seinem Eisbecher, wobei er gar nicht merkte, wie er sich das Kinn mit Schokoladensahne verschmierte. »Der ist doch nur mit dir zusammen, weil du ihm die Finca weggeschnappt hast. Denkst du, er wäre an dir interessiert, wenn du die nicht hättest?« Julia glaubte, sich verhört zu haben. Sogar im Tonfall erinnerte alles, was Emil sagte, an seinen Vater. »Pass bloß auf, dass er dich nicht dazu bringt, sie ihm zu überschreiben.« Emil sah sie mit belehrender Miene an. Sie hätte über ihn lachen mögen, wie er so schokoladeneisverschmiert neunmalklug daherredete. Das Lachen blieb ihr allerdings im Halse stecken. Wie niederträchtig von Jens, Emil so etwas einzureden! Und wie gemein von ihrem Neffen, das so herzlos nachzuplappern.

»Du bist absolut respektlos«, fuhr sie ihn wütend an, aber Emil schnaubte nur.

»Genau wie Papa es vorausgesagt hat. Weil ihr Weiber ja so was von blind seid. Sag mal, wohnt Tanja etwa immer noch bei dir?«

»Ja«, gab Julia zornig zurück. »Und das bleibt auch so.« Sie erhob sich. »Hier ist dein Geschenk.« Sie stemmte die Tasche auf den kleinen Tisch, dass die Eisbecher nur so schepperten. »Und falls du weiterhin solche Unverschämtheiten unreflektiert nachplapperst, kannst du mir gestohlen bleiben. Alles Gute zum Geburtstag, Emil. Ich bin ziemlich enttäuscht von dir.«

Sie ging zur Kasse und bezahlte die Eisbecher, dann verließ sie das Café, ohne sich noch einmal umzublicken.

14

Zwischen allen Stühlen

»Wo warst du denn so lange?« Amelie kam Julia aufgeregt entgegengelaufen. »Hier steht das Telefon nicht mehr still. Und warum ist eigentlich der morgige Tag im Kalender durchgestrichen? Wir haben dreiundzwanzig Anfragen fürs Wochenende, ich hab mir alle Telefonnummern geben lassen, falls das ein Versehen von dir war.«

»Jetzt mal langsam«, bat Julia und warf ihre Handtasche auf einen Küchenstuhl. »Ich hab den Tag morgen freihalten wollen, weil es Emils Geburtstag ist. Aber das hat sich erübrigt. Ab jetzt ist es ein ganz normaler Tag wie jeder andere.«

Amelie warf ihr einen besorgten Blick zu. »Alles in Ordnung mit dir?«

»Alles bestens«, gab Julia finster zurück. »Emil verwandelt sich zwar gerade in die Miniaturausgabe seines Vaters, ansonsten …« Sie konnte plötzlich nicht mehr weitersprechen. Zu ihrem eigenen grenzenlosen Erstaunen brach sie in Tränen aus.

»Hey, was ist denn passiert?« Amelie wirkte zutiefst erschrocken.

»Ich muss mit Álvaro sprechen«, schluchzte Julia. Sie hatte noch nicht ausgesprochen, als das Telefon läutete. In der irrwitzigen Hoffnung, es könnte Emil sein, sprang Julia auf, rannte ins Restaurant zur Theke und nahm den Hörer ab.

»Ja?«, rief sie atemlos in die Muschel und wischte sich die Tränen ab.

»Ist dort das Restaurant Flor de Sal?« Natürlich war es nicht

Emil, der würde ja, wenn überhaupt, auf Julias privatem Handy anrufen. »Kann ich mit Julia Brunner sprechen?«

»Am Apparat.«

»Ein Tisch für zwölf Personen.« Irgendwie kam ihr die Stimme bekannt vor. Heiser, ganz sicher von einem älteren Mann. »Morgen um zwei. Ich komm mit wichtigen Leuten. Also gib dein Bestes, so wie es in diesem deutschen Magazin steht.«

Dass man hier einander duzte, damit war Julia inzwischen vertraut. Dennoch fand sie es befremdlich, wie dieser Gast, der sich noch nicht einmal vorgestellt hatte, mit ihr sprach.

»Auf welchen Namen soll ich den Tisch denn reservieren?«, fragte sie.

Ein heiseres Lachen drang an Julias Ohr. »Du kennst mich wohl nicht mehr, was? Ich bin Marcos. Der, dem du das alles zu verdanken hast, Schätzchen. Also streng dich an.«

Ehe Julia etwas entgegnen konnte, hatte Marcos aufgelegt.

»Du bist ja ganz bleich«, sagte Amelie, die ihr gefolgt war. »Ist was passiert?«

»Das war Marcos«, presste Julia zwischen den Zähnen hervor. »Er kommt morgen mit elf Personen.«

»Das ist doch prima«, fand Amelie. »Oder nicht?« Sie musterte Julia besorgt. »Wer ist dieser Marcos?«

»Marcos ist der Mann, der mir die Finca verkauft hat«, antwortete Julia. »Und zwar nur, um damit Álvaro eins auszuwischen.«

»Wirklich?« Amelie grinste. »Das ist ja dann mächtig in die Hose gegangen.«

»Das stimmt. Jetzt sieht es allerdings so aus, als hätte er sich mit Jens zusammengetan. Wenn Emil keinen Mist erzählt hat, planen die beiden jetzt eine ganz üble Sache.« Wäre ich bloß nicht ans Telefon gegangen, schimpfte sie sich selbst. Jetzt würde dieser rachsüchtige Kerl in ihrem Restaurant den großen Zampano spielen, da war sie sich sicher.

Schon wieder klingelte das Telefon.

»Kannst du für mich rangehen?«, bat sie Amelie. »Und nimm bitte für morgen Mittag keine Reservierung mehr an.« Falls Marcos sich schlecht benehmen würde, was sein Anruf durchaus vermuten ließ, wollte sie lieber keine anderen Gäste dahaben.

Sie musste dringend mit Álvaro sprechen, aber sie fand ihn weder in der Finca noch im Salzgarten. Sein Handy war ausgeschaltet, oder er hatte keinen Empfang, was auf der Insel leider an vielen Orten der Fall war. Dann wurde es höchste Zeit für die Abendgäste, und Julia musste ihre ganze Selbstbeherrschung aufbringen, um das an diesem Freitagabend voll besetzte Restaurant mit der notwendigen Professionalität zu bekochen. Und doch kannte sie keine andere Tätigkeit, die sie in kürzester Zeit so beruhigte. Es dauerte nicht lange, und ihr Denken war im Einklang mit ihren Bewegungen, wenn sie Kurzgebratenes in die zischend heiße Pfanne gab oder mit geübten Handgriffen eine Mayonnaise aufschlug oder ein Dressing rührte. Der Duft der Blüten und Kräuter aus Garas Garten, von Paola sorgfältig verlesen und gewaschen, wirkte besänftigend auf ihre Nerven, und Amelies vertraute Stimme, wenn sie in die Küche kam und ihr ein paar fröhliche Worte zurief, tat ihr gut. Dennoch wusste sie, dass sie so bald wie möglich mit Álvaro und am besten auch mit Toto über das reden musste, was Emil herausgeplappert hatte.

»Da ist ein Gast, der dich gerne sprechen möchte.« Amelie überreichte Julia die Order für einen neu besetzten Tisch.

»Wer ist es denn?«, fragte Julia. »Ist er zufrieden, oder will er sich beschweren?«

»Es sind die beiden an Tisch sechs. Sie wirken eigentlich ganz gut gelaunt.« Amelie zwinkerte Julia aufmunternd zu. »Bestimmt wollen sie ein Autogramm von dir.«

Nun musste Julia doch lachen. Das war tatsächlich einmal vorgekommen, damals, als sie den Stern errungen hatte. Sie richtete ihre Haare unter der Kochmütze und zog die weiße Baumwollbluse zurecht. Dann folgte sie Amelie in den Gastraum.

Sofort umfing sie die zauberhafte Atmosphäre ihres Restaurants. Goldenes Licht beleuchtete indirekt die alten Natursteinmauern und brachte die alten Fotografien zur Geltung, die Julia in einem der Nebengebäude gefunden hatte, und die vor fast sechzig Jahren aufgenommen worden waren und Álvaros Großvater Jaime, seine Großmutter Belén und viele andere aus jener Anfangszeit zeigten. An den Deckenbalken hingen Pflanzgefäße mit üppigen Farnen und Strelizien, die sich dem gläsernen Oberlicht entgegenreckten und dem Raum den Charme eines Wintergartens verliehen. Die Tische waren mit handbestickten kanarischen Leinentischdecken eingedeckt und mit frischen Blumen aus Garas Garten geschmückt, auf jedem brannte eine elegante Spitzkerze, deren Flamme sich in den Weingläsern spiegelte. Da es im Oktober abends schon etwas kühl werden konnte, hatte Sam vorsorglich ein Feuer im Kamin gemacht, und sein Widerschein zauberte goldene Lichter auf die Gesichter der Anwesenden.

Julia sah freundliche, ja neugierige Mienen. Sie ging von Tisch zu Tisch, wechselte überall ein paar persönliche Worte, stellte erleichtert fest, dass man allgemein sehr zufrieden war, und gelangte schließlich zu jenen Gästen, die nach ihr gefragt hatten. Es handelte sich um ein deutsches Paar, das Julia auf Mitte vierzig schätzte. Für Urlauber waren sie fast ein bisschen zu elegant gekleidet, die Frau trug eine Perlenkette um den Hals, was Julia an ihre Freundin Claire erinnerte, die Anwältin war und ähnlichen Schmuck mochte.

»Es war alles wirklich wunderbar«, sagte der Mann und strahlte Julia an. »Wir sind extra von Teneriffa herübergeflogen und finden, es hat sich gelohnt. Nicht wahr, Liebling?«

Er sah zu seiner Begleiterin, die eifrig nickte. »Absolut«,

ergänzte sie. »Obwohl man ja nicht immer nach diesen Kritiken gehen kann. Wir waren da schon so manches Mal enttäuscht. Aber in Ihrem Fall hat der Journalist wohl noch untertrieben. Das Lammcarrée war sensationell. Und die Sauce erst! Die hatte so ein Aroma ... ich komme einfach nicht drauf, was das war.«

»Es freut mich, dass es Ihnen geschmeckt hat«, antwortete Julia verwirrt. Wovon sprachen diese Leute? Auf einmal kam ihr ein Gedanke. Sollte Nevady womöglich das Flor de Sal in einem der einschlägigen Gourmetzeitschriften besprochen haben? »In der Sauce war ein wenig Essenz vom wilden Lavendel«, verriet sie. »In welchem Magazin haben Sie denn über mich gelesen?« Sie hoffte, dass das souverän geklungen hatte, so als wüsste sie von zahlreichen guten Kritiken.

»Wir haben den neuen Podcast von Gerald Nevady abonniert«, erwiderte der Gast. »Eine tolle Idee, das muss man ihm lassen.«

»Er hat auch einen Artikel in *Food and Travel* über Ihr Restaurant veröffentlicht«, warf seine Frau ein. »In diesem Sonderheft über die Kanaren.«

»Und«, fragte Julia ungläubig nach, »Sie sind wirklich extra von Teneriffa herübergekommen ...«

»Ja, warum nicht?«, gab der Gast zurück. »Der Flug dauert doch nur eine halbe Stunde. Wenn man vom Starnberger See nach München pendelt, braucht man länger.«

»Wir haben unseren Lebensmittelpunkt nach Teneriffa verlegt«, erklärte seine Begleiterin. »Mein Mann ist im IT-Geschäft und kann überall arbeiten. Und ich habe eine Boutique für edles Kunsthandwerk.« Sie strich mit den Fingerspitzen über das feine Tischtuch, das eine Gruppe von einheimischen Frauen für Julia im traditionellen kanarischen Stil bestickt hatten. »So wie diese Tischwäsche«, sagte sie. »Wo haben Sie denn die gefunden?«

»Ich habe sie hier auf La Palma für mein Restaurant anfertigen lassen. Wenn es Sie interessiert, gebe ich Ihnen gern die Adresse.

Außerdem kenne ich eine außergewöhnliche Keramikkünstlerin, falls Sie auch Töpferware verkaufen«, fügte Julia hinzu. »Bleiben Sie über Nacht auf der Insel?«

Das taten die beiden, und Julia riet ihnen, vor ihrer Abreise am folgenden Tag unbedingt bei Ana vorbeizuschauen und sich ihre Keramiken zeigen zu lassen.

»Nevady hat über uns geschrieben«, erzählte Julia begeistert, als sie wieder in der Küche war. »Ein bekannter Kritiker«, fügte sie erklärend hinzu, denn Paola sah sie fragend an.

»Deshalb läutet dauernd das Telefon.« Amelie schlug sich gegen die Stirn.

»Und er hat einen Podcast«, fuhr Julia fort. »Wir müssen unbedingt herausfinden ...«

»Schaut mal!« Tanja war in die Küche gekommen und schwenkte ein paar Blätter. »Ich hab einfach mal Flor de Sal La Palma gegoogelt, weil ich wissen wollte, wo wir schon überall vertreten sind. Ihr glaubt nicht, was ich gefunden habe.«

Amelie riss ihr ungestüm die Seiten aus der Hand. »Das ist es«, rief sie. »*Von Sternen und Galaxien*. Gerald Nevady.« Sie reichte die Blätter Julia, die den Artikel hastig überflog. Sie war allerdings so aufgeregt, dass die Buchstaben vor ihren Augen verschwammen. »Ist es gut, was er schreibt?«, fragte sie nervös.

»Er lobt dich über den grünen Klee«, meinte Tanja.

»Na, hör mal«, warf Amelie ein. »Da sind Leute extra von Teneriffa hergeflogen, um bei uns zu Abend zu essen. Ich würde sagen, diesen Artikel sollten wir einrahmen und Julia über den Herd hängen.«

»Nein, im Restaurant sollte sie ihn aufhängen«, fand Tanja.

»Also, das ist wirklich ganz großartig«, erklärte Julia. »Tausend Dank, Tanja, dass du uns das ausgedruckt hast. Aber jetzt rasch wieder an die Arbeit. Die Gäste warten auf ihr Dessert.«

Und schon ging es weiter, beschwingt und ausgelassen, und

nachdem sie Paola übersetzt hatten, was es mit diesen Papierseiten auf sich hatte, war auch bei dieser die Freude groß.

»Unsere Julia kommt noch ganz groß raus«, sagte sie. »Ihr werdet schon sehen. So wie sie hab ich noch nie jemanden kochen sehen. Und ich stamme aus einer Familie von Köchen, das sag ich nicht einfach so leichtfertig dahin.«

»Von Sternen und Galaxien«, wiederholte Amelie und half Julia, das Rosenblütensorbet mit dreierlei Pralinen, die überraschende Salzkerne enthielten, anzurichten.

Erst viel später, als die letzten Gäste das Restaurant verlassen hatten, fiel Julia wieder ein, was Emil erzählt hatte. Und dass ausgerechnet Marcos am folgenden Tag mit einer Gesellschaft anrücken würde. *Also gib dein Bestes, so wie es in diesem deutschen Magazin steht,* hatte er gesagt. Hatte auch er von Nevadys Restaurantkritik Wind bekommen? Oder steckte womöglich Jens dahinter?

Endlich hörte sie Álvaro nach Hause kommen. Er wirkte niedergeschlagen und müde, als er sie im gemeinsamen Schlafzimmer in die Arme schloss.

»Ich habe heute eine große Salzlieferung zum Hafen nach Santa Cruz gebracht. Diesmal hat es ewig gedauert, bis die Zollformalitäten erledigt waren. Und dann hab ich noch bei Belén vorbeigeschaut. Ihr geht es seit ein paar Tagen nicht so gut.«

»Was hat sie denn?«, fragte Julia erschrocken.

»Das weiß man nicht so genau«, gab Álvaro zurück und begann, sich auszuziehen. »Irgendwas mit dem Herzen. Sie ist schließlich nicht mehr die Jüngste. Kommst du mit mir unter die Dusche?«

Das war inzwischen fast zu einem Ritual zwischen ihnen geworden. Nichts brachte Julia nach einem langen anstrengenden Abend besser zur Ruhe, als in den Armen ihres Liebsten unter einem heißen Wasserstrahl zu stehen. Es fühlte sich so an, als würde alles, was sie an diesem Tag beschäftigt hatte, von ihr abgewaschen, und übrig blieben Zärtlichkeit und Wohlbefinden.

»Gern«, antwortete sie. »Ich muss dir aber unbedingt noch etwas erzählen.«

»Hoffentlich sind es gute Nachrichten«, meinte Álvaro mit einem Seufzen, und Julia überlegte, ob es nicht besser war, erst am folgenden Morgen mit ihm über das zu sprechen, was sie von Emil erfahren hatte. Andernfalls würde Álvaro vermutlich kein Auge zumachen. Und sie beide hatten Schlaf so dringend nötig.

»Dann wollen wir morgen früh darüber reden«, sagte sie und gab sich seinen streichelnden Händen hin. Wenn sie es sich recht überlegte, war es ja auch sehr gut möglich, dass Emil bloßen Unsinn erzählt hatte. Oder Jens hatte ihm einen Bären aufgebunden in dem Wunsch, seinen Sohn zu beeindrucken. An diesem Abend, kurz vor Mitternacht, kam es ihr mehr als unwahrscheinlich vor, dass Jens irgendwelche Felsen sprengen lassen würde. Viel wichtiger waren Álvaros Küsse und Umarmungen. Bis sie schließlich eng aneinandergeschmiegt einschliefen.

»Wolltest du mir nicht etwas erzählen?«

Es war noch früh, das erste Morgenlicht fing sich in dem luftigen Baumwollstoff über dem Himmelbett. Sie waren Arm in Arm gemeinsam aufgewacht und hatten sich erneut zärtlich geliebt. Schließlich war Álvaro aufgestanden, hatte Kaffee gemacht und ihr eine Tasse ans Bett gebracht. Bei seiner Frage war Julia allerdings mit einem Mal hellwach.

»Emil hat gestern unglaubliche Sachen von sich gegeben.« Sie begann zu erzählen, ließ dabei jedoch die hässliche Bemerkung aus, Álvaro sei mit ihr nur deshalb zusammen, weil er es im Grunde auf die Finca abgesehen habe.

»Du meinst, Jens will Unterwasserriffe sprengen?«

»Das hat Emil behauptet«, sagte Julia nachdenklich. »Er hat

von einem Felsen gesprochen. Was meinst du, was er auf Teneriffa gewollt haben könnte?«

»In Teneriffa befindet sich der Verwaltungssitz des westlichen Teils der autonomen Gemeinschaft der Kanarischen Inseln«, erklärte Álvaro. »Die Kanaren sind administrativ in zwei Provinzen eingeteilt: Teneriffa, La Palma, La Gomera und El Hierro gehören zur westlichen, die übrigen Inseln zur östlichen Provinz. Wenn Jens tatsächlich an einem so großen Rad dreht, braucht er dazu Genehmigungen.« Er nahm einen Schluck von seinem Kaffee, seine Miene war sorgenvoll. »Wir sollten das Toto erzählen«, sagte er schließlich und erhob sich vom Bett. »Wir könnten oben im Dorf gemeinsam mit den anderen frühstücken. Kommst du mit? Ich trommle sie alle zusammen.«

»Bis zehn Uhr hab ich Zeit«, antwortete Julia und stand ebenfalls auf. »Dann muss ich wieder in meine Küche.«

Es war eine Weile her, dass Julia oben im Dorf gewesen war, das hoch über dem Gasthof am Hang des Berges thronte. Der Himmel war wolkenverhangen an diesem Samstagmorgen, das Meer wirkte farblos und abweisend. Ein paar Kinder bemalten mit farbigen Kreiden den Dorfplatz, während ihre Eltern Einkäufe machten und hier und da in Grüppchen zu einem Schwatz beisammenstanden. In der Bar war viel Betrieb, und Julia bereute es, Toto und die anderen nicht ins Restaurant eingeladen zu haben, wo sie ungestört gewesen wären. Immer wieder riefen Passanten einen Gruß herüber, stellten eine Frage oder kommentierten ein vergangenes Ereignis. Schließlich zogen sie sich unter die Palmen zurück, die den Platz beschatteten. Außer Toto waren auch Pepe und Naira gekommen. Nur Serena fehlte, die schon auf dem Markt war. Julia berichtete, was Emil ihr erzählt hatte.

»Er hat davon gesprochen, dass es unter dem Meeresspiegel ein sensationelles System aus Höhlen gebe«, schloss Julia. »Um

Zugang dazu zu schaffen, sollten Felsen gesprengt werden. Ich hab natürlich keine Ahnung, ob das alles Märchen sind, die Jens seinem Sohn erzählt hat, oder ob es wirklich stimmt.« Keiner sagte etwas, nachdem sie geendet hatte. Toto wirkte in sich gekehrt, fast so, als hätte er ihr gar nicht zugehört. Naira dagegen starrte Julia aufgebracht an, als sei sie es, die vorhatte, diese Ungeheuerlichkeiten zu begehen. Pepe schnalzte mit der Zunge und schüttelte den Kopf.

»Felsen sprengen«, sagte Toto schließlich. »Kein Mensch mit Verstand würde so etwas tun.«

»Vielleicht hat der Junge das falsch verstanden«, meinte Pepe.

»Oder er hat sich das ausgedacht, um uns Angst einzujagen«, vermutete Naira.

»Warum sollte er das tun?« Julia konnte das nicht glauben. »Ich bin mir sicher, dass mein Bruder ihm das so erzählt hat. Emil würde sich so etwas nicht ausdenken.« Genauso wenig, wie er von allein auf den schrägen Gedanken käme, Álvaro sei nur mit ihr zusammen, weil ihr die Finca gehörte, fügte sie in Gedanken hinzu.

»Vielleicht will der Junge sich nur wichtigmachen«, mutmaßte Pepe.

»Jens Brunner ist nicht das Problem«, sagte Toto, und alle sahen ihn erstaunt an. »Hinter all dem steckt Marcos. Denn ihm gehört das Land, auf dem die Tauchstation errichtet werden soll. Und falls El Alemán auf Teneriffa war, dann war er das höchstwahrscheinlich in Begleitung von Marcos. Oder in dessen Auftrag. Vielleicht benutzt Marcos ihn als Strohmann.« Er verstummte und grübelte weiter.

»Es ist absolut illegal, Unterwasserfelsen zu sprengen!« Pepe war die personifizierte Empörung.

»Dafür bekommen sie nie und nimmer eine Genehmigung«, sagte Álvaro.

»Normalerweise nicht«, pflichtete Toto ihm bei, und Naira

atmete hörbar auf. »*Normalerweise*«, betonte Toto. »Bei Marcos weiß man nie. Es wäre nicht das erste Mal, dass er etwas genehmigt bekommt, was kein anderer tun dürfte.«

»Wie weit ist eigentlich dein Antrag gediehen?«, wollte Naira von Toto wissen. Julia verstand, dass sie den Antrag zur Erklärung der Küste zum Nationalpark meinte.

»Wir haben schon die ersten Hürden genommen«, erzählte Toto. »Am Montag wird der Antrag in Madrid dem Ministerrat vorgelegt.«

»In Madrid?«

»Ja, das ist Sache der Zentralregierung«, erklärte Toto. »Wenn die Minister positiv entscheiden, muss der Antrag nur noch vom Parlament bestätigt werden.«

»Nur noch«, echote Pepe und hob die Augenbrauen. »Das geht jetzt schon seit Jahren so.«

»So lange nun auch wieder nicht«, widersprach Toto und schob den alten Strohhut, von dem er sich niemals trennte, in den Nacken. »Das ist eben eine langwierige Sache. Immerhin gibt es in ganz Spanien nur sechzehn Nationalparks dieser Art, vier davon auf den Kanarischen Inseln. Aber Leute, wenn wir das schaffen, dann haben wir wirklich etwas erreicht.«

»Und du denkst, das geht durch?«, erkundigte sich Álvaro.

Toto zuckte mit den Schultern. »Ich hoffe es«, sagte er. »Natürlich kann jedes einzelne Ministerium nun noch Argumente gegen das Vorhaben einbringen. Und wie wir wissen, ist nicht jedes daran interessiert, die Natur zu schützen. Nehmen wir nur das Ministerium für Tourismus. Wir können nur hoffen, dass auch diese Leute begreifen, dass ein Nationalpark gut für den Fremdenverkehr ist.«

Julia dachte an das, was Álvaro ihr erzählt hatte. Dass Marcos Mittel hatte, um wichtige Entscheidungsträger für sich einzunehmen. Oder zu bestechen, um es deutlicher auszudrücken.

»Heute kommt Marcos übrigens mit einer ganzen Gruppe von Leuten zu mir ins Restaurant«, sagte sie.

»Was?« Álvaros Augen funkelten empört. »Und das erlaubst du?«

»Ich hatte gar keine andere Wahl«, gestand Julia. »Er hat mir seinen Namen erst ganz am Schluss genannt und …«

»Das kommt überhaupt nicht infrage«, fiel ihr Álvaro ins Wort. »Ich lasse nicht zu, dass er mein Elternhaus auch nur ein einziges Mal wieder betritt!«

»Das kannst du wirklich nicht machen«, mischte sich nun auch Pepe ein. »Julia. Er ist unser Feind.«

»Was für Leute will er denn mitbringen?«, wollte Toto wissen.

»Das weiß ich nicht«, antwortete Julia.

»Du musst ihm absagen«, erklärte Álvaro entschlossen. Er zog sein Handy aus der Tasche und reichte es Julia. »Los. Ruf ihn an. Seine Nummer ist eingespeichert. Ich will diesen Kerl nicht in meinem Haus haben.«

Julia glaubte, nicht richtig zu hören. In *seinem* Haus? Doch wohl eher in *unserem* Haus, dachte sie verärgert. Sie war ja selbst alles andere als glücklich über diese Buchung. Wie kam Álvaro allerdings dazu, ihr schon wieder Befehle zu erteilen?

»Vielleicht ist es besser, er kommt mit all diesen Leuten«, sagte da Toto plötzlich. »Und wisst ihr was? Ich habe eine großartige Idee. Wir essen heute ebenfalls im Flor de Sal.« Seine Augen blitzten kämpferisch.

»Hör zu, Toto, ich will keinen Ärger …«, protestierte Julia erschrocken.

»Die Idee ist nicht schlecht«, fand auch Naira, so als hätte Julia nichts gesagt. »Auf diese Weise können wir vielleicht herausfinden, mit wem er seine undurchsichtigen Geschäfte macht.«

»Ich bringe meinen Vater mit«, beschloss Toto. »Und wie wäre es, Álvaro. Willst du nicht Belén dazuholen?«

»Auf keinen Fall«, gab der finster zurück. »Meiner Großmutter geht es nicht gut. Das Letzte, was sie jetzt braucht, ist eine solche Aufregung.«

»Wir sollten auch Baltasar Bescheid sagen«, meinte Naira. »Als Bürgermeister geht ihn die Sache ja in erster Linie an. Oder?«

»*In erster Linie* geht das alles mich etwas an«, warf Álvaro aufgebracht ein. »Falls an der ganzen Sache etwas dran ist, spielt sich das direkt vor meinem Salzgarten ab. Wenn dort irgendwelche Felsen gesprengt werden – was glaubt ihr, welche Folgen das auf die Saline hat? Das ganze Ökosystem dort ist hoch kompliziert. Es ist den Felsformationen zu verdanken, dass die Bucht so geschützt ist. Wird dort etwas verändert, ist es gut möglich, dass der nächste Sturm meinen Salzgarten flutet.«

»Dazu braucht es möglicherweise nicht mal einen Sturm«, fügte Toto düster hinzu. »Ganz davon abgesehen, dass wir hier auf einem vulkanischen Hotspot leben und eine Sprengung fatale seismografische Konsequenzen haben kann. Erst vor einer Woche wurde drei Meilen vor unserer Küste ein kleineres Seebeben gemessen. Wer so etwas vorhat, ist nicht ganz richtig im Kopf.«

»Ihr wollt also wirklich kommen?«

Aller Augen richteten sich auf Julia.

»Das willst du uns doch wohl nicht verwehren?«, gab Toto streng zurück. »Sind wir dir als Gäste nicht mehr willkommen?«

»Natürlich seid ihr das.« Julia räusperte sich. »Wenn es der Sache dient …«

»Du hättest Marcos niemals zusagen dürfen«, fiel ihr Álvaro unversöhnlich ins Wort. »Er sollte unsere Schwelle eigentlich nie mehr übertreten?«

»Na ja, die Finca gehört ja gar nicht dir«, warf Naira in zuckersüßem Ton ein, in dem die Häme nicht zu überhören war. »Sie gehört Julia. Wer über die Schwelle des Flor de Sal tritt oder nicht – da hast du vermutlich gar nichts zu melden, Álvaro.«

Entsetzt sah Julia, wie ob dieses Seitenhiebes alle Farbe aus Álvaros Gesicht wich.

»Wir treffen solche Entscheidungen *gemeinsam*«, beeilte sie sich zu sagen. Dabei warf sie Álvaro einen vielsagenden Blick zu. »Und wenn es euch lieber ist, ruf ich Marcos tatsächlich an und sage ihm ab.«

»Nein, nein«, widersprach Toto lebhaft. »Das gibt uns die einmalige Gelegenheit, zu sehen, wer mit ihm klüngelt.«

»Und wenn es nur ein paar alte Freunde von Marcos sind?«, gab Álvaro zu bedenken.

»Marcos hat keine Freunde«, wandte Pepe ein. »Jedenfalls nicht auf La Palma.«

»Dann stehen die Chancen umso besser, ein paar seiner korrupten Unterstützer kennenzulernen.«

»Vielleicht ist ja auch El Alemán dabei«, meinte Pepe.

Alle wandten sich Julia zu.

»Das glaube ich nicht«, antwortete sie. »Heute ist Emils Geburtstag. Ich vermute, dass sein Vater etwas mit ihm unternimmt.« Immerhin hatte der Junge sogar ein Fest mit seinen Freunden abgesagt.

»Also gut, dann ist es abgemacht.« Toto nahm seinen Strohhut ab, strich sich das Haar nach hinten und setzte ihn wieder auf. »Für welche Uhrzeit hat Marcos sich angesagt? Für zwei? Wir warten, bis er und seine Leute Platz genommen haben, und kommen eine Viertelstunde später.«

»Und was wollt ihr essen?« Julia warf einen Blick auf ihre Uhr. Es war kurz vor zehn. Sie hatte sich auf zwölf Gäste eingerichtet. Kurz überschlug sie, dass es vermutlich sechs bis acht Personen mehr sein würden.

Pepe lachte schallend auf, als hätte sie etwas besonders Dummes gefragt. »Was wir essen wollen?«, wiederholte er. »Das ist uns so was von egal!«

15

Das Mittagessen

Auf der kurzen Fahrt zurück zur Finca sprachen Álvaro und Julia zunächst kein Wort miteinander. Álvaro war zweifellos immer noch wütend auf sie. Dass sie als Restaurantbesitzerin Gäste nicht einfach so ablehnen konnte, das begriff er offenbar nicht. Außerdem, so überlegte sie, hatte sie persönlich überhaupt keinen Streit mit Marcos. Er hatte ihr das Anwesen zu einem äußerst günstigen Preis verkauft, auch wenn er sie über ein paar Details die Wasserversorgung betreffend im Dunkeln gelassen hatte.

Sie hatte ja keine Ahnung gehabt, dass der Verkauf der Finca an sie nichts anderes gewesen war als ein Schachzug, um Álvaro und seine Familie ein weiteres Mal zu brüskieren. Und selbstverständlich hielt sie aus Solidarität Distanz zu Marcos. Dennoch hatte Álvaro nicht das Recht, sie vor seinen Freunden dermaßen anzufahren. Auch wenn sie sich dagegen sträubte, Emils hämische Worte kamen ihr in den Sinn. *Der ist doch nur mit dir zusammen, weil du ihm die Finca weggeschnappt hast. Denkst du, er wäre an dir interessiert, wenn du die nicht hättest?* Wütend schob sie den Gedanken beiseite.

»Du hättest Marcos von vornherein absagen müssen«, fing Álvaro wieder an, als sie in die Piste einbogen, die zum Restaurant führte.

»Ich hab es bereits erklärt«, antwortete Julia genervt. »Er rief an. Reservierte einen Zwölfertisch. Erst am Schluss hat er mir seinen Namen genannt. Ich hab ihn nicht an der Stimme erkannt, wenn es das ist, was du mir vorwirfst.«

»Dann hättest du ihm eben absagen müssen, als du wusstest, wer er war«, konterte Álvaro. »Er hat unsere Familie ruiniert. Hast du das vergessen?«

»Nein, das hab ich nicht vergessen«, gab Julia zurück. »Aber ein Restaurant sollte für alle ...«

»Du hast manchmal einfach zu wenig Rückgrat«, fiel ihr Álvaro erbittert ins Wort. »Du bist zu weich. Ja, einerseits macht dich das sympathisch. Du hast ein gutes Herz. Aber in manchen Situationen bist du einfach nur feige.«

»Das reicht jetzt«, fauchte Julia. »Nur weil ich euer steinzeitliches Clandenken nicht übernehme, bin ich noch lange nicht feige. Überall stehen Fettnäpfe herum, uralte Feindschaften und Familienfehden – merkst du eigentlich nicht, wie sehr das das Leben vergiftet? Ich darf keinen Fisch von Diego annehmen. Und Marcos darf die Finca nicht betreten. Dass ich die Schwester von Jens Brunner bin, ist ein Makel, den ich niemals loswerden kann. Vielleicht solltest du mir eine Liste schreiben, wer was hier nicht darf, damit ich eure bescheuerten Regeln auswendig lernen kann?« Sie waren unter dem Drachenbaum angekommen. Álvaro würgte den Motor geradezu ab. Danach war es still im Innern seines Wagens. Viel zu still. »Ich meine ja nur ...«, wollte sie etwas ruhiger hinterherschieben, als Álvaro ihr die Hand auf den Oberschenkel legte.

»Ist schon gut«, sagte er. »Du bist eben keine von uns.«

Wortlos stieg Julia aus dem Auto.

»Warum bist du so nervös?« Amelie konnte man einfach nichts vormachen. »Hast du das Fleisch nicht vorhin schon gesalzen? Was ist eigentlich los mit dir?«

Julia stöhnte auf. »Álvaro und ich hatten Streit, weil ich Marcos nicht das Haus verboten habe.«

»Hat er sie nicht mehr alle?«

»Und zu allem Überfluss kommen nachher auch seine Freunde zum Essen.«

»Wieso ist das schlimm?«

»Marcos ist ihr erbitterter Feind«, versuchte Julia die verworrene Situation zu erklären. »Und ich habe große Sorge, dass der Tag nicht ganz friedlich enden wird.«

Amelie betrachtete sie mit schiefgelegtem Kopf und gerunzelten Brauen. »Meinst du, es gibt eine Schlägerei?«

Nun musste Julia doch grinsen. »Wer weiß.« Sie dachte an Jens, der sich am Abend des Tags der offenen Tür mit Álvaro geprügelt hatte.

»Wenn das so ist, sollten wir vielleicht nicht das gute Geschirr decken?« Amelie grinste, und auf einmal wurde es Julia leichter ums Herz. Ihre Freundin hatte eine so herrliche Art, die Dinge mit Humor zu nehmen. Vielleicht machte sie sich viel zu viele Sorgen, und am Ende würde alles glimpflich ablaufen. »Und was kochst du denen?«, fragte Amelie. »Streithähne in Gunpowder-Grüntee-Sauce?« Julia musste lachen.

»Klingt gar nicht übel«, meinte sie. »Sollte ich mal ausprobieren.« Dann dachte sie an Álvaros Worte, und ihr Herz wurde wieder schwer. Würde sie immer und ewig eine Außenseiterin bleiben, nur weil sie die Regeln des Dorfes infrage stellte?

Punkt zwei Uhr fuhren drei dunkle Limousinen vor, allen voran ein protziger Geländewagen, dem ein untersetzter älterer Mann entstieg. Julia erkannte in ihm erst auf den zweiten Blick Marcos. Eine Narbe an seinem linken Mundwinkel zog seine Unterlippe nach unten und verlieh ihm ein mürrisches Aussehen. Julia hatte ihn seit dem Tag, an dem sie den Kaufvertrag unterschrieben hatte, nicht mehr gesehen. Damals hatte er zerschlissene Alltagskleidung getragen. Jetzt hatte er sich in einen schwarzen Anzug geworfen und sah darin aus wie einer dieser südamerikanischen Drogenbarone, jedenfalls stellte Julia sich diese so ähnlich vor. Seine kleinen, schwarzen Augen wanderten aufmerksam über den gemauerten Torbogen mit dem Schild EL MESÓN FLOR DE SAL, dann stapfte er in den Hof und musterte alles eingehend.

»Willkommen«, rief er den anderen Gästen zu, die aus den Limousinen stiegen und interessiert in den Hof kamen. Darunter waren typische Anzugträger, Lokalpolitiker, vermutete Julia, die auch an einem freien Tag wie diesem wirkten, als könnten sie jederzeit auf ein Podest steigen und eine nichtssagende Rede halten. Andere trugen teure Freizeitkleidung, Städter, die sich ein schönes Wochenende auf dem Land machten. Einer in einem grauen Anzug fiel Julia auf, vielleicht, weil er so besonders unauffällig wirkte mit seinem Allerweltsgesicht und den ausgeprägten Geheimratsecken. »Fühlt euch ganz wie zu Hause.« Dass Marcos sich aufführte, als gehöre die Finca ihm, war allerdings eine große Frechheit.

»*Buenos días,* Señor Marcos«, sagte Julia förmlich. »Ich denke, es ist an mir, Sie willkommen zu heißen.«

»Die Kleine hat das Restaurant von mir übernommen«, erklärte Marcos seinen Gästen. »Und wie ich in der Fachpresse lese, habe ich mit ihr eine gute Wahl getroffen. Außerdem ist sie die Schwester von Jens Brunner. Es bleibt also alles in der Familie.«

Ein Raunen lief durch die Gruppe, und Julia begriff bestürzt, dass Marcos sie offenbar als eine Art Aushängeschild für ihren Bruder benutzte. Doch jetzt war nicht die Gelegenheit, das richtigzustellen. Wie hätte sie erklären können, dass sie mit ihrem Bruder zerstritten war und nichts mit ihm und seinen Angelegenheiten zu tun haben wollte? Auf eine Weise hatte Álvaro recht. Sie hätte sich nie und nimmer in diese Situation begeben dürfen. Jetzt half nur eines: Augen zu und durch.

»Im Restaurant ist für Sie gedeckt«, sagte sie und ließ Marcos und seine Gäste einfach stehen.

»Das ist mir ja mal eine nette Bande«, meinte Amelie, die sie an der offenen Tür erwartete und von dort aus die Ankunft der Gäste beobachtet hatte. »Ich hoffe, die wissen sich zu benehmen.«

»Marcos benimmt sich jetzt schon schlecht«, raunte Julia ihr zu. »Soll ich eventuell Sam anrufen und ihn bitten, zu kommen? Ich meine, für alle Fälle?«

Amelie schüttelte den Kopf. »Ich bin schon mit ganz anderen Kalibern fertiggeworden. Außerdem kommt ja nachher noch Verstärkung. Ich schätze, das wird ein lustiger Tag.«

Julia war einmal mehr froh, sich in die Küche zurückziehen zu können, und dennoch war ihr nicht wohl dabei. Wann immer sie in das Restaurant spähte, hielt Marcos große Reden, und nach dem rohen Gelächter der Gruppe zu urteilen, war wohl die eine oder andere Zote darunter.

»Alles in Ordnung?«, fragte sie Amelie.

»Alles bestens«, gab diese grimmig zurück und holte den Champagner aus dem Kühlschrank, den Marcos soeben als Aperitif geordert hatte.

Marcos erhob gerade sein Glas, als die Tür aufging und Toto hereinkam. Ihm folgten seine Eltern, Juan Pérez Sánchez und seine Frau Beatriz. Auch Tina, Totos Schwester, die schon so manches Mal im Service ausgeholfen hatte, war mit von der Partie. Pepe und Naira bildeten die Schlusslichter. Marcos hatte sich erhoben, wohl, um einen Trinkspruch auszusprechen, doch angesichts der neuen Gäste verschlug es ihm offenbar kurz die Sprache.

»Stoßen wir auf den Fortschritt an«, verkündete er und nahm rasch wieder Platz.

»Zeit für die Tapas«, mahnte Amelie Julia, die durch die Tür ins Restaurant sah.

»Die stehen schon bereit«, gab Julia zurück. »Was geht da

draußen vor sich?« Sie sah Toto an Marcos' Tisch stehen und sich mit zwei seiner Gäste unterhalten.

»Der mit dem Strohhut hat ein paar Bekannte entdeckt«, berichtete Amelie und griff nach dem vorbereiteten Tablett. »Ich glaube nicht, dass die sich besonders freuen.«

Julia zwang sich, sich auf ihre Arbeit zu konzentrieren. Sie musste die Vorspeisen herrichten, Paola hatte schon den Salat vorbereitet.

»Álvaros Freunde machen eine Menge Gruppenfotos«, berichtete Amelie, als sie mit den leeren Tapastellern zurückkam. »Du kannst dich also entspannen. Alles läuft wie am Schnürchen. Hier ist die Order für ihren Tisch.«

Julia überflog den Zettel. Dafür, dass es ihnen egal war, was sie zu essen bekamen, hatten Álvaros Freunde ganz schön zugeschlagen. Zum Glück hatten fast alle dasselbe bestellt, nur Naira hatte sich für die vegetarischen Gerichte entschieden.

Tiefrote, saftige Tomaten, über Kiefernspäne gerösteter Ziegenkäse, die Blütenblätter von Calendula und Borretsch und natürlich eine Prise Flor de Sal über dem Feigendressing gerieten unter Julias Händen zu wahren Salatkunstwerken. Die hausgemachte Terrine aus Wildkaninchen, mit hauchdünn geschnittenen Papayascheiben und winzigen, frittierten Chilischoten garniert, würden die Gaumen der erhitzten Gemüter kitzeln. Melonen mit Schinken und frittierten Salzkapern verließen die Küche, und für Naira ein luftiges Lauchsoufflé mit gerösteten Mandeln. Julia bat Paola, das Blech mit den frischen Brötchen aus dem Ofen zu holen und sie in einen mit weißem Leintuch ausgeschlagenen Korb zu legen. Amelie schnappte ihn sich und die elegante Brotzange und brachte sie hinaus, um jedem Gast eines auf das dafür vorgesehene Tellerchen zu legen.

Julia kontrollierte gerade die Rinderlenden, die sie bereits am Morgen bei geringer Hitze in den Ofen geschoben hatte, und stellte befriedigt fest, dass sie in Kürze perfekt sein würden, genau richtig zum Hauptgang an Marcos' Tisch.

»Wie weit sind die Kartoffelspieße?«, fragte sie Paola, die zur Antwort den Daumen hochhielt.

Da plötzlich drangen laute Stimmen bis zu ihnen in die Küche.

»Was ist da los?«, fragte sie Amelie alarmiert, die einen Stapel benutzter Teller in die Küche brachte.

»Einer der älteren von Álvaros Freunden hält so etwas wie eine Ansprache«, berichtete diese, und Julia eilte zur Tür.

»... dass es sich hier um eine schützenswerte Küste handelt, das wissen wir alle, auch Sie, Ramón Serrano, *gerade* Sie wissen das sehr gut.« Es war Juan Pérez, Totos Vater, der sich von seinem Stuhl erhoben hatte und mit dem Gehabe eines Lehrers auf einen Mann an Marcos' Tisch einsprach, dem das sichtlich ungelegen kam. »Sie kennen den Antrag meines Sohnes und seiner Kollegen und haben ihn gutgeheißen. Jedenfalls haben Sie das gesagt.«

»Jetzt halte mal die Luft an, Juan Pérez«, konterte Marcos gelassen. »Wir sind zu einem privaten Mittagessen hergekommen und haben keine Lust, uns deine Predigt anzuhören.«

»Allein die Tatsache«, ließ Juan Pérez sich nicht nehmen zu sagen und stach aufgebracht mit dem Zeigefinger Löcher in die Luft, »dass ein hoher Beamter des kanarischen Ministeriums für Tourismus an einem privaten Mittagessen mit jemandem teilnimmt, der vorhat, diese Küste des bloßen Profits wegen zu ruinieren, erzählt eine ganze Geschichte.«

»Was wollen Sie damit sagen?«, begehrte der Angesprochene auf.

»Er will damit sagen«, mischte sich nun Toto ein, »dass wir sehr wohl darüber informiert sind, dass Marcos eine große Tauchstation an dieser Küste plant, ein Unterfangen, das keineswegs in Einklang mit unserem Bemühen steht, dass diese Gegend zum Nationalpark erklärt wird. Im Gegenteil. Sie würde den Bedingungen widersprechen und unsere Pläne ein für alle Mal in den Sand treten.«

Betroffene Stille folgte dieser Bemerkung. Ramón Serrano wechselte alarmierte Blicke mit seinen Begleitern.

»Wer hat Ihnen denn so etwas erzählt?«, fragte jener unscheinbare Mann im grauen Anzug mit den ausgeprägten Geheimratsecken, der Julia schon bei seiner Ankunft aufgefallen war, und es klang, als wollte er von Kindern wissen, ob sie etwa noch an den Weihnachtsmann glaubten.

»Das pfeifen die Spatzen von den Dächern«, gab Toto gelassen zurück. »Ein gewisser Jens Brunner erzählt es überall herum. Und der Herr hier, der gewiss die Rechnung dieses privaten Mittagessens bezahlen wird, ist der Besitzer des betreffenden Gebiets.«

»Schon ein großer Zufall«, ließ sich nun Naira vernehmen, »dass Vertreter der entsprechenden Genehmigungsbehörden ausgerechnet mit ihm an einem Tisch sitzen. Und noch dazu zu einem *privaten* Mittagessen.«

»Das sind üble Unterstellungen«, gab Marcos zornig zurück. »Kann man in diesem Restaurant nicht in Ruhe essen? Was für schlechte Manieren ...«

Ein Handy klingelte. Ramón Serrano erhob sich eilig und ging mit dem schrillenden Gerät nach draußen.

»Wetten, dass der nicht wiederkommt?«, flüsterte Amelie Julia zu und schob sie sanft zurück in die Küche. »Am besten, ich serviere jetzt den Hauptgang. Das wird die Gemüter beruhigen.«

Julia wagte das zu bezweifeln. Dennoch machte sie sich mit Eifer daran, die Portionen anzurichten. Früher oder später würde sie ohnehin alles erfahren. Und es war besser, sich jetzt und hier nicht in diesen Disput hineinziehen zu lassen. Es lag auf der Hand, dass Marcos' Partei allein wegen ihrer Verwandtschaft zu Jens davon ausging, dass sie auf ihrer Seite stand.

»Jetzt schreien sie sich wegen irgendwelcher Sprengungen an, wenn ich es richtig verstanden habe«, erzählte Amelie und wirkte nun doch ein wenig besorgt. »Und von dem Filet kannst du übrigens eine Portion weniger anrichten. Der Handymann ist gerade mit Karacho davongefahren.

»Der ist vom Ministerium für Tourismus«, murmelte Julia vor sich hin. Offenbar war ihm die Sache zu heikel geworden.

»Die anderen sehen auch nicht gerade so aus, als würden sie noch lange bleiben wollen«, fuhr Amelie fort und schnappte sich die Teller.

Julia zwang sich, einfach weiterzumachen und sich nicht mehr länger um die Auseinandersetzung zu kümmern. Und tatsächlich sah es eine Weile so aus, als hätten sich die Gemüter beruhigt. Die Teller, die Amelie zurück in die Küche brachte, waren jedenfalls allesamt leer.

Als die Desserts die Küche verlassen hatten, gönnte Julia sich eine kleine Verschnaufpause draußen im Hof, schloss die Augen und atmete ein paarmal tief durch. Da schreckte sie ein Motorengeräusch auf. Álvaros Pick-up fuhr mit Vollgas auf den Parkplatz und kam in einer Staubwolke zum Stehen. Als sich der Dunst wieder legte, sah Julia neben Álvaro eine kleine, aufrechte Gestalt unter dem Drachenbaum.

»Belén«, rief sie aus und eilte den beiden entgegen.

»Wo ist dieser Bastard?«, stieß die alte Dame hervor. Ihre sonst so milden Züge waren hart und unnachgiebig. »Ist er noch da drinnen?«

Julia nickte und sah von Belén zu Álvaro, der ihrem Blick auswich.

»Sie soll sich doch nicht aufregen«, sagte Julia erschrocken zu ihm.

»Sprich nicht von mir in der dritten Person, solange ich noch nicht tot bin«, herrschte Belén sie an und zog an Álvaros Arm. »Los. Lass uns reingehen.«

Sprachlos sah Julia zu, wie Álvaro seine Großmutter zum Portal führte. Hatte er nicht noch vor wenigen Stunden gesagt, dass er sie keinesfalls in diese Sache mit hineinziehen wollte? Und jetzt half er der zarten alten Dame die Stufen zum Portal hinauf und öffnete die Flügeltür.

16

Das Geburtstagskind

»Marcos«, hallte die Stimme der Einundachtzigjährigen durch den Raum. »Was hast du hier verloren?«

Julia war nach dem ersten Schrecken zurück in die Küche und von dort ins Restaurant geeilt. Belén stand noch immer auf der Schwelle und wirkte wie ein drahtiger kleiner Racheengel.

»Na, sieh mal einer an.« Marcos lehnte sich demonstrativ auf seinem Stuhl zurück und streckte den Bauch vor. »Was für ein nettes Familientreffen.«

»Du gehörst nicht zur Familie«, konterte Belén. »Wie kannst du es wagen, hier mit deinen Komplizen aufzukreuzen?«

»Das geht dich nichts an, du alte Hexe«, gab Marcos zurück. »Du bist schon lange nicht mehr die Herrin im Flor de Sal.«

»Es reicht jetzt.« Julia war vorgetreten und stellte sich vor Belén. »Mein Restaurant steht allen offen. Wer sich allerdings nicht zu benehmen weiß, der hat hier nichts zu suchen. Ich lasse nicht zu, dass hier irgendjemand beleidigt wird. Schon gar nicht diese großartige Frau, die das Méson aufgebaut hat.« Sie wandte sich an Álvaros Großmutter. »Bitte gib die Tür frei. Die Herren möchten gehen.«

Tatsächlich hatten sich Marcos Gäste schon alle erhoben, es war ihnen anzusehen, dass ihnen die Situation längst zu unangenehm geworden war.

»*Du* wirfst mich nicht raus«, fuhr Marcos Julia an. »Du nicht! Ich hab dir das alles hier quasi geschenkt. Glaubst du, du kannst mich abschütteln wie eine lästige Laus?«

»Du solltest besser auf sie hören.« Álvaro machte zwei Schritte auf Marcos zu. Toto und Pepe gesellten sich zu ihm.

»Na, na«, sagte der Mann im grauen Anzug, der sichtlich bereute, überhaupt hergekommen zu sein. »Wir wollen uns doch nicht gegenseitig den Tag verderben. Das Essen war ausgezeichnet«, fügte er mit Blick auf Julia höflich hinzu. »Und jetzt wollen wir gehen.«

Belén stand unverrückbar in der Tür und dachte nicht daran, beiseitezutreten.

»Du wirst hier keine Felsen sprengen«, fauchte sie Marcos an. »Und auch keine Tauchschule bauen. Du wirst diese Familie endlich in Ruhe lassen. Sonst ...«

»Sonst was?« Marcos war aufgestanden und stellte sich breitbeinig vor Belén, die Hände lässig in die Hosentaschen gesteckt. Seine Anzugjacke stand weit offen, die Knöpfe seines Hemds spannten um den Bauch herum. Sein schiefer Mund war zu einem hässlichen Grinsen verzogen.

»Niemand wird hier irgendwelche Felsen sprengen«, erklärte der Mann im grauen Anzug mit Nachdruck. »Ich habe keine Ahnung, woher diese Gerüchte stammen. Soweit ich informiert bin, soll diese einzigartige Küste ohnehin zum Parque Nacional Marítimo-Terrestre erklärt werden. Beruhigen Sie sich also, meine Damen, meine Herren. Das alles ist nichts weiter als ein Missverständnis.«

»Wer sind Sie eigentlich?«, fuhr Belén ihn an.

»Nur ein Mann aus Madrid, der hier ein Urlaubswochenende verbringen möchte«, sagte er mit beruhigender Stimme.

»Ich kenne Sie«, sagte Toto plötzlich und wirkte höchst alarmiert. »Sie gehören zum Tourismus-Ministerium der Zentralregierung in Madrid. Wie war noch mal Ihr Name?«

»Lass meine Gäste in Ruhe, du ungehobelter Kerl«, fuhr Marcos ihn an.

»Sind Sie hier, um sich ein Bild von der Küste zu machen?« Toto ließ nicht locker. »Immerhin werden auch Sie in Kürze über den Antrag entscheiden. Möchten Sie die Gelegenheit nicht nutzen? Sie befinden sich bereits mitten im Gebiet.«

»Die Begehung haben wir längst hinter uns«, erklärte Marcos hämisch. »Die Herren sind sich einig, dass die Lomada Ronca für einen touristischen Hotspot geradezu prädestiniert ist.«

»Was?«

»Aber nein, meine Herren«, versuchte der Mann im grauen Anzug die Wogen zu glätten. »Das ist noch lange nicht entschieden. Doch nun wollen wir gehen.«

Er versuchte, Belén sanft zur Seite zu schieben. So leicht ließ sich die alte Dame allerdings nicht verdrängen.

»Falls du einer dieser korrupten Politiker bist, die unsere Küsten verkaufen«, sagte sie drohend zu dem Beamten, »soll dich der Schlag treffen! Du hast ja gerade gehört, ich bin eine Hexe. Ich verfluche selten jemanden. Heute bin ich direkt in Stimmung dazu.«

Schließlich trat sie zur Seite. Der Mann in Grau und seine Leute flohen geradezu aus dem Restaurant, während Amelie die Gelegenheit nutzte und Marcos formvollendet die Rechnungsmappe entgegenhielt. Einen Moment lang dachte Julia, er würde sich weigern zu bezahlen. Dann zog er seine Börse aus der hinteren Hosentasche und warf ein paar große Scheine auf den Tisch. Endlich stapfte er hinaus.

»Der soll sich hier bloß nicht wieder blicken lassen«, blaffte Belén.

»Bestimmt nicht«, versprach Julia. »Komm, setz dich.« Sie zog einen Stuhl für Belén an den Tisch von Álvaros Freunden. »Ich schätze, jetzt können wir alle einen Ron Aldea vertragen?«

»Eine großartige Idee«, stöhnte Juan Pérez und ließ sich auf seinen Stuhl fallen.

»Warum hast du sie hergebracht?«, fragte Julia Álvaro leise, der ihr half, Gläser auf ein Tablett zu stellen. »Ich dachte, du wolltest es nicht.«

»Natürlich wollte ich es nicht. Sie muss irgendwie Wind von der Sache bekommen haben«, flüsterte er zurück. »Da hat sie mich zu sich zitiert, damit ich sie herbringe. Irgendjemand muss sie angerufen haben.« Er wies mit dem Kinn auf seine Freunde. Auf einmal hielt er ihre Hände in den seinen. »Du warst eben großartig«, sagte er und sah ihr in die Augen. »Du bist also doch auf unserer Seite?«

»Natürlich bin ich das«, antwortete Julia ungeduldig. »Wie kannst du daran nur zweifeln! Ich habe eben meine eigenen Grundsätze. Du musst verstehen, dass ich einen Gast nicht abweisen kann, nur weil er einen schlechten Ruf hat. Das ist einfach nicht professionell. Aber wenn er sich etwas zuschulden kommen lässt, dann schon. So wie Marcos heute, als er ...«

»... als er mich eine Hexe genannt hat?« Julia fuhr herum. Ihr wurde bewusst, dass alle ihre letzten Äußerungen mitgehört hatten. Belén lachte hell auf. »Dabei hat er die Wahrheit gesagt. Ich bin eine Hexe. Allerdings nur, wenn ich will.« Die alte Dame wirkte sehr zufrieden mit sich. »Und du solltest nicht an Julias Loyalität zweifeln«, sagte sie streng zu ihrem Enkel. »Sie weiß nämlich ganz genau, wie man ein Restaurant zu führen hat.«

Sie saßen noch lange zusammen. Paola machte Kaffee für alle, und Amelie brachte Teller mit Keksen von der Witwenkooperative. Álvaro holte Julia zu sich mitten in die Runde und zum ersten Mal hatte sie Gefühl, wirklich dazuzugehören.

»Seht mal die Fotos, die ich gemacht habe.« Naira reichte stolz ihr Smartphone herum. »Die haben geglaubt, ich mach von euch Bilder. Stattdessen hatte ich den Selfie-Modus eingestellt und über meine Schulter hinweg Marcos Gäste aufgenommen.«

»Lass mal sehen!« Toto griff nach dem Apparat. »Das ist ja großartig! Darauf kann man alle gut erkennen. Hey, sogar

Nahaufnahmen hast du gemacht, wie sie die Köpfe zusammenstecken.«

»Damit kriegen wir sie ran, oder?« Pepe war ganz aufgeregt. »Wenn wir das der Presse geben ...«

»Vielleicht ist das gar nicht mehr notwendig«, warf Beatriz ein, Totos Mutter. »Der eine hat doch gesagt, dass das alles gar nicht stimmt.«

»Darauf würde ich nicht meinen Strohhut verwetten«, gab Toto finster zurück. »Jedenfalls kann ich anhand der Fotos herausfinden, wie der Mann im grauen Anzug heißt.«

»Wer war eigentlich der, der zwischendurch abgehauen ist?«, wollte Naira wissen.

»Das war der Minister für Tourismus der autonomen Regierung der Kanarischen Inseln«, antwortete Toto.

Das gerade noch so aufgekratzte Geplauder verebbte. Dass so hohe Regierungsbeamte sich an einem Samstagmittag von Marcos zum Essen einladen ließen, war wirklich besorgniserregend.

»Er wird schon sehen, was er davon hat, wenn er lügt«, sagte Belén schließlich. Offenbar glaubte sie fest an die Wirkung ihrer Flüche.

»Ich wusste immer, dass das ein falscher Fünfziger ist.« Toto stöhnte und lehnte sich auf seinem Stuhl zurück.

»Willst du noch einen Schluck?« Amelie hatte die Flasche ergriffen und schenkte Toto nach. Der blickte überrascht auf, so als sähe er sie zum ersten Mal.

»*Gracias*«, murmelte er und musterte sie, als hätte er eine Erscheinung.

»Das ist Amelie«, stellte Julia ihre Freundin vor. »Für den Fall, dass ihr sie noch nicht kennt. Wir haben in Deutschland lange zusammengearbeitet. Jetzt bleibt sie für immer hier, nicht wahr?«

Amelie lachte. Totos Blicke schienen sie befangen zu machen.

»Für immer ist ein großes Wort«, sagte sie. »Aber im Augenblick habe ich nicht vor, woanders hinzugehen. Mir gefällt es hier im Flor de Sal.«

Belén nickte und wirkte endlich wieder wie die gütige, alte Dame, als die Julia sie kannte. »Ja, Amelie hat schon in den besten Häusern gearbeitet. Und vernünftig ist sie auch. Das sieht man schon allein daran, dass sie hier ist statt in irgendeinem Nobelhotel. Komm, setz dich zu uns«, rief sie und gab nicht eher Ruhe, bis alle zusammenrückten und Amelie zwischen ihr und Toto saß.

Die Zeit verflog und die Stimmung unter den Freunden wurde immer besser. Belén erzählte Schwänke aus ihrer Jugend und brachte damit alle zum Lachen. Es war gegen acht, als Julia gerade eine Platte mit Jamón Ibérico und eine mit Käse herrichtete, als ihr Handy klingelte. Auf dem Display erschien eine spanische Nummer, und in der Erwartung einer Buchungsanfrage nahm sie den Anruf an.

»Spreche ich mit Señora Julia Brunner?«, fragte eine energische weibliche Stimme.

»*Sí*, am Apparat«, antwortete Julia.

»Doctora Fuentes aus der Ambulanz in Santa Cruz. Wir haben hier einen Jungen, sein Name ist Emil Brunner.«

»O mein Gott«, rief Julia aus. »Ist ihm etwas passiert?«

»Ein Band seines Sprunggelenks ist gerissen«, lautete die Antwort. »Sein Vater hat uns Ihre Nummer hinterlassen, damit wir Sie informieren. Sie sind die Patentante des Jungen, richtig?«

»Ja«, gab Julia verblüfft zurück. »Wie geht es Emil?«

»So gut, dass Sie ihn jetzt abholen können«, hörte sie die Ärztin sagen.

»Abholen?« Julia musste sich auf einen der Küchenstühle setzen.

»Sein Vater sagte, Sie würden sich um den Jungen kümmern.«

Die Stimme der Ärztin klang ungeduldig. »Wann können Sie hier sein?«

Julia starrte auf die Uhr an der Wand. »Will er das denn überhaupt?«, fragte sie und musste sich räuspern.

»Ob er das will? Das haben wir ihn nicht gefragt. Hören Sie, ich muss jetzt weiterarbeiten.« Sie nannte Julia die Anschrift der Klinik. »Fragen Sie am Empfang nach Emil Brunner. *Adiós.*«

Die Ärztin hatte die Verbindung unterbrochen.

»Was ist denn mit dir los?« Álvaro war in die Küche gekommen, wohl, um nach ihr zu sehen. »Ist jemand gestorben?«

»Nein, das nicht«, antwortete Julia. »Emil hat sich am Knöchel verletzt. Und jetzt soll ich ihn aus der Klinik abholen.«

»Natürlich musst du das«, sagte Álvaro mitfühlend. »Schließlich bist du seine Tante. Ist er in Santa Cruz?« Julia nickte. »Wie ist das überhaupt passiert?«

»Ich habe keine Ahnung«, gab Julia verwirrt zurück. »Stell dir vor, Jens hat in der Klinik einfach meine Nummer hinterlassen.«

Álvaro lachte auf. »Du bist die Tante für besondere Fälle«, spottete er liebevoll. »Jedenfalls ist der Junge hier besser aufgehoben als bei El Alemán. Belén hat ohnehin gerade gesagt, dass sie bald nach Hause möchte. Da können wir Emilio ja direkt abholen.«

Julia schlang ihre Arme um ihn und drückte ihn fest an sich. Aller Unmut zwischen ihnen war wie weggeblasen. »Wieso kann ich nicht eine ganz normale Familie haben«, stöhnte sie. »Erst hat Jens Emil gegen mich aufgebracht. Und jetzt soll ich mich wieder um ihn kümmern. Das Schlimme ist, der Junge hasst mich inzwischen.«

»Es gibt keine normalen Familien«, gab Álvaro liebevoll zurück. »Schau meine an. Meine Großmutter behauptet, eine Hexe zu sein. Und mein Vater ist vor dreißig Jahren nach Venezuela abgehauen und lässt nichts von sich hören.« Er streichelte ihr den

Rücken. »Außerdem hasst Emilio dich keineswegs. Er ist nur gerade in einem schwierigen Alter.«

Auf dem Weg zur Inselhauptstadt sprachen sie nicht viel. Erschöpft von der Aufregung war Belén auf dem Rücksitz eingeschlafen und wachte erst wieder auf, als sie die Seniorenresidenz erreichten. Von hier zur Klinik war es nicht mehr weit.

»Ist es okay, wenn du hier wartest?« Sie hatten den Parkplatz des Klinikums erreicht. Julia hatte keine Ahnung, wie Emil auf ihren Anblick reagieren würde. Ob es sein Wunsch war, dass sie ihn abholte, oder ob Jens ihn einfach nur loswerden wollte, jetzt, wo es schwierig wurde.

»In Ordnung.« Álvaro lächelte sie aufmunternd an. »Falls ihr mich braucht, rufst du einfach an, ja?«

Sie gab ihm einen Kuss auf die Wange und stieg aus. Was für ein Tag, dachte sie, als sie an den Patienten vorbeiging, die vor der gläsernen Eingangstür standen, um zu rauchen. Ein Mann im Bademantel, der einen Tropfständer hinter sich herzog, kam ihr entgegen, die noch nicht angezündete Zigarette bereits zwischen den Lippen.

»Ich möchte Emil Brunner abholen«, sagte sie zu dem Pförtner, der daraufhin lange auf einen Computerbildschirm schaute und ihr dann die Abteilung und das Stockwerk nannte.

Emsige Geschäftigkeit herrschte überall. Kranke, für die offenbar kein Platz in einem Zimmer war, lagen in ihren Betten auf den Fluren, wimmerten oder starrten an die Decke. Bei fast allen standen oder saßen Angehörige, die beruhigend auf die Patienten einsprachen. Julia wusste, dass es in spanischen Krankenhäusern üblich war, die Angehörigen in die Pflege mit einzubeziehen, oft brachte man das Essen von zu Hause mit und blieb mitunter rund um die Uhr bei seinen Lieben. Im Grunde konnte sich Emil glücklich schätzen, dass er abgeholt werden durfte. Und Julia ebenso.

Ganze Tage und Nächte bei ihm in der Klinik zu verbringen – das hätte sie gar nicht leisten können.

Endlich hatte sie die richtige Abteilung gefunden. Überall roch es nach Desinfektionsmitteln, Krankheit und Angst. Für Julia, die über einen ausgeprägten Geruchssinn verfügte, war dieser Cocktail die reinste Folter.

»*Perdón*. Wo finde ich Emil Brunner?«, rief sie einer vorübereilenden Schwester zu.

»Den Jungen mit dem verletzten Sprunggelenk?«, fragte die zurück. »Da vorn gleich rechts.« Und schon hetzte sie weiter.

Julia ging den Flur bis zu seinem Ende und stellte fest, dass er sich rechter Hand zu einer Art Aufenthaltsraum mit einer Sitzgruppe aus Kunstleder erweiterte. Hier fand sie Emil mutterseelenallein in einem Rollstuhl, das rechte Bein in einem Kompressionsverband in eine Art Schiene verpackt. Er saß in sich zusammengesunken da, den Blick nach unten gerichtet, ein Häufchen Elend.

»Hey, Emil«, sagte Julia leise und ging vor ihm in die Hocke. »Was ist denn mit dir passiert?«

Seine Augen weiteten sich, als er sie sah.

»Wo ist Papa?«, fragte er. Seine Stimme zitterte.

»Das weiß ich nicht«, gab Julia zurück. »Die Ärztin hat mich angerufen. Jens hat ihr meine Nummer gegeben.«

»Das kann nicht sein«, brach es aus Emil hervor. »Er kommt mich abholen. Das hat er mir versprochen.« Tränen glänzten in seinen Augen. Verzweifelt presste er die Lippen aufeinander und wandte sich ab.

»Vielleicht ist es ein Missverständnis«, sagte Julia sanft. »Ruf ihn einfach an, und frag ihn, wann er kommt.«

Bestürzt sah sie, wie Emil am ganzen Leib zu zittern begann, so sehr musste er sich offenbar zusammenreißen, doch bald schon brach seine Selbstbeherrschung in sich zusammen, und er begann, haltlos zu schluchzen. Unschlüssig erhob Julia sich, kramte in ihrer Handtasche nach einem Päckchen Papiertaschentücher und legte es ihm in den Schoß. Dann setzte sie sich auf einen der Sessel und wartete geduldig, bis sich der Junge ein wenig beruhigt hatte. »Und?«, fragte sie. »Willst du deinen Vater jetzt anrufen? Oder ist dein Akku leer?«

Emil schüttelte den Kopf und wandte den Kopf ab. »Er geht nicht ran.« Er sagte das so leise, dass Julia ihn kaum verstand. »Vielleicht ist ihm was passiert«, fügte er hinzu und zog die Nase hoch.

»Das glaub ich nicht. Jens hat der Ärztin meine Nummer gegeben«, wiederholte Julia. »Er hat ihr gesagt, dass ich mich um dich kümmern werde, weil du hier nicht bleiben kannst.« Sie wartete, bis Emil diese Information aufgenommen hatte. »Der Wagen steht unten. Wenn du willst, können wir gleich los.«

Julia musste sich selbst zusammenreißen, um beim Anblick des Jungen nicht in Tränen auszubrechen. Es zerriss ihr schier das Herz, wie abgrundtief enttäuscht ihr Neffe war. Noch immer schien er mit sich zu kämpfen, noch immer wollte er die Hoffnung, sein Vater würde sich seiner Verantwortung stellen und ihm beistehen, nicht aufgeben.

»Wie ist das eigentlich passiert?«, fragte Julia, um ihn ein wenig abzulenken.

»Beim Gleitschirmfliegen«, gab er einsilbig zurück. »Bei der Landung. Da war so ein großer Steinbrocken. Papa sagt, ich hätte mich dumm angestellt …« Er konnte nicht weitersprechen, ein Schluchzer schnürte ihm die Kehle zu.

»Ist doch egal, was er sagt«, sagte Julia. »Komm. Wir gehen nach Hause. Dein Zimmer wartet auf dich. Und morgen sieht alles schon wieder ganz anders aus.«

Die Krankenschwester, die Julia vorhin den Weg zu Emil gewiesen hatte, kam im Eilschritt auf sie zu.

»Hier sind seine Entlassungspapiere«, sagte sie und reichte Julia einen großen Umschlag. »Und das hier sind ein paar Schmerztabletten. Auf der Packung steht, wie er sie einnehmen soll. Jetzt sieh mal einer an!« Die Schwester tippte mit dem Zeigefinger auf Emils Unterlagen. »Heute ist ja dein Geburtstag! Herzlichen Glückwunsch.« Und zu Julia gewandt fügte sie hinzu: »Ich bräuchte dann bitte hier noch Ihre Unterschrift.«

Julia setzte ihren Namen unter ein Dokument.

»Und ... wie geht es weiter?«

»Eine Woche lang strengste Ruhe für das Bein. Immerhin ist ein Band gerissen, das darf man nicht auf die leichte Schulter nehmen.«

»Was ist das für ein Gestell?«, fragte Julia und zeigte auf Emils Bein.

»Eine Orthese«, antwortete die Krankenschwester. »Die muss er eine Woche tragen, auch nachts. Zum Waschen kann man sie kurz abnehmen. Mit Duschen würde ich bis Montag warten, wenn der Kompressionsverband durch einen normalen ersetzt werden kann. Und in einer Woche kommen Sie wieder, da sehen wir weiter. Bis dahin: absolute Ruhe. *¿Vale?*«

»Alles klar. Vielen Dank«, gab Julia zurück und sah der Schwester nach, die sich hastigen Schritts entfernte. Dann wandte sie sich zu Emil um. »Nun. Was ist? Wollen wir los?«

Emil bestand darauf, dass sie zunächst bei Jens' Haus vorbeifuhren. Der Junge wollte einfach nicht glauben, dass sein Vater sein Versprechen, sich um ihn zu kümmern, nicht hielt. Doch in der kleinen Villa brannte kein Licht, und auf Julias mehrfaches Läuten öffnete niemand die Tür.

»Er ist nicht da«, sagte sie und stieg zurück in den Wagen.

Es war nicht leicht gewesen, Emil mit der Orthese in Álvaros Pick-up unterzubringen. Schließlich hatten sie die Lehne des

Beifahrersitzes so weit wie möglich nach unten geschraubt und dem Jungen mit Decken ein Lager gebaut. Julia saß hinter Álvaro auf dem Rücksitz und achtete darauf, dass Emil während der kurvigen Fahrt bequem lag.

Nun stemmte er sich auf seinen Ellenbogen und starrte auf das Haus seines Vaters. Sein Blick ging zu dem leeren Stellplatz, wo normalerweise Jens' Wagen stand. Als er begriff, dass sein Vater wirklich nicht zu Hause war, ließ er sich wieder auf sein Lager fallen und wandte das Gesicht ab. Apathisch lag er einfach nur da und starrte aus dem seitlichen Fenster.

Auch bei ihrer Ankunft zeigte er kaum eine Regung. Den Rollstuhl hatten sie natürlich im Krankenhaus zurücklassen müssen, er hätte ihnen ohnehin wenig genützt, und so legte sich Álvaro den Arm des Jungen über die Schulter und half ihm vorsichtig die Treppe hinauf und zunächst ins Badezimmer, wo Julia ihn aus seiner Outdoorkleidung schälte, denn Emil war ja direkt nach dem Gleitschirmflug ins Krankenhaus gebracht worden. Zum Glück hatte er in ihren guten Zeiten einiges an Ersatzkleidung in seinem Zimmer deponiert, darunter einen Pyjama.

»Ein Nachthemd wäre einfacher«, versuchte Julia zu scherzen, als sie ihm half, das Unterteil über die Orthese zu ziehen, doch Emil verzog keine Miene. Schließlich stützte ihn Álvaro auf dem Weg in sein Zimmer, wo er erschöpft auf sein Bett sank. Dann drehte er sich wortlos zur Wand. Julia stellte ihm eine Flasche Mineralwasser und ein belegtes Brötchen samt einer der Schmerztabletten neben das Bett und ließ ihn allein.

Es war spät geworden, und Julia fühlte sich von all der Aufregung wie gerädert. Erschöpft saß sie gerade gemeinsam mit Álvaro in der Küche und aß eine Kleinigkeit, als jemand leise an die Küchentür klopfte.

»Herein«, rief sie in der Annahme, dass es Tanja wäre. Wobei sie sich wunderte, normalerweise war Jens' ehemalige Partnerin nicht so scheu. Als sich die Tür langsam öffnete, bemerkte Julia ihren Irrtum.

»Entschuldigt die Störung«, sagte Diego und warf Álvaro einen vorsichtigen Blick zu. »Aber ich muss euch unbedingt etwas erzählen.«

17
Mädelstreff

»Komm rein«, sagte Julia mit einem Seitenblick auf Álvaro, der sein belegtes Brötchen hatte sinken lassen. Er musterte den späten Besucher überrascht. »Setz dich zu uns. Möchtest du etwas essen?«

Diego schüttelte den Kopf, nahm seine Fischermütze ab, blieb jedoch an der Tür stehen und ließ Álvaro nicht aus den Augen.

»Ich werde es kurz machen«, sagte er. »Normalerweise wäre ich sowieso nicht gekommen. Aber da gibt es etwas, was ihr unbedingt wissen solltet.«

»Na, dann raus mit der Sprache.« Álvaro klang nicht besonders freundlich.

»Ich fische ja neuerdings wieder, und …«, begann Diego.

»Ja, das ist nicht zu übersehen«, fiel ihm Álvaro ins Wort. Julia warf ihm einen mahnenden Blick zu.

»Und zwar am liebsten in der Nähe der Lomada Ronca, weil da keiner der anderen hinfährt«, fuhr Diego fort. »Ich bin gern allein. Und dort tauche ich auch häufig. Bloß, neuerdings ist da ganz schön viel los. Ein Kommen und Gehen. Professionelle Taucher treiben sich an den Felsen herum, nicht nur die Jungs aus der Gegend, so wie sonst. Und das ist nicht das erste Mal.«

Julia sah Álvaro vielsagend an.

»Marcos will dort eine Tauchstation errichten«, sagte Álvaro. Diego wirkte überrascht, offenbar hatte er noch nichts davon gewusst. »Wir versuchen, das zu verhindern. Vermutlich sind das seine Leute.«

»Hast du denn jemanden erkannt?«, fragte Julia.

»Nur einen. Baltasar Alonso. Euren Bürgermeister.«

»Baltasar?« Álvaro runzelte ungläubig die Stirn. »Das kann nicht sein. Er steht auf unserer Seite.«

»Ich hab ihn schon zweimal zusammen mit Marcos an der Lomada Ronca gesehen«, entgegnete Diego. »Und noch ein drittes Mal in Pipos Bar.« Er drehte unschlüssig seine Mütze in den Händen. »Das wollte ich euch nur sagen. Vielleicht hat es ja nichts zu bedeuten. Dann entschuldigt die Störung.«

»Danke«, sagte Julia. »Das ist sehr nett von dir.«

»Wieso kommst du damit eigentlich mitten in der Nacht?«, fragte Álvaro misstrauisch. »Es ist fast eins.«

»Na ja«, begann Diego. »Weil gerade jetzt wieder Taucher an den Felsen sind.«

»Was? Jetzt? Um diese Uhrzeit?« Julia konnte es kaum glauben.

»Ja. Deshalb hab ich meine Arbeit abgebrochen. Ich dachte, ihr solltet das besser wissen. Schließlich ist das ja nicht weit von eurem Salzgarten entfernt, und ich kann mir nicht erklären, was die da unten tun. Na ja. Tut mir leid, dass ich euch gestört habe.« Er nickte Julia zu und verließ eilig die Küche, noch ehe sie etwas sagen konnten.

»Was hat das alles zu bedeuten?«, fragte Julia nach einer Weile.

Álvaro starrte finster vor sich hin und schwieg. »Ich kann nicht glauben, dass Baltasar ...«, sagte er schließlich.

»Er war heute nicht dabei. Wollte Toto ihn nicht auch mitbringen?«

»Sie hatten ein Familienfest«, antwortete Álvaro. »Da konnten sie nicht absagen.«

Wieder erfüllte Schweigen die Küche.

»Vielleicht ist das ja ganz einfach ein Nachttauchgang von irgendeinem Club«, sagte Julia in der Hoffnung, eine normale Erklärung für das zu finden, was Diego erzählt hatte.

»Möglich«, meinte Álvaro. »Ich kenne nur keinen Club und auch keine andere Tauchschule, die hier an dieser entlegenen Küste Tauchgänge durchführt, schon gar nicht bei Nacht.« Er erhob sich, kramte nach seinem Handy und begann darauf herumzutippen. »Am besten klingle ich Toto aus dem Bett.«

»Wozu?«, fragte Julia. »Hat das nicht Zeit bis morgen?«

»Vermutlich ist es das Beste, gleich nachzusehen, wer sich dort herumtreibt.«

Endlich meldete Toto sich, und Álvaro erzählte ihm von Diegos Besuch. »Vielleicht will er sich ja nur wichtigmachen«, schloss er seinen Bericht. »Ich würde trotzdem gern nachsehen, ob da wirklich jemand ist und wenn ja, wer. Ich hol dich ab. Und pack deine Ausrüstung ein«, sagte Álvaro und beendete das Gespräch.

»Wollt ihr etwa auch tauchen?« Nun war Julia wirklich alarmiert. »Mitten in der Nacht?«

»Wer weiß«, gab Álvaro zurück und war schon an der Tür. »Wir sollten für alles gewappnet sein.«

Er lief ins Obergeschoss und kam wenig später mit der großen Tasche zurück, in der er seine Ausrüstung transportierte.

»Seid vorsichtig!«, bat Julia.

»Klar, sind wir immer. Mach dir keine Sorgen«, antwortete Álvaro, gab ihr einen Kuss und verließ die Finca.

Gerade war Julia noch todmüde gewesen, jetzt pulsierte das Adrenalin nur so durch ihre Adern. An Schlaf war vorerst nicht zu denken. Sie beschloss, nach Emil zu sehen, und stellte erleichtert fest, dass der Junge tief und fest schlief. Unschlüssig stand sie einige Momente lang auf der das Oberlicht umlaufenden Galerie und sah hinauf in den Sternenhimmel. Auf einmal hörte sie Stimmen und leises Lachen ganz in der Nähe. Es waren Amelie und Tanja, die irgendwo hier draußen sein mussten.

»Julia, bist du das?« Das war Amelies Stimme.

»Wo seid ihr?«, fragte Julia und sah sich ratlos um.

»Auf dem Dach«, kam es mit einem Kichern zurück.

Licht flammte über ihr auf und Julia sah geblendet in den Schein einer Taschenlampe. »Wie seid ihr denn da raufgekommen?«

»Na, das geht ganz leicht«, kam die Antwort zurück. »Siehst du dort in der Ecke den Mauerabsatz?« Amelie leuchtete in einen Winkel der Galerie. »Von dort kommst du hoch. Bring dir ein Kissen mit.«

Julia holte sich eines aus ihrem Zimmer und machte sich dann an den Aufstieg. Es war wirklich kinderleicht, und sie fragte sich, warum sie das nicht schon früher entdeckt hatte. Das Dach hatte nur ein leichtes Gefälle und Tanja und Amelie streckten ihr hilfreich die Hände entgegen.

»Willst du mitfeiern?« Amelie wies auf ein Tablett, das sie mithilfe eines weiteren Kissens einigermaßen gerade platziert hatte. Darauf befanden sich nicht nur eine halb volle Rotweinflasche, sondern auch drei Weingläser.

»Offenbar habt ihr mit mir gerechnet«, sagte Julia und nahm vorsichtig zwischen den beiden anderen Frauen Platz. »Was gibt es denn zu feiern?«

»Tanja hat deine Entwürfe fertig«, erklärte Amelie, während sie ihr einschenkte. »Ich finde sie alle sensationell!«

»Jetzt muss nur noch einer davon *dir* gefallen«, warf Tanja ein, die nicht ganz so überzeugt wirkte wie Amelie. »Willst du sie sehen?«

»Lieber erst morgen«, entgegnete Julia. Und mit einem Blick auf die Uhr fügte sie hinzu: »Na ja, es ist ja schon morgen. Aber ehrlich gesagt, für heute hab ich genug.«

Die beiden anderen brachen in Gelächter aus. »Heute. Morgen. Unter diesem Sternenhimmel ist das doch völlig egal«, nuschelte Amelie, und Julia bekam den Verdacht, dass es nicht die erste Flasche Wein war, die die beiden gerade leerten. »Jetzt erzähl mal. Was war denn das für ein Gepolter die halbe Nacht?«

Julia wurde bewusst, dass die beiden noch keine Ahnung hatten, was passiert war.

»Emil hat sich beim Gleitschirmfliegen das Sprunggelenk verletzt und liegt in seinem Zimmer«, brachte Julia ihre Freundin auf den neuesten Stand.

»Wie bitte?« Tanja hatte sich so jäh aufgesetzt, dass Julia Sorge hatte, sie würde vom Dach kullern.

»Das darf nicht wahr sein!«, rief Amelie.

»Ja, Jens hat sich plötzlich wieder daran erinnert, wie praktisch eine Patentante sein kann.« Julia erzählte, wie alles gekommen war und wie abgrundtief enttäuscht der Junge von seinem Vater war.

»Das ist wirklich nicht zu fassen.« Amelie schüttelte den Kopf.

»Emil kann eine Woche lang nicht laufen?« Tanja wirkte immer noch erschüttert. »Und wer soll ihn pflegen? Ihr habt doch mit dem Restaurant zu tun.« Julia hatte auf einmal eine Idee. Und Amelie offenbar auch. »Schaut mich bitte nicht so an«, beeilte Tanja sich zu sagen. »Ihr denkt hoffentlich nicht, dass ich …«

»Ich finde«, fiel ihr Julia ins Wort, »dass das eine wunderbare Gelegenheit sein könnte, dich bei Emil für das zu revanchieren, was du als Jens' Partnerin versäumt hast.«

»Da ist was dran«, fand auch Amelie. »Die Frage ist nur, ob Emil das überhaupt will.«

»Nein«, gab Julia zurück. »Nachdem er sich mir gegenüber dermaßen schlecht benommen hat, stellt sich mir diese Frage nicht mehr. Er muss lernen, dass sein Verhalten Konsequenzen hat.« Und du auch, hatte sie an Tanja gerichtet auf der Zunge, wollte es jedoch nicht übertreiben. Allerdings war die Vorstellung, dass Tanja sich um Emil kümmern könnte, äußerst verlockend.

»Wir alle drei sind auf Jens' Charme mindestens einmal

hereingefallen«, gab Amelie zu bedenken. »Der Junge hat gehofft, endlich seinen Vater zurückzugewinnen.«

»Aber deshalb muss er sich nicht mit der übrigen Welt verkrachen«, fand Julia. »Er hat sich auch mit seinem besten Freund zerstritten. Er hat selbst gesagt, dass er schlecht über El Rostros Vater gesprochen hat. Das nehmen Spanier ganz besonders übel. Und wenn man bedenkt, dass die Finca del Casco so etwas wie Emils zweite Heimat geworden war und Miguel ihn behandelt hat, wie seinen eigenen Sohn, dann ...«

»Er ist erst zwölf«, wandte Amelie ein.

»Dreizehn«, korrigierte Julia sie mit einem tiefen Seufzen. »Gestern war sein Geburtstag. Und ausgerechnet da lässt Jens ihn im Stich.«

»Das ist typisch für ihn«, fand Tanja. »Sobald es schwierig wird, kann man nicht mehr auf ihn zählen.«

»Und was sagt Álvaro zu dem Ganzen?«

»Familie ist Familie«, erklärte Julia, und ihr wurde ganz warm ums Herz, wenn sie daran dachte, wie selbstverständlich es für ihn war, Emil aufzunehmen. »Wir haben ihn gemeinsam abgeholt.«

»Ja, mit Álvaro hast du das große Los gezogen«, stieß Amelie mit einem theatralischen Seufzer hervor. »Hab ich dir schon mal gesagt, wie sehr ich dich beneide?«

»Um meine Beziehung zu Álvaro?« Julia war plötzlich auf der Hut. Eine Freundin, die neidisch auf ihre Beziehung war, war das Letzte, was sie sich wünschte.

»Ja«, räumte Amelie offen ein. »Er sieht toll aus, ist immer freundlich und großzügig – zumindest wenn es nicht um alte Familienfehden geht – hat einen aufregenden Beruf und überhaupt ...«

»Was ist mit Toto?«, wollte Julia spontan wissen. Sogar in dem diffusen Mondlicht war Amelies Verlegenheit deutlich zu erkennen.

»Genau«, hieb nun auch Tanja in diese Kerbe. »Als ich vorhin runterkam, hattet ihr beiden nur noch Augen füreinander. Und wenn mich nicht alles täuscht, hat er dich zum Abschied geküsst.«

»Du spinnst wohl«, gab Amelie heftig zurück. So heftig, dass Julia klar wurde, dass es sie ordentlich erwischt haben musste. »Das waren die üblichen spanischen Küsschen.«

»Aha«, machte Tanja und grinste. »Die üblichen spanischen Küsschen, direkt auf den Mund? Die Version ist mir neu.«

»Mich würde es freuen«, versuchte Julia, die Gemüter zu beruhigen. »Toto ist ein feiner Kerl.«

»Bis auf seinen ollen Strohhut«, sagte Tanja.

»Der ist nun mal sein Markenzeichen«, verteidigte Julia ihn.

»Vielleicht kann man den ja mal in die Reinigung geben.« Tanja kicherte und musterte Amelie von der Seite.

»Ist er denn ... ich meine ... hat er keine Freundin?« Amelie tat sich sichtlich schwer damit, diese Frage zu stellen.

»Soweit ich weiß – nein«, antwortete Julia. »Wenn du willst, dann frag ich mal Álvaro ...«

»Aber bitte nur ganz vorsichtig«, bat Amelie. »Nicht dass ...« Sie brach ab.

»Nicht dass sich rumspricht, dass du scharf auf ihn bist?« Tanja hatte wirklich manchmal eine ätzende Art, fand Julia.

»Ja genau«, gab Amelie angriffslustig zurück. »Ich bin nämlich kein bisschen scharf auf ihn.«

»Natürlich nicht«, sagte Julia. »Du findest ihn nur ein klein wenig sexy. Stimmt's?«

Es war gegen drei, als sie beschlossen, endlich schlafen zu gehen. Julia hatte den beiden nichts von Álvaros und Totos nächtlichem Ausflug erzählt, sie wollte Amelie nicht beunruhigen. Außerdem war sie sich noch nicht ganz schlüssig darüber, inwieweit sie Tanja in die Sache mit der Tauchstation einweihen sollten. Den Nachmittag über hatte sie offenbar an dem Design-Auftrag für Julia gearbeitet und nichts von dem aufregenden Mittagessen mitbekommen. So sauer sie auch auf Jens momentan war – Julia würde sich nicht wundern, wenn sie eines Tages seinem »Charme« erneut erliegen und zu ihm zurückkehren würde. Immerhin hatte ihr Bruder sogar Emil, dem sie das nie zugetraut hätte, in kürzester Zeit gegen sie aufgebracht.

Ja, das tat noch immer weh. Ich sollte nicht so streng mit ihm sein, ermahnte sie sich, als sie nach einer Katzenwäsche in ihr Nachthemd schlüpfte. Sie zögerte, sich hinzulegen, denn Álvaro war noch nicht zurückgekehrt. Vergeblich sah sie auf dem Handy nach, ob er ihr eine Nachricht geschickt hatte. Wieder einmal hieß es warten und hoffen, dass nichts passiert war.

Sie war gerade eingeschlafen, als er kam. Er bemühte sich, leise zu sein, doch da sie ohnehin wach geworden war, schaltete sie ihre Nachttischlampe an.

»Und? Habt ihr jemanden angetroffen?«

»Nein«, antwortete Álvaro frustriert. »Da war niemand. Vermutlich hat uns Diego einen Bären aufgebunden. Toto ist jedenfalls davon überzeugt.«

»Das hat er ganz bestimmt nicht.«

»Dass Baltasar gemeinsame Sache mit Marcos macht, hält Toto für vollkommen ausgeschlossen.« Álvaro streifte Hemd und Hose ab und ging ins Badezimmer, um sich abzubrausen.

»Ihr musstet also nicht tauchen?« Julia war aufgestanden und ihm ins Bad gefolgt.

»Nein«, kam es unter der Dusche hervor.

»Wieso habt ihr dann so lange gebraucht?«

»Wir sind die ganze Lomada Ronca abgefahren«, erklärte er. »Die ist unglaublich zerklüftet. Da war niemand. Wir hätten uns das genauso gut sparen können.« Er stellte die Dusche ab und griff nach dem Badehandtuch. »Warum schläfst du nicht längst, *cariño?*«, fragte er zärtlich.

»Ich bin mit Amelie und Tanja versackt«, erzählte sie und platzierte kleine Küsse auf seinem Rücken.

»Bahnt sich da was an zwischen Amelie und Toto?« Álvaro schaute endlich nicht mehr so besorgt drein, sondern grinste von einem Ohr zum anderen.

»Wieso?«, fragte Julia vorsichtig. »Hat er was gesagt?«

»Er hat mich nach Strich und Faden über sie ausgequetscht«, gab er zurück. »Vor allem wollte er wissen, ob sie einen Freund hat.«

»Hat er denn eine Freundin?«

Álvaro lachte schallend. »Das fragst du jetzt sicher in Amelies Auftrag, oder?«

Julia stimmte in sein Lachen ein. »Verrat es ihm nicht, aber natürlich hast du recht.«

»Nein, Toto ist Single.« Álvaro war wieder ernst geworden. »Er war viele Jahre lang mit einer Umweltaktivistin aus Schweden liiert. Vor einem Jahr ungefähr hat sie Schluss gemacht. Das hat ihn hart getroffen.« Er schlüpfte in die Boxershorts, die er stets statt eines Pyjamas trug, und zog ein T-Shirt über. »Wenn ich es mir recht überlege«, sagte er nachdenklich, »sieht Amelie dieser Frau ein wenig ähnlich. Groß. Blond. Blaue Augen …«

»Trifft ungefähr auf eine Million Frauen zu«, gab Julia zu bedenken. »Besser, du erzählst ihr das nicht.«

»Warum denn nicht?«

»Wir Frauen wollen wegen unserer Einzigartigkeit geliebt werden«, versuchte Julia zu erklären. »Und nicht, weil wir einem Beuteschema entsprechen.«

Álvaro grinste. »Klingt so, als wären wir Männer allesamt Jäger. Und was ist nun mit Amelie? Hat sie irgendwo auf der Welt einen

Freund versteckt, oder ist sie noch zu haben? Ich würde Toto gern eine Enttäuschung ersparen.«

»So geht es mir mit Amelie auch«, räumte Julia ein. »Bislang hat sie sich immer die absolut falschen Männer ausgesucht. Ich wünsche ihr, dass sie dieses Mal glücklich wird.«

»Dann wollen wir das Beste hoffen«, sagte Álvaro. »Nun lass uns schlafen. Die Nacht ist bald um.«

Das war nur allzu wahr. Als der Wecker klingelte, hatte Julia das Gefühl, gerade erst die Augen zugemacht zu haben. Eine halbe Stunde blieb sie noch liegen, dann wurde es höchste Zeit. Denn an diesem Sonntagmittag war das Restaurant komplett ausgebucht, und gewisse Abläufe ließen sich einfach nicht abkürzen. So wie der Teig für ihre famosen Brötchen oder die Lendchen, die im Slow-Cooking-Verfahren nun mal sieben Stunden bei 57 Grad im Ofen sein mussten, nicht kürzer und nicht länger.

Dennoch nahm sie sich die Zeit, nach Emil zu sehen. Sie fand ihn bleich und stöhnend in seinem Bett. Offenbar hatte die Wirkung der Schmerzmittel, die man ihm im Krankenhaus verabreicht hatte, längst nachgelassen.

»Ich muss aufs Klo«, jammerte er, und Julia rief nach Álvaro, der ihr half, den Jungen ins Badezimmer zu bringen. Sie waren alle drei vollkommen fertig, als er gewaschen und in einem frischen Schlafanzug wieder in seinem Bett lag.

»So geht das nicht«, sagte Álvaro, als sie sich in der Küche mit einer Tasse Kaffee stärkten. Inzwischen war Paola eingetroffen, und Devi hatte wie jeden Morgen durchgeputzt. »Wir brauchen einen Krankenpfleger. Und Emil braucht Krücken.«

»Sam ist gelernter Krankenpfleger«, erklärte Devi.

»Wirklich? Was kann Sam eigentlich nicht?«, fragte Julia erstaunt.

»Sam kann alles«, behauptete Devi stolz. »Ruf ihn einfach an.

Er könnte morgens und abends vorbeikommen und euch helfen.«

»Könntest du das für mich übernehmen?«, bat Julia. »Ich muss jetzt unbedingt an den Herd.«

Sam kam eine Stunde später, sprach mit Emil und schaffte es, ihn dazu zu bringen, etwas zu frühstücken und seine Schmerzmittel einzunehmen. Dann schlug er vor, dem Jungen einen Liegestuhl im Garten herzurichten. »Das Wetter ist herrlich«, sagte er. »Da oben bläst er doch nur Trübsal.«

»Sam, du bist als Krankenpfleger eingestellt«, gab Julia erleichtert zurück. »Kannst du uns auch Krücken besorgen?«

»Klar«, versicherte ihr Sam. »Und morgen Abend bring ich Parvati mit. Sie kann Emil zeigen, was sie in der Schule gemacht haben. Sonst verpasst er viel zu viel.«

»Du bist unser Retter«, antwortete Julia dankbar und widmete sich erleichtert ihrer Arbeit.

Hin und wieder riskierte sie einen Blick in den Garten. Sam hatte Emil direkt unter dem Nísperobaum in einen Liegestuhl gesetzt und das verletzte Bein hochgelagert. Amo hatte sich dazugesellt und nach einer Weile begann Emil, einen kleinen weichen Ball zu werfen, den ein Stammgast dem Hund geschenkt hatte, und mit dem er nun endlich das Apportieren begriffen hatte. Und als ob er wüsste, dass Emil sich keinen Zentimeter von seinem Platz wegbewegen konnte, legte er den Ball stets behutsam zurück in seinen Schoß.

Es war lange her, dass Julia so erschöpft gewesen war, als die letzten Gäste endlich gegangen waren und sie das Restaurant schließen konnte. Verwundert dachte sie an all die Jahre zurück, in denen sie fast ohne Pause von früh bis spät in der Küche gestanden und frühmorgens frische Ware eingekauft hatte. Wie hatte sie das nur ausgehalten? Damals hatte es nichts anderes in ihrem Leben gegeben.

Das war heute anders. Und sie war froh darüber. Um keinen Preis hätte sie wieder in die Tretmühle einer Sterneköchin zurückkehren mögen.

Ehe Tanja sie womöglich auffordern konnte, ihre Entwürfe zu begutachten, schlich sich Julia ins Schlafzimmer und legte sich aufs Bett. Sofort fielen ihr die Augen zu. Nur ein paar Minuten, dachte sie, da war sie auch schon eingeschlafen. Es war, als würde sie in weiches, sanftes Wasser sinken, Wellen, die sie trugen, und seltsamerweise konnte sie auch unter Wasser ausgezeichnet atmen. Mit weit offenen Augen sah sie ganze Schwärme von leuchtenden Fischen, die durch die im Takt der Wellen tanzenden Tentakel von Seeanemonen und anderen blütenähnlichen Wesen hindurchschwammen. Es war Garas Blütengarten, der hier unter Wasser gedieh, in allen erdenklichen Farben und Formen, ein Unterwasserparadies. Und auf einmal war sie ein Teil davon, ließ sich treiben und beobachtete fasziniert ihr langes, offenes Haar, das sich ebenfalls in fluoreszierende Wesen verwandelte.

Sie wachte davon auf, dass Sam Emil die Holztreppe hinaufhalf, mit ihm scherzte und lachte. Zwar klangen die Antworten des Jungen noch verhalten, doch immerhin hatte er seine Sprache wiedergefunden. Julia stand auf, rieb sich die Augen und ging ins Badezimmer, um sich kaltes Wasser ins Gesicht zu werfen. Wie spät mochte es sein?

Es tat ihr nicht gut, tagsüber so lange zu schlafen, es machte sie noch viel schläfriger, und meist hatte sie Mühe, wieder in die Gänge zu kommen. Kurz musste sie sich orientieren. Ja, an diesem Abend hatte sie frei. Und am morgigen Tag auch. Erleichterung erfasste sie. Warum nicht alle fünfe gerade sein lassen und einfach nicht mehr zu den anderen nach unten gehen? Einfach nichts tun und sich nur um sich selbst kümmern?

Kurz entschlossen ließ sie Wasser in die Wanne, gab von

Álvaros Meersalz dazu, das sie mit Rosenblättern aromatisiert hatte, zündete sich ein paar Kerzen an und stieg hinein.

Wohlig streckte sie ihre müden Glieder aus und schloss die Augen. Doch sie versuchte vergeblich, die beglückende Atmosphäre ihres Traums heraufzubeschwören. Andere Bilder drängten sich dazwischen. Sie sah den Salzgarten vor sich und riesige Wellen, die ihn überfluteten. Sie sah tote Fische mit dem Bauch nach oben auf dem Wasser treiben. Eine riesige Detonation, die selbst den Felsen, auf dem die Finca stand, erzittern ließ.

Ernüchtert richtete Julia sich auf. Woher kamen diese Bilder? Hatten Jens' und Marcos' Pläne ihr solche Angst gemacht, dass sie jetzt schon Schreckensvisionen hatte?

Sie stieg aus dem Wasser und trocknete sich ab. Wenigstens war sie jetzt richtig wach. Vielleicht sollte sie mal wieder mit ihren Freundinnen ausgehen? Oder mit Álvaro? Alles war besser, als sich diesen unheilvollen Gedanken hinzugeben.

Sie ging die anderen suchen und stellte fest, dass außer Tanja alle ausgeflogen waren.

»Toto hat Amelie abgeholt«, berichtete diese. »Und wo Álvaro ist, weiß ich nicht.« Sie wirkte ein wenig niedergeschlagen.

»Möchtest du mir vielleicht jetzt deine Arbeiten zeigen?«, schlug Julia vor, und sofort hellte sich Tanjas Miene auf.

»Oh ja, ich bin ja so gespannt, was du dazu sagst.« Tatsächlich wirkte sie ziemlich aufgeregt. »Wollen wir ins Büro gehen? Dann zeig ich dir alles am Bildschirm.«

Die winzige Kammer wirkte in dem bläulichen Licht des großen Computerbildschirms wie ein Aquarium, und Julia musste sich zusammenreißen, um Tanjas Ausführungen zu lauschen.

»Wir sollten mit dem Logo beginnen«, sagte sie. »Denn das wird die Grundlage von allem anderen sein.«

Auf dem Screen erschien eine Zeichnung, die in drei Ebenen aufgeteilt war: Ganz unten befand sich ein schmaler Streifen, in dem ein Fisch zu erkennen war und eine stilisierte Alge. Darüber sah Julia in wenigen Strichen Álvaros Saline mit seinen geometrischen Salzbecken. Ganz oben hatte Tanja die charakteristische Form des Felsens gezeichnet, auf dem die Finca thronte.

»Ich hab mir Folgendes dabei überlegt«, sagte sie. »Dein Restaurant heißt Flor de Sal, Salzblume. Hier oben können wir es sehen. Darunter die Ebene, auf der sich der Salzgarten befindet, quasi als Basis des Ganzen. Aber das Salz entsteht aus dem Meer, und deshalb habe ich darunter noch das Meer hinzugefügt. Der Erfolg deines Restaurants basiert auf dem Einklang dieser drei Elemente.«

Julia starrte auf die stilisierte Zeichnung. Das Ganze war als Logo vielleicht ein wenig überladen, und trotzdem rührten Tanjas Worte etwas in ihr an. Das Meer, der Salzgarten, das Restaurant – das alles musste miteinander in Einklang sein. Und auf einmal befiel Julia wieder die Angst, genau diese Harmonie könnte bald zerstört werden.

»Was ist mit dir?«, fragte Tanja und musterte sie besorgt. »Es gefällt dir nicht. Sag es ganz ehrlich. Ich hab noch andere Entwürfe.«

»Doch, ich finde …« Julia musste sich räuspern. »Was du sagst, stimmt genau. Ich hätte es gar nicht besser ausdrücken können.«

»Aber etwas stört dich daran. Komm, ich zeig dir noch die anderen Logos.«

Eifrig wechselte Tanja die Datei und präsentierte noch drei andere Ansätze. Einer bestand aus einem stilisierten Gedeck, ein anderer basierte auf der Idee, dass die Insel vulkanischen Ursprungs war, und zeigte sehr reduziert ein schwarzes, strukturiertes Feld, das an Vulkangestein erinnerte, und darauf in silberner Schrift lediglich den Namen des Restaurants. Das sah sehr elegant aus, ebenso wie ein weiterer Entwurf, bei dem der steinerne

Torbogen mit dem Drachenbaum im Vordergrund stand. Alle waren sie auf ihre Weise gelungen. Keiner berührte Julia allerdings so wie der erste.

»Irgendetwas bedrückt dich«, sagte Tanja schließlich, als sie das Licht anmachte. »Ich hoffe, ich bin nicht die Ursache.« Sie wirkte unglücklich und bekam wieder diesen verlorenen Ausdruck, den sie in den ersten Tagen gehabt hatte, als sie bei Julia untergeschlüpft war.

»Nein«, versuchte Julia, sie zu beruhigen. »Ganz und gar nicht. Ich bin total überwältigt von deinen Vorschlägen. So viel Arbeit hast du dir gemacht ...«

»... und nichts davon gefällt dir«, führte Tanja ernüchtert den Satz zu Ende.

Und auf einmal hatte Julia das Bedürfnis, ihr alles zu erzählen. Von der Tauchstation und den Giftbehältern, die sie sichergestellt hatten, von Marcos' Machenschaften und Totos Bemühungen um den Schutz der Küstenlandschaft. »Und dann hat Emil noch erzählt, dass Unterwasserfelsen gesprengt werden sollen«, schloss sie ihren Bericht. »Das wäre eine Katastrophe. Álvaro fürchtet, dass dies den Salzgarten gefährden würde.«

»Dann wird das doch sicher nicht genehmigt werden«, wandte Tanja ein.

»Mal davon abgesehen, dass Marcos seine Mittel und Wege hat, um bis in die Ministerien in Madrid Einfluss zu nehmen, steht zu befürchten, dass Jens und er das einfach tun werden, mit oder ohne Genehmigung. Und ist das Ökosystem hier erst einmal zerstört, wird diese Küste niemals zum Schutzgebiet ernannt, geschweige denn zum Nationalpark. Und der Tauchstation steht nichts mehr im Wege. Und was dann aus dem Salzgarten wird ...« Julia konnte nicht weitersprechen.

Auch Tanja schwieg und starrte vor sich hin. Schon bereute Julia, sie eingeweiht zu haben. Was, wenn sie auf dem schnellsten

Weg zu Jens laufen würde und ihm erzählen, dass sie von seinen Plänen wussten?

»Und du bist sicher, dass Jens darin involviert ist?«, fragte Tanja.

»Ganz sicher«, antwortete Julia. »Jens erzählt es sogar selbst herum. Es wundert mich, dass du davon nichts wusstest.«

»Ich?« Tanja riss die Augen auf und schnaubte empört. »Mir hat er doch nie von seinen Plänen erzählt. Das kapierst du eh nie, hat er gesagt.« Sie schüttelte den Kopf. »Heute ist mir schleierhaft, wie ich mich von ihm so habe behandeln lassen.« Sie runzelte die Stirn, so als dächte sie intensiv über etwas nach. Dann klickte sie auf dem Computer herum und erneut erschien der allererste Logoentwurf, den sie Julia gezeigt hatte.

»Bist du deshalb so traurig geworden«, fragte sie versonnen und wies mit dem Cursor auf die untere Schicht, die das Meer symbolisieren sollte, »weil du dir Sorgen darum machst? Weil das Gleichgewicht für immer gestört sein wird, wenn Jens' Pläne in die Tat umgesetzt werden?«

Julia nickte. »Ja, so ist es wohl«, sagte sie leise. Das Ganze ging ihr furchtbar nahe. Tanja nickte entschlossen, als hätte sie soeben einen Entschluss gefasst. »Was ist?«, fragte Julia alarmiert. Wieso wirkte Tanja auf einmal so zufrieden? Bereitete es ihr etwa Freude, dass Julia sich solche Sorgen machte?

»Ach nichts«, gab Tanja zurück. »Ich hab mir nur eben was überlegt.«

18

Begegnung am Strand

»Wenn im Herbst mehr Regen fällt, verwandelt sich die ganze Insel in einen einzigen Blütenteppich.«

Sie saßen auf einer steinernen Bank in Garas Blumengarten, einen Korb voll Duftrosen vor sich. Julia hatte eine herausgenommen und versenkte ihre Nase in dieser Pracht, schloss die Augen. Es gab Rosen, die rochen nach Zitronen, andere, die Julia fast zu aufdringlich waren und sie bei aller Süße auch an Verwesung erinnerten. Diese Kletterrose, die bereits einen von Garas Schuppen überwuchert hatte, verströmte eine betörende Duftnote, in der sich vieles vereinigte: Vanille, Orangen und etliche andere Aromen, für die selbst Julia keine Namen hatte. Sie hatte aus diesen Blütenblättern schon ein phänomenales Rosensorbet gezaubert. Dieses Mal wollte sie einen Teil davon trocknen und unter Álvaros Salzblumen mischen. Nach einer Weile würden sie ihr Bouquet an das Salz abgeben. Julia stellte es sich herrlich vor.

»Wann beginnt es denn zu regnen?«, fragte sie.

»Vor allem im November«, antwortete Gara. »Jedenfalls war das früher so. In den vergangenen Jahren ist alles durcheinandergekommen. Dabei ist der Regen so wichtig.«

Natürlich, dachte Julia. Wasser bedeutet Leben. Sie verstaute den Korb vorsichtig zwischen den Gemüsekisten in ihrem Wagen und verabschiedete sich von der Bäuerin.

Sie brachte die empfindliche Ware auf dem direkten Weg nach Hause, wo Sam das Gemüse in den Vorratsraum in Julias Höhle brachte. Julia löste die Blütenblätter aus den Rosen heraus und verteilte einen Teil davon locker auf einem Backblech, das sie zuvor mit einer dünnen Schicht feinstem Sand bedeckt hatte.

»Wie geht es Emil?«, fragte Julia, als Sam in die Küche kam, um einen Schluck Kaffee zu trinken. Er würde an diesem Tag nicht nur Emil versorgen, sondern hatte auch im hinteren Garten zu tun, wo es langsam Zeit wurde, kranke Äste aus einigen Obstbäumen zu schneiden. Sie schob das Blech in den Ofen und vergewisserte sich, dass die Temperatur nicht höher war als 40 Grad.

»Warum fragst du ihn nicht selbst?« Sam sah sie aus seinen blauen Augen forschend an.

»Er redet nicht mit mir«, gab Julia zurück und wandte den Blick ab. Und wenn sie ehrlich zu sich war, hatte sie die Nase voll davon, von dem Jungen wie Luft behandelt zu werden. Oder wie ein lästiges Übel. Sie legte ein paar Kekse in eine Schale und bot Sam davon an.

»Ich denke, er ist total verunsichert«, sagte Sam und nahm sich einen. »Das alles hat seinen Stolz verletzt. Außerdem ist es schrecklich demütigend für einen Jungen seines Alters, auf Hilfe beim Waschen und Anziehen angewiesen zu sein.«

»Deshalb bin ich auch froh, dass du das machst«, erwiderte Julia. »Du hast mit unseren Familienstreitereien nichts zu tun, und außerdem bist du ein Mann.«

Sam nickte. »Dann werde ich mal nach unserem Patienten sehen. Parvati hat mir ein Buch für ihn mitgegeben. Der stirbt doch sonst noch vor Langeweile.«

Er ging ins Obergeschoss und ließ Julia mit einem schlechten Gewissen zurück. Auf die Idee, Emil Bücher zu besorgen, hätte sie schließlich auch kommen können. Sie lauschte kurz nach den Geräuschen im Obergeschoss, dann kontrollierte sie den Trocknungsvorgang der Blütenblätter, die bereits einen betörenden Duft in der Küche verbreiteten und begann, die restlichen Rosen zu verarbeiten. Dabei fiel ihr ein, dass sie eine Handvoll davon auch in den famosen Weißweinessig einlegen könnte, den sie neulich bei dem Winzer entdeckt hatte, bei dem sie einen Teil ihrer Weine einkaufte. Und schon war sie wieder mit Haut und Haar in ihre Welt des Geschmacks und der Aromen eingetaucht, in der sie sich zu Hause fühlte.

Gegen Mittag beschloss sie, nun endlich nach Emil zu sehen, und suchte ihn vergeblich in seinem Zimmer. Auch unter dem Nísperobaum war er nicht. Erst als Julia ganz ans Ende des Gartens zu dem Felsen gegangen war, den sie selbst so gern als Aussichtsplattform nutzte, sah sie, dass er dort oben thronte, mit dem Rücken gegen den Stein gelehnt. Sam bearbeitete in der Nähe einen uralten Granatapfelbaum.

»Hey«, rief Julia ihm zu.

Der Junge wandte sich überrascht zu ihr um.

»Hey«, gab er reserviert zurück.

Julia zögerte kurz, dann stieg sie zu ihm hinauf und setzte sich zu ihm.

»Was macht dein Fußgelenk?«, fragte sie. »Tut's noch weh?«

Emil schüttelte den Kopf und sah an Julia vorbei auf das Meer hinunter. Offenbar beobachtete er einen Schwarm schwarzer Vögel, die auf den Wellen zu tanzen schienen.

»Das sind Sturmschwalben«, sagte Sam, der zu ihnen gekommen war. Erst jetzt sah Julia, dass neben Emil eine altertümliche Gartenschere und ein Schleifstein lagen. Sam prüfte die Klinge. »Die verbringen ihr ganzes Leben auf dem Meer. Ist das nicht unglaublich?«

»Das würde ich auch gern«, sagte Emil, und Julia begriff, dass er jede Daseinsform im Augenblick besser fände als seinen jetzigen Zustand.

»Also die Klinge könnte noch ein bisschen schärfer sein.« Sam ließ sich von Emils Stimmung kein bisschen anstecken. »Das kriegst du besser hin.« Er zwinkerte Julia verstohlen zu und ging zurück an seine Arbeit.

»Jetzt sag's schon endlich«, blaffte Emil Julia an.

»Wie bitte?«

»Ach, tu nicht so!« Emil richtete seine blauen Augen angriffslustig auf seine Tante.

»Ich habe keine Ahnung, wovon du sprichst. Was soll ich bitte sagen?«

»Na, dass ich mich schlecht benommen habe.« Emil wirkte wie der personifizierte Trotz.

»Wieso sollte ich etwas sagen, was du ja ohnehin schon weißt«, gab Julia zurück. Emil starrte wütend aufs Meer hinaus. »Hast du denn inzwischen mit Jens gesprochen?« Statt eine Antwort zu geben, nahm der Junge Gartenschere und Schleifstein zur Hand und begann verbissen, die Klingen zu schärfen. »Also gut«, sagte Julia und begann, vom Felsen zu klettern. »Dann geh ich halt wieder zu Leuten, die Lust haben, mit mir zu reden. Man sieht sich.«

Julia war selbst wütend auf sich, dass sie nicht mehr Geduld für Emil aufbringen konnte, doch seine Bockigkeit machte sie einfach wahnsinnig. So vieles hatten sie beide schon miteinander erlebt, stets hatte Julia zu ihm gehalten, aber diese neue Wendung in seinem Verhalten machte sie sprachlos. Auch wenn ihre Vernunft eine Menge Erklärungen dafür lieferte – angefangen bei seiner Sehnsucht, endlich wieder seinem Vater nahe zu sein bis hin zu der Tatsache, dass in seinem Alter sicherlich die Hormone den Verstand benebelten – es verletzte sie einfach sehr.

Umso willkommener war ihr der Besuch von Maribel, die Honignachschub und frischen Käse von Paco brachte. Zu Julias Freude nahm sie sogar ihre Einladung an, zum Mittagessen zu bleiben, was sonst nie vorkam, denn Maribel bereitete normalerweise die Mahlzeiten für ihre ganze Großfamilie zu.

»Heute kocht Ana«, erklärte Maribel und nahm am Küchentisch Platz. Sie schnupperte. »Hier duftet es wie in einer Parfümerie.«

»Das sind die Rosenblüten.« Julia wies auf den Backofen. »Noch eine Stunde, dann sind sie getrocknet. Du solltest deine Bienen mal in die Nähe von Garas Blumengarten bringen«, schlug sie vor. »Diesen Blütenhonig würde ich gerne mal probieren.«

»Ich hab sie schon gefragt, ob sie damit einverstanden wäre«, erzählte Maribel. »Leider hat Gara eine Bienenallergie, und wir wollen nicht riskieren, dass meine Lieblinge sie womöglich umbringen.« Sie sah aufmerksam zu, wie Julia im Handumdrehen Zwiebeln schälte, klein schnitt und in eine Pfanne gab. »Ich hab dich noch nie kochen sehen«, sagte die Imkerin versonnen. »Das sieht bei dir aus, als sei es ein Kinderspiel.«

»Jahrelange Übung«, meinte Julia nur, überbrühte eine Schüssel mit Tomaten mit kochendem Wasser und begann, sie zu enthäuten. »Heute mach ich Pizza«, erzählte sie. »Den Teig hab ich heute Morgen schon angesetzt. Das isst Emil so gern.«

»Emil?«, fragte Maribel überrascht. »Kommt er denn nach der Schule jetzt wieder zu dir? Das ist aber schön.«

Julia ließ das Messer sinken. »Ach, das weißt du ja noch gar nicht. Emil hat sich an seinem Geburtstag das Sprunggelenk verletzt. Und sein Vater hatte nichts Besseres zu tun, als ihn im Krankenhaus abzuliefern und dort meine Nummer zu hinterlassen. Seitdem ist er hier.«

Maribel blieb der Mund offen stehen. »Das ist nicht dein Ernst!«

»Oh doch«, gab Julia zurück. »Er ist draußen bei Sam im Garten. Hast du gewusst, dass Devis Mann einmal Krankenpfleger gelernt hat?« Maribel schüttelte ungläubig den Kopf. »Ich bin so froh, dass er sich um Emil kümmert. Zwischen uns herrscht nämlich dicke Luft.«

»Na, da bist du nicht die Einzige.« Maribel zog ein

Schneidebrett und eine Knoblauchknolle, die Julia zurechtgelegt hatte, zu sich heran, und begann ein paar Zehen zu schälen.
»Meine Enkel wollen auch nichts mehr von ihm wissen.«

»Irgendwie muss er das wieder in Ordnung bringen«, sagte Julia. Wenn sie jedoch an die kurze Unterhaltung draußen im Garten dachte, wurde ihr klar, dass sich dazu noch allerhand ändern musste.

»Vielleicht kann ich ein Wörtchen mit ihm reden«, schlug Maribel vor.

»Wenn du dir einen bockigen Dreizehnjährigen antun willst, bitte. Er ist ganz hinten im Garten.«

Julia erfuhr nie, was zwischen Maribel und Emil gesprochen worden war. Jedenfalls ließ sich der Junge danach widerspruchslos zu ihnen an den Tisch im Garten bringen, wo er zunächst so tat, als habe er keinen Hunger, dann ein Stück Pizza nach dem anderen verschlang. Vielleicht sorgte auch Tanjas Abwesenheit dafür, dass er ein klein wenig auftaute und einmal sogar fröhlich auflachte, als Amo ein kleines »Kunststück« vorführte, das er ihm beigebracht hatte. Reichte man dem Hund die Hand, gab er artig Pfötchen und das sogar ohne Belohnung.

»Das wird schon«, meinte Maribel, als sie gemeinsam die Teller in die Küche trugen und in die Spülmaschine räumten. »Am besten tust du, als ob nie etwas gewesen wäre. Dann kommt er am ehesten darüber hinweg.« Julia warf ihr einen finsteren Blick zu. »Komm, trag es ihm nicht nach. Es tut ihm garantiert schon fürchterlich leid. Er ist nur zu stolz …«

»Das sollte er aber lernen«, gab Julia zurück. »Mit diesen Unverschämtheiten kommt er nicht durchs Leben. Am Ende wird er wie sein Vater.«

Maribel lachte. »Ja, das wäre wirklich schlimm.«

»Bleibst du noch auf einen Kaffee?«

Ihre Freundin schüttelte den Kopf. »Ich muss los«, sagte sie. »Die Bienen warten.«

Inzwischen waren die Rosenblätter perfekt getrocknet, und Julia begann, sie in dem großen Marmormörser zu zerreiben. Sie hätte sie auch im Blitzhacker zerkleinern können, der Kontakt mit dem sich erwärmenden Metall hätte allerdings die Aromen beschädigt. Das war zwar eine mühevolle Arbeit, aber daran war sie seit ihrer Lehrzeit gewöhnt. Nachdem sie als Auszubildende monatelang nur geputzt und geschrubbt hatte, waren ihr diese schweißtreibenden Aufgaben zugeteilt worden. Und keiner zerrieb so hartnäckig und effizient Gewürze oder eben auch getrocknete Blütenblätter zu feinstem, duftendem Staub. Einen Teil davon vermengte sie mit Flor de Sal, den Rest füllte sie in ein luftdicht verschließbares Gefäß. Vielleicht würde sie, wenn sie Zeit und Muße dazu hatte, Pralinen ausprobieren, gefüllt mit einer Vanille-Rosen-Creme.

Beim Durchsehen ihrer Vorräte bemerkte Julia einige Lücken, und sie beschloss angesichts der langen Woche, die vor ihr lag, doch noch einkaufen zu fahren. Sie vergewisserte sich, dass Sam noch immer im Garten beschäftigt war und auf Emil achtgab, dann packte sie nicht nur ihre Einkaufskörbe in den Wagen, sondern nahm auch Badeanzug und Handtuch mit. Es war viel zu lange her, dass sie am Strand von Tazacorte geschwommen war.

Es war ein herrlicher Herbsttag, die größte Hitze schien überstanden, jetzt zeigte sich die Isla Bonita von ihrer angenehmsten Seite. Der Himmel strahlte in einem tiefen Ultramarinblau, die Nachmittagssonne warf goldene Lichter in die Kronen der Bäume und über die vielfarbigen, freiliegenden Gesteinsschichten, die von der Jahrmillionen alten Ursprungsgeschichte der Insel erzählten. Besonders hier im Norden der Insel, der, wie Julia gelernt hatte, sich als Erstes als Vulkan über den Meeresspiegel erhoben hatte, hatte sich das Innere der Erde nach außen gekehrt, was Geologen aus aller Welt anzog. Julia genoss das herrliche Farbenspiel der verschiedenen Gesteinsschichten in Anthrazit, Ocker, Orange und Violett. Das Leben war schön.

Sie erledigte ihre Einkäufe, verstaute alles in den Kühlboxen im Auto und fuhr zur Playa de Tazacorte, zog ihre Schuhe aus und lief über den schwarzen Sand. An diesem Montag im Oktober waren nur wenige Besucher da, und sie suchte sich ein Plätzchen abseits, nahe der Felsen. Sie musste leise lachen, als sie an den Abend dachte, an dem sie und Amelie hier Jens mit Tanja im Streit angetroffen hatten. Rasch zog sie ihren Badeanzug unter dem weiten Sommerkleid an und streifte es ab. Mit einer kindlichen Freude rannte sie ins Wasser.

Es war herrlich, sich auf den Rücken zu legen und von den Wellen sanft schaukeln zu lassen. Dann schwamm sie hinaus bis zum Ende der Mole, bereute, Taucherbrille und Schnorchel nicht mitgenommen zu haben, drehte ein paar Runden, bis sie die Kühle des Atlantiks bis in ihre Knochen spürte, und ging wieder an Land. Sie hatte sich gerade trockengerubbelt, als jemand ihren Namen rief.

Es war Lorita, die Frau des Bürgermeisters, die mit ihren beiden Kindern ganz in Julias Nähe ihre Handtücher ausgebreitet hatte. Nachdem die beiden Mädchen ihrer Mutter Geld für ein Eis abgebettelt hatten und in Richtung Bar verschwunden waren, kam Lorita zu Julia herüber und ließ sich neben ihr nieder.

»Machst du auch mal frei?«, fragte sie. »Das muss ja ganz schön anstrengend sein, sechs Tage die Woche offen zu haben.«

»Ja, da hast du recht«, gab Julia zurück und grub ihre ausgekühlten Zehen in den warmen Sand. »Das Wasser ist herrlich. Du musst unbedingt auch schwimmen gehen.«

»Na ja, ich weiß nicht«, gab Lorita zurück und sah unschlüssig aufs Meer hinaus. »Die Kinder wollten unbedingt baden gehen. Aber ich war am Samstag beim Friseur.«

»Wie war eigentlich eure Familienfeier?«, fragte Julia mehr aus Höflichkeit denn aus Interesse.

»Welche Familienfeier?«, Lorita sah sie irritiert an.

Julia stutzte. Hatte Toto nicht gesagt, Baltasar sei wegen einer Familienfeier verhindert?

»Ach, ich dachte ...«, sagte sie überrascht. »Ich meine, weil ihr am Samstag nicht mitgekommen seid.«

»Am Samstag? Wohin denn?« Lorita schien wirklich keine Ahnung zu haben.

»Zu mir ins Restaurant«, versuchte Julia zu erklären. »Hat Toto nicht mit Baltasar darüber gesprochen?«

Lorita zuckte ratlos mit der Schulter. »Tut mir leid, ich weiß überhaupt nicht, was du meinst. Schade, wenn wir eine Einladung verpasst haben, es ist immer so schön bei dir im Flor de Sal. Am Samstag hatte Baltasar einen wichtigen Termin. Ich sag ja oft, dass er wenigstens am Wochenende für seine Familie da sein sollte. Na ja, als Bürgermeister hat man eben seine Pflichten, oder?«

Julia sah sie verwirrt an. Da musste sie wohl irgendetwas total missverstanden haben.

Loritas Töchter kamen übermütig angerannt, jeder hatte ein riesiges Eis in der Hand, das schon an allen Seiten heruntertropfte. Lorita war damit beschäftigt, Papiertaschentücher aus ihrer Strandtasche zu holen und zu verhindern, dass die Handtücher bekleckert wurden, und nachdem die beiden ihre Beute endlich vertilgt hatten, hielt ihre Mutter es für das Beste, mit den beiden wenigstens bis zu den Knien ins Wasser zu gehen, damit sie ihre klebrigen Hände waschen konnten. Julia, die ohnehin nicht lange hatte bleiben wollen, nahm dies als Gelegenheit, sich zu verabschieden.

Während der Heimfahrt wurde ihr bewusst, dass die Begegnung mit Lorita ein unruhiges Gefühl in ihr hinterlassen hatte, Julia kam nicht darauf, was der Grund dafür sein konnte, denn im Grunde mochte sie Lorita recht gern. Der Tag war herrlich – ausnahmsweise hatten sie keine Hiobsbotschaften erreicht –, und sie war entschlossen die Zeit, die sie ganz für sich hatte, zu genießen. Sie schob eine CD von Ima Galguén in ihren Player, und tatsächlich heiterte sie diese Musik gleich auf. Das Bad hatte sie wunderbar erfrischt und in ihr den Wunsch geweckt, mit Álvaro einen Tauchgang zu wagen, um die Geheimnisse, die sich unter dem Meeresspiegel verbergen, mit eigenen Augen zu erkunden. Führte sie nicht ein wundervolles Leben?

Es war kurz nach sechs, als sie zu Hause ankam. Amo lief ihr außer sich vor Begeisterung entgegen. Julia berührte es immer wieder aufs Neue, wie sehr sich der Hund über ihre Rückkehr freute. So als ob sie von einer Weltreise zurückkäme. Liebevoll tätschelte sie dem Garafiano die Flanken.

Zuallererst sah sie nach Emil und fand den Jungen am Gartentisch gemeinsam mit Parvati. Das Mädchen hatte sich hübsch gemacht, sie trug ihr langes, goldglänzendes Haar ausnahmsweise offen, das ihr in Wellen über den Rücken fiel, da sie es lange Zeit zu vielen kleinen Zöpfen geflochten getragen hatte. Mit einem himmelblauen Plastikreif hielt sie es sich aus dem Gesicht. Die beiden beugten sich über Schulhefte, und Parvati erklärte gerade etwas, sodass Julia sich lieber zurückzog, um die beiden nicht zu stören. War es nicht bezeichnend, dass ausgerechnet Parvati, die von Emil stets unfreundlich behandelt worden war, sich nun am meisten um ihn kümmerte? Julia hoffte, dass er wenigstens jetzt einigermaßen nett zu ihr war. Denn wenn er so weitermachte wie bisher, würde er bald ganz allein dastehen.

Sie bereitete den Brotteig für den morgigen Tag vor und eine leichte Suppe fürs Abendessen. Dann nahm sie ein neues

Rezeptbuch, das sie sich aus Deutschland hatte schicken lassen, mit aufs Dach.

Oben angekommen schlug sie das Buch zunächst nicht auf, so fasziniert war sie von dem Ausblick, der sich ihr bot. Aus dieser Perspektive sah sie erst, wie mächtig die Felsen vor der Lomada Ronca waren. Einer von ihnen sah aus wie der Rücken eines Kamels, zwei runde Höcker erhoben sich aus den Wellen. Das Wasser wirkte wie aus hellgrünem Glas, so klar war es. Julia konnte auch einige der Unterwasserformationen erkennen, zwischen denen sie geschnorchelt hatte. Es war eine bizarre, vom Meer überspülte Landschaft, die Álvaros Salzgarten vorgelagert war. Wer hier mit dem Boot umherfuhr, musste sich sehr gut auskennen, denn die Fahrrinne war schmal und gewunden. Auch der Verlauf der Steilküste vor der Lomada Ronca, die an den Rücken eines Drachen erinnerte, war von hier gut einsehbar. Julia beschirmte ihre Augen mit der Hand und versuchte zu erkennen, ob sich da drüben irgendetwas tat, doch alles, was sie sah, waren Schwärme dieser Sturmschwalben, die aberwitzige Flugmanöver über der Küste vollzogen.

Sie begann in dem Buch zu blättern, das ein berühmter Kollege von ihr verfasst hatte. Es war interessant, trotzdem wanderte ihr Blick immer wieder hinaus aufs Meer. Dieses tiefe, unendlich erscheinende Blau und Grün tat ihren Augen wohl. Die Sonne näherte sich dem westlichen Horizont, und von Minute zu Minute wechselte die Farbe des Himmels und damit auch die des Meeres. Goldene Reflexe tanzten auf den Wellen, sanfte Rosétöne mischten sich darunter, bis sich der ganze Himmel allmählich fliederfarben färbte und die Stimmung fast magisch wurde.

Da entdeckte sie ein Fischerboot nahe dem Kamelfelsen. Julia wunderte sich. Die meisten Fischer gingen ihrer Arbeit nachts nach. Das Boot verharrte auf einmal, und Julia nahm an, dass es vor Anker gegangen war. Nun war sie neugierig geworden, und als das Boot sich tatsächlich nicht mehr von der Stelle bewegte, ging sie hinunter in ihr Zimmer und holte Álvaros Fernglas.

Es dauerte eine Weile, bis sie es richtig justiert hatte, dann war sie verblüfft darüber, wie nahe sie dem Boot auf einmal gerückt zu sein schien. Sie erkannte Diego in einem schwarzen Neoprenanzug. Er stand ganz ruhig am Rand des Bootes. Die Augen hielt er geschlossen, und er wirkte, als würde er meditieren. Julia fiel auf, dass er dabei tief ein- und ausatmete. Und dann, ganz plötzlich sprang er vom Boot.

Julia erschrak so sehr darüber, dass sie eine heftige Bewegung machte und das Boot aus den Augen verlor. Als sie die Stelle erneut ins Visier genommen hatte, war von Diego nichts mehr zu sehen. Dabei hatte er weder Schnorchel noch Taucherausrüstung getragen, keine Sauerstoffflasche, da war sich Julia ganz sicher. Ängstlich suchte sie die Wellen nach ihm ab, doch Diego blieb verschwunden. Mehrere Minuten mochten vergangen sein, die Julia eine Ewigkeit erschienen, als er endlich wieder auftauchte. Erleichtert ließ sie das Fernglas sinken.

Auf einmal fiel es ihr wie Schuppen von den Augen. Hatte Isora nicht erzählt, dass Diego Apnoetaucher war? Einer dieser Freitaucher, die ohne jede technische Hilfe auskamen, indem sie durch Training den Atemreflex so lange wie möglich hinauszögerten. Natürlich. Dass jemand allerdings so lange ohne zu atmen unter Wasser bleiben konnte, hätte Julia sich nie vorstellen können.

Das Geräusch eines Fahrzeugs riss sie aus ihrer Versunkenheit. Es war Tanjas Wagen, der sich der Finca näherte. Sie sah auf die Uhr, noch war Zeit bis zum Abendessen. Erneut suchte sie mit dem Fernglas nach Diego, der auf sein Boot geklettert war und sich dort mit irgendetwas beschäftigte. Schließlich wurde Julia bewusst, wie sehr sie in die Privatsphäre des einsamen Mannes eingedrungen war und legte beschämt das Fernglas beiseite. Sie widmete sich nun endlich ihrem Buch, bis sie Tanjas Stimme hörte, die nach ihr rief.

»Ich bin auf dem Dach«, antwortete sie.

Wenig später saß Tanja neben ihr.

»Du glaubst nicht, was da drauf ist«, sagte sie mit einem Gesicht, als wäre gleich Weihnachten, und hielt triumphierend ihr Handy hoch.

»Keine Ahnung«, antwortete Julia wenig interessiert.

»Und du ahnst nicht, wo ich gerade war.«

Julia schlug ihr Buch zu. »Rück schon raus mit der Sprache«, sagte sie mit einem Seufzen. Es war gerade so schön gewesen, ganz allein mit ihrem Buch.

»Bei Jens.«

Julia fuhr hoch. »Was?« Also doch, dachte sie enttäuscht. Jetzt erzählt sie mir gleich, dass sie wieder zu ihm zurückkehrt.

»Ja!« Tanja wirkte wie jemand, dem ein besonders guter Coup gelungen war. »Ich hab ja noch den Schlüssel zu unserem … ich meine zu seinem Haus. Und weil da noch ein paar private Dinge von mir waren …«

»… hast du sie abgeholt.« Julia atmete erleichtert auf. »Hast du ihn gesehen?«, schob sie vorsorglich nach. Bei Tanja musste man mit allem rechnen.

»Nein, um Gottes willen, natürlich nicht«, gab Tanja zurück. »Dafür hab ich schon gesorgt.« Sie grinste. »Das tu ich mir nicht an. Außerdem hätte er mir sicher den Schlüssel abgenommen.«

»Gut«, sagte Julia beruhigt. »Dann hast du jetzt, was du brauchst. Das freut mich.« Sie wollte sich gerade wieder dem Buch zuwenden, als Tanja ihr die Hand auf die Schulter legte.

»Ich hab auch ein paar Sachen für Emil mitgebracht«, erzählte sie. »Sein Tablet zum Beispiel. Seinen Schulranzen und ein paar Klamotten.«

»Das ist lieb von dir«, antwortete Julia. »Damit holst du dir sicher Pluspunkte bei ihm.« Sie grinste.

»Aber das ist noch nicht alles«, fuhr Tanja fort. »Ich hab mich auch auf Jens' Schreibtisch umgesehen.« Sie wirkte auf einmal sehr geheimnisvoll. »Und auf seinem PC. Zum Glück hat er das Passwort nicht geändert.«

Julia sah sie überrascht an. »Wonach hast du denn da gesucht?«

»Na, dreimal darfst du raten«, gab Tanja zurück und tippte auf ihrem Handy herum. »Dokumente, die Tauchstation betreffend.« Sie hielt Julia den Apparat hin. Darauf sah sie die Kacheldarstellung von jeder Menge beschriebenen Papieren. »Und alles, was ich auf dem Computer diesbezüglich gefunden habe, ist auch hier drauf.« Sie zog einen Speicherstick aus ihrer Jeanstasche.

Julia blieb der Mund offen stehen.

»Das hast du …« Sie stockte. Ihr wurde bewusst, dass sie bis gerade eben Tanja noch immer nicht über den Weg getraut hatte. »Das hast du für uns getan?«

Ein großes Lächeln breitete sich auf Tanjas Gesicht aus. »Ich finde, das ist das Mindeste, oder? Ich hoffe, es ist zu etwas nütze.«

Julia starrte auf den Speicherstick und das Handy. »Das war ganz schön riskant«, murmelte sie. »Woher hast du gewusst, dass er nicht plötzlich nach Hause kommt und dich erwischt?«

Tanjas grinste hinterlistig. »Ich hab dafür gesorgt, dass er mindestens zwei Stunden unterwegs war, bis er den Irrtum bemerkte.«

»Welchen Irrtum denn?«

»Weißt du, als mir klar wurde, dass er mich nach Strich und Faden betrügt, hab ich eines schönen Tages sein Handy durchstöbert. Bei der Gelegenheit hab ich mir ein paar Nummern notiert. Und heute hat ganz zufällig eine dieser Damen, die auf der anderen Seite der Insel lebt, um ein Rendezvous gebeten. Zufällig kann ich ihre Stimme sehr gut imitieren.«

Julia machte große Augen. »Nein!«, machte sie.

»Doch«, gab Tanja feixend zurück.

»Tanja, Tanja, in dir steckt kriminelles Potenzial.«

»Solange es eurer Sache dient, habt ihr sicher nichts dagegen. Oder?«

19

Ungeahnte Talente

»So stellen sie sich also die Tauchstation vor.« Sie saßen alle gemeinsam um den Bildschirm in Tanjas Büro und starrten auf eine Computersimulation. »Im Augenblick sieht die Lomada Ronca so aus.« Toto klickte zwischen zwei Fotos hin und her. Das eine zeigte eine imposant hohe, wild zerklüftete Steilküste mit malerischen Gesteinsformationen, auf dem anderen war mehr als die Hälfte davon verschwunden, stattdessen hatte man terrassenförmig Gebäude in den Felsen montiert samt einer großen Aufzugsanlage, die bis hinunter zum Wasser führte.

»Dafür muss man ja die halbe Steilküste abtragen.« Julia war erschüttert.

»Hier planen sie ein Restaurant«, sagte Tanja und wies mit dem Cursor auf eine Ebene der Gebäude. »Konkurrenz für dich, Julia. Und hier, der gläserne Kubus, das soll eine Art Aussichtsplattform werden. Ich hab dazu auch eine Beschreibung gefunden und ausgedruckt. Wartet mal ...« Sie raschelte mit Papier. »*Vorgesehen ist auch ein Meereswelten-Museum mit multimedialer Darstellung der lokalen Tierwelt*«, las sie vor.

Toto stieß einen Laut der Empörung aus. »Erst machen sie alles kaputt, und dann kommen die Bilder von dem, was nicht mehr ist, ins Museum. Ich brauch euch ja nicht zu erzählen, dass gerade diese Felshänge von ganzen Kolonien seltener Wasservögel bevölkert sind.«

»Von dem Leben unter Wasser ganz zu schweigen«, fügte

Álvaro düster hinzu. »Eine submarine Sprengung zerstört nicht nur das Gleichgewicht an Ort und Stelle. Die Detonation ist auch lebensbedrohlich für eine ganze Menge an Spezies.«

»Wale können davon taub werden, was für sie den sicheren Tod bedeutet. Sie orientieren sich ja mit Echolot. Wenn dieser Sinn gestört ist, finden sie sich nicht mehr zurecht.«

Schweigen entstand. Tanja klickte sich weiter durch die Dateien, die meisten beinhalteten Schriftverkehr.

»Kann ich eine Kopie von all dem haben?«, fragte Toto. »Das muss ich mir in Ruhe ansehen.«

»Klar«, antwortete Tanja. »Ich kann es dir auf einen Speicherstick ziehen.«

»*Gracias.*« Álvaro sprach das kleine Wort mit Nachdruck aus. Und Julia glaubte, hinter seiner Stirn lesen zu können, dass dieses »Danke« auch bedeutete: Jetzt gehörst du also doch zu uns.

»Wir müssen uns allerdings keine allzu großen Sorgen machen«, sagte Toto zu Julias Überraschung. Er hatte sich entspannt zurückgelehnt. »Der Ministerrat hat heute zu unseren Gunsten entschieden. Jetzt wird das Ganze dem Parlament vorgelegt. Und wenn das hier erst einmal Nationalparkgelände ist, dann sind diese Pläne Makulatur.«

»Bist du sicher?«, fragte Álvaro. »Wer war der Mann im grauen Anzug, der am Sonntag hier war? Hast du nicht gesagt, er arbeitet für das Ministerium für Tourismus der Zentralregierung in Madrid? Soviel ich weiß, kann bei einer solchen Abstimmung im Parlament noch jede Menge schiefgehen.«

»Ja, es sieht tatsächlich so aus, als hätte Marcos ihn gekauft«, räumte Toto ein. »Die Leute meiner Organisation kennen den Mann, er heißt Vicente Cabrera, und wenn es nötig wird, werden sie ihn mit den beiden Fotos konfrontieren, die ihn gemeinsam mit Marcos zeigen. Er wird sicher nicht wollen, dass die an die Öffentlichkeit gelangen.«

»Die Fotos, die Naira am Samstag gemacht hat?«, erkundigte sich Julia. Toto nickte. »Apropos Samstag, da fällt mir noch etwas ein«, fuhr sie fort. »Hat Baltasar nicht wegen eines Familientreffens abgesagt?« Toto nickte. »Heute habe ich zufällig Lorita getroffen. Auf meine Frage, wie das Familienfest war, hat sie gar nicht gewusst, wovon ich spreche.« Álvaro und Toto sahen sie verständnislos an. »Es gab kein Familientreffen«, erklärte Julia. »Stattdessen hatte Baltasar angeblich einen anderen wichtigen Termin in seiner Funktion als Bürgermeister. Lorita hat sich darüber beschwert, dass er nicht einmal am Wochenende für seine Familie Zeit hat.«

Zu ihrer Überraschung wechselten die beiden Männer amüsierte Blicke. »Vielleicht hat er ja wieder eine Freundin?«, meinte Toto feixend. »Mit der Grundschullehrerin aus Tijarafe ist es ja seit ein paar Monaten aus.« Julia starrte ihn erschrocken an. »Jetzt schau nicht so empört«, fuhr Toto fort. »Baltasar ist ein prima Kerl. Nur hat er leider eine Schwäche für jüngere Frauen. Lorita tut uns allen leid. Aber sagen, was los ist, wird ihr keiner.« Er sah zu, wie Tanja die Daten auf Speichermedien kopierte. »Um auf unseren Antrag zurückzukommen – die Gegner des Nationalparks werden haushoch überstimmt werden«, erklärte er. »Trotzdem werde ich mir diese Unterlagen anschauen.« Er steckte den Speicherstick ein. »Vielen Dank, Tanja, dass du das für uns getan hast.«

Er erhob sich. Die Tür war aufgegangen. Amelie stand auf der Schwelle, und Julia machte große Augen, so sehr hatte sich ihre Freundin in Schale geworfen. Sie trug ein eng anliegendes Kleid, das ihre fabelhafte Figur betonte, elegante Pumps mit hohen Absätzen, und ihr kurz geschnittenes Haar war mit Stylingcreme in Form gelegt. Und natürlich war sie makellos geschminkt.

Totos Gesicht strahlte auf, als er sie sah. »Wir gehen noch ein bisschen aus«, erklärte er und schob verlegen seinen Strohhut in den Nacken, als er die fragenden Gesichter der anderen sah. »Schließlich hat Amelie nur an zwei Abenden die Woche frei.«

Julia schob am nächsten Morgen gerade das erste Blech mit Brötchen in den Ofen, als Tanja mit der Tasche in die Küche kam, in die sie die Sachen für Emil gepackt hatte. »Hier. Am besten gibst *du* sie ihm. Mich will er ja eh nicht sehen«, sagte sie.

Julia schüttelte den Kopf. »Mach das ruhig selbst. Er sollte wissen, wer ihm diesen Gefallen getan hat.«, entgegnete sie und begutachtete die Auberginen, die Paola bereits gewaschen hatte. »Sag ihm einfach, dass es dir leidtut, wie das früher zwischen euch gelaufen ist.« Es war Tanja deutlich ansehen, wie sehr sie mit sich kämpfte. »Nun komm schon«, ermutigte Julia sie. »Gib dir einen Ruck. Schließlich hat Emil selbst gerade Mist gebaut. Der Moment ist günstig.« Sie wies mit dem großen Gemüsemesser hinaus in den Garten, wo Sam dem Jungen bereits in einen Liegestuhl geholfen hatte.

»Na gut«, meinte Tanja und stieß einen Seufzer aus, packte die Henkel der Tasche und marschierte hinaus.

»Ich hab's doch gesagt«, kommentierte Paola das Ganze vom Spülbecken aus, wo sie einen Berg Salat wusch. »Das Mädchen hat einen guten Kern.«

Ja, dachte Julia, während sie durch die Gartentür die Szene beobachtete. Wer hätte gedacht, wie sie sich entwickeln würde. Jetzt war Tanja vor dem Liegestuhl angekommen und stellte die Tasche neben ihm ab. Emil wirkte, als würde er am liebsten davonlaufen, aber das war ja nicht möglich. Seine Miene blieb finster, als Tanja ihn ansprach, ihr Gesicht konnte Julia leider nicht sehen, da sie ihr den Rücken zukehrte. Doch als sie Emils Tablet aus der Reisetasche zog und ihm hinhielt, wandelte sich seine Miene. Überrascht sah er von dem Gerät zu Tanja, dann wanderte sein Blick interessiert zu der Tasche.

»Er hat sich tatsächlich bedankt«, berichtete Tanja, als sie sich in der Küche eine Tasse Kaffee einschenkte und einen großen Schluck nahm. »Puh«, machte sie. »Angenehm war es trotzdem nicht.«

»Es war ein Anfang«, versuchte Julia, sie zu ermutigen und widmete sich wieder den Auberginen, aus denen sie knusprige Chips zaubern würde als Teil des *Saludo de la Cocina*, wie der »Gruß aus der Küche« auf Spanisch hieß. Dafür würde sie zum ersten Mal das neue Rosensalz verwenden, und Julia war selbst gespannt, wie das miteinander harmonieren würde. In einer halben Stunde erwarteten sie schon die ersten Gäste. Seit dem Artikel von Gerald Nevady war das Flor de Sal Tag für Tag ausgebucht. Dass ihr Restaurant so kurz nach der Eröffnung derart gut laufen würde, hätte Julia in ihren kühnsten Träumen nicht zu hoffen gewagt.

»Was steht denn nun in Jens' Unterlagen? Hat sich das schon jemand genau angeschaut?« Julia war in ihrer Mittagspause endlich einmal wieder zum Salzgarten hinuntergegangen. Seit Emil mit seiner schlechten Laune ihren Garten belagerte, ging sie ihm lieber aus dem Weg.

»Toto hat doch gesagt, dass er das macht«, antwortete Álvaro, der sich Hände wusch, die vom Salz verklebt waren. Die letzte Ernte für diese Saison war im Gange, und das Gelände wimmelte von Álvaros Helfern, die das Salz in Säcke verluden. »Er ist allerdings ziemlich zuversichtlich, dass das Parlament ohnehin dem Antrag zustimmt und damit diesen ganzen Unternehmungen einen Strich durch die Rechnung macht.« Er setzte sich zu Julia und hob das Tuch von dem Korb, den sie mitgebracht hatte. »Das riecht so gut.« Er schnupperte. »Nach ... Blumen?«

»Das ist mein neues Rosensalz«, erklärte Julia und holte die Auberginenchips aus dem Korb, außerdem eine Creme aus Avocado und Ziegenfrischkäse von Paco. »Wie findest du es?«

»Eigenwillig«, sagte Álvaro, nachdem er probiert hatte. »Aber lecker. Ich muss mich erst daran gewöhnen, dass mein Salz nach Parfüm schmeckt.«

Julia hieb spielerisch mit ihrer Serviette nach ihm. »Ich hab auch Trüffelsalz gemacht«, meinte sie und holte ein Döschen aus dem Korb. »Vielleicht ist das mehr nach deinem Geschmack.«

»Nein, nein, du verstehst mich falsch«, lachte Álvaro und tunkte einen Auberginenchip in den Frischkäse. »Ich liebe dein Rosensalz. Ich liebe alles, was du machst.«

Die Mittagsstunden gingen viel zu schnell vorbei. Mit einem Blick auf ihre Armbanduhr wollte Julia sich erheben.

»Musst du schon los?«, fragte Álvaro bedauernd und griff nach ihrer Hand. »Findest du nicht auch, dass wir viel zu wenig Zeit füreinander haben?« Julia setzte sich mit einem Seufzen wieder zu ihm und legte ihren Arm um ihn. »Ich würde so gern mit dir tauchen gehen«, fuhr Álvaro fort und küsste sie zärtlich auf den Hals. »Und sonst eine Menge Dinge mit dir tun. Abends bist du müde. Und am Wochenende musst du auch arbeiten ...«

»Du hast recht«, sagte Julia und sog tief seinen Duft in sich ein. »Ich könnte dringend eine kleine Pause gebrauchen. Was hältst du davon, wenn ich nächste Woche das Restaurant für ein paar Tage schließe?«

»Geht das denn?«, fragte Álvaro und sah sie mit leuchtenden Augen an.

»Am Dienstag und Mittwoch stehen noch keine Reservierungen im Buch«, gab Julia zurück. »Das wäre wenigstens eine kleine Pause.«

»Das klingt toll.« Álvaro küsste sie zärtlich.

»Dann ist es beschlossen«, sagte Julia.

Die folgenden Tage vergingen wie im Flug. Parvati besuchte Emil täglich, und zu Julias Freude hörte sie oft fröhliches Lachen aus dem Garten. Die beiden schienen sich immer besser zu verstehen.

Mit Julia sprach Emil allerdings nach wie vor nur das Nötigste, und sie fragte sich, ob sie je wieder das alte, vertraute Verhältnis zueinander finden würden.

Toto holte Amelie fast jeden Nachmittag für ein, zwei Stunden ab, und die beiden wirkten so glücklich und verliebt, dass Julia das Herz aufging.

»Hast du inzwischen Zeit gehabt, Jens' Unterlagen genauer anzusehen?«, fragte sie ihn bei einer dieser Gelegenheiten.

»Das ist nicht mehr nötig«, antwortete Toto. »Die Abstimmung im Parlament ist auf den nächsten Mittwoch anberaumt. Da kann nichts mehr dazwischenkommen, ganz egal, was El Alemán im Schilde führt.«

»Das klingt beruhigend«, antwortete Julia. Dennoch wurde sie das Gefühl nicht los, dass sie irgendetwas übersehen hatten. »Du meinst also …«

»Die überwältigende Mehrheit im Parlament ist für uns«, versuchte Toto, sie zu beruhigen, und hatte doch nur Augen für Amelie, die, mit einer Badetasche bewaffnet, gerade die Treppe herunterkam.

An diesem Nachmittag sah sie sich gemeinsam mit Tanja nochmals die Entwürfe für das Logo des Salzgartens an.

»Diesen hier habe ich überarbeitet«, erklärte Tanja und deutete auf die Zeichnung, die beim ersten Ansehen so viel in Julia ausgelöst hatte. »Zum einen habe ich den Fisch weggelassen. Denn schließlich ist das Flor de Sal dafür nicht bekannt.« Julia nickte finster. Inzwischen kaufte sie zwar ab und zu Fisch bei einem der Markthändler, jedoch nur, wenn sie die Ware überzeugend fand. »Außerdem wirkte es vorher ein bisschen überladen.«

Julia betrachtete die neue Fassung. Das Meer war nur noch durch drei leicht gekräuselte Linien am Fuß eines stilisierten Felsens angedeutet, auf dem die Finca zu sehen war. Dort, wo sich der

Salzgarten befand, hatte Tanja den Schriftzug Flor de Sal eingefügt. Das Ganze wirkte klarer und überzeugender. Julia fand, dass man auf den ersten Blick die einzigartige Lage des Restaurants wiedererkannte.

»Das gefällt mir«, sagte Julia. »Und weißt du was? Wir zeigen die Entwürfe auch Álvaro und Amelie.« Auf einmal hatte sie eine Idee. »Und Emil. Der soll auch seine Meinung dazu sagen.«

Tanja wirkte alles andere als begeistert.

»Wieso denn Emil?«, wollte sie wissen. »Der ist doch noch ein Kind! Außerdem kann er mich eh nicht leiden.«

»Wir sagen ihm gar nicht, dass du sie gemacht hast«, schlug Julia vor. »Er soll sich ganz unvoreingenommen äußern. Und Kindern fällt manchmal etwas auf, was wir Erwachsenen übersehen.« Sie sah auf die Uhr. »In einer halben Stunde kommt Amelie zurück. Ich rufe Álvaro an. Und du könntest inzwischen die Entwürfe hier aufhängen.« Sie wies auf die Magnetwand, wo sie während des Restaurantbetriebs ihre Order anhefteten.

»Kannst du bitte in die Küche kommen?«, fragte Julia ihren Neffen, so als hätte nie etwas zwischen ihnen gestanden. »Ich muss eine wichtige Entscheidung treffen, und dazu würde ich gerne deine Meinung hören.«

Sie reichte Emil die Krücken, die Sam ihm besorgt hatte, und mit deren Hilfe er sich inzwischen langsam fortbewegen konnte, ohne das verletzte Gelenk zu belasten.

»Worum geht es denn?«, fragt der Junge misstrauisch. Ein seltsames Krächzen klang in seiner Stimme mit. Du lieber Himmel, fuhr es Julia durch den Kopf. Kommt Emil womöglich schon in das Stimmbruchalter?

»Um ein Logo für mein Restaurant«, antwortete Julia. »In der Küche haben wir ein paar Entwürfe aufgehängt. Ich wüsste gern, was du von ihnen hältst.«

Emil wirkte überrascht und gleichzeitig erfreut. Doch sogleich nahm sein Gesicht wieder diesen mürrisch-gleichgültigen Ausdruck an, den er sich Julia gegenüber angewöhnt hatte. Kurz schien er zu schwanken. Dann griff er nach den Krücken.

»Na gut«, sagte er in einem Ton, als würde er seiner Tante einen lästigen Gefallen tun, und schwang sich auf seine Gehhilfen.

Julia hatte vor der Magnetwand ein paar Stühle aufgestellt, denn Emil sollte natürlich nicht so lange stehen müssen. Álvaro sah sich bereits die Entwürfe an, und Amelie versorgte sie alle mit hausgemachter Granatapfellimonade. Auch Toto, der Amelie wie immer nach Hause gebracht hatte, war geblieben, interessiert hielt er sich im Hintergrund. Tanja hatte sich verzogen, offenbar wollte sie nicht dabei sein, während man ihre Arbeit begutachtete.

»Ich hab mir Folgendes vorgestellt«, begann Julia. »Bitte behaltet eure Meinung vorerst für euch. Hier habe ich Zettel und Stifte vorbereitet. Darauf könnt ihr euren Favoriten notieren. Einfach der Reihenfolge nach: Links hängt Entwurf Nummer eins, dann kommt Nummer zwei und so weiter.« Sie verteilte Zettel und Stifte. »Vielleicht gefallen euch ja auch mehrere Logos? Sortiert sie einfach in eine Rangfolge: Zuerst den, der euch am besten gefällt.« Sie sah in die Runde. Emil starrte die Entwürfe an, und Julia kannte ihn gut genug, um ihm anzusehen, dass er mächtig beeindruckt war. »Alles klar? Kann es losgehen?« Sie gab auch Toto einen Zettel, und nach einer Weile sah Julia, dass alle etwas notiert hatten. »Jetzt setzt bitte noch eure Namen darauf«, bat Julia und begann, die Papiere einzusammeln. »Amelie, magst du mir helfen? Lies mir einfach die Wertungen vor.«

Julia überreichte ihrer Freundin den kleinen Stapel und stellte sich selbst mit einem Filzschreiber an die Magnettafel.

»Álvaro ist für die Nummer drei«, sagte Amelie und legte den entsprechenden Zettel beiseite. »Ich habe auch für drei gestimmt.

Emil ebenfalls. Und Toto ...«, sie warf ihrem neuen Freund einen liebevollen Blick zu. »Er hat auch die drei notiert. Na, das nenne ich ein eindeutiges Ergebnis.«

Julia hatte vier Striche unter den entsprechenden Entwurf gemacht. Es handelte sich tatsächlich um jenen, der auch ihr am besten gefiel, um das angedeutete Haus auf dem Felsen über dem Meer und dem Schriftzug an der Stelle des Salzgartens.

»Was gefällt denn dir am besten?«, fragte Emil. Wieder war deutlich ein heiseres Kratzen in seiner Stimme zu hören.

»Meine erste Wahl ist auch die Nummer drei«, erklärte Julia, so als hätte sie das nicht bemerkt. »Ist es nicht großartig, dass wir alle einer Meinung sind?«

»Von wem sind die Entwürfe eigentlich?«, hakte Emil nach.

»Gefallen sie dir?«, fragte Julia zurück.

»Ja, sie sind nicht übel«, räumte der Junge ein. »Ich finde auch das Schwarze gut mit der silbernen Schrift. Aber zu deinem Laden passt das andere besser.«

»Tanja hat die Entwürfe gemacht«, sagte Julia wie nebenbei. »Wird Zeit, dass wir ihr mal sagen, wie toll ihre Arbeit ist. Nicht?«

Amelie ging sofort, um sie aus ihrem Zimmer zu holen.

»Tanja?«, fragte Emil ungläubig.

»Ja. Sie ist ziemlich gut darin. Schließlich hat sie auch für deinen Vater die ganze Geschäftsausstattung gestaltet und seine Homepage gemacht«, teilte Julia ihm mit, während sie die Zettel neben die Entwürfe an die Magnetwand heftete. »Sie hat dafür eindeutig ein großes Talent.«

Die Tür ging auf, und Tanja kam herein. Die anderen empfingen sie mit Applaus, woraufhin sie über und über rot wurde. Vergnügt beobachtete Julia, dass auch Emil sie nun mit ganz neuen Augen betrachtete.

Über das Wochenende arbeitete Tanja voller Elan an der Umsetzung des Logos für die Geschäftsausstattung, die ein Restaurant brauchte, angefangen beim Briefpapier bis hin zur Speisekarte. Das Lob und die Anerkennung der anderen taten ihr sichtlich wohl, sogar in Emils Augen hatte sie merklich an Achtung gewonnen. Und er zeigte sich ein wenig zugänglicher. Dass Julia ihn bei einer so wichtigen Entscheidung mit einbezogen hatte, hatte seine Wirkung nicht verfehlt.

Am Montag war es endlich so weit, Julia fuhr mit ihm zur Klinik, damit man ihn dort von der lästigen Orthese befreite. Emil beteuerte, überhaupt keine Schmerzen mehr zu haben, und hätte sich am liebsten selbst den Verband vom Fuß gerissen, was Julia gerade noch verhindern konnte.

»Sam hätte mich auch gefahren«, brummte er, als sie losfuhren. Überhaupt wechselte neuerdings seine Stimme ziemlich willkürlich die Höhenlage.

Wäre dir das womöglich lieber gewesen, hatte Julia schon auf der Zunge, doch sie besann sich. Es wurde Zeit, Frieden zu schließen, fand sie.

»Ich möchte mich selbst davon überzeugen, dass mit deinem Fuß wieder alles in Ordnung kommt«, sagte sie stattdessen liebevoll.

Emil entgegnete nichts darauf, und nach einigen weiteren Versuchen, eine Unterhaltung in Gang zu bringen, gab Julia vorerst auf. Sie konnte ihn durchaus verstehen. Seine Lage war misslich. Und seine Stimmbänder machten neuerdings, was sie wollten. An seiner Stelle hätte sie vermutlich auch lieber den Mund gehalten, als sich abwechselnd als Brummbär und als kieksendes Wesen zu äußern.

Doctora Fuentes war zufrieden mit dem Ergebnis der Untersuchung. Offenbar zahlte es sich aus, dass Emil dank Sams Einfluss seinen Fuß geschont hatte. Dennoch empfahl sie, die Orthese wenn möglich noch eine Woche lang zu tragen.

»Wann kann Emil wieder zur Schule gehen?«, erkundigte sich Julia.

»Schon morgen, wenn er vernünftig ist«, meinte Doctora Fuentes. Sie musterte Emil über den Rand ihrer Brille. »Insgesamt dauert die Heilung bei einer solchen Bandruptur sechs bis acht Wochen«, sagte sie zu ihm. »Damit das richtig ausheilt und du später alles genauso machen kannst wie vorher, musst du Geduld haben. Also vorerst weder laufen noch springen, nicht Fußball spielen und auch keinen sonstigen Unsinn anstellen. Aber mit den Gehhilfen kannst du ab sofort zur Schule gehen.«

»Und was ist mit Schwimmen?« Emil wirkte kämpferisch. Zehn Tage ohne Bewegung hatten ihm offenbar ziemlich zugesetzt.

»Schwimmen ist sogar gut gegen die Schwellung«, antwortete die Ärztin. »Solange du es nicht übertreibst.«

Sie zeigte Julia, wie man Emils Knöchel mit einer elastischen Binde stabilisierte, dann machten sich die beiden wieder auf den Heimweg.

»Bist du auch so hungrig wie ich?« Julia warf Emil einen Blick zu, der in sich gekehrt auf dem Beifahrersitz saß.

»Ich könnte schon was vertragen«, gab er verhalten zurück.

»Worauf hast du denn Appetit?«

»Keine Ahnung.«

»Ich hab eine Idee. Warst du schon mal in San Jaime?«

»Nö, wo soll das sein?«

»Gleich wirst du es sehen.«

Sie bog von der Küstenstraße ab und schon bald passierten sie die ersten Weinberge. Immer höher stieg die Piste an, wurde schmaler, sodass kaum zwei Autos aneinander vorbeigepasst hätten, hin und wieder ermöglichten kleine Buchten ein Ausweichen. Die Weinberge machten den ersten Kanarenkiefern Platz, und Emil war plötzlich hellwach, reckte den Kopf, um einen Blick auf die Aussicht zu erhaschen, die sich ab und zu zwischen den Bäumen bot. Schließlich zweigte der Verbindungsweg nach San Jaime ab, der auf einer Höhe am Berg entlangführte, vorbei an halbverfallenen Steinhäusern, an winzigen Fincas, wo die Hühner auf der Straße herumliefen und ihnen einige Esel überrascht nachblickten.

»Was ist denn das für eine Einöde?«, entfuhr es Emil, und Julia unterdrückte ein Grinsen.

»Das ist La Palma, wie es die Touristen selten erleben«, sagte sie. »Wer weiß, vielleicht kommt ja der eine oder andere deiner Mitschüler aus einem dieser Weiler.«

Nach einigen Kilometern führte der Weg sie sanft abwärts, die Bebauung wurde dichter, bis sie das Ortsschild von San Jaime sahen.

»Hier sind wir«, sagte Julia und stellte den Wagen auf dem Platz vor der Kirche ab. Emil sah sich verwundert um.

»Und hier in diesem Kaff soll man essen können?«

»Oh ja, und zwar ziemlich lecker«, gab Julia zurück. »Gleich dort drüben. Siehst du das blaue Haus mit dem Fisch auf der Eingangstür? Das ist das La Lubina.«

Emil stieß einen abschätzigen Laut aus. »Ach *das!*«, machte er. »Papa sagt ...«, begann er automatisch.

»Weißt du was?«, fiel ihm Julia hitzig ins Wort. »Es interessiert mich kein bisschen, was dein Vater sagt. Wenn du willst, dass man dich ernst nimmt, dann solltest du damit anfangen, dir ein eigenes Urteil zu bilden und nicht nachzuplappern, was irgendjemand anderes sagt. Ob das nun dein Vater ist oder sonst jemand.« Emil zog die Schultern hoch und starrte finster vor sich hin. »Selbstständige Menschen haben eine eigene Meinung und sagen nicht bei jeder Gelegenheit: Mein Vater sagt dies, mein Vater sagt das.« Sie holte tief Atem. »Also was ist: Willst du hier auf mich warten, während ich es mir da drinnen schmecken lasse, oder kommst du mit?«

Es vergingen ein paar lange Momente, und Julia dachte schon, Emils Trotz sei größer als sein Hunger.

Schließlich kam Bewegung in den Jungen. Er öffnete die Beifahrertür, und Julia beeilte sich, selbst auszusteigen und ihm von der anderen Seite aus dem Wagen zu helfen.

20

Gefährdetes Paradies

»Ja, wen haben wir denn da?« Isora kam strahlend auf Julia zu und begrüßte sie warmherzig. »Hast du auch mal wieder den Weg zu uns gefunden?«

»Ich weiß gar nicht, wo die Zeit geblieben ist«, antwortete Julia beschämt. »Mit nur einem freien Tag in der Woche komme ich zu nichts.«

»Uns geht's genauso«, erklärte Isora. »Deshalb werden wir ab nächster Woche einen zweiten Ruhetag dienstags einführen. Heute habt ihr also Glück.« Sie musterte Emils verletztes Bein. »Das sieht schlimm aus«, meinte sie mitfühlend.

»Ist es gar nicht«, gab der Junge zurück. »Nur ein gerissenes Band.«

»Na, das reicht, würde ich sagen.« Isora lachte ihm freundlich zu. »Wollt ihr was essen?«

»Und ob wir das wollen. Wir haben einen Bärenhunger, was, Emil?«

Sie nahmen an Julias Lieblingstisch Platz, von dem aus man in den reich bepflanzten Innenhof sehen konnte. Sogleich war auch Isoras Katze zur Stelle und roch interessiert an Emils heilem Fuß.

»Das ist Ramses«, stellte Isora die Katze mit dem roten Fell vor und legte die Speisekarte vor ihnen auf den Tisch. Emil beugte sich hinunter zu Ramses und hielt ihm seine Hand hin. Die Barthaare des Katers zitterten, dann sprang er mit einem Satz auf Emils Schoß.

»Ramses«, protestierte Isora. »Runter mit dir! Du weißt genau, dass sich das nicht gehört.«

Der Kater machte einen Katzenbuckel, drehte sich einmal um die eigene Achse und ließ sich ungerührt auf Emils Schenkeln nieder.

»Ach bitte, lassen Sie ihn«, sagte er und begann, das schöne Tier zu kraulen, worauf der Kater sogleich zu schnurren begann. Julia nickte Isora zu. Was machte es schon, dass ein Tier bei Tisch nicht besonders hygienisch war. Hauptsache Emil taute endlich ein bisschen auf.

Er suchte sich das *chuletón* aus, ein T-Bone-Steak, dazu *patatas fritas*, und schlang alles geradezu in sich hinein.

»Sag mal«, begann Julia, die sich von Rayco eine Fischplatte hatte zubereiten lassen, »warum bist du eigentlich so wütend auf mich?«

Emil sah kurz auf. »Bin ich ja gar nicht«, nuschelte er zwischen zwei Bissen.

»Aber du behandelst mich, als hätte ich dir etwas angetan«, gab Julia zurück. Emil zuckte mit den Schultern und hielt den Blick auf seinen Teller gerichtet. Julia seufzte heimlich. Vermutlich sollte sie sich an dieses Verhalten gewöhnen, Emil war eben kein bisschen anders als andere Jungen in seinem Alter. Trotzdem machte sie das unendlich traurig.

»*Buenos días.*« Auf einmal stand Diego an ihrem Tisch und lächelte unsicher auf sie herab. »Wie geht es dir?«

»*¡Hola!* Schön, dich zu sehen.« Julia wies auf einen freien Stuhl. »Setz dich doch zu uns. Das ist übrigens mein Neffe Emil. Emil, Diego ist Isoras Bruder.« Nach kurzem Zögern nahm Diego tatsächlich bei ihnen am Tisch Platz. »Diego ist Fischer«, sagte Julia zu Emil. »Außerdem macht er etwas sehr Spannendes. Er ist Apnoetaucher.«

»Apno… was?« Emils Gesicht war ein einziges Fragezeichen.

Diego lächelte und begann ihm zu erklären, was es mit dem Freitauchen auf sich hatte. Emil fand das offenbar so spannend, dass er sogar sein T-Bone-Steak kalt werden ließ. Und während Julia den beiden lauschte, wurde ihr klar, dass es genau das war, was Emil so dringend brauchte, und was sie ihm niemals geben konnte: Fachsimpeln mit Männern. Männer, die er bewundern und denen er nacheifern konnte. Auch nachdem sie ihre Mahlzeit beendet hatten und Isora ihr im Innenhof ein paar Gewürzpflanzen zeigte, die sie nicht kannte, waren Emil und Diego noch immer ins Gespräch miteinander vertieft.

»Wollt ihr mit mir rausfahren?«, schlug Diego vor, als Julia sich wieder zu ihnen gesellte. »Ich hatte sowieso gerade vor, den Nachmittag zu nutzen und mit dem Boot zur Lomada Ronca zu fahren.«

»Au ja«, rief Emil begeistert. Dann warf er Julia einen skeptischen Blick zu, so als erwarte er ihren Widerspruch.

»Das ist eine tolle Idee«, sagte Julia und bat Isora um die Rechnung. Warum auch nicht?, dachte sie. Die folgenden beiden Tage hatte sie frei. Es war höchste Zeit, endlich mal wieder etwas Außergewöhnliches zu unternehmen.

Der kleine Naturhafen, in dem Diegos Boot lag, befand sich nur wenige Kilometer entfernt in einer verborgenen Bucht. Eine abenteuerliche, unbefestigte Piste führte zu ihr hinab, und Julia schätzte sich mehr als einmal glücklich, Álvaros robusten Pick-up ausgeliehen zu haben. Selbst Emil, der sich ansonsten recht unerschrocken gab, klammerte sich an dem Haltegriff über der Beifahrertür fest, vor allem wenn es kurz vor einer Kurve so aussah, als würde der Weg direkt in den Abgrund führen.

Als sie unten angekommen waren, stellte Julia fest, dass es gerade so viel Platz gab, damit zwei Autos wenden konnten, und sie bekam den Eindruck, dass Diego meistens allein hier war. Außer seinem Fischerboot, das etwa einen Meter unterhalb einer grob zementierten Mole im Wasser schaukelte, entdeckte sie nur noch eine alte Jolle, die schon bessere Tage gesehen hatte. ESPERANZA stand auf dem Fischerboot. Hoffnung.

»Emil muss seinen Fuß schonen«, sagte Julia, da war Diego bereits an Deck gesprungen und half dem Jungen zu sich hinunter.

»Setz dich hierhin«, sagte er und führte ihn zu einer Holzkiste, arrangierte ein Bündel Taue so, dass er sein Bein bequem darüberlegen konnte.

»Tut es weh?«, fragte er, doch Emil schüttelte den Kopf.

Julia war den beiden an Bord gefolgt und nahm neben Emil Platz. Diego kramte Schwimmwesten aus einer Kiste hervor und half ihnen, sie anzulegen.

»Hier ist alles voller Felsen«, sagte Emil und sah angestrengt über die Bucht in Richtung offenes Meer.

»Keine Sorge«, beruhigte Diego ihn. »Die kenne ich alle wie meine Westentasche. Ich bin hier schon als kleiner Junge mit meinem Vater rumgefahren. Und getaucht. Dies ist quasi mein Vorgarten.«

Diego vergewisserte sich, dass sie es alle beide bequem hatten, dann startete er den Motor. Ganz langsam steuerte er das Fischerboot zwischen den Felsen hindurch aufs offene Meer hinaus, wo der kraftvolle Wellengang des Atlantiks das Gefährt erfasste und Diego die Geschwindigkeit erhöhte. Emil klammerte sich an der Reling fest und Julia erinnerte sich daran, dass er im Frühjahr ziemlich seekrank gewesen war, als sie mit Álvaro und seinen Freunden in Totos Kutter hinausgefahren waren, um Wale zu beobachten. Sie wollte schon fragen, ob alles in Ordnung mit ihm sei, als sie sich gerade noch zurückhalten konnte. Emil war kein kleines Kind mehr, vor allem wollte er nicht wie ein solches behandelt werden. Also konzentrierte Julia sich auf das, was sich vor ihren Augen entfaltete.

Diego fuhr in weitem Bogen hinaus auf die offene See, dann schwenkte er in Richtung Westen um. Sofort fühlte es sich angenehmer an, weil sie jetzt nicht mehr gegen die Wellen anfuhren, sondern sie seitlich schnitten. Die zerklüftete Küste, an der sie nun mit einigen hundert Metern Entfernung entlangfuhren, kam Julia unbekannt vor, bis sie schließlich weit in der Ferne hoch über der Steilküste die Finca sah. Und an ihrem Fuße ahnte sie den Salzgarten mehr, als dass sie ihn hätte erkennen können.

Ihr Herz wurde weit bei dem Anblick des Ortes, der seit einigen Monaten ihr Zuhause war, Stolz erfüllte sie, so schön war dieses Bild.

Diego drosselte die Geschwindigkeit und lenkte die *Esperanza* wieder näher am Festland entlang. Es sah ganz so aus, als würde er auf eine bestimmte Stelle unterhalb einer besonders hohen Steilküste zuhalten, vor der unzählige Felsen aus dem Wasser ragten.

Vogelschwärme umkreisten die zerklüftete Felswand. Je näher sie kamen, desto mehr Details fielen Julia auf. Deutlich konnte man die Gesteinsschichten unterscheiden. Eine Formation, die aussah, wie ein senkrechtes Bündel riesiger Bleistifte ragte daraus hervor. Julia glaubte, einen Pfad zu erkennen, der in vielen halsbrecherischen Windungen zum Wasser herunterführte. Auf halber Höhe gähnten die dunklen Münder von mehreren Höhlen.

Langsam glitten sie zwischen den Klippen hindurch, bis sie von Weitem am Fuße der Steilküste einen schmalen Absatz entdeckten, der wie eine kleine Freilichtbühne einige Meter oberhalb des Wasserspiegels lag.

Diego stoppte den Motor und warf den Anker aus.

»Hier ist es besonders schön«, sagte er und wies mit dem Daumen nach unten. »Vollkommen unberührt. Früher kam hier keiner her.«

»Tauchst du hier?«, fragte Emil und starrte auf die sich hebende und senkende Oberfläche des Meeres. Es wirkte wie ein Lebewesen, das ein- und ausatmete.

Diego nickte und zog sich hinter das Steuer zurück. Kurz darauf kam er in einem abgewetzten Neoprenanzug wieder, der an einigen Stellen geflickt war. Genau wie an jenem Tag, als Julia ihn mit dem Fernglas beobachtet hatte.

»Und wenn du da jetzt runtertauchst«, fuhr Emil aufgeregt fort, »was ... was ist denn da?«

»Eine andere Welt«, antwortete Diego, als sei das ganz normal. »Hier leben Meerestiere, die anderswo längst ausgestorben sind«, fuhr er fort. »Eine wahre Fülle. Man darf sie nicht stören. Allerhöchstens ihnen zusehen und versuchen, sie zu verstehen.«

»Verstehen?«

Diego setzte sich zu Emil und dachte über eine Antwort nach. »Wenn wir etwas lieben, dann wollen wir es verstehen. Oder? Mir hat diese Welt dort unten in schweren Zeiten Halt und Kraft gegeben.« Diego hatte sein Gesicht abgewandt, Julia konnte nur sein Profil sehen. »Und weißt du auch, warum?« Emil schüttelte den Kopf. »Weil die Wesen, die dort unten leben, mich einfach so genommen haben, wie ich bin.«

»Blieb ihnen ja wohl auch nichts anderes übrig«, wandte Emil eine Spur ironisch ein.

Diego lachte. »Sie zeigen dir sehr deutlich, wenn du nicht willkommen bist oder ob sie sich von dir bedroht fühlen. Es braucht Übung, sich ihnen so zu nähern, dass sie dich akzeptieren und einfach ihr Ding weitermachen. Ein Lebewesen hängt mit dem anderen zusammen. Und sobald wir Menschen hier etwas verändern, ist das der Anfang vom Ende.«

Diego schwieg erschöpft. Offenbar war er es nicht gewöhnt, so viel zu sprechen oder gar zu erklären. Vor allem nicht so schwierige Dinge. Julia glaubte, zu verstehen, was er meinte. Veränderte man etwas an den Unterwasserfelsen, würde das ja auch Auswirkungen auf den Salzgarten haben, auch wenn der ziemlich weit entfernt schien.

»Hast du eine Unterwasserkamera?«, fragte Emil.

»Nein«, antwortete Diego und erhob sich. Er sah hinauf zum Himmel, dann musterte er die Wasseroberfläche. »Ich geh jetzt runter. Keine Sorge, bald bin ich zurück. Ich tauche auf einen einzigen Atemzug.«

Er stieg neben Emil auf die Kiste und stellte einen Fuß auf die Reling. Er begann, tief ein- und wieder auszuatmen. Obwohl Julia ihn nur von hinten sah, hätte sie schwören können, dass er die Augen geschlossen hielt. Immer tiefer ging sein Atem, seine Rippen weiteten sich mehr und mehr. Mit einer fließenden Bewegung setzte er sich die Taucherbrille auf. Und sprang.

Emil wandte sich jäh zu Julia um. Auf seinem Gesicht las sie Bewunderung und grenzenloses Staunen. Dann fiel ihm offenbar ein, dass er die Zeit stoppen könnte, und sah auf seine Armbanduhr, während Julia vorsichtig aufstand und über den Rand des Bootes in die Tiefe spähte.

Von Diego war nichts zu sehen, es war, als sei er gar nicht da gewesen. Schattenhaft erkannte sie dunklere und hellere Stellen. Eine gefühlte Ewigkeit blieb Diego verschwunden. Endlich durchstieß sein Kopf gut zwanzig Meter entfernt vom Boot die Meeresoberfläche. Silbern sprühten die Wassertropfen empor. Laut und vernehmlich sog er Luft in seine Lungen.

»Sechs Minuten«, rief Emil aufgeregt und sprang auf sein gesundes Bein. »Das will ich auch lernen!« Diego hatte die *Esperanza* erreicht und kletterte die Außenleiter hinauf. »Was hast du gesehen?«, bestürmte Emil ihn.

»Jetzt lass ihn sich doch erst mal ausruhen«, mahnte Julia und betrachtete Diego besorgt. Er war blass, seine Lippen hatten einen bläulichen Schimmer angenommen. Besonders gesund schien das Apnoetauchen nicht zu sein.

Er griff nach einer Wolldecke, schlang sie sich um den Körper und setzte sich ihnen gegenüber. Eine Weile saß er mit geschlossenen Augen da und schien in sich hineinzuhorchen. Julia bemerkte, dass er erneut kontrolliert atmete, und allmählich bekamen seine Wangen wieder Farbe.

»Dort ist etwas, was da nicht hingehört«, sagte er plötzlich. Sein Blick war auf die Felsküste kurz oberhalb des Meeresspiegels gerichtet. Julia versuchte, zu erkennen, was er sah. Er stand auf, öffnete eine Klappe unterhalb des Steuers und holte ein Fernglas heraus. Eine Weile studierte er stumm das Ufer. »Es sind Kisten«, sagte er schließlich. »Mindestens drei.« Er reichte das Fernglas an Julia weiter.

Sie brauchte eine Weile, bis sie die Stelle gefunden hatte. Dann sah auch sie es. Es waren Kunststoffcontainer.

Auf einmal fiel es ihr wie Schuppen von den Augen. Erneut studierte sie die Steilküste. Sie hatten einen etwas anderen Standpunkt eingenommen, als der Fotograf des Bildes, das sie in Jens' Dateien gefunden hatten, darum hatte sie es nicht gleich bemerkt. Doch jetzt war ihr alles klar: Genau hier wollten Marcos und Jens die Tauchstation errichten.

»Was genau befindet sich hier unten?«, fragte sie sicherheitshalber nach.

»Ein unbeschreiblich schönes Biotop«, antwortete Diego. »Seltene Meeresbewohner, Tiere und Pflanzen.« Er zögerte, warf Julia einen prüfenden Blick zu, so als wäre er sich nicht sicher, ob er ihr das anvertrauen sollte. »Und Unterwasserhöhlen«, fügte er hinzu. »Ein ganzes System. Ich habe nirgendwo sonst so viele Exemplare von Eissternen und Bärenkrebsen gesehen, wie dort. Anderswo sind die längst ausgestorben. Man kommt allerdings nur schwer hinein, dieser Brocken hier versperrt den Eingang.« Er wies auf einen Felsen, der aus dem Wasser ragte, offenbar die Spitze einer größeren Formation. Er war geformt wie der Rücken eines Kamels.

Unwillkürlich warf Julia Emil einen Blick zu. Das musste der Fels sein, von dem er ihr erzählt hatte, dass Jens und Marcos ihn sprengen lassen wollten. Auch er hatte das begriffen und senkte die Lider.

»Ich wüsste zu gern, was in den Kisten ist«, sagte sie.

»Dann wollen wir sie uns ansehen«, gab Diego zurück, als wäre es das Normalste von der Welt. »Du kannst doch schwimmen, oder?«

»Ja schon«, gab Julia überrascht zurück. »Aber ich habe überhaupt nichts dabei.«

Diego öffnete erneut das Fach unter dem Steuer und zog einige Utensilien daraus hervor. Eine Plane. Einen Rettungsring. Schwimmflossen. Taucherbrillen und Schnorchel. Und schließlich einen Neoprenanzug. Er hob ihn hoch. »Der könnte passen«, meinte er und reichte ihn Julia. »Such dir eine von den Brillen aus«, fügte er hinzu und begutachtete die Schwimmflossen, die anderen Sachen räumte er wieder weg. Schließlich hatten sie alles, was sie brauchten.

»Ihr wollt wirklich da rüberschwimmen?«, fragte Emil ungläubig.

»Klar«, gab Diego zurück.

»Können wir denn dort überhaupt an Land gehen?«, erkundigte sich Julia, nachdem sie sich im vorderen Teil des Boots rasch umgezogen hatte. Das Ufer dort unterhalb der Lomada Ronca wirkte ziemlich unzugänglich.

»Ja, da gibt es ein paar Stellen. Ich war hier früher oft mit meinem besten Freund«, sagte er an Emil gerichtet. »Da war kein Stein vor uns sicher.«

»Und wo ist der heute, dein Freund?«, fragte Emil zurück.

Zuerst schien es, als habe Diego die Frage nicht gehört. Julia war damit beschäftigt, die Schwimmflossen anzulegen. Sie hatte da so eine gewisse Ahnung, von wem Diego sprach.

»Er ist tot«, sagte er schließlich. »Hast du auch einen Freund?« Die Wirkung dieser Frage auf Emil war überraschend. Mit einem Mal wirkte er schrecklich einsam, wie er dort auf der Kiste saß, den verletzten Fuß in der Orthese auf den Haufen aus Seilen gebettet. Offenbar wusste er nicht, was er antworten sollte. Ob er wohl an El Rostro dachte, den er derart beleidigt hatte, dass er nichts mehr mit ihm zu tun haben wollte? »Falls du einen hast«, fuhr Diego fort, »sei gut zu ihm. Und pass vor allem auf ihn auf.«

Er startete den Motor und lenkte das Boot vorsichtig durch die Riffe so nah wie möglich an das Ufer heran. Dort versenkte er erneut den Anker und vergewisserte sich, dass er auf Grund gegangen war.

»Jetzt bist du der Käpt'n«, sagte er zu Emil und klopfte ihm auf die Schulter.

Es war überraschend leicht, zwischen den Felsen hindurch zum Festland zu schwimmen. Julia riskierte immer wieder einen Blick durch die Taucherbrille und wünschte sich, auch Emil könnte das sehen, was sich vor ihren Augen entfaltete. Vielleicht würde er verstehen, warum sie und Álvaros Freunde nicht wollten, dass hier irgendjemand Sprengungen machte. Einmal drehte sich Diego zu ihr um, wies auf die Wasseroberfläche, und Julia senkte das Gesicht unter Wasser, um zu sehen, was er meinte. Sie sah einen grün leuchtenden Seestern, gut und gerne vierzig Zentimeter im Durchmesser. Seine Arme waren mit eisblauen, fluoreszierenden Dornen bewehrt, deren Spitzen orangefarben ausliefen. Wie ein Juwel haftete er auf einem Felsen, umgeben von tiefroten Wasseranemonen.

Diego lächelte ihr zu, sein Gesicht wirkte unter Wasser verzerrt, und doch war sein Ausdruck gelöst und glücklich. Hier unten fällt alles von ihm ab, fuhr es Julia durch den Kopf, während sie ihm weiter in Richtung Küste folgte.

Tatsächlich war es ganz einfach, an Land zu gehen. Die Wellen hatten Absätze wie natürlich geformte Treppenstufen in den Stein gewaschen, die zu jenem Vorsprung emporführten, auf dem sie die Kisten gesichtet hatten. Julia nahm die Brille ab und blickte zur *Esperanza* hinaus, von deren Deck ihnen Emil zuwinkte. Sie winkte zurück, dann sah sie sich um.

Diego war bereits bei den Behältern und untersuchte sie. Dass sie mit Kunststoffbändern gesichert waren, schien ihn nicht zu stören. Mit einem Klappmesser durchtrennte er sie und öffnete die vorderste Kiste. Zum Vorschein kamen Sauerstoffflaschen und andere Utensilien, die man zum Tauchen benötigte. Dasselbe befand sich in der zweiten Box.

»Sieh mal«, sagte Diego, der bereits den dritten Behälter geöffnet hatte. Allerhand Werkzeug kam hier zum Vorschein: Hammer und Meißel, Drillbohrer, wassertaugliches Klebeband. Mehrere Rollen Kabel. Ein Dutzend in Plastik eingeschweißte Päckchen mit etwas, das aussah wie Knetmasse.

»Das ist Plastiksprengstoff«, sagte Diego fassungslos. Er nahm eines der Päckchen in die Hand, drehte und wendete es. »Ich kenne das Zeug von meiner Zeit beim Militär.« Er richtete seine grauen Augen auf Julia. »Was hat das zu bedeuten?«

Erst jetzt fiel ihr ein, dass Diego von den geplanten Sprengungen noch gar nichts wusste.

»Erinnerst du dich, dass Marcos hier eine Tauchstation errichten will?«, begann sie. Diego nickte. »Leider ist auch mein Bruder in die Sache involviert. Er hat davon gesprochen, dass ein Unterwasserfels gesprengt werden soll. Und zwar der, der den Weg zu den Höhlen blockiert.«

»Was?« Diego starrte sie entsetzt an. »Die wollen sprengen?« Er betrachtete das Päckchen in seiner Hand, dann die anderen Gegenstände in der Kiste. »Das ... das darf nicht geschehen!«

»Nein«, erklärte Julia und betrachtete ratlos die Kisten. »Was machen wir denn jetzt?«

Sie überlegte fieberhaft. In wenigen Tagen sollte in Madrid entschieden werden, ob dieses Gebiet zum Nationalpark erklärt werden würde oder nicht. Wenn es Marcos allerdings gelang, vor dem Termin Fakten zu schaffen und damit eine wichtige Bedingung dafür zu vernichten, nämlich die Unversehrtheit dieser Landschaft, konnten sie das vergessen. Eine Sprengung würde verheerende Folgen haben, nicht nur auf das Ökosystem hier vor Ort, auch Álvaros Salzgarten war gefährdet. Nicht mehr und nicht weniger als seine Existenzgrundlage stand auf dem Spiel.

»Wir nehmen das mit«, erklärte Diego und begann, die Päckchen aus der Kiste zu nehmen.

»Ist das nicht gefährlich?« Julia bekam eine Gänsehaut, als sie sah, wie sorglos Diego mit dem Sprengstoff hantierte.

»Nein«, antwortete er. »Keine Sorge. Diese Art von Sprengstoff wird erst gefährlich, wenn er in einer solchen Kapsel gezündet wird.« Er wies auf einen Beutel, in dem sich Metallhülsen befanden. »Transportieren kann man ihn ohne Bedenken. Deshalb ist er so beliebt.« Er lachte freudlos auf und suchte aus einer der ersten Kisten mit den Tauchausrüstungen zwei wasserdichte Rucksäcke heraus und begann sie, mit dem Sprengstoff zu füllen.

»Wir müssen das der Polizei melden«, schlug Julia vor.

»Na, ich weiß nicht so recht«, brummte Diego und half ihr, einen der Rucksäcke aufzusetzen. Offenbar hatte er wenig Vertrauen in die Behörden.

»Was ist in den Kisten?«, wollte Emil wissen, als sie wieder an Bord geklettert waren. »Und wo habt ihr auf einmal die Rucksäcke her?«

Zunächst antworteten weder Julia noch Diego auf seine Fragen. Sie zogen sich erst um. Als Emil keine Ruhe ließ, beschloss Julia, ihm die Wahrheit zu sagen.

»Ich weiß ehrlich gesagt nicht, ob ich dir noch vertrauten kann«, sagte sie und musterte ihn aufmerksam. Er wirkte tief verletzt und öffnete schon den Mund, um ihr heftig zu antworten, doch sie kam ihm zuvor. »Es geht um die Pläne deines Vaters. Und ich bin nicht einverstanden damit, was er vorhat. Diego übrigens auch nicht.« Emil riss überrascht die Augen auf. Man konnte ihm ansehen, wie es hinter seiner Stirn zu arbeiten begann. Er sah hinüber zur Küste.

»Ist das die Stelle, wo er die Tauchstation bauen will?«

»Ja«, antwortete Julia. »Und nicht nur das. *Du* warst es, der mir erzählt hat, dass hier unter Wasser Sprengungen vorgenommen werden sollen. Und das darf auf keinen Fall passieren.«

»Vielleicht versteht er es besser, wenn ich ihm zeige, was dann verloren geht«, warf Diego ein. »Was ist mit deinem Fuß? Kannst du mit ihm ins Wasser?«

Julia war auf dem Boot geblieben und beobachtete von hier aus, wie Diego ihren Neffen behutsam durch die Rifflandschaft geleitete. Sie hatte keine Ahnung gehabt, wie gut Emil schwamm und tauchte, und konnte nur darüber staunen, wie geschickt er sich in diesem Element bewegte. Mit seinem Freund El Rostro und dessen Bruder war er viele Male im Meer gewesen und hatte sich von ihnen zeigen lassen, wie man mit Harpunen Fische jagte. Nun sah Julia fasziniert zu, wie er immer wieder für kurze Zeit abtauchte und prustend zurück an die Oberfläche kam. Auch bei dem Felsen mit den beiden Höckern, hinter dem sich in der Tiefe jene Höhlen befanden, die Jens unbedingt leichter zugänglich machen wollte, hielten sich Diego und Emil eine ganze Weile auf. Als sie zurück an Bord kamen, bibberte Emil vor Kälte. Er war einfach in seiner Unterhose ins Wasser gesprungen, denn einen Neoprenanzug in seiner Größe hatte Diego nicht an Bord. Nun wickelte Julia ihn in die Decke ein, die Diego ihnen überließ, und rubbelte seinen Rücken warm.

Zu gern hätte sie ihn gefragt, was er gesehen hatte, doch sie beschloss, lieber zu schweigen. Diego war es schließlich, der das Wort ergriff.

»In den Kisten da drüben haben wir unter anderem Sprengstoff gefunden«, sagte er ernst. »Und eine Menge anderes Zeug, das man braucht, wenn man etwas in die Luft jagen will. Den Sprengstoff haben wir mitgenommen.« Er klopfte mit der Hand auf einen der Rucksäcke.

Emil machte große Augen. »Da ist Sprengstoff drin?«, fragte er halb fasziniert, halb erschrocken.

Diego nickte. »Keine Angst. Uns passiert nichts. Eines jedoch sollst du wissen: Ich werde alles dafür tun, damit das hier unbeschadet bleibt.« Er machte eine Geste, die die Wasserwelt um sie herum einschloss. »Weil ich diese Welt liebe und nicht zulassen werde, dass sie zerstört wird.« Er wartete ab, wie seine Worte auf Emil wirkten, und Julia konnte nur staunen, so sehr hatte sich dieser Mann seit ihrer ersten Begegnung verändert. Hier auf dem Meer ruhte er in sich selbst, war selbstbewusst und stark. Auch Emil schien beeindruckt, ohnehin hatten sich die beiden ja vom allerersten Augenblick an überraschend gut miteinander verstanden. »Ob du das nun deinem Vater erzählst«, fuhr Diego ruhig fort, »das ist deine Entscheidung. Dann wird er neuen Sprengstoff bringen und seinen Plan ausführen. Aber mich muss er in diesem Fall ebenfalls in die Luft sprengen.«

»Wie meinst du das?«, wollte Emil wissen.

»Ganz einfach«, antwortete Diego. Er stand auf und begann den Anker einzuholen. »Ich werde von nun an hier Posten beziehen. Und keine Macht der Welt bringt mich von diesem Ort mehr weg, wenn ich euch erst nach Hause gebracht habe.« Und damit startete er den Motor und steuerte das Boot sicher zurück.

21

Entzweiung der Freunde

Während der Fahrt zur Finca sprachen Julia und Emil kein Wort miteinander, aber diesmal war es kein feindseliges Schweigen. Sie hatten alle beide viel zu viel, worüber sie nachdenken mussten.

Zu Hause schienen alle ausgeflogen zu sein, nur Parvati wartete geduldig im Garten auf Emil, um mit ihm wie in der Woche zuvor den Schulstoff des Tages durchzugehen. Julia glaubte, den Jungen unmerklich aufstöhnen zu hören, als er sie sah, dann humpelte er zu ihr und ließ sich von ihr anhimmeln. Julia belegte ein paar Brötchen, die sie unterwegs gekauft hatte, mit Emils Lieblingsschinken und für Parvi eines mit Tomaten und Avocado, denn sie war Vegetarierin. Als die Kinder versorgt waren, machte sie sich auf die Suche nach Álvaro.

Sie fand ihn im Salzgarten, wo er mit einem seiner Helfer die abgeernteten Verdunstungsbecken für die Regenzeit vorbereitete. Dafür wurde die weitläufige Anlage gereinigt und auf Schäden untersucht. Die Pumpe, die das Salzwasser am tiefsten Punkt der Becken wieder nach oben beförderte, hatte Álvaro zerlegt, um sie zu warten. Erst im Frühjahr würde er erneut mit der Flutung des Salzgartens beginnen.

Sie sah den beiden Männern geduldig zu, doch häufig wanderte ihr Blick hinüber zu den beiden Felsen, hinter denen sich die Steilküste der Lomada Ronca befand. Was sie an diesem Nachmittag erlebt hatte, erschien ihr auf einmal vollkommen unwirklich.

»Du bist so nachdenklich«, sagte Álvaro, als er seine Arbeit für diesen Tag beendet hatte.

»Ich hab dir eine Menge zu erzählen«, gab sie zurück. Sie dachte an die beiden Rucksäcke mit dem Sprengstoff, die Diego an sich genommen hatte. Und an Emil, der eine schwere Entscheidung treffen musste. Ob er bereits mit Jens gesprochen hatte?

»Dann schieß mal los.« Álvaros Lächeln wirkte wie Labsal. Sicher würden sie gemeinsam eine Lösung finden und das Schlimmste verhindern.

Sie erzählte ihm alles, angefangen von ihrem Besuch im Krankenhaus bis hin zu den unerwarteten Tauchgängen mit Diego. Zuerst verdüsterte sich Álvaros Miene, als sie diesen Namen nannte. Dann lauschte er ihr immer aufmerksamer.

»Die wollen wirklich ernst machen«, sagte er, als Julia ihm von den Kisten und der Ausrüstung, die sie enthielten, erzählte.

»Ich fürchte, dass Marcos gar nicht erst abwarten wird, was im Parlament entschieden wird. Madrid ist weit«, erwiderte Julia.

»Und Diego?«

»Er will dort Wache halten«, erzählte Julia. »*Wenn sie hier sprengen wollen, müssen sie auch mich in die Luft jagen,* hat er gesagt.«

»Und du denkst, er meint das ernst?«

»Todernst«, gab Julia zurück. Wenn sie an den entschlossenen Ausdruck des Fischers dachte, gab es keinen Zweifel für sie.

»Die Idee ist gut«, sagte Álvaro nachdenklich. »Aber allein hält er das nicht durch.«

»Du hast keine Ahnung, wie entschlossen er ist«, wandte Julia ein.

Álvaro wollte indes auf etwas anderes hinaus. »Stell dir vor, wir *alle* wären dort, wenn sie kommen. Und keiner von uns würde sich von der Stelle rühren.«

»Ja«, rief Julia aufgeregt aus. »Eine Mahnwache. Anderswo binden sich Menschen an Bäume, damit sie nicht gefällt werden.«

»Und wir weichen einfach nicht von diesen Felsen.«

Álvaro war aufgesprungen und begann, seine Arbeitsgeräte zusammenzuräumen. »Lass uns zu Toto fahren«, schlug er vor. Julia ging ihm zur Hand, damit er schneller fertig wurde. »Heute werden sie wohl keine Sprengungen mehr machen. Wer weiß, was morgen ist.«

Sie fuhren ins Dorf und klingelten am Haus der Familie Pérez, wo Toto mit seinen Eltern wohnte. Álvaro hatte auch Pepe, Naira und Serena verständigt, die bald danach eintrafen. Wo Toto steckte, wussten weder Juan noch Beatriz. Erst als er glücklich und müde mit Amelie im Schlepptau nach Hause kam, erfuhren sie, dass er mit ihr zu einem versteckten Ort zum Baden gefahren war, der von keinem Mobilfunknetz erfasst wurde. Als er von Julias Ausflug und dem Fund hörte, den sie und Diego am Fuße der Lomada Ronca gemacht hatten, war er allerdings schlagartig wieder hellwach.

»Wo ist der Sprengstoff jetzt?«

»Diego hat ihn an sich genommen«, antwortete Julia.

»Diego?«, rief er empört aus. »Bist du noch bei Trost?«

»Jetzt hör mir mal gut zu«, entgegnete Julia entschlossen. »Es geht mir auf die Nerven, wie ihr von diesem Mann sprecht. Ohne ihn wüssten wir nicht, was dort vor sich geht. Und allem Anschein nach liegt ihm bedeutend mehr am Erhalt der Küste als uns allen zusammen.« Sie biss sich auf die Zunge, um nicht zu erwähnen, dass Toto, seit er mit Amelie zusammen war, nur auf die Entscheidung des Parlaments baute und ansonsten jede freie Minute mit ihr verbrachte. Was sie den beiden ja von Herzen gönnte. Nur nicht in dieser kritischen Situation. »Hast du eigentlich inzwischen Jens' Unterlagen durchgesehen? Nein? Also ich möchte nie wieder irgendeine despektierliche Bemerkung über Diego hören. Die Sache ist viel zu ernst.«

Es wurde still in Totos Zimmer. Amelie starrte Julia ungehalten an. Offenbar passte es ihr nicht, wie sie zu ihrer neuen Liebe sprach. Auch Naira wirkte empört und wollte gerade etwas sagen, als Álvaro ihr zuvorkam.

»Julia hat recht«, sagte er. »Jetzt geht es nicht mehr um alte Geschichten. Es geht um die Zukunft. Diego will mit seinem Boot dort draußen Wache halten. Und ich finde, wir sollten ihn dabei unterstützen.«

»Wir müssen Baltasar von der Sache unterrichten«, sagte Pepe nach einer Weile.

»Ich bin dagegen«, antwortete Julia. »Ich trau ihm nicht über den Weg. Diego hat ihn mehrmals mit Marcos zusammen gesehen. Und am Samstag hat er sich vor einer Konfrontation gedrückt.«

»Wie kommst du denn darauf?«, wollte Naira angriffslustig wissen.

»Weil er gelogen hat«, gab Julia zurück. »Es gab kein Familientreffen, das hat Lorita mir gesagt.«

»Ich hab dir das doch bereits erklärt«, begann Toto im Ton eines Lehrers, der einer Schülerin zum hundertsten Mal das Einmaleins erläutert.

»Dass er eine Freundin hat und bei ihr war? Weißt du das denn genau? Oder ist das nichts weiter als eine Vermutung? Ich traue Leuten nicht, die ihre Frauen *und* ihre Freunde anlügen und zudem privat mit Marcos verkehren.«

»Er ist unser Bürgermeister«, gab Serena zu bedenken. »Und bislang hat er uns immer gut vertreten.«

»Und dass er mit Marcos verkehrt, hat Diego behauptet. Wer weiß, ob das stimmt?« Naira blickte fordernd in die Runde. »Wenn ihr mich fragt, ich habe mehr Vertrauen zu Baltasar. Wir haben ihn nicht umsonst zu unserem Bürgermeister gewählt.«

»Na gut«, erklärte Julia hitzig. »Macht, was ihr für richtig

haltet. Wir werden ja sehen, zu wem er hält, wenn es ernst wird.«
Sie stand auf und wollte gehen, als Álvaro sie zurückhielt.

»Abgesehen von der Sache mit dem Nationalpark«, sagte er ruhig und bedächtig, »werde ich derjenige sein, der am meisten Schaden von einer Sprengung davontragen wird. Erinnert ihr euch an das Gutachten, das Totos Umweltorganisation in Auftrag gegeben hat? Darin steht, dass die Topografie der Unterwasserwelt die Strömungen an diesem Küstenabschnitt maßgeblich beeinflusst und damit die Voraussetzungen für den Salzgarten schafft. Wenn wir jetzt irgendwelche Fehler machen und dieser Felsen gesprengt wird, dann ist meine Existenzgrundlage vernichtet. Also lasst uns vernünftig überlegen, was zu tun ist.«

»Was schlägst du denn überhaupt vor?«, wollte Serena wissen.

»Dass wir Diego unterstützen und mit ihm gemeinsam Mahnwache halten.«

»Wir können ja abstimmen«, schlug Pepe vor. »Wer ist dafür, Baltasar einzuschalten, um Marcos Einhalt zu gebieten?« Er selbst, Toto und Naira hoben die Hände. »Und wer ist dafür, zusammen mit Diego Mahnwache zu halten?« Julia und Álvaro meldeten sich. Serena konnte sich offenbar weder zum einen noch zum anderen durchringen. »Damit seid ihr überstimmt«, schloss Pepe.

»Außerdem ist ja auch dein Bruder mitverantwortlich für diese ganze Schweinerei.« Es war natürlich Naira, die in diese Kerbe schlagen musste und Julia wütend anstarrte.

»Dafür kann doch Julia nichts«, mischte sich nun sogar Amelie ein.

»Und wer hat *dich* nach deiner Meinung gefragt?« Nairas Augen blitzten zornig.

»Jetzt halte mal die Luft an, Naira«, versuchte Toto, die Situation zu beruhigen, und legte seinen Arm um Amelies Schulter.

»Seit diese beiden Deutschen hier sind, ist nichts mehr so, wie es früher war«, brach es aus Naira hervor. »Und hinter all dem steckt El Alemán. Seid ihr denn alle völlig blind?« Sie sprang auf und stürmte aus dem Zimmer. Kurz darauf hörte man die Haustür ins Schloss knallen.

Einige Momente lang herrschte bedrücktes Schweigen. Álvaro stand auf.

»Ich hatte gehofft, dass wir geschlossen handeln würden«, sagte er. »So wie früher. Nun, das ist also nicht der Fall.« Er wirkte ratlos, und Julia begriff, dass es wohl das erste Mal war, dass die Freunde in einer so wichtigen Frage uneins waren. »Dann ist es wohl das Beste, jeder versucht auf seine Weise, das Schlimmste zu verhindern.« Er nickte, so als müsse er sich selbst davon überzeugen, dass dies er einzige Weg war. »Komm«, sagte er sanft zu Julia. »Lass uns gehen.«

Sie hatten beinahe den Kirchplatz erreicht, als ihnen jemand die steile Gasse hinterherrannte. Es war Amelie.

»Wartet«, rief sie außer Atem. »Nehmt ihr mich mit nach Hause?«

»Klar«, sagte Julia und musterte ihre Freundin aufmerksam. »Allerdings haben wir morgen und übermorgen geschlossen. Du kannst eigentlich bei Toto bleiben, wenn du willst.«

Amelie schob die Unterlippe vor und schüttelte den Kopf. »Ich möchte lieber bei euch sein«, sagte sie leise. »Das hat mit mir und Toto nichts zu tun«, beeilte sie sich, hinzuzufügen. »Ich finde nur ... ich kann diesen Baltasar auch nicht gut leiden. Viel lieber helfe ich euch, die Klippen zu bewachen.« Álvaro machte große Augen, und selbst Julia konnte es kaum glauben. »Ich meine, jemand muss sich ja darum kümmern, dass ihr alle gut versorgt seid«, fügte Amelie eifrig hinzu. »Das muss organisiert werden, sonst wird das nichts. Ihr könnt ja nicht alle vierundzwanzig Stunden am Stück dort in einem Boot herumdümpeln, oder? Wir brauchen einen Plan. Ich wette, Tanja ist auch mit dabei.« Auf einmal wirkte Amelie direkt abenteuerlustig. »Was ist? Nehmt ihr mich mit?«

Julia konnte nicht anders, sie schloss ihre Freundin dankbar in die Arme. »Natürlich nehmen wir dich mit«, sagte sie gerührt. »Nicht wahr, Álvaro?«

»*Por supuesto*«, antwortete er, und man konnte hören, dass es aus tiefstem Herzen gemeint war. »Selbstverständlich kommst du mit uns.«

Amelie hatte recht. So gern Julia auf der Stelle zu Diego hinausgefahren wäre, so hatte sie doch Verpflichtungen. Zum Beispiel musste Emil am folgenden Tag zur Schule gebracht und abgeholt werden. Und da Julia Sam und Devi die nächsten Tage frei gegeben hatte, musste sie das wohl selbst übernehmen. Ihn mit dem Bus fahren zu lassen, kam mit der Orthese nicht infrage. Schließlich sollte er seinen Fuß möglichst schonen.

Ob Emil seinerseits eine Entscheidung getroffen hatte, gab er nicht preis. Er war nachdenklich und in sich gekehrt, sprach während der Fahrt zur Schule nicht viel und antwortete auf Julias Fragen nur einsilbig.

Zu Hause begab sich Julia als Erstes aufs Dach, um nach Diego Ausschau zu halten. Tatsächlich sah sie sein Boot direkt unterhalb der Lomada Ronca vor Anker liegen. Niedergeschlagen stieg sie wieder hinunter. Sie hatten gehofft, dass das halbe Dorf hinter ihnen stehen würde. Jetzt mussten sie und Álvaro alleine sehen, wie sie diesen tapferen Mann unterstützen konnten. Denn leider hatten sie kein Boot. Julia hatte so sehr auf Totos Kutter gesetzt. Außerdem wusste sie, dass die Familie Pérez einige kleinere Jollen und Ruderboote besaß. Ob sie noch mal mit Totos Vater sprechen sollten?

»Weißt du, wo Álvaro ist?«, fragte sie Amelie, die gerade im

Seitengebäude das Leergut sortierte und zwei Mineralwasserkisten in den Hof schleppte.

»Er ist losgezogen, um ein Boot zu besorgen«, antwortete sie. »Ich stelle euch gerade eine Getränkekiste zusammen.«

Julia beschloss, sich ebenfalls nützlich zu machen, und bereitete rasch einen leckeren Thunfischsalat zu. Dabei hatte sie das Gefühl, nie wieder etwas essen zu können, so schlecht war ihr vor Aufregung. Dennoch holte sie eine Ladung von ihren sensationellen, selbst gebackenen Brötchen aus der Tiefkühltruhe und buk sie kurz im Ofen auf. Dann briet sie jede Menge Eierpfannkuchen aus, bestrich sie mit Maribels Honig und rollte sie zusammen. Irgendwann würde der Hunger zurückkommen. Sie mussten Marcos' Leuten unbedingt gestärkt gegenübertreten.

Sie überlegte gerade, was sie sonst noch vorbereiten könnte, als Tanja in die Küche stürmte und Julia ein paar Ausdrucke unter die Nase hielt. »Sieh mal, was ich gefunden habe.«

Julia wischte sich die Hände an ihrer Schürze ab und griff nach den Blättern. Es waren Ausdrucke von Fotos. Ein Mann und eine Frau waren darauf zu sehen. »Wer ist das?«, fragte sie irritiert.

»Euer Bürgermeister«, gab Tanja zurück.

»Die Frau an seiner Seite ist nicht Lorita«, sagte Julia. Auf einmal ging ihr ein Licht auf. »Das ist seine Geliebte.« Sie blätterte weiter. Es folgte eine Aufnahme, auf der sich die beiden küssten. »Wo hast du das her?«

»Aus Jens' Datei«, antwortete Tanja stolz. »Ich dachte, wenn schon dieser Trottel von Toto ...«, sie senkte die Stimme und hielt nach Amelie Ausschau, vergewisserte sich, dass sie nicht in der Nähe war. »Also, ich meine, wenn Toto keine Zeit findet, sich mit diesen Unterlagen zu beschäftigen, hab eben ich das mal durchgesehen.«

»Jens hat diese Fotos auf seinem Computer?«, fragte Julia verwundert. Auf einmal fiel es ihr wie Schuppen von den Augen. »Denkst du, er könnte Baltasar damit womöglich erpressen?«

Tanja zuckte mit den Schultern. »Wie heißt der Mann? Baltasar? Dann geh ich mal mit der Suchfunktion durch die Dateien.«

»Er heißt Baltasar Alonso«, sagte Julia, noch immer schockiert über diese Entdeckung. Ihr Blick fiel auf die Uhr. »O Gott«, rief sie aus. »Ich muss gleich los. Emil von der Schule abholen.«

Eilig packte sie das vorbereitete Essen weg, schnappte sich ihre Handtasche und machte sich auf den Weg.

Sie hielt gerade einen kleinen Schwatz mit Devi, die auf Parvati wartete, als plötzlich Jens' Tourenbus auf den Platz fuhr.

»Das darf nicht wahr sein«, stieß sie aus. War es möglich, dass Jens sich nach über einer Woche daran erinnerte, einen Sohn zu haben? Dann durchfuhr sie Schreck und Enttäuschung. Hatte Emil tatsächlich seinen Vater von ihren Entdeckungen verständigt? Erschien er nun, um den Jungen wieder auf seine Seite zu ziehen? Schon stieg er aus, ihr Bruder, braun gebrannt, gut aussehend, den dunkelblonden Schopf wie immer attraktiv zerwühlt und die blauen Augen blitzend – so kam er auf sie zu. Devi verabschiedete sich hastig mit der Ausrede, unbedingt noch die Tageszeitung kaufen zu müssen. Auch sie kannte Jens' unberechenbaren Charakter.

»Hey, Julia«, sagte Jens. »Wie geht's?« Julia brauchte einen Augenblick, um sich zu fassen, ehe sie ihn begrüßen konnte. »Danke, dass du dich um Emil gekümmert hast«, fuhr ihr Bruder fort. »Was macht sein Bein?«

»Er hat einen Bänderriss im Sprunggelenk«, brachte Julia heraus. »Vermutlich hat er dir schon alles genaustens erzählt.«

Jens schüttelte den Kopf und sah nach dem Schultor. »Der

Junge hat sich seit über einer Woche nicht mehr bei mir gemeldet.«

»Soviel ich weiß, hat er nach dem Unfall viele Male versucht, dich zu erreichen«, konnte Julia sich nicht verkneifen zu sagen.

»Ach ... ja da.« Jens wirkte zerstreut. »Da war ich verhindert. Überhaupt hab ich momentan echt viel um die Ohren.« Entweder verstellt sich Jens ziemlich gut, dachte Julia, oder Emil hat ihm wirklich nichts verraten. Und dass er beschäftigt war, glaubte sie ihm aufs Wort. »Das war wirklich toll von dir, dass du in die Bresche gesprungen bist, als er den Unfall hatte«, sagte Jens und sah sie nun offen an. »Dafür möchte ich mich bei dir bedanken. Ich weiß, es läuft nicht immer so rund zwischen uns.« Er stockte. Fuhr sich mit der Hand durch sein Haar und blickte zu Boden. »Vermutlich hältst du mich für einen Idioten«, fuhr er fort. Er lachte freudlos. »Ich könnte es dir nicht verdenken. Es ist nur so ...« Wieder schweifte sein Blick hinüber zur Schule. »Ich weiß einfach nicht so recht, wie man ein richtiger Vater ist. Nein, ehrlich«, fügte er hastig hinzu, als er sah, dass Julia etwas erwidern wollte. »Das klingt bescheuert. Aber es ist so. Emil hatte schon als Kind eine Art, mir seine Verachtung zu zeigen. Damals, als das mit Tanja anfing. Na ja, du weißt schon.« Zu Julias wachsendem Erstaunen schien es Jens tatsächlich ernst zu meinen. Jetzt kaute er auf seiner Unterlippe herum und wusste offenbar nicht, wie er weitermachen sollte. »Tatsache ist, dass ich ihn vermisse. Und jetzt, wo Tanja nicht mehr da ist ...«

»Tanja wohnt bei mir«, fiel ihm Julia ins Wort. Sie wusste selbst nicht genau, warum sie das sagte. War das ihr alter Widerspruchsgeist? Ein alter Drang, ihren Bruder zu provozieren?

»Ich weiß«, antwortete Jens und wandte den Blick ab. »Und das ist ja auch okay. Ihr Frauen haltet am Ende stets zusammen. Ich hab das nie begriffen, aber so ist das nun mal. Jedenfalls wäre ich wirklich gern ein guter Vater für Emil. Einer, den er gernhat. Und zu dem er aufschaut. Kannst du das verstehen?« Er sah sie zweifelnd an. »Ach«, machte er mit einer wegwerfenden Handbewegung, »vergiss es. Warum solltest ausgerechnet *du* mich verstehen.«

»Ich weiß, was du meinst«, erwiderte Julia. »Emil ist ein fabelhafter Junge. Im Augenblick ist er innerlich zerrissen, und daran tragen wir beide die Schuld. Er denkt, er muss sich zwischen dir und mir entscheiden.«

Jens hob die Brauen. »Ich bin sein Vater, und du bist nur die Tante.«

Sie hätte ihm gerne eine Menge dazu gesagt, doch sie hielt es für klüger, überhaupt nicht darauf einzugehen.

»Emil hängt an dir«, erwiderte Julia. Es fiel ihr nicht leicht, das zu sagen, aber es stimmte. Die vergangene Woche hatte ihr allzu deutlich gezeigt, wie sehr der Junge unter Jens' Verhalten litt. »Aber was er braucht, ist Verlässlichkeit«, fügte sie eindringlich hinzu. »Du kannst nicht nur dann zu deinem Sohn stehen, wenn alles gut läuft, und kaum gibt es ein Problem, lässt du ihn im Stich. Du machst dir keine Vorstellung davon, wie niedergeschlagen er war, als ich ihn im Krankenhaus aufgelesen habe.«

»Na, er hat sich ziemlich blöd angestellt beim Gleitschirmfliegen«, gab Jens zurück. »Da wäre ich an seiner Stelle auch frustriert gewesen.«

»Er ist erst dreizehn, verdammt noch mal«, brach es aus Julia hervor. »Und es war sein erstes Mal. Das passiert sogar Erwachsenen, dass sie bei der Landung mit dem Fuß umknicken. Überhaupt hattest du die Aufsichtspflicht und …«

»Jetzt geht das schon wieder los«, fiel ihr Jens ärgerlich ins Wort. »Vorwürfe. Nichts als Vorwürfe. Darin seid ihr gut, ihr Frauen. Schade. Ich hatte gehofft, wir könnten endlich mal vernünftig miteinander reden.«

»An mir soll es nicht liegen.« Julia bemühte sich nach Kräften, ihren Zorn zurückzuhalten. Sie atmete tief durch. »Wie soll es deiner Meinung nach weitergehen?«

Jens zuckte mit den Schultern und sah hinüber zum Schulgebäude, aus dem die ersten Schüler kamen. »Ich möchte, dass er bei mir wohnt.«

Und wie lange?, wollte Julia fragen. Bis es erneut Unannehmlichkeiten gibt? Doch sie schwieg. Seit jener Nacht, als Emil aus seinem deutschen Internat weggelaufen und bei ihr aufgetaucht war, hatte sie stets die Rolle der Retterin übernommen. Sie hatte ihn zu Jens nach La Palma gebracht und war schließlich selbst hiergeblieben. Sie sprang ein, wann immer sie gebraucht wurde. Aber war das nicht die Aufgabe einer Patentante?

»Ich finde, das sollten wir Emil überlassen«, sagte sie.

Da kam er auch schon aus der Schule. Mit seinen Krücken stellte er für seine Mitschüler, die so schnell wie möglich aus dem Gebäude strömten, ein Hindernis dar. Julia sah El Rostro, der inmitten anderer Jungen einen großen Bogen um Emil machte. Nur Parvati hatte sich seinem Tempo angepasst und blieb bei ihm, sie trug sogar seinen Rucksack, die treue Seele.

Als Emil seinen Vater sah, verharrte er kurz. Er wandte sich zu Parvati um, die ihm half, den Rucksack aufzusetzen. Dann verabschiedeten sich die beiden, wobei Julia den Eindruck hatte, dass ihr Neffe nicht so schroff wie sonst zu dem Mädchen war. Parvati eilte fröhlich zu ihrer Mutter, während Emil zu Julia und seinem Vater humpelte.

»Hallo«, sagte er, als er bei ihnen war. Das Gehen mit den Krücken war anstrengend. Obwohl es inzwischen Mitte Oktober war, zeigte das Thermometer noch immer 25 Grad im Schatten. Feine Schweißperlen glänzten auf der Stirn des Jungen. »Ihr streitet doch nicht etwa schon wieder wegen mir?«

»Na klar, weswegen sonst?« Jens lachte, als hätte er einen

besonders guten Witz gemacht, und strahlte seinen Sohn an, als könnte er damit ungeschehen machen, dass er ihn zehn Tage lang allein gelassen hatte. »Sag mal, was ist denn das für ein komisches Teil an deinem Fuß? Trägt man das jetzt so?«

Emil betrachtete seinen Vater, ohne eine Miene zu verziehen. »Ich komm nicht mit dir mit«, erklärte er knapp und wandte sich ab.

»Hey«, schmeichelte Jens und hielt Emil an der Schulter fest. »Was ist denn? Verstehst du keinen Spaß mehr?«

»Lass mich in Ruhe«, gab Emil zurück, und Julia hörte an seiner Stimme, dass er mit den Tränen kämpfte. »Du hast mich im Stich gelassen.«

»Es tut mir leid, okay?« Jens' Stimme klang weich wie Butter. »So ein Krankenhaus macht mich einfach fertig, verstehst du? Ich kann das nicht so gut ...«

»Mir hat es da auch nicht gefallen«, gab Emil zurück. »Wenn dir was passiert wäre, wäre ich trotzdem bei dir geblieben.«

»Du hast recht«, räumte Jens ein. »Ich bin ein Arschloch. Das war wirklich nicht gut von mir. Aber hey, ich hab dich echt vermisst, Kumpel.«

Julia konnte sehen, wie Emil schwankte. Er ist trotz allem sein Vater, dachte sie schweren Herzens. »Ich hatte furchtbar viel um die Ohren«, fuhr Jens fort. »Von jetzt an nehm ich dich einfach überallhin mit. Dann verstehst du, warum ich letzte Woche keine Zeit hatte. Einverstanden? Du wirst staunen, was dein Vater ...«

»Deine blöde Tauchstation kannst du dir sonst wohin stecken«, gab Emil heftig zurück. »Wenn du nicht verhinderst, dass man diesen Unterwasserfelsen sprengt, will ich mit dir nichts mehr zu tun haben. Nie wieder. Hörst du?«

Jens stand wie zur Salzsäule erstarrt. Dann warf er Julia einen bösen Blick zu. »Ach, so ist das«, sagte er, und alle Freundlichkeit war aus seiner Stimme verschwunden. »Du hast die Zeit genutzt, um meinen Jungen gegen mich aufzubringen.«

»Das hat mit Julia überhaupt nichts zu tun«, erklärte Emil. »Ich war dort. Ich hab gesehen, was ihr zerstören wollt. Und ich will, dass du das verhinderst.«

»Haben diese Ökos dir das Hirn vernebelt?«, blaffe Jens ihn an. »Da draußen gibt es tausende solcher Felsen. Der ganze verdammte Archipel ist voll davon. Da kommt es auf einen mehr oder weniger wirklich nicht an.«

»Doch«, beharrte Emil mit fester Stimme. »Es kommt darauf an. Sonst würde diese Stelle ja nicht zum Nationalpark erklärt werden.«

»Das ist noch lange nicht raus«, entgegnete Jens zornig.

»Lass uns gehen«, sagte Emil zu Julia.

»Moment mal.« Diesmal hielt Jens ihn so jäh am Arm fest, dass Emil die Krücke wegknickte und er beinahe gestürzt wäre.

»Fass mich nicht an«, fuhr er seinen Vater an. »Kannst du eigentlich morgens noch in den Spiegel schauen? Ich hab stundenlang auf dich gewartet, dort im Krankenhaus. Du bist nicht gekommen. Du hast nicht zurückgerufen, zehn lange Tage nicht. Und jetzt stehst du plötzlich da, als wäre nichts gewesen? Tust so, als seist du der große Held? Weißt du was? Du kannst mich mal.« Er packte seine Krücken und humpelte entschlossen auf Julias Wagen zu.

»Das ist dein Werk«, sagte Jens zu Julia.

»Emil hat recht«, gab sie zurück. »Und was diese Sprengungen anbelangt ...«

»Das geht dich überhaupt nichts an.«

»Doch«, widersprach Julia geduldig. »Das geht mich sehr wohl etwas an. Und alle Küstenbewohner ebenfalls. Verhindere das. Bitte. Falls du das überhaupt kannst und nicht nur Marcos' Marionette bist.«

»Kommst du?«, rief Emil ungeduldig von dem Platz herüber, wo ihr Wagen stand.

»Ich soll wegen euch paar Ökos meine Pläne aufgeben?« Jens lachte auf. »Ich bin doch nicht verrückt!«

»Der Felsen wird nicht gesprengt werden.« Julia konnte mindestens genauso störrisch sein wie ihr Bruder.

»Das werdet ihr nicht verhindern.«

»Wir werden sehen«, sagte Julia und wandte sich zum Gehen.

22

Die Wache am Felsen

Emil war während der Heimfahrt von der Schule nicht gesprächiger als am Morgen. Und obwohl Julia sich darüber freute, dass er sich offenbar entschieden hatte, wurde ihr doch mehr und mehr bewusst, dass sie in jeder Hinsicht zwischen allen Stühlen saß. Von Jens hatte sie vermutlich großen Ärger zu erwarten, immerhin war er Emils Erziehungsberechtigter.

Und dass Toto, Pepe und Naira es vorzogen, ihrem fragwürdigen Bürgermeister mehr zu vertrauen als ihren und Diegos Beobachtungen, war fatal. Dass Serena sich heraushielt, konnte sie ihr nicht verdenken. Das Schlimme daran war allerdings, dass diese Sache nun zwischen Álvaro und seine Freunde einen Keil getrieben hatte. Ja, Marcos und seine Helfer hatten es geschafft, diese von Kindesbeinen an eingeschworene Gemeinschaft zu entzweien. Und natürlich schob man das am Ende ihr in die Schuhe, der Schwester von El Alemán.

In der Finca angekommen zog Emil sich sofort in sein Zimmer zurück. Álvaro war noch immer nicht zurück. Inzwischen war es fünf Uhr nachmittags. Julia nahm das Fernglas und ging hinauf aufs Dach. Sie suchte den Rücken der Lomada Ronca ab – dort war nichts zu erkennen. Keine Autos oder Menschen, die sich anschickten, die Steilküste hinunterzusteigen. Dann richtete sie ihr Augenmerk auf das Meer und entdeckte sogleich Diegos Boot. Es lag an derselben Stelle vor Anker wie am Morgen. Und auf einmal hatte Julia das dringende Bedürfnis, ihm beizustehen. Was nützte es, hier herumzusitzen und darauf zu warten, ob Álvaro jemanden finden würde, der mit seinem Boot dort hinausfuhr? Vielleicht hatten sich ja alle seine Freunde von ihm abgewendet? Sie stieg vom Dach und wählte seine Nummer.

»Hast du schon ein Boot gefunden?«, fragte sie ihn.

»Noch nicht«, lautete die Antwort. »Aber ich treib bestimmt eins auf. Du wirst schon sehen.«

»Diego hält weiter Wache«, erzählte sie. »Ich möchte gern zu ihm. Damit er nicht so allein ist.« Sie lauschte auf Álvaros Reaktion und glaubte zu hören, wie er die Luft anhielt. »Du kannst ja mit den anderen nachkommen«, fügte sie hinzu. »Wenn du jemanden mit einem Boot findest, ist es ohnehin besser, ihr fahrt direkt zu der Stelle.«

»In Ordnung«, hörte sie Álvaro sagen. »Zu dumm, dass Toto ... na ja, daran kann man wohl nichts ändern.«

»Er baut auf die Entscheidung in Madrid«, gab Julia zurück.

»Und die ist morgen«, antwortete Álvaro. »Wenn Marcos also noch irgendetwas unternehmen will, dann tut er es jetzt.«

»Noch ist auf der Lomada Ronca nichts zu sehen«, berichtete Julia. »Ich war eben mit dem Fernglas auf dem Dach.«

»Das ganze Gelände kannst du von dort oben nicht einsehen«, gab Álvaro zu bedenken. »Vielleicht warten sie die Dunkelheit ab. Zum Glück wissen sie nicht, dass wir ihnen auf die Schliche gekommen sind.«

»Doch, jetzt schon«, widersprach Julia und erzählte ihm von ihrer Begegnung mit Jens. »Emil hat ihn aufgefordert, die Sache zu verhindern.«

»Und? Wird er das tun?«

»Du kennst meinen Bruder«, gab Julia traurig zurück. »Natürlich nicht.«

»Und wie willst du auf Diegos Boot kommen? Du hast hoffentlich nicht vor, zu schwimmen?«

Julia lachte. »Nein, das hab ich nicht. Ich frag einfach Isora nach seiner Handynummer.«

»Sei auf alle Fälle vorsichtig«, bat Álvaro. »Egal, was passiert. Versprich mir das.«

»Ich verspreche es«, antwortete sie.

»Vergiss nicht, dass ich dich liebe, *cariño*.«

»Ich liebe dich auch.«

Einen Moment lang lauschte sie, doch Álvaro hatte die Verbindung unterbrochen. Mit einem Seufzen wählte sie Isoras Nummer und hoffte, dass sie zu Hause war, denn es war Dienstag, ihr Ruhetag. Nach dem fünften Läuten meldete sie sich, und Julia erzählte ihr von ihrem Plan, zu Diego aufs Boot zu gehen.

»Wie kann ich ihn erreichen?«, fragte sie. »Damit er mich an seiner Anlegestelle abholt?«

»Diego kann man nicht erreichen«, lautete die Antwort. »Er nimmt nie ein Telefon mit, das lehnt er ab. Er sagt: Entweder bin ich auf dem Meer oder nicht. So ist er eben.« Enttäuscht sah Julia ihren Plan dahinschwinden. »Aber ich frag mal Rayco, ob er dich rausbringt zu ihm. Er hat ein altes Motorboot. Warte mal eben.«

Es dauerte ein paar Minuten, dann war Isora wieder am Telefon. »Rayco sagt, in einer halben Stunde kann er dort sein. Kennst du den Weg?«

Julia packte einen großen Rucksack. Ganz unten hinein stopfte sie für alle Fälle den Neoprenanzug, den Álvaro ihr geschenkt hatte, Flossen, Taucherbrille und Schnorchel. Handtücher, eine warme Decke und ihr Anorak kamen obendrauf, denn nachts konnte es auf dem Wasser kühl werden. Kleidung zum Wechseln. Sie dachte auch an eine starke Taschenlampe und Ersatzbatterien.

»Wo willst du hin?« Emil stand hinter ihr. Sie hatte ihn nicht kommen hören.

»Zu Diego aufs Boot«, erklärte Julia.

»Nimmst du mich mit?«, fragte er.

Julia zögerte. Keiner konnte sagen, was sie erwarten würde. Doch sie hatte versprochen, auf sich selbst aufzupassen, das galt genauso für Emil.

»Du weißt, dass dein Vater ...«

»Ich weiß«, fiel er ihr ins Wort. »Gerade deshalb.«

»Vielleicht müssen wir die ganze Nacht ...«

»Wenn Diego das kann, kann ich es auch«, erklärte Emil.

»Dann lass uns deine Sachen zusammenpacken«, sagte Julia. »Vor allem Warmes.«

»Das schaff ich schon allein«, behauptete Emil.

»Beeil dich. Nimm deinen Neoprenanzug mit. Und denk an Kleidung zum Wechseln. Wir treffen uns im Hof.«

Eilig füllte Julia eine geräumige Tasche mit dem vorbereiteten Proviant und goss heißen Tee in Thermoskannen. Sie hatte keine Ahnung, um welche Uhrzeit am morgigen Tag die Abstimmung in Madrid beendet sein würde, wenn sie Pech hatten, war das erst am späten Nachmittag der Fall. Einmal an Bord gab es kein Zurück mehr, das fühlte sie. Rasch legte sie noch ein paar Tafeln Schokolade zu den anderen Dingen und sah sich in ihrer blitzblanken Küche um. Dies war ihre Welt, hier kannte sie sich aus. Alles, was jetzt geschehen würde, war völlig neu für sie.

Sie hinterließen für Amelie und Tanja einen Zettel und brachen auf. In der Bucht wartete Rayco bereits auf sie. Das Boot hatte er ins Wasser gezogen und den Außenbordmotor angeschlossen. Julia fragte sich, wie viel Erfahrung der Wirt im Umgang mit Wind und Wellen hatte, aber jetzt war es zu spät, um Bedenken nachzugehen.

Rayco warf ihnen Rettungswesten zu, und Julia half Emil, sie anzulegen und ins Boot zu steigen. Dann reichte sie Rayco ihr Gepäck, kletterte selbst an Bord und nahm neben Emil im Heck Platz.

Wie am Vortag mit Diego waren nur die ersten hundert Meter

unangenehm, nachdem sie aus der geschützten Bucht hinaus aufs offene Meer und gegen den Wellengang fahren mussten. Doch sobald sie in Richtung Westen abschwenkten, wurde aus dem harten Galopp ein wiegendes seitliches Schaukeln.

Diego stand wachsam am Bug und blickte ihnen mit unbewegter Miene entgegen. Ob er sich freute, sie zu sehen, oder eher nicht, wagte Julia nicht zu entscheiden. Rayco fuhr geschickt seitlich an das Fischerboot heran und ließ es vom Wellengang sanft gegen dessen Rumpf gleiten. Sobald sie die Außenleiter erwischte, schwang Julia sich darauf und kletterte an Bord. Rayco half Emil und reichte Krücken und Gepäck herauf, dann winkte er und fuhr zurück.

»Was ist?«, fragte Diego und sah sie forschend an. »Warum seid ihr hier?«

»Wir wollen dir Gesellschaft leisten«, antwortete Julia und hörte selbst, wie dumm das klang. Diego hatte seit Jahren keine Gesellschaft und fand vermutlich, dass er keine nötig hatte. »Álvaro wird auch zu uns stoßen. Er sucht noch nach jemandem mit einem Boot.«

Diegos graue Augen wurden eine Spur dunkler. »Was ist mit seinen Freunden?«, fragte er.

Julia schluckte. »Die ... die sind der Meinung, dass es Sache des Bürgermeisters sei.«

Der Fischer starrte sie an. »Du meinst diesen Baltasar? Den ich zusammen mit Marcos gesehen habe?« Julia nickte, und Diego wandte sich ab. Er musterte die Felswand vor ihnen, so wie er es die vergangenen Stunden wohl schon hundert Mal getan hatte. Alles blieb ruhig. »Sie werden ihm von dem Sprengstoff erzählt haben.«

»Ich fürchte, ja«. Julia biss sich auf die Unterlippe.

»Also sind sie gewarnt und werden neuen bringen«, sagte er. »Sie vertrauen mir nicht, stimmt's?«

»Aber ich vertraue dir«, sagte Emil. »Und Julia auch.«

»Warum bist du nicht bei deinem Vater?«, fragte Diego und musterte Emil genau. Der zog ein trotziges Gesicht.

»Weil ich lieber hier bin«, gab er zurück. »Was tun wir eigentlich, wenn diese Leute wirklich kommen?«

»Zunächst bleiben wir einfach hier«, antwortete Diego. »Wenn sie den Felsen sprengen wollen, müssen sie uns verjagen. Wir sind viel zu nah an ihm dran.«

»Fliegen wir dann mit in die Luft?« Emil wirkte kein bisschen ängstlich, eher neugierig.

»Falls uns die Explosion nicht den Rumpf zerreißt, wird uns die Druckwelle auf die Riffe schleudern.«

»Und wenn sie darauf keine Rücksicht nehmen?« Ganz im Gegenteil zu Emil war Julia durchaus besorgt. Diego antwortete ihr zunächst nicht.

»Es wäre mir lieber gewesen, wenn ihr nicht gekommen wärt«, sagte er schließlich ruhig. »Genau deswegen. Aber nun seid ihr eben da. Wir werden sehen, was geschieht. Ich bewege dieses Boot jedenfalls keinen Zentimeter aus der Bucht hinaus. Eher fahre ich noch näher zum Felsen, falls die Dünung das erlaubt.«

Dazu gab es weiter nichts zu sagen. Julia machte es für Emil und sich so bequem wie möglich an Deck. Dann begann das Warten. Keiner von ihnen sprach ein Wort. Umsonst hielt Julia Ausschau nach einem Boot mit Álvaro an Bord. Die Sonne verschwand hinter dem Salzgarten und mit ihr seltsamerweise auch Julias Sorge. Fasziniert betrachtete sie eine Weile das Farben- und Schattenspiel, vor dem die Finca hoch oben auf dem Felsen einen Scherenriss bildete. Sie verteilte Brötchen und Plastikdosen, in die sie den Thunfischsalat gefüllt hatte, aß selbst, obwohl sie keinen Hunger verspürte.

Die Nacht senkte sich über Land und Meer. Diego schaltete keine seiner Positionslampen an, es war, als schwebten sie schwerelos in Raum und Zeit. Ein Wind kam auf. Julia holte ihren Anorak aus dem Rucksack und schlüpfte hinein, legte die Decke um sich und Emil. Und noch immer schwiegen sie.

Das machte ihr nichts aus, es gab genug zu beobachten. Mit dem Einbruch der Dämmerung waren am Himmel von Minute zu Minute mehr Sterne zu erkennen. Es war, als würde mit dem abnehmenden Licht auf der Erde die wirkliche Welt, die den Planeten Erde umgab, umso sichtbarer. Die Nacht enthüllte mehr, als sie verbarg.

Julia lehnte sich auf ihren Rucksack zurück und sah hinauf in die Weite über ihr. Das sanfte Schaukeln des Bootes wirkte beruhigend, sie kam sich vor, als läge sie in einer Wiege. Dauernd entdeckte sie neue Himmelslichter, darunter auch Satelliten, die sich unbeirrt über das Firmament bewegten. Ihr wurde klar, dass sie keine Ahnung von dem Universum hatte, dessen winziger Teil sie und die anderen waren. Sie konnte nur das tun, was in ihrer Macht stand: zu versuchen, ein Stück dieser Insel zu bewahren.

»Sie kommen«, sagte Diego leise. Julia richtete sich auf.

»Wo?«, fragte sie und rieb sich die Augen. Offenbar war sie eingeschlafen.

»Da oben.«

Jetzt hatte auch sie es entdeckt. Etwa dreihundert Meter über ihnen tanzten Lichter, verschwanden, tauchten wieder auf. Taschenlampen in den Händen von Menschen. Mit angehaltenem Atem starrte Julia hinauf zum äußersten Rand der Steilküste. Mehr Lichter flammten auf und formierten sich zu einer leuchtenden Perlenschnur, die langsam begann, sich entlang der Steilküste nach unten zu bewegen.

Auch Emil saß da wie gebannt. Noch immer hüllte die Dunkelheit sie ein. Ob sie im Licht der Sterne ohne Positionsleuchten zu erkennen waren, wusste sie nicht. Noch waren die Ankömmlinge vermutlich viel zu sehr mit dem beschwerlichen Abstieg beschäftigt, um überhaupt übers Wasser zu schauen, von wo sie gewiss keine Gefahr vermuteten. Julia wagte es nicht, Diego zu fragen, wann er sie mit ihrer Anwesenheit konfrontieren wollte.

Die Minuten dehnten sich ins Unerträgliche. Julias Herz hämmerte so laut gegen ihren Brustkorb, dass sie davon überzeugt war, es müsse bis zu Marcos' Leuten zu hören sein. Von Diego dagegen ging eine Ruhe aus, die Julia nur bewundern konnte. Die Ruhe eines Mannes, der es gewohnt war, stundenlang auf etwas zu warten, und das Gespür dafür entwickelt hatte, wann der richtige Moment gekommen war. Auch Emil verhielt sich vollkommen still.

Schließlich war das letzte der Lichter unten angekommen. Julia hatte sie gezählt, es waren fünfzehn. Ob wohl Jens darunter war?

»Jetzt«, sagte Diego leise, und alles erstrahlte in gleißendem Licht. Julia schloss geblendet die Augen. Diego hatte die Positionslampen angeschaltet.

Als sie sie wieder öffnete, war es ihr, als ob sie träumte. Nicht nur die Lichter von Diegos Boot erhellten die Bucht. Das schmale Felsplateau am Fuße des Abhangs, auf dem sie die Kisten gefunden hatten, lag hell erleuchtet vor ihnen wie eine Theaterbühne. Die Gestalten, die darauf standen, erstarrten und blickten wie geblendete Nachttiere zu ihnen herüber, um herauszufinden, woher dieses Licht kam.

Julia sah sich überrascht um und glaubte, ihren Augen nicht zu trauen. Die Bucht war voller Boote, jedenfalls kam es ihr so vor. Seitlich hinter ihnen lag ein größerer Kutter vor Anker. Es waren seine Suchscheinwerfer, die auf die Küste gerichtet waren. Von der anderen Seite näherte sich ein Fischerboot, und wenn Julia sich nicht täuschte, erkannte sie Álvaro darauf, der ihr zuwinkte. Und weiter hinten befand sich ein weiteres Boot.

»Was bedeutet das?«, stammelte Diego verwirrt.

»Das bedeutet, dass wir nicht allein sind«, sagte Julia.

Eine Weile schien es, als ob die Männer an Land nicht recht wussten, was sie tun sollten. Dann schallte eine Stimme über das Wasser.

»Danke für die Beleuchtung. So sparen wir uns den Generator.« Es war Jens' spöttische Stimme. Julia konnte förmlich spüren, wie Emil, der keinen halben Meter von ihr entfernt war, erstarrte. Sie bat Diego um sein Fernglas und begann, die Menschen dort drüben zu mustern. Außer Jens kannte sie niemanden, weder Marcos noch Baltasar waren dabei. Natürlich nicht. Keiner der beiden würde sich seine Finger schmutzig machen wollen.

Jens hatte die Männer um sich geschart und sprach aufgeregt auf sie ein. Während die meisten schwiegen, schien ihr Anführer, ein Mann mit Vollbart und Halbglatze, Jens in eine Diskussion zu verwickeln. Er deutete mehrmals auf die Boote in der Bucht und wirkte, als würde er am liebsten seine Leute zurückrufen. Doch schließlich zuckte er mit den Schultern und gab den anderen ein Zeichen.

Die begannen, sich an den Kisten und den Utensilien, die sie in großen Rucksäcken mitgebracht hatten, zu schaffen zu machen. Alles deutete darauf hin, dass sie sich um die Anwesenheit der Boote überhaupt nicht mehr scherten.

»Die machen einfach weiter«, sagte Emil verwundert.

»Sie glauben wohl, dass wir irgendwann Angst bekommen und uns verkrümeln werden«, antwortete Diego.

»Aber wir gehen nicht weg, oder?«

»Nein.«

Julia sah sich nach den anderen Booten um. Zu gern wollte sie wissen, wer sich ihnen angeschlossen hatte.

»Das ist Abián Belcomo mit seinen Freunden«, sagte Diego, als er bemerkte, wie sie angestrengt versuchte, gegen die Flutlichter etwas zu erkennen. »Ich kenne die Boote.«

»Tatsächlich?« Julia hätte nicht gedacht, dass der Fischer, der sie einst so hatte abblitzen lassen, nun zu ihnen hielt. Aber hier ging es ja nicht um solche Dinge wie, wem er seinen Fisch verkaufte. Es ging um die Erhaltung der Küste, und die betraf natürlich in erster Linie die Fischer.

Die Zeit verging, und noch immer taten die Männer dort drüben, als wären sie ganz allein. Der Motor eines Generators begann zu dröhnen, Kabel wurden verlegt und Lampen aufgestellt. Was genau vor sich ging, war nicht auszumachen.

Sie starrte hinüber und fühlte, wie das Warten sie zu zermürben begann, und sie bekam große Lust, Jens über das Wasser hinweg anzubrüllen. Oder wie am Vortag hinzuschwimmen und das, was die Männer dort aufbauten, kurz und klein zu schlagen. Sie hatte keine Ahnung, wie spät es war, und wollte es auch gar nicht wissen – alles, was sie wollte, war diesem Spuk ein Ende bereiten und ihrem Bruder einmal so richtig ihre Meinung sagen. Jahrelang angestaute Wut gegen ihn stieg in ihr auf, immer mehr Begebenheiten kamen ihr in den Sinn, bei denen er sich unmöglich verhalten hatte. Warum war er eigentlich stets damit durchgekommen, fragte sie sich wütend. Wieso hat ihn noch nie jemand in die Schranken verwiesen?

Auf einmal drehte Diego sich zu ihr um und warf ihr einen forschenden Blick zu, so als könnte er ihre Gedanken fühlen. Er lächelte, und auf einmal fiel ihr Groll in sich zusammen. Sie lächelte zurück. Dieser Mann trug noch viel Schwereres mit sich herum, den Schmerz um den Verlust seines Freundes, die Last, einen Anteil an dessen Tod zu tragen, die Ächtung durch seine Mitmenschen. Und trotzdem stand er jetzt hier und kämpfte. Oder vielleicht gerade deswegen?

Sie sah nach Emil und stellte fest, dass er eingeschlafen war. Besser so, dachte sie und legte vorsichtig die Decke über ihn. Die Nacht würde noch lang genug werden.

Schließlich schienen sie dort drüben an Land fertig zu sein. Auf einmal hatten fünf der Männer Tauchanzüge angelegt, Julia hatte gar nicht mitbekommen, wann das geschehen war. Erschrocken beobachtete sie, wie sie sich die Sauerstoffflaschen zurechtlegten. Wieder begann der Mann mit dem Vollbart mit Jens zu diskutieren. Irgendwann stellte er sich auf einen Felsen und rief zu ihnen herüber: »Hier werden in Kürze Sprengungen durchgeführt. Bitte verlassen Sie die Bucht.«

Zu Julias Erstaunen schaltete Diego den Bordmotor an. Emil war hochgeschreckt und rieb sich irritiert die Augen. Doch statt aus der Bucht hinaus, steuerte Diego sein Boot noch näher an den Felsen heran. Die Flut hatte den Wasserspiegel angehoben, von dem Kamelfelsen waren nur noch die beiden Höcker zu sehen, nichts verriet seine wahren Ausmaße.

Abián schaltete die Suchscheinwerfer aus und tat es Diego gleich, die anderen Boote folgten und schoben sich näher an die gefährlichen Klippen heran. Nach einer Weile erstarben die Motoren wieder, und Stille legte sich über die Bucht. Nur das rhythmische Geräusch der Wellen war zu hören, das Säuseln des Windes und das Ächzen der Boote.

»Dann warten wir eben«, schallte Jens' Stimme herüber. »Die Nacht arbeitet für uns.«

»Was meint er damit?«, fragte Emil.

Diego wies zum Himmel. Kein einziger Stern war mehr zu erkennen. Eine Wolkendecke verbarg sie.

»Erwartest du schlechtes Wetter?«, fragte Julia bang und lauschte auf den Wind, der ihr eben noch so harmlos erschienen war.

»Regen«, antwortete Diego. »Macht euch auf eine nasse Nacht gefasst.«

23

Entscheidung in der Bucht

Es war weit nach Mitternacht, als der Regen einsetzte. Diego hatte sie mit Ölzeug versorgt und eine Plane vom Mast bis zum Bug abgespannt, trotzdem wehte ihnen der Wind den Schauer ins Gesicht.

Irgendwann gelang es Álvaro, zu ihnen aufs Schiff zu wechseln, die Strömung trieb die Boote ohnehin immer wieder nahe zusammen, und es forderte das ganze Geschick der Seeleute, es nicht zu gefährlichen Kollisionen kommen zu lassen. Respektvoll vergewisserte er sich bei Diego, dass er willkommen war, dann schloss er Julia in die Arme. Er hatte eine weitere Plastikplane mitgebracht und eine Thermoskanne mit Kaffee, Amelie hatte ihn reichlich damit ausgestattet, und in dem prasselnden Regen weckte so ein heißer Becher die Lebensgeister.

»Wie geht es Abián und seinen Leuten?«, fragte Julia, nachdem sie Emil sorgfältig mit der Plane zugedeckt hatte.

»Besser als uns allen«, antwortete Álvaro und strich sich die nassen Haare aus der Stirn. »Der Kutter verfügte über eine Steuerkabine samt Unterstand. Du und Emil, ihr solltet an Land gehen. Abián will nachher mit seinem Beiboot zwei Leute nach Hause schicken. Die nehmen euch mit.«

»Ich bleibe hier«, entgegnete Julia. »Aber Emil sollte wirklich ins Bett.«

»Du spinnst wohl«, protestierte der Junge.

»Es ist besser, du gehst«, sagte Diego sanft zu ihm. »Vermutlich wird es noch viel ungemütlicher. Ich will nicht, dass dir etwas passiert.«

»Ich bleibe hier«, gab Emil störrisch zurück, dabei klapperten ihm die Zähne vor Kälte. »Ich geh erst, wenn du auch gehst.«

»Hör mal gut zu, ich bin hier der Kapitän«, sagte Diego streng. »Und dem muss man an Bord gehorchen.«

»Wenn du mich wegschicken willst, bist du eben nicht mein Kapitän«, konterte Emil empört.

»Was ist jetzt bei euch da drüben?«, hörten sie Abián herüberrufen. »Kommt jemand mit oder nicht?«

»Nein!«, rief Emil so laut er konnte.

Besorgt spähte Julia zum Festland hinüber. Eine trübe Lampe beleuchtete schwach die Szene dort. Die Männer hatten unter einem überhängenden Felsen Unterschlupf gefunden und zum Schutz vor dem Regen eine Plane aufgespannt. Ob Jens wohl die Stimme seines Sohnes erkannt hatte? Doch nichts rührte sich.

»Ich hoffe, du bereust das nicht«, sagte Diego zu Emil.

»Warum bist du denn so stur?«, fragte Julia. »Hier sind genug, die die Stellung halten.«

»Aber keiner ist Jens Brunners Sohn«, antwortete Diego an Emils Stelle. »Ist es darum?«

Emil schüttelte nur den Kopf und drehte ihnen den Rücken zu. Der Motor des Beiboots ertönte, das sich rasch entfernte.

»Willst du ihm etwas beweisen?« Julia war verzweifelt, dass es ihr nicht gelungen war, ihren Patensohn in Sicherheit zu bringen. Sie erhielt keine Antwort.

Eine Weile herrschte Schweigen. Dann meinte Álvaro: »So betrachtet ist der Junge ein Pfand für uns. Er wird wohl kaum seinen Sohn gefährden wollen. Weiß El Alemán, dass er bei uns an Bord ist?«

»Nein.« Julia sah ihn vorwurfsvoll an. Sie fand die Vorstellung, Emil als Druckmittel zu benutzen, einfach abscheulich.

»Es war seine eigene Entscheidung«, sagte Álvaro.

Die Entscheidung eines Kindes, dachte Julia. Sie war voller Reue, dass sie ihn überhaupt mitgenommen hatte.

In den folgenden Stunden frischte der Wind auf und peitschte regelrecht mit dem Regen auf sie ein. Die Planen boten nur noch wenig Schutz vor dem nassen Trommelfeuer, das auf sie niederging. Vergeblich versuchten sie, sich im Windschatten der Bordwand davor zu schützen. Die Böen bargen außerdem die Gefahr, auf die Klippen aufzulaufen. Abián hatte bereits die Konsequenzen daraus gezogen und seinen Kutter ein Stück zurückgesetzt. Offenbar war es genau das, worauf Jens baute.

Es war gegen vier Uhr morgens, als Julia zum ersten Mal ein schabendes Geräusch vernahm, dann einen dumpfen Schlag gegen den Schiffsrumpf. Sie schreckte hoch.

»Was war das?«, fragte sie. Diego stand noch immer, genau wie all die Stunden zuvor, am Steuer, wie eine Wächterfigur, den Blick auf die Bucht gerichtet.

»Die Flut läuft wieder aus«, sagte er.

»Sind das ... Riffe?«, fragte Julia erschrocken. Es hörte sich an, als würde ein Ungeheuer mit seinen Krallen an der Unterseite des Bootes kratzen.

»Ja. Aber hab keine Bange. Das Boot reibt sich nur an ihnen.«

»Wir sollten weiter rausfahren«, sagte Álvaro und erhob sich.

Diego schüttelte den Kopf. Julia wandte sich um, sie wollte sehen, wo sich die anderen Schiffe befanden. Ihre Lichter wirkten erschreckend weit entfernt. Panik stieg in ihr auf.

»Darauf warten die doch nur«, antwortete Diego ruhig und wies zu den Männern an Land. Zwei von ihnen waren im Licht ihrer Lampe zu erkennen, sie spähten durch ein Fernglas zu ihnen herüber. Julia hätte schwören können, dass der eine Jens war und der andere der mit dem Bart. »Dann können sie machen, was sie wollen. Unter Wasser ist ihnen der Regen egal. Wir müssen bleiben. Sonst haben wir verloren.«

»Und wenn wir auflaufen?«

»Für einen solchen Fall habt ihr die Rettungswesten an.« Diego zog einen Rettungsring von seiner Halterung und legte ihn neben sie. Julia wollte protestieren, doch die Worte blieben ihr im Halse stecken. Es war ja nicht so, als ob sie nicht gewarnt worden wären. Wenn das Äußerste geschah, würden sie ins Wasser müssen.

»Habt ihr Neoprenanzüge an?«, fragte Álvaro, und als Julia den Kopf schüttelte, half er ihr und Emil, die Sachen aus den Taschen zu ziehen und sie anzulegen, was nicht gerade einfach war bei Regen, Kälte und Wind. »Und jetzt wieder die Rettungsjacken. Emil, weißt du, wie sie sich mit Luft füllen?« Vorsorglich erklärte er dem Jungen den Mechanismus und vergewisserte sich, dass auch Julia sie richtig angelegt hatte. Taucherbrille und Flossen legten sie bereit.

»Sollte das Schiff sinken, müssen wir sofort von Bord gehen«, erklärte Álvaro. »Und uns so weit wie möglich von ihm entfernen, damit der Sog uns nicht erfasst. Die Flut könnte uns ins offene Meer hinausziehen.«

»Wir sinken schon nicht. Und falls wir auflaufen, schwimmen wir am besten rüber zu ihm.« Diego wies auf den markanten Kamelfelsen, dessentwegen sie hier waren. Seine Gestalt war nun ganz deutlich zu erkennen. »Da sind wir sicher und sichern ihn gleichzeitig.« Julia stöhnte innerlich. Der Felsen war rund zwanzig Meter entfernt. Was konnte auf dem Weg dorthin nicht alles passieren?

»Wie tief ist es bis zum Grund?«, fragte Álvaro.

»An der tiefsten Stelle rund dreißig Meter«, antwortete Diego und hielt das Steuer fest in der Hand. Von Neuem ertönte das schabende Geräusch aus der Tiefe, und Julia durchlief es kalt. »Aber falls wir auflaufen, wird das Boot auf Unterwasserriffe treffen. Es wird nicht untergehen.«

»Falls die Strömung es nicht kippen lässt«, wandte Álvaro ein.

Sie verstummten und lauschten den unheimlichen Geräuschen, die von unten das Boot erzittern ließen, dann wieder verstummten, um von Neuem zu ertönen.

Sie schwiegen lange, und Julia verlor allmählich jedes Gefühl für die Zeit. Noch immer rieb sich das Boot an irgendwelchen Felsen, und langsam gewöhnte sie sich an das Kratzen und Schaben. Mehrmals sank sie in einen Zustand zwischen Traum und Wachen. Irgendwann ließ ganz plötzlich der Regen nach. Die Wolken rissen auf und entblößten einen fast vollen Mond, der die Bucht in ein unwirklich silbernes Licht tauchte. Julia blinzelte. Ihr war, als ob in den vergangenen Stunden mehr Felsen aus dem Wasser emporgewachsen waren. Das war ja wohl nicht möglich. Oder doch? Auf einmal war sie hellwach.

Entsetzt sah sie, wie tief der Meeresspiegel sich in den vergangenen Stunden gesenkt hatte. Der Tidenhub, wie man den Unterschied zwischen Ebbe und Flut nannte, betrug an den Küsten der Insel La Palma rund zwei Meter, das hatte sie irgendwann einmal gelesen. Der Felsen, den Jens unbedingt sprengen wollte, zeigte nun viel mehr als nur die beiden Höcker, die aussahen wie die eines Kamels. Er ließ seine wahre Gestalt erahnen, die sich unter Wasser mächtig fortsetzte, wie Julia wusste. Die *Esperanza* allerdings war gefangen zwischen ihm und anderen Felsen. Selbst wenn sie es gewollt hätten: Sie konnten die Bucht nicht mehr verlassen. Hier kamen sie erst bei Flut wieder heraus.

»Wir sitzen fest«, sagte sie leise zu Álvaro, der ihr stumm die Hand drückte. Emil hatte sich an ihre Schulter gelehnt und schlief, während Diego unverdrossen Wache hielt, sodass sich Julia fragte, ob er denn niemals müde wurde. Ein diffuses Licht senkte sich über die Bucht, der von Wolken bedeckte Himmel begann zögerlich in einem grauvioletten Schein aufzuglimmen. Erleichtert begriff Julia, dass es Morgen wurde. *Die Nacht arbeitet für uns,* hatte Jens gesagt. Nun war sie bald vorüber.

Ihre Beine waren eingeschlafen, und als sie sie vorsichtig ausstreckte, wachte Emil auf. Er brauchte einige Augenblicke, um sich zu orientieren.

»Hab ich was verpasst?«, fragte er besorgt.

»Nein«, antwortete Julia, erhob sich ächzend und streckte ihre schmerzenden Glieder. Dann holte sie die Dose mit den Honigpfannkuchen aus ihrer Proviantasche und reichte sie herum. Zwischen Álvaro und Diego herrschte immer noch Schweigen, aber es war ein einvernehmliches geworden.

Zwar waren die Pfannkuchen ziemlich weich geworden und hätten keinem Gourmetkritiker dieser Welt standgehalten– an diesem Morgen war es das Köstlichste, was sie sich alle nur wünschen konnten. Während sie die ganze Dose leerten, wurde es langsam hell. Am östlichen Horizont zeigte sich ein verheißungsvoller Streifen türkisfarbenen Morgenhimmels. Vielleicht würde das Wetter sich wenden?

Sie verteilten gerecht den Rest lauwarmen Kaffees und hatten ihn kaum ausgetrunken, als oben vom Rand der Steilküste Stimmen erklangen.

Neben einem Geländewagen direkt vor der Kante stand eine Gestalt. Die Fäuste in die Hüften gestemmt starrte sie zu ihnen herunter.

»Marcos«, sagte Diego, das Fernglas vor den Augen.

War es, weil sie nun viel näher an der Bucht waren als zuvor, oder hallte Marcos' Stimme von den Felswänden wider – sie konnten deutlich hören, wie der alte Mann lauthals zu fluchen begann.

In die Mannschaft am Fuße der Küste geriet Bewegung.

»Brunner«, brüllte Marcos. »Warum ist der verdammte Felsen noch nicht gesprengt?«

Doch es war nicht Jens, sondern der Mann mit dem Vollbart, der ihm antwortete. »Wir können nicht sprengen«, rief er zurück. »Da sind Menschen in der Bucht.«

Wieder ertönte eine Reihe von Flüchen, die Julia größtenteils nicht verstand. »Dann holt die dort weg«, schrie Marcos und stampfte mit dem Fuß auf. Ein paar Steine lösten sich von der Abbruchkante und rieselten von Absatz zu Absatz nach unten. Julia konnte nicht erkennen, ob irgendjemand getroffen wurde. Ohnehin ging alles andere in dem Wortwechsel zwischen Jens und Marcos unter.

»Du Versager«, schimpfte Marcos. »Was habt ihr gemacht die ganze Nacht? Schick einen von den Tauchern rüber und hol die Idioten von Bord.«

Es war Jens selbst, der nach einigem Hin und Her den Taucheranzug anlegte und ins Wasser stieg. Julia hielt die Luft an. Jetzt würde es also zur Konfrontation kommen.

»Wie gehen nicht von Bord«, sagte Emil entschlossen und sah Diego hilfesuchend an. »Oder?«

»Das ist dein Vater, richtig?«, fragte Diego.

Emil nickte. Seine Unterlippe begann zu zittern.

»Dann wirst du mit ihm gehen müssen«, fuhr Diego fort.

»Nein«, gab Emil zurück. »Niemals.«

»Wir lassen ihn einfach nicht aufs Boot«, schlug Álvaro vor. »Kann man die Außenleiter nicht einziehen?«

Diego schüttelte den Kopf. »Sie ist festgeschraubt.«

»Ich werde mit ihm reden«, erklärte Julia.

»Das hat noch nie was gebracht«, wandte Emil zweifelnd ein. »Am Ende streitet ihr euch nur.«

»Na und?«, warf Álvaro ein. »Wir müssen Zeit gewinnen.«

»Kannst du nicht Toto anrufen und ihn fragen, wann die Sache entschieden wird?«

»Das hab ich schon die ganze Zeit versucht«, erklärte Álvaro. »Hier gibt es kein Handynetz.«

Inzwischen war Jens nicht mehr weit von der *Esperanza* entfernt.

»Seht mal«, rief Emil auf einmal aufgeregt und wies hinüber zu dem Absatz unter der Steilküste. Drei Taucher machten sich bereit, ins Wasser zu gehen.

Diego startete den Motor des Bootes und bewegte die *Esperanza* ein winziges Stück nach vorn. Jens, der den Rumpf schon beinahe erreicht hatte, wurde abgetrieben, die Bugwelle schwemmte ihn ein Stück weit zurück. Ein weiteres Mal war das kreischende Geräusch zu hören, mit dem das Boot an einem Unterwasserfelsen entlangschrammte. Julia biss sich die Unterlippe wund, so nervös war sie. Und doch konnte sie Diego nur bewundern, der seelenruhig den Rückwärtsgang einlegte und die *Esperanza* ganz sacht wieder zurücksetzte. Erneut produzierte diese Bewegung eine Welle, die Jens gegen ein Riff drückte, das direkt unter der Steilküste im Wasser aufragte.

Erleichtert sah Julia, dass die anderen Taucher innegehalten hatten. Offenbar waren ihnen die Manöver, die Diego auf engstem Raum veranstaltete, nicht geheuer. Jens jedoch schien wütend zu werden. Mit jähen Bewegungen kraulte er gegen die Bugwellen der *Esperanza* entgegen.

Ein irritierendes Geräusch ließ Julia den Kopf heben. Es war ein Prasseln, Rieseln und Bersten. Auf einmal war es ihr, als verlangsamte sich alles, wie in Zeitlupe sah sie, wie direkt vor Marcos ein Stück der Steilküste abbrach. Im Fallen riss die Erdmasse große Brocken aus der Felswand, verwirbelte sie zu einer wahrhaftigen Lawine und stürzte polternd in einer Wolke aus Schmutz und Staub in die Bucht.

»Vorsicht«, schrie Diego. Bis zu ihnen aufs Boot hagelten kleine Gesteinsbrocken nieder, unwillkürlich hatten sie alle schützend die Arme über ihre Köpfe erhoben. Um das Boot herum stiegen Fontänen auf, dort, wo größere Felsbrocken ins Wasser schlugen.

»Jens«, rief Julia und trat an den Rand des Bootes. Dort, wo er gerade noch wütend die Wellen durchpflügt hatte, war er nicht mehr zu sehen. »Wo ist Jens?«, schrie sie verzweifelt.

Nahe dem Kamelfelsen trieb etwas Dunkles. Um die Stelle färbte sich das Wasser rot. Ehe Julia reagieren konnte, hatte Diego bereits Hemd und Hose ausgezogen. Hastig tat sie es ihm gleich.

So wie sie es schon mehrmals gesehen hatte, atmete Diego gleichmäßig und konzentriert, während Julia die Flossen überzog und nach ihrer Taucherbrille suchte.

»Hier ist sie.« Álvaro sah ihr in die Augen, als er sie ihr reichte. »Du bist vorsichtig?«

»Klar«, antwortete sie atemlos. Und versuchte, den schrecklichen Gedanken von sich zu schieben. Jens durfte nicht sterben. Alles andere, nur nicht das.

Diego sprang als Erster ins Wasser, Julia folgte ihm, ohne weiter nachzudenken. Die Kälte des Wassers war wie ein Schock, der ihre Sinne klärte. Die Sicht war schlecht, kein Wunder nach dem Steinschlag. Sie tauchte auf und blies konzentriert das Wasser aus dem Schnorchel, orientierte sich, senkte den Kopf unter Wasser und schwamm los in Richtung des Felsens. Verschreckte, silberne Fische stoben vor ihr auf und davon. Dann sah sie Diego, der im Wasser direkt vor ihr zu schweben schien. Wo war Jens?

Sie tauchte erneut auf und blickte hektisch um sich. Irgendjemand schrie etwas, sie konnte es nicht verstehen. Eine Welle kam auf sie zu, und sie musste zusehen, nicht auf den Felsen geworfen zu werden. Die Flut drängte jetzt mit aller Macht in die Bucht und es war sicherer, unter den Wellen hindurchzutauchen, als sich von ihnen umherwerfen zu lassen.

Unter Wasser war es still und dunkel. Im Trüben konnte sie kaum zwei Meter vor sich sehen. Auf einmal streifte etwas ihr Bein. Sie fuhr herum und griff danach. Es war ein Arm. Im nächsten Moment sah sie das Gesicht ihres Bruders vor sich.

Seine Augen waren geschlossen, an der Stirn klaffte eine

Wunde. Sie umschlang ihn mit ihren Armen, schlug mit den Flossen so kräftig aus, wie sie nur konnte, um sie beide an die Oberfläche zu bringen. Doch Jens war schwer, furchtbar schwer hing er in ihren Armen. Sie fühlte, wie ihr die Luft ausging, wie der Drang, die Lungen mit ihr zu füllen, übermächtig wurde.

Auf einmal wurde Jens federleicht und im nächsten Augenblick durchstieß ihr Kopf die Wasseroberfläche. Sie rang nach Atem, hustete, keuchte.

»Ich hab ihn«, sagte Diego neben ihr. Er war es, der sie beide gerettet hatte. »Kannst du allein zum Boot schwimmen?« Er hatte Jens unter den Achseln gefasst, so wie es Rettungsschwimmer taten, und schwamm in Rückenlage in Richtung *Esperanza*.

Erneut musste Julia husten, spuckte Wasser, dann fühlte sie sich besser. »Ich helf dir«, keuchte sie, legte sich über Jens Beine, umschloss seine Hüfte mit den Armen und schlug mit den Flossen aus. Mit vereinten Kräften kämpften sie gegen die Flut an, die sie auf die Riffe treiben wollte. Endlich sahen sie die Bootswand vor sich aufragen.

Álvaro half ihnen, Jens an Deck zu heben, und in die stabile Seitenlage zu bringen – keinen Moment zu früh, denn schon wieder ging ein Steinschlag nieder. Erschöpft ließ sich Julia neben ihrem Bruder auf die Planken sinken.

»Ist er tot?« Emils Stimme klang ganz klein.

»Nein«, antwortete Diego. »Er atmet. Komm her, du kannst es hören.«

Emil senkte sein Ohr ganz nah über den Mund seines Vaters, während Álvaro seinen Puls suchte.

Julia richtete sich auf. Die Wunde an Jens' Kopf blutete nicht mehr. Ein Ruck lief durch seinen Körper. Dann spuckte er eine Ladung Meerwasser aus und schlug die Augen auf. Verwirrt starrte er in das Gesicht seines Sohnes.

»Du lebst«, sagte Emil erleichtert.

»Klar lebe ich«, keuchte er, bekam einen fürchterlichen Hustenanfall und rappelte sich mühsam hoch. Fasste sich an den Kopf, tastete nach der Wunde. »Wo …« Da erkannte er Julia und runzelte die Stirn. »Was zum Teufel …«, begann er, doch Diego fiel ihm ins Wort.

»Willkommen auf der *Esperanza*«, sagte er mit dem ihm eigenen, angedeuteten Lächeln. »Mir scheint, du hast gerade die Seiten gewechselt.«

Jens fuhr auf und sah hinüber zum Ufer. Dort waren die Männer unter Leitung des Mannes mit dem Vollbart dabei, schleunigst den Rückzug anzutreten. Von Marcos und seinem Wagen war nichts mehr zu sehen, offenbar hatte er sich in Sicherheit gebracht. Mühsam erhob sich Jens, fuchtelte mit den Armen und schrie: »Hey! Wir sind noch lange nicht fertig!« Dann fasst er sich an den Kopf, schwankte und verlor erneut das Bewusstsein.

24

Der alte Hut

Als sie anlegten, wartete bereits der Krankenwagen auf sie, den Julia verständigt hatte, kaum dass sie die Bucht hatten verlassen können und wieder in den Bereich eines Telefonnetzes gelangt waren. Jens war inzwischen zu sich gekommen und klagte über starke Kopfschmerzen, nach weiterem Streit schien ihm nicht zu sein. Emil wollte seinen Vater begleiten, Julia hatte es nicht anders erwartet. Sie schwankte kurz, ob sie nicht ebenfalls mitfahren sollte, doch sie hatte Sorge, dass ihre Anwesenheit Jens an seine gescheiterte Mission erinnern und ihm somit alles andere als guttun würde. Emil versprach, sich sofort zu melden, wenn Jens untersucht worden war und Bescheid zu geben, falls er abgeholt werden wollte. Julia umarmte ihren Neffen.

»Ich bin sehr stolz auf dich«, flüsterte sie nahe an seinem Ohr.

»Ich wär so gern stolz auf Papa«, raunte er zurück und stieg zu Jens in den Krankenwagen.

»Die Sache ist noch nicht ausgestanden«, sagte Diego besorgt. »Die könnten jederzeit wiederkommen.«

»Heute sicher nicht mehr«, wandte Álvaro ein. »Und dann erwarten wir ja auch die Entscheidung aus Madrid.«

Er sah aufs Meer hinaus, wo Abián und die anderen gerade in unterschiedliche Richtungen davonfuhren.

»Komm, steig ein«, sagte Julia zu Diego und wies auf ihren Wagen. »Lass uns im Flor de Sal gemeinsam den Ausgang der Abstimmung abwarten.«

»Bin ich denn überhaupt willkommen?«, fragte Diego mit einem Seitenblick auf Álvaro.

»So willkommen, wie ich es auf deinem Boot war«, entgegnete der ernst.

Sie fuhren schweigend nach Hause. Trotz der fürchterlichen Nacht, die hinter ihnen lag, war Julia von einer seltsamen Klarheit erfüllt. Ihre Sinne waren so überreizt, dass sie alles in sich aufsog: die Hitze des erwachenden Tages, Diegos Unsicherheit, die von ihm Besitz ergriffen hatte, sobald er von Bord der *Esperanza* gegangen war. Álvaros tiefe Enttäuschung über seine Freunde. Und noch immer flirrten die Bilder der vergangenen Stunden durch ihren Kopf. Die nicht enden wollenden Stunden in der Finsternis, ihre Verzweiflung während des eiskalten Regens, der Steinschlag und Jens lebloser Körper, der im Wasser getrieben hatte.

Umso erleichterter war sie, als sie auf die Piste einbog, die zur Finca führte und den mächtigen Drachenbaum im hellen Licht der Morgensonne erblickte, der sich wie ein Wächter neben dem Tor erhob und den gesamten Ort mit seiner wohltuenden Energie zu beschirmen schien.

Als Erster kam ihnen Amo entgegengerannt und begrüßte sie ausgelassen. Im Hof warteten bereits Amelie und Tanja auf sie.

»Um Gottes willen«, rief Amelie erleichtert aus. »Wo seid ihr so lange gewesen? Doch nicht etwa die ganze Nacht auf See?«

»Genau dort«, antwortete Julia. »Wir sind alle völlig fertig. Das ist Diego, unser Kapitän. Kann er euer Bad benutzen?«

»Natürlich«, antwortete Tanja, die Diego neugierig musterte. »Komm mit, ich zeig es dir.« Sie gingen gemeinsam ins Haus.

»Hat sich eigentlich Toto bei dir gemeldet?«, fragte Álvaro Amelie.

»Ja, er rief heute Morgen an«, erzählte sie. »Da hab ich ihm ganz schön den Kopf gewaschen und ihm gesagt, dass ihr zur Bucht gefahren seid. Wie ist die Sache denn ausgegangen?«

»Der Felsen steht noch«, antwortete Álvaro und wandte sich zur Straße um. Ein Wagen näherte sich. »Da kommt Toto ja«, meinte er. »Hoffentlich hat er gute Nachrichten.«

»Wo ist eigentlich Emil?«, erkundigte Amelie sich besorgt.

»Er hat seinen Vater ins Krankenhaus begleitet«, berichtete Julia. »Jens hatte einen Unfall. Ach, kommt, lasst uns reingehen. Ich brauche dringend eine Dusche und ein ordentliches Frühstück.«

Sie sorgte dafür, dass Diego trockene Kleidung von Álvaro erhielt und sich kurz aufs Ohr legte, denn auf einmal war er fürchterlich bleich geworden. Das war kein Wunder, fand Julia, schließlich waren Álvaro und sie häufig eingenickt, während Diego die ganze Nacht am Steuer gestanden und Wache gehalten hatte.

Endlich ließ sie sich selbst warmes Wasser auf ihren müden Körper prasseln und zog sich dann rasch an.

Im Garten traf sie Álvaro, Toto und Amelie mit sorgenvollen Gesichtern an. Inzwischen waren auch Pepe und Naira gekommen, auf die Julia an diesem Morgen gut und gern verzichtet hätte. Aber Toto gab es offenbar nur im Dreierpack – Julia war gespannt, wie Amelie das auf Dauer finden würde. Oder war es zwischen ihr und Toto schon wieder aus? Die Blicke, mit denen ihre Freundin ihn bedachte, waren nicht gerade liebevoll.

»Was ist?«, fragte Julia und ließ sich auf einen freien Stuhl fallen. »Bringst du uns Neuigkeiten von der Abstimmung?«

»Es gibt Probleme«, sagte Toto und schob sich seinen Strohhut zurecht.

»Probleme?«, wiederholte Julia erschrocken. »Welche Probleme denn? Hast du nicht gesagt, die Abstimmung sei reine Formsache?«

»Vicente Cabrera, der vom Ministerium für Tourismus, hat für Gegenwind gesorgt«, erklärte Toto.

»Der Mann im grauen Anzug?«

»Genau der.« Und zähneknirschend fügte Toto hinzu: »Das ist leider noch nicht alles. Baltasar höchstpersönlich ist nach Madrid geflogen. Er hat die Erlaubnis erhalten, als zuständiger Bürgermeister eine Stellungnahme vor dem Parlament abzugeben.« Toto verstummte und senkte die Augen.

»Und was wird er sagen? Woher weißt du das eigentlich?«

»Der Vorsitzende unserer Umweltorganisation ist ebenfalls vor Ort«, erklärte Toto kleinlaut. »Er hat mit Baltasar gesprochen. Er wird für die Tauchstation plädieren, er sieht das als wirtschaftlichen Faktor für unsere Region und …«

»Das darf doch wohl nicht wahr sein!« Julia hätte nicht gedacht, dass sie noch ausreichend Kraft für so viel Zorn haben könnte. »Warst du nicht gestern noch bei ihm?«

»Klar war er das«, fiel Amelie wütend ein. »Und hat ihm feierlich den Sprengstoff überreicht. So war es, oder?«

»Sprich nicht so mit ihm«, begehrte Naira auf. »Ich wüsste gar nicht, was dich das angeht.«

»Und dich?« Amelie wirkte, als hätte sie große Lust, ein paar Ohrfeigen zu verteilen. »Was hast du vorzuweisen, Puppengesicht? Hast du irgendetwas dafür getan, dass diese Katastrophe verhindert wird? Oder hast du in deinem weichen Bettchen gelegen, während andere ihr Leben riskiert haben? Aber jetzt alles besser wissen, was?«

»Na, na, jetzt hört auf, zu streiten«, versuchte Álvaro zu vermitteln.

In diesem Augenblick kam Diego zu ihnen in den Garten.

»Was hat der hier zu suchen?«, fragte Naira laut und deutlich.

Diego blieb stehen und wirkte, als wollte er gleich wieder gehen.

Doch Julia konnte das nicht zulassen. Eilig sprang sie auf und führte ihn zum Tisch. »Um es ganz klar zu sagen: Diego ist mein Freund. Wir alle haben ihm eine Menge zu verdanken, denn ohne ihn stünde heute der Felsen nicht mehr. Und wer von den Anwesenden nicht bereit ist, diesem großartigen Mann mit Achtung zu begegnen, der kann gern mein Grundstück verlassen. Und zwar auf der Stelle und für immer.« Sie blickte Naira so lange in die Augen, bis diese den Blick senkte.

»Wir sind dir zu Dank verpflichtet«, sagte Toto ein wenig steif, erhob sich und streckte Diego die Hand hin. Der schien kurz nachzudenken, dann ergriff er sie.

»Und wie geht es jetzt weiter?«, fragte er. »Was ist in Madrid entschieden worden?«

»Ich hab eine Idee«, erklang plötzlich eine Stimme. Julia hatte gar nicht bemerkt, dass Tanja zu ihnen in den Garten gekommen war. »Wir können die Fotos benutzen.«

»Welche Fotos?«

»Die von eurem Bürgermeister und dieser jungen Frau«, erklärte sie und suchte auf ihrem Handy nach ihnen. »Hier«, sagte sie und zeigte sie herum. »Wenn du die Baltasar schickst mit der Nachricht, dass wir sie fünf Minuten nach seinem Auftritt in Madrid seiner Frau zeigen werden, könnte ich mir vorstellen, dass er ganz schnell seine Meinung ändert.«

»Genau!«, rief Amelie aus. Aber Toto schien zu zögern.

»Das ist doch Erpressung«, meinte er.

Da wurde es Amelie offenbar zu bunt. Zornig riss sie ihm den Strohhut vom Kopf und schleuderte ihn hoch in die Lüfte, wo der Wind nach ihm griff und ihn in weitem Bogen über die Mauer davontrug.

»Schluss mit den alten Hüten«, rief sie entschlossen aus. »Tu endlich was! Baltasar hat nicht nur seine Frau betrogen, sondern auch euch. Schick ihm sofort die Fotos. Oder stehst du am Ende auf seiner Seite?«

Nun zögerte Toto nicht mehr länger. Er ließ sich die Bilder übermitteln und sandte sie weiter. Anschließend ging er ein paar Schritte in Richtung der Obstbäume, um mit dem Vertreter seiner Umweltorganisation zu telefonieren, der vor Ort war und die Diskussion verfolgte. Dabei fuhr er sich andauernd irritiert mit der Hand durch sein Haar, so als suche er nach seinem Hut.

»Also wirklich«, sagte Naira vorwurfsvoll zu Amelie. »Den Hut hat er noch von seinem Urgroßvater.«

»Dann wird es höchste Zeit, dass er sich einen neuen zulegt«, gab Amelie ungnädig zurück. »Verdammt. Warum dauert das denn so lange?«

Julias Handy klingelte. Es war Emil. Rasch erhob sie sich und ging in die Küche, um ungestört zu sein. Dass ihr Bruder verunglückt war, wussten Álvaros Freunde noch gar nicht. Und das war besser so. Nairas Häme hätte sie im Augenblick nur schwer ertragen.

»Hallo, Emil«, meldete sie sich. »Wie geht es dir? Was ist mit Jens?«

»Papa schimpft schon wieder rum«, hörte sie Emil fröhlich sagen, und ein Stein fiel ihr vom Herzen. »Aber der Arzt sagt, er muss mindestens eine Woche liegen. Sie behalten ihn vorsichtshalber über Nacht im Krankenhaus.« Klang da etwa ein wenig Schadenfreude mit? »Er hat eine schwere Gehirnerschütterung und ein paar Prellungen. Das ist alles.«

»Und du?«

»Was soll mit mir sein?«

Julia musste lächeln. »Soll ich dich abholen?«

»Ich hab noch was zu erledigen«, antwortete Emil.

»Zu erledigen?«

Emil schien zu zögern, doch schließlich erzählte er es ihr. »Ich hab El Rostro angerufen und mich bei ihm entschuldigt«, hörte sie ihn widerstrebend sagen. »Er will, dass ich vorbeikomme und mich auch bei Miguel entschuldige. Außerdem glaube ich ...«

»Was glaubst du?«, fragte Julia nach, als er verstummte.

»Ach nichts. Ich melde mich, ja?«

»Moment mal«, sagte Julia. »Wie kommst du denn zur Finca del Casco?«

»Na, mit dem Bus«, antwortete Emil. »Da kommt er übrigens gerade. Bis später.«

Erleichterung durchströmte Julia, als sie das Handy weglegte. Auch wenn ihr Verhältnis zu ihrem Bruder katastrophal war, so hatte ihr der Unfall gezeigt, wie wichtig er ihr trotz allem war. Und dass sie Jens … nein, sie konnte nicht behaupten, dass sie ihn liebte. Trotzdem war da etwas, was sie untrennbar miteinander verband.

»Was ist mit dir?« Amelie machte sich an der Kaffeemaschine zu schaffen. »Alles in Ordnung?«

»Jens hat eine Gehirnerschütterung, mehr nicht«, erzählte sie.

»Na, zum Glück«, meinte Amelie und nahm sie fest in ihre Arme. Auf einmal fühlte Julia, wie ihr Tränen übers Gesicht liefen. »Du musst mir irgendwann ganz genau erzählen, wie das passiert ist«. Amelie strich ihr sachte über den Rücken, wie einem Baby, das man beruhigen will, dachte Julia und musste schon wieder lachen.

»Ich weiß auch nicht, was mit mir ist«, sagte sie und machte sich verlegen los.

»Du bist eben erleichtert«, sagte Amelie. »Das ist normal.«

»Dabei bin ich schrecklich wütend auf Jens«, erwiderte Julia. Sie rieb sich die Augen. Noch immer sah sie sein totenbleiches Gesicht mit den geschlossenen Augen und der Wunde am Kopf vor sich. »Genau genommen gibt es keinen Menschen, der mir ferner steht als er.«

»Aber das stimmt überhaupt nicht«, wandte Amelie liebevoll ein. »Er ist dein Bruder. Ganz egal, ob ihr verschiedener Meinung seid. Geschwister verbindet ein unlösbares Band. Im Grunde hast du ihn lieb.«

»Oh nein«, entgegnete Julia.

»Oh doch«, konterte Amelie mit einem Lachen. »Und er dich auch. Ihr beide habt das nur noch nicht bemerkt.«

Julia wollte energisch widersprechen, als auf einmal vielstimmiger Jubel aus dem Garten erklang. Im nächsten Augenblick kam Álvaro in die Küche gestürzt.

»Es ist entschieden«, rief er und packte Julia, um sie an der Taille im Kreis herumzuwirbeln. »Wir haben gewonnen. Das Parlament hat für den Nationalpark gestimmt.«

»Wirklich?« Julia wurde kurz schwarz vor Augen, dann stieg Freude in ihr auf und erfüllte sie mit Energie.

»Los, raus ihr beiden zu den anderen«, hörte sie Amelie sagen. Ihre Freundin hatte eine Sektflasche aus dem Kühlschrank geholt und ließ den Korken knallen. »Tanja und ich, wir kümmern uns um alles. Oh«, machte sie und horchte auf. Amo hatte im Hof zu bellen begonnen. »Offenbar kommt noch mehr Besuch.«

Es waren Abián mit Dácil und seinen Kollegen. Sie wollten wissen, wie »Madrid« entschieden habe, und als sie das Ergebnis der Abstimmung erfuhren, waren auch sie völlig aus dem Häuschen. Dácil brachte eine Platte mit frisch gekochten Garnelen und stellte sie umstandslos auf den Tisch.

»Dass Julia heute nicht kochen kann, liegt wohl auf der Hand«, sagte sie und klopfte ihr anerkennend auf die Schulter. »Abián hat mir erzählt, was für eine Heldin du bist.«

Amelie bestand darauf, dass Julia zwischen Álvaro und Diego sitzen blieb und holte gemeinsam mit Toto und Pepe weitere Tische und Stühle, sorgte für Getränke und brachte Platten voller Käse und Schinken, Oliven und Tomaten und was sie sonst noch in Julias Küche fand.

Julia schmiegte sich in Álvaros Arm und erlebte das alles wie in einem Traum. Vor die fröhlichen Gesichter schoben sich immer wieder die Bilder der vergangenen Nacht. Erst als am Nachmittag Maribel, bewaffnet mit einem riesigen Blechkuchen, samt ihrer ganzen Familie ebenfalls eintraf – Emil und El Rostro einträchtig im Schlepptau –, wurde Julias Herz vollkommen leicht.

»Wie sieht denn dein Auge aus?«, fragte sie, nachdem sie Maribel und Ana umarmt hatte und sich Emil genauer ansah. »Ist das heute Nacht passiert?« Ihr Neffe hatte ganz eindeutig eine rötliche Verfärbung um das linke Auge. Morgen würde das zu einem prächtigen Veilchen erblüht sein.

»Nö«, machte Emil verlegen und wies auf El Rostros Kinn. Dort prangte ein Bluterguss, der sich bestimmt zu einer ansehnlichen Schwellung entwickeln würde.

»Wir haben uns versöhnt«, erklärte El Rostro.

»Aber vorher habt ihr euch geprügelt?«, vermutete Julia.

»Wir mussten was klären«, gab El Rostro zurück und nahm Emil liebevoll in den Schwitzkasten. Der wand sich geschickt heraus und versuchte, seinem Freund spielerisch in die Kniekehle zu treten, woraufhin El Rostro ihm den Arm umzudrehen versuchte. Amo fand das allerdings gar nicht lustig. Aufgebracht bellend tanzte er um die beiden herum und versuchte, Emil zu verteidigen.

»Hört auf damit«, bat Julia lachend. »Hauptsache ist, ihr vertragt euch wieder.«

»Nun erzählt doch mal von ganz vorn«, bat Maribel, nachdem sie ihren Honig-Mandel-Kuchen aufgeschnitten und herumgereicht hatte.

Julia und Álvaro sahen sich an. Wie das beschreiben, was sie erlebt hatten?

»Also, das war so«, sagte Diego zu ihrer Überraschung. Alle verstummten, so ungewöhnlich war es, diesen Mann sprechen zu hören. »Es begann damit, dass ich wieder zur See gefahren bin. Das hat Julia bewirkt. Da hab ich mich an die Stelle erinnert, wo ich einmal sehr glückliche Stunden verlebt habe, und zwar gemeinsam mit meinem Freund Bentor.« Mit einem Mal war es mucksmäuschenstill im Garten. Wer gerade in Maribels Kuchen gebissen hatte, vergaß zu kauen. Sogar die Jungen schienen die Luft anzuhalten. Besorgt warf Julia Naira einen Blick zu. Doch auch sie wirkte, als würde die Zeit stehen bleiben. In ihren großen Augen, die auf Diego gerichtet waren, konnte man eine tiefe Traurigkeit lesen. »Ich vermisse ihn entsetzlich«, fuhr Diego fort. »Nur dort an dem Felsen, den manche von euch den Kamelfelsen nennen, da hab ich so etwas wie Frieden gefunden. Ich hab das Apnoetauchen wieder angefangen, und die Welt da unten ist zu einer Art zweiter Heimat für mich geworden. Und dann hieß es, dass er gesprengt werden soll. Wegen einer Tauchstation. Das konnte ich nicht zulassen. Und so hab ich beschlossen, dortzubleiben. Wenn die etwas sprengen wollen, hab ich gedacht, müssen sie mich mit in die Luft jagen.« Er schluckte. »Aber jemand hat beschlossen, mich dabei nicht allein zu lassen.« Er sah Julia an. »Eine Frau, die es ebenfalls nicht leicht hat, von euch anerkannt zu werden. Weil sie die Schwester von El Alemán ist.«

»Es waren noch andere dabei«, ergänzte nun Julia. »Abián und seine Kollegen haben sich Álvaro angeschlossen.«

»Und Emil«, fügte Diego hinzu und schenkte dem Jungen sein besonderes Lächeln.

»Wir sind einfach nicht weggegangen«, sagte der. »Am Ende konnten wir gar nicht mehr raus, selbst wenn wir gewollt hätten.«

»Wir wollten auch nicht«, nahm Diego den Faden auf. »Am Ufer warteten Spezialtaucher nur darauf, die Sprengsätze am Felsen anzubringen. Nur weil wir da waren, hat sich der Sprengmeister geweigert. So ging das die ganze Nacht.«

»Das war kein Spaß bei dem Regen«, fügte Abián hinzu. »Zwei meiner Männer sind in der Nacht nach Hause gefahren. Ich hab gedacht, dass Julia und der Junge sicher auch lieber heim ins Bett wollten. Fehlanzeige.«

»Am Morgen ist Marcos gekommen und hat angeordnet, dass sie uns vom Boot holen, damit sie endlich den Felsen sprengen konnten«, fuhr Emil fort. »Aber das hat nicht geklappt. Weil ein Steinschlag dazwischenkam. Da haben sie aufgegeben.« Julia lächelte still in sich hinein. Es war offensichtlich, dass Emil seinen Vater lieber aus dem Spiel lassen wollte. Ob Diego darauf eingehen würde?

»Genau so war es«, sagte er, und Julia schloss ihn dafür umso mehr in ihr Herz.

»Ich denke, es wird Zeit, Diego wieder unter uns willkommen zu heißen«, sagte Álvaro. »Wir alle vermissen Bentor und werden ihn nie vergessen. Am allerwenigsten sein bester Freund. Nicht wahr?« Tränen glänzten in Diegos dunkelgrauen Augen. »Wer Bentor gekannt hat, der weiß, wie gütig er war«, fuhr Álvaro fort. »Er hätte längst verziehen. Es war ein Unfall. Lasst uns endlich in seinem Sinne handeln.«

Álvaro erhob sich und umarmte Diego. Toto tat es ihm gleich, dann folgten Abián und die anderen Fischer. Maribel schloss Diego ganz besonders fest in ihre Arme, auch Miguel und Ana drückten ihn an sich. Schließlich waren nur noch Pepe und Naira übrig. Julia war klar, dass Pepe abwarten würde, wie Naira sich entschied.

Diego musterte sie mit seinem unergründlichen Blick. Schließlich erhob sich Naira. Sie musste um den Tisch herumgehen, um zu ihm zu gelangen. Als sie vor ihm stand, verharrte sie kurz und Julias Herz zog sich schmerzhaft zusammen. In der Erwartung irgendeiner überraschend unfreundlichen Geste, wie sie sie von dieser Frau nur zu gut kannte, schloss sie die Augen. Doch nichts geschah. Als sie wieder aufsah, hatte Naira sich auf die Zehenspitzen gestellt und ihre Arme um den Fischer gelegt. Ernst neigte Diego sich zu ihr hinunter.

»Dein Schmerz ist mein Schmerz«, glaubte Julia, ihn leise sagen zu hören.

Naira nickte, ihre Augen waren voller Tränen. Etwas schien sich in ihr zu lösen, ihr Gesicht wirkte nicht länger wie das einer Puppe. Es war, als ob ihre Züge zerflossen und sich endlich die wahre Naira dahinter zeigte. Eine zutiefst verletzte, traurige junge Frau.

Später, als alle gegangen waren, zogen Álvaro und Julia sich ganz hinten im Garten auf ihren Ausguck zurück und sahen der Sonne dabei zu, wie sie sich dem Horizont annäherte, um schließlich in den Fluten zu versinken und dabei Himmel und Meer weit und breit in glühenden Flammen zu entzünden schien. Julia dachte an den Sonnenuntergang am Tag zuvor, als sie von der *Esperanza* aus auf den Salzgarten und die Finca geblickt hatte. Wie anders er gewesen war. Dabei war es immer dasselbe Phänomen.

»Keiner ist wie der andere«, sagte Álvaro und drückte sie an sich.

»Kein Tag und kein Sonnenuntergang. Und jedes Mal ganz neu.«

»Kannst du es denn schon glauben?«, fragte sie und drehte den Kopf in Richtung der Lomada Ronca.

»Dass wir gewonnen haben?«, erkundigte Álvaro sich. Er zuckte die Schultern. »Wer weiß, was Marcos als Nächstes einfallen wird.«

»Aber vorerst haben wir Ruhe, nicht?«

»Ja, das haben wir.« Beruhigend strich Álvaro ihr mit den Fingern durchs Haar. »Hab ich dir eigentlich heute schon gesagt, wie sehr ich dich liebe?« Julia tat so, als müsste sie nachdenken, dann schüttelte sie lächelnd den Kopf. »Ich liebe dich, *cariño*«, flüsterte er. »So wie dich habe ich noch nie einen Menschen geliebt. Das ist mir erneut klar geworden vergangene Nacht.«

»Wann genau?«, wollte Julia wissen und küsste ihn in die Kuhle zwischen Schulter und Kinn.

»Wann? Während jeder einzelnen Minute aufs Neue«, flüsterte Álvaro.

»Ich liebe dich auch«, flüsterte Julia zurück.

Und dann schwiegen sie, hielten sich aneinander fest, tauschten Küsse und beobachteten die Fledermäuse, die in der Dämmerung ihre lautlosen Kreise um den Felsen zogen, bis das abnehmende Licht den Himmel über dem Salzgarten in ein intensives Violett tauchte und der letzte Goldstreifen, den die Sonne zurückgelassen hatte, am westlichen Horizont erlosch.

ENDE

Danksagung

Es gibt Orte auf dieser Welt, an denen haben wir nach unserer Abreise ein Stück von uns selbst zurückgelassen. Die Insel La Palma ist für mich ein solcher Ort. Ich hoffe, es ist mir gelungen, Sie, meine lieben Leserinnen und Leser, dorthin mitzunehmen, und wenn es auch nur eine Reise in unserer Fantasie ist.

La Palma ist ein Ort mit vielen Wundern. Zum Beispiel gibt es auf der Insel zahlreiche alte, aufgegebene Salinen. In voller Blüte steht der Salzgarten im Süden der Insel, die Saline Fuencaliente. Álvaros Salzgarten im Nordwesten der Insel ist allerdings von mir frei erfunden, genau wie das Dorf, zu dem er gehört. Ebenso sucht man einen Ort namens San Jaime vergebens auf der Landkarte. Auch alle Personen in diesem Roman sowie die Handlung sind frei erfunden. Eventuelle Ähnlichkeiten mit lebenden Personen sind also rein zufällig und keineswegs beabsichtigt. Eine Ausnahme bildet die Sängerin Ima Galguén, deren Musik ich sehr liebe und die aus diesem Grund Eingang in die Geschichte erhalten hat.

Viele Jahre lang verbrachte ich mit meinem Mann die Wintermonate auf der nördlichen Westseite von La Palma, und dort habe ich – wenn auch verfremdet – Julias Landgasthof und Álvaros Salzgarten angesiedelt. Ich danke allen, denen ich während meiner Aufenthalte auf La Palma begegnet bin, und die mich auf dieses Buch vorbereitet haben, auch wenn keiner von uns das damals ahnte.

Ein großer Dank gebührt meiner Schwester Brunhilde, die

seit Jahrzehnten in Spanien lebt und mich immer wieder berät, speziell, was die spanischen Begriffe, Sitten und Gebräuche anbelangt. Herzlichen Dank auch an Sira Acosta Alonso und Klaus Martin Rygiert, die als Bewohner der Kanaren verlässliche Quellen für mich sind. Von Herzen danke ich auch dem Sternekoch Jörg Sackmann und seinem fabelhaften Küchenteam, der mir eine Menge Fragen beantwortet hat und in dessen Sterneküche ich einen zauberhaften und lehrreichen Abend verbringen durfte. Einige von Julias Rezepten wurden von diesem Erlebnis inspiriert. Die Gärtnerin Toñi González Rodríguez von der Finca La Costa beriet mich, was Pflanzen im Allgemeinen und vor allem Blüten für die Küche anbelangt, während mir die Imkerin Natalia Díaz Luis von Ecoalpispa Informationen über die Bienenzucht auf den Kanaren erteilte – allen beiden meinen herzlichsten Dank.

Fernando García-Arenal López danke ich dafür, dass er seine profunden Kenntnisse über alles, was den Umweltschutz und vor allem das in Spanien übliche Prozedere zur Erklärung eines Nationalparks betrifft, mit mir teilte und geduldig meine vielen Fragen beantwortete. Stefan Link war so freundlich, mich in die Geheimnisse des Apnoetauchens einzuweihen – auch dir, Stefan, herzlichen Dank.

Damit ein Buch entstehen kann, arbeiten viele Menschen im Hintergrund mit. Meine Agentin Petra Hermanns ist immer für mich da, wenn ich Rat und Zuspruch brauche. Melanie Blank-Schröder ist inzwischen weit mehr als meine Verlagslektorin, ohne sie wären die Tabea-Bach-Trilogien nicht das, was sie sind. Bedanken möchte ich mich auch herzlich bei Dr. Ulrike Brandt-Schwarze für die fabelhafte Lektoratsarbeit am Text.

Am meisten habe ich meinem wunderbaren Mann Daniel Oliver Bachmann zu danken, der alles mitträgt und erträgt, auch wenn die Schreibphasen intensiv sind und wenig Zeit fürs Familienleben bleibt. Ohne ihn wäre alles nichts.

Ein stimmungsvoller Weihnachtsband zur SALZGARTEN-Saga

Tabea Bach
WEIHNACHTSZAUBER
IM SALZGARTEN
Eine Geschichte von
der Isla Bonita

ISBN 978-3-404-18888-8

Die Festvorbereitungen für Weihnachten laufen im Restaurant Mesón Flor de Sal auf Hochtouren. Unerwartet kündigt sich kurz vor den Feiertagen Belisario an, Álvaros Vater, der seit mehr als dreißig Jahren nicht mehr auf La Palma war. Er hat damals im Domino-Spiel die Finca an Marcos verloren und damit viel Kummer über seine Familie gebracht. Während Álvaros Gefühle in eine Achterbahn geraten, versucht Julia, zuversichtlich zu bleiben. Aber dann stellt sich heraus, dass Belisario nicht einfach nur aus Sehnsucht nach seiner Familie gekommen ist. So nehmen die Festtage eine andere Wendung, als Julia es geplant hat. Und doch siegt am Ende der Zauber und die Kraft dieses Festes der Liebe.

Lübbe

*Liebe ist unser größtes Glück und
überwindet jedes Hindernis*

Tabea Bach
STERNE ÜBER DEM
SALZGARTEN
Roman

ISBN 978-3-404-18569-6

Julia ist angekommen in ihrem neuen Leben, die Inselbewohner sind mit ihr versöhnt. Allerdings nicht mit ihrem Bruder Jens, der seine touristischen Aktivitäten nun den Vulkanen der Insel zugewandt hat: Er bietet Trecking-Touren zu den Kratern an. Dabei sind diese nicht alle vollständig erloschen, und es gibt immer wieder Warnungen der Behörden, diese Regionen zu meiden. Dies macht Julia genauso Sorgen wie die Tatsache, dass Naira alles dafür tut, um Álvaro doch noch für sich zu gewinnen, und dafür auch nicht vor Intrigen zurückschreckt. Als einer der Vulkane tatsächlich erneut auszubrechen droht, überschlagen sich die Ereignisse und Julia steht vor großen Herausforderungen …